本书得到教育部人文社会科学基金、
西安交通大学人文社会科学优秀学术文库基金出版资助

回归历史的现场

——延安文学传播研究（1935—1948）

杨琳

中国社会科学出版社

图书在版编目（CIP）数据

回归历史的现场：延安文学传播研究：1935～1948/杨琳著.
—北京：中国社会科学出版社，2016.1
ISBN 978-7-5161-5970-5

Ⅰ.①回… Ⅱ.①杨… Ⅲ.①中国文学—现代文学—文学研究—1935～1948 Ⅳ.①I206.6

中国版本图书馆 CIP 数据核字(2015)第 081313 号

出 版 人	赵剑英
责任编辑	侯苗苗
责任校对	周 昊
责任印制	戴 宽
出 版	中国社会科学出版社
社 址	北京鼓楼西大街甲 158 号
邮 编	100720
网 址	http：//www.csspw.cn
发 行 部	010-84083685
门 市 部	010-84029450
经 销	新华书店及其他书店
印刷装订	三河市君旺印务有限公司
版 次	2016 年 1 月第 1 版
印 次	2016 年 1 月第 1 次印刷
开 本	710×1000 1/16
印 张	16.75
插 页	2
字 数	298 千字
定 价	62.00 元

凡购买中国社会科学出版社图书，如有质量问题请与本社营销中心联系调换
电话：010-84083683

序

本书作者杨琳，2005—2008 年就读于兰州大学文学院，攻读现当代文学方向博士学位。我是她的导师。现在的杨琳，自己也已经是博导了。杨琳读博时，就担任着原单位西安交通大学文学院中文系的副主任，她的身上似有一种天然的包容气质，虽然年龄并不算大，却有着大姐姐一般的风度，颇受周围的博士同学的拥戴。生活中，她开朗、乐观、随和，在学习上却一丝不苟，留给我最深的印象是，她一天到晚总是在图书馆，在典籍室，在复印，在辑览，非常忙碌。她那个笔记本电脑好像就没有闲着的时候。三年读博的时间，杨琳出色地完成了学业，而她严谨的治学态度和独到的学术眼光也给老师和同学们留下了深刻的印象。

如果说她与其他同学有何不同，那就是她的专业。她在交大的教学侧重点就在文学、文化与新闻传播学，做着跨学科性质的学问。所以，她入学伊始就有了自己的既定研究方向——延安文学传播研究。对她来说，身在西安，离革命圣地延安很近，注目于现代文学史上的奇观“延安文学”顺理成章。然而，在当时，无论是我，还是她的同学们，对这一传播学的论题仍感陌生，不由得发出疑问：如此选题，是否偏离了现当代文学专业传统意义上的范型？

事实上，这正是这部著作的创新之处。延安文学作为延安时期中国革命和历史叙述的重要参与者，兼具中国革命史和文学史的双重意义，这一文学形态，蕴含延安时期最生动、最鲜活、最丰富的历史记忆，延安文学的研究，便不仅关系于自身，而且关系到整个中国现当代文学史乃至整个中国现当代文化史的建构和评价问题。当然，关于延安文学的研究，已有许多重大的成果。杨琳的可贵之处在于，以往的“延安文学”研究基本都是限定于对延安文学本身的研究，而杨琳可以说是第一次将“延安文学”置于传播学的视域，较为全面系统地阐释和分析了“延安文学”传播的政治文化生态环境，以及“延安文学”传播的历史面影、性质和特点。“延安文学”研究的传播视角的建立，不仅填补了“延安文学”研究的空白，且对于深入认识这一世界范围内极少有的独特的文化文学现象的生成及独特的传播语境和传播形态，都有着十分显著的价值和意义。

在杨琳看来，作为战时政治文化中心，延安首先是作为当时知识分子心中的理想国和想象中的乌托邦而定格的，“五四”文学、苏区文学、左翼文学传统的汇流与重构为延安文学提供了丰厚的精神资源和新文学的传统。在革命战争文化生态下，与艺术深度共生的是知识分子因社会和政治危机日深而日益强烈的忧患意识，当民族的、阶级的、政党的和文学的使命感在一个特定的历史节点上交汇时，文学必然地与革命、政治交融，这也决定了延安文学传播成为抗战宣传武器的重要特性。延安时期特殊的革命战争的政治化语境构成的传播生态，在很大程度上决定了文学的生存和生产状态，也决定了延安文学传播诸要素及模式。

正如杨琳所指出的，延安文学传播的特点甚为突出，它是中外历史上罕见的经由报刊与大众文艺活动共同传播的独特的文学传播现象，它在战争环境中最大限度地实现了文学传播的目的，即最直接的目标、最直接的受众、最显著的效果；“延安文学”的传播实践、效应及影响，又为文学的民族化、大众化道路提供了难以跨越的历史范型及省思资源。因此，难能可贵的是她的研究既从媒体研究出发，但研究视野又并不止于此。以杨琳的观点，延安文学传播的媒介概念绝不限于报纸、广播和杂志，从人类传播诞生起始所有的可资运用的媒介在特殊的乃至极端的战争条件下都成为延安文学传播的媒介。朗诵诗运动和街头诗运动使诗歌在传播中回归和升华；新秧歌剧运动使戏剧从原始歌舞形态成为现实生活的承载体；广场演出的大众狂欢传播效应实现了传播形态从剧场走向广场的大众化重构。由此形成了中国现代文化史上的文学及传播奇观。

正是通过对延安时期大量原始史料的整理和分析，在上述研究重点的展开中，杨琳提出了其带有创新性的观点：

比如，延安文学传播的政治文化生态与媒介生态，使其文学传播成为战时宣传最有力的武器，这一特性不仅充分体现了意识形态机器的强大功能，在很大程度上决定了延安文学的生产和生存状态，也决定了延安文学传播诸要素及模式：文学的不平衡和接受的多元状态下的多层次受众群体；传播者的多重身份定位和角色转换融合；传播主体与接受主体融合互动的集体创作模式。

再比如，延安文学传播的主要载体期刊与报纸，最大限度地实现了媒介的呈示性、表现性和建构性，使其同质化功能与文学功能合流，媒介传播与文学传播协同，建构着延安文学关于民族国家的想象空间。正是这样一种传播语境和途径，形成了延安文学与国统区、沦陷区形貌迥异的文学版图。

我对传播学知之甚少，但我也看到，杨琳的研究还是有进一步拓展空间的。比如，对在延安文学传播中知识分子（文化人）本身所承担的角色及定位的论述还需进一步深入，他们在文学传播中与民众的互动（如秧歌剧、街头诗、朗诵诗）以及所达到的传播效应的研究还需要更多史料的支撑。对延安文学生成机制与文学传播的关系的研究还需进一步深化。

《回归历史的现场——延安文学传播研究（1935—1948）》一书或许还有许多可以进一步深入开拓的空间。就其意义来讲，它从文学传播学的角度，对延安文学进行研究，或者换句话说，它从延安文学的角度，对传播学实践典型的研究，打开了一条新的思路，其价值不容忽视。

雷 达

2013 年 6 月 18 日

导　言

延安文学作为延安时期中国革命和历史叙述的重要参与者，兼具中国革命史和文学史的双重意义。文学蕴含和承载着最生动、最鲜活、最丰富的历史记忆，延安文学的研究，不仅关系于自身，而且关系到整个中国现当代文学史乃至整个中国现当代文化史的建构和重新评价。延安文学构成了中外历史上罕见的经由报刊与大众文艺活动共同传播的独特的文学传播现象，这一时期文学创作与新闻传播的核心主题高度一致，在特殊的战争氛围中实现了其传播目的——最直接的目标、最直接的受众、最显著的效果。延安文学在现代中国历史进程中的共时性和历时性传播效应，以及民族化、大众化的传播实践，更使其具有多方位考察和估量的社会史学价值。因此，从探究历史本真的层面出发，力求通过对延安文学传播的研究从而回到历史的语境中，还原生动的历史轨迹，探求文学的生产机制、意义建构和传播形态，对延安文学做全方位、纵深化地动态观照。

文学传播存在于社会各因素所构建的媒介生态环境中。本书在分析研究延安文学传播的政治文化生态与媒介生态的基础上认为：作为战时政治文化中心，延安首先是作为当时知识分子心中的理想国和想象中的乌托邦而定格的，“五四”文学、苏区文学、左翼文学传统的汇流与重构为延安文学提供了丰厚的精神资源和新文学的传统。在革命战争文化生态下，与艺术深度共生的是知识分子因社会和政治危机日深而日益强烈的忧患意识，当民族的、阶级的、政党的和文学的使命感在一个特定的历史结点上交汇时，文学必然地与革命、政治交融，这也决定了延安文学传播成为抗战宣传武器的重要特性。延安时期特殊的革命战争的政治化语境构成的传播生态，在很大程度上决定了文学的生存和生产状态，也决定了延安文学传播的诸要素及模式，即：文化的不平衡和接受的多元状态下的多层次受众群体；传播者的多重身份定位和角色转换融合，以及传播主体与接受主体融合互动的集体创作模式。

传播媒体在历史事件发生的当时记录着其产生、演变的原始历史过程，也是文学、文化流变的原初载体。媒体是回到历史现场，考察当时文学演变历程、传播与接受历程的“活化石”。本书在研究传媒与文学的关系的基础上，分别从传播制度、文人社团与报刊、报刊的传受互动过程以及传播效果等方面着重对延安时期的期刊与报纸两大传播媒体进行原始资料梳理与研究。其认为：媒介的呈示性、表现性及建构性、同质化功能与文学功能合流，媒介传播与文学传播协同，建构着延安文学关于民族国家的想象空间。报刊在将文学置入一种新的传播语境的同时，也在规范着文学的内部秩序，在探索出一条有效的文学传播途径的同时，也形成了延安文学与国统区、沦陷区形貌迥异的文学版图。

媒介形态的融合和拓展构成了延安文学传播史上一个不可忽视的重要特征。传播媒介的概念已不只局限于报纸、广播、杂志等传媒形态，从人类传播诞生伊始所有的可资运用的媒介在特殊的乃至极端的战争条件下都成为延安文学传播的媒介。而由此形成的朗诵诗、街头诗、秧歌剧运动也构成现代文学史上的重要篇章。本书认为：延安文学传播媒介形态的融合与拓展无疑是重构民间性与大众化文学传播的重要实践。朗诵诗运动与街头诗运动使诗歌在传播中回归与升华。新秧歌剧运动使戏剧从原始歌舞形态成为现实生活的承载体，广场演出的大众狂欢的传播效应实现了传播形态从剧场走向广场的大众化重构。

延安时期凝聚和浓缩了中国共产党人以延安为战略中心和文化中心进行抗战及新中国成立的重要理论和实践，具有政治、经济、文化等多重历史内涵。延安文学的传播因其本身的特质通过议程设置等方式而被收编和规范到革命宣传的体系之中，文学的意识形态、传播功能获得了最大限度的张扬，成为首要的宣传利器。延安文学空前成功的传播效果无疑也使其成为文学传播研究的标本性对象。延安文学传播的标本性研究意义还在于，通过集中对一个时期特定传播生态下的文学传播现象的审视，更有益于我们超越特定的区域和时期获得关于一个时代的启示与反思，也更有益于我们反观近年来的文学传播研究热中的误区，获得方法论的启示。

目　　录

第一章 延安文学研究的进路与传播研究视角的确立

人类文化的传承、社会的进步与发展，很大程度上是以大众传播媒介为载体而实现的。因此，当我们回溯文学这一文化的重要呈现形式的发展历史时，将目光投向其传播过程，无疑会更加全面地寻觅到其发展所经历的每一个时刻的历史细节和印迹。可以说，对文学传播过程的观照，就是对文学史的动态观照，是对文学史中各种关系因素相互作用的动态观照。

延安文学构成了中外历史上罕见的经由报刊与大众文艺活动共同传播的独特的文学传播现象。这一时期，文学创作与新闻传播的核心主题高度一致，在特殊的战争氛围中实现了其传播目的——最直接的目标、最直接的受众、最显著的效果。延安文学在现代中国历史进程中的共时性和历时性传播效应，以及民族化、大众化的传播实践，更使其具有多方位考察和估量的社会史学价值。因此，本书从探究历史本真的层面出发，力求通过对延安文学传播的研究从而回到历史的语境中，还原生动的历史轨迹，探求文学的生产机制、意义建构和传播形态，对延安文学做全方位、纵深化的动态观照。

通过传播研究而还原延安文学生动的历史轨迹，无论在学理研究的层面还是在探究历史本真的层面都具有深刻的现实意义和方法论的价值。

延安文学作为延安时期中国革命和历史叙述的重要参与者，兼具中国革命历史和文学史的双重意义。历史地看，“延安文学的存在，不仅关系于自身，而且关系到整个中国现当代文学史乃至整个中国现当代文化史”。作为中国现代文学史上一个重要的历史阶段，延安文学伴随着中国革命历史的进程在荒凉、贫瘠的陕北黄土地诞生，随着抗日民主根据地的扩大、中国革命力量的发展壮大而向全国辐射，最终成为决定新中国成立后30多年文学发展的规约性力量。延安文学蕴含和承载着这一时期最生动、最鲜活、最丰富的历史记忆，其文学史地位自不待言，同时，延安文学在现代中国历史进程中的共时性和历时性传播效应，更使其具有多方位考察和估量的社会史学价值。没有哪个时代的文学能与当时的时代政治、社会、文化背景以及发展进程联系得如此紧密，亦没有哪个时代的文学能达到延安文学那样的传播效果甚或效果增值效应，在发挥其共时性作用的同时产生巨大的历时性影响力。虽然学者们从各自不同的角度出发分析延安文学的发展脉络、政治意义及审美形态，研究方法也各有不同，但在将延安文学的发生、发展放置于其特定的革命历史背景之中去研究这一点上是一致的。如果我们把观察的视角伸向历史的“现场”，就会发现有许多被文学史研究所忽略的问题值得进一步深究和探讨，尤其是从文学传播的角度去研究延安文学目前尚处于空白。延安时期的文学构成了一种复杂的传播现象，在传播的视角下其民族化、大众化的传播效果是显而易见的。这一时期文学创作与新闻传播的核心主题是一致的，都是走大众化之路，围绕民族救亡图存，宣传共产党的主张，唤起民众，凝聚革命精神。传播在特殊的战争氛围中实现了其目的——最直接的目的、最直接的受众、最显著的效果。因此，从传播生态、传播媒介、传播模式、传播者、受众以及信息内容等传播学研究的基本角度切入，更有利于对延安文学做全方位、纵深化地动态观照，对当前文学发展的大众化方向亦具有重要的启示。

一 延安文学的概念界定及研究现状

（一）延安文学概念、时限的界定

在研究延安文学的论著中，延安文学，也通常被称为“延安文艺”。[①]延安文学概念的形成总体上经历了由“延安时期的文学”到“延安文学

① 究其原因并非偶然，延安文学的传播媒介突破了传统的纸质介质，秧歌剧、歌谣、戏剧等形式在延安文学中占有重要地位，而传统上将这些艺术形式统归为文艺形式。因此，在研究中，往往对“延安文学”“延安文艺”的概念不加区别。本书的研究基于传播学的基础，突破了传统文学传播媒体的界限，故本书更无须区别之。

形态”这样一个从内容到本质的动态转换过程。仅从字面上说，此概念当源自毛泽东的《在延安文艺座谈会上的讲话》（以下简称《讲话》）。1943 年 10 月 19 日《解放日报》在刊发《讲话》时，首次使用了这一提法。目前可查的较早涉及延安文艺这一概念的是何其芳发表在《解放日报》上的《论文学教育》。何其芳在谈到鲁迅艺术文学院（“鲁艺”）于文艺整风之后应开设的文学课程时，从区域范畴涉及延安及其他根据地文艺：“应有专课经常研究文艺现状，其内容应包括对于抗战中大后方和目前延安及其他根据地的文艺作品，文艺问题，文艺活动的研究。”[①] 将“延安文艺”作为一个创作概念明确提出并就其性质、特点加以阐释的是 1946 年 8 月 23 日全国文艺界协会延安分会和陕甘宁边区文化协会以“延安文艺社”的名义刊文表明即将创办《延安文艺》杂志的征文要求。[②] 号召延安文艺工作者和文艺爱好者“用大众作风，大众气派”来写“延安、陕甘宁边区的人民生活。写人民的生产、政权、武装。写人民各种各样的斗争和创造”。其中对“延安文艺”的阐释是：“延安、陕甘宁边区的人民生活，人民的生产、政权、武装、人民各种各样的斗争和创造。”并表示，“我们有决心要照毛主席‘延安文艺座谈会讲话’的精神，文艺为工农兵服务的方针，加倍的努力往前做去”[③]。可以说，这一征稿要求从指导思想、表现对象、写作风格等方面具体阐释了对延安文艺的理解并体现出浓厚的意识形态特征，虽不足以作为“延安文学”的定义，但具有一定的历史原初性。此外，也有研究者从延安文学研究的代表性时间出发，认为延安文艺或延安文学这个名称的正式提出“应是 1984 年《延安文艺丛书》的出版以及这一年年底陕西省社会科学院《延安文艺研究》的创刊”[④]。

梳理众多的相关研究成果，可以将目前关于“延安文学”的界定大致归纳为广义和狭义两种。狭义的解释认为：延安文学即发生在延安以及陕甘宁边区的文艺运动与文艺作品；“以延安为中心，包括陕甘宁边区的

① 何其芳：《论文学教育》，《解放日报》1942 年 10 月 16 日。

② 该刊最终虽没能出版。它在此明确提出了“延安文艺”这一文艺性概念。

③ 延安文艺社：《延安文艺需要什么稿子?》，《解放日报》1946 年 9 月 3 日。

④ 张器友：《新时期的解放区文学研究》，《安徽大学学报》2002 年第 6 期。笔者认为，以研究的起点作为对象的起点是不符合实际的。以下将对“延安文学”这个概念做时间上下限界定的梳理，因此在这里不做特定说明。

革命文学艺术"[①]。这一界定，在新时期之前的大段时间里得到较普遍的认同。但随着研究的不断深入，尤其是随着研究者对延安文学与中国当代文学深刻影响的关注，研究范畴也得以拓展。广义的理解主要始于20世纪80年代中期，由丁玲、贺敬之等老延安文人率先提出。丁玲认为："延安文艺是抗战时期，在党中央和毛主席直接关怀和正确领导之下，向人民学习，和人民一起共同斗争的结果，是整个革命事业的一部分。它不仅仅局限于延安地区、局限于抗战时期。我们不能把它看小了，看窄了。"[②] 贺敬之也提出了和丁玲类似的看法，将整个根据地和解放区的作家涵括其中，并不局限于延安及陕甘宁边区。[③] 广义的理解对于延安文学与解放区文学这两个概念的内涵、外延都有了进一步的拓展。林焕平1992年的《延安文学刍议》一文中认为，延安文学"从整体上说来，就是在延安思想指导下，表现以延安为中心的解放区的那个历史时期的革命与战争的生活"的文学，"延安文学所体现的文艺观，就是马克思主义、毛泽东思想的文艺观，它突出地体现在毛主席的代表作《在延安文艺座谈会上的讲话》里"。从革命事业总体上说，"从红军到达陕北，建立陕北根据地到全国解放，建立中华人民共和国，中国革命都是以延安为政治中心、思想中心和指挥中心"。因此，有必要把"解放区文学"更名为"延安文学"，后者较前者更能准确体现延安时期文学的"政治思想性"，即文学的政治意识形态属性。[④]

关于延安文学的时间界定也有一定的分歧。一种观点以长征胜利到达陕北为起点，认为延安文艺时期指1935年10月随着中央红军长征的胜利，中共中央来到陕北，特别是1937年1月进驻延安后的13年（1935年10月至1948年3月）。[⑤] 另一种观点以中央红军进驻延安至1949年新

① 孙国林：《试论延安文艺史的研究方法及其历史地位》，《延安大学学报》（社会科学版）1991年第2期。

② 丁玲：《研究延安文艺，继承延安文艺传统（代发刊词）》，《延安文艺研究（创刊号）》1984年第12期。

③ 贺敬之：《继承发扬革新创造——答〈延安文艺研究〉主编问》，《光明日报》1984年12月28日。

④ 林焕平：《延安文学刍议》，《文艺理论与批评》1992年第3期。

⑤ 梁向阳：《八十年代以来"延安时期作家"全集、文集出版情况概述》，《新文学史料》2007年第3期。

中国成立的时间为标准来界定延安文学的时间上下限，即1937—1949年。[①] 朱鸿召则认为延安时期是指1937—1947年。[②]《延安文艺丛书》的《编辑说明》中说："本丛书编选的时限是：从一九三六年党中央进驻陕北时起，至一九四八年春党中央转移华北后止。编选的范围是上述时间在延安及陕甘宁边区生活、学习与工作过的人，当年所写作、发表、演出、展览及出版的各种优秀文艺作品。"[③] 艾克恩的《延安文艺运动纪盛（1937年1月—1948年3月）》所记述的延安文艺运动的时间与上述观点类似，起于1937年1月共产党中央进驻延安，止于1948年3月其离开陕北。[④]

以上界定虽各有侧重，但总体上都是以当时的社会政治发展状况为依据，以延安文学作为共产党的宣传工作、意识形态传播的重要组成部分为前提的，对延安文学的文学性特征的关注较弱。由此，也有观点认为延安文学的起讫时间始于"中国文艺协会"于1936年11月22日在陕北保安的成立，终止于1949年7月第一次全国文代会的召开。试图突出文学性特点，将延安文学这个文学史上的时期还原到文学史上进行界定。但是延安文学的发生、发展的特定背景和环境决定了无论对其进行概念界定还是时间限定都离不开中国革命和战争的背景，在延安文学研究的谱系中，很难辨清纯粹的文学性的研究。而且，在延安文学概念的形成过程中，始终离不开以延安为中心的文学传播、影响的扩大、反馈，及其不断地变化、调整的动态过程。这也恰恰构成了本书研究的理论基点和历史立足点。

本书吸收了以长征胜利到达陕北为起点的观点，认为延安文艺时期指1935年10月随着中央红军长征的胜利，中共中央来到陕北，至1948年3月中共中央东渡黄河离开陕北的13年时间。这一时期的时间限定充分契合本书的研究目的：从传播学的角度出发，研究以延安为核心信息源的中

---

① 孙国林：《试论延安文艺史的研究方法及其历史地位》，《延安大学学报》（社会科学版）1991年第2期。

② 朱鸿召：《重新厘定延安文学传统》，《反思与重启：延安文学及其研究的当代性（专题讨论）》，《学术月刊》2006年第2期。

③ 《延安文艺丛书》编委会编：《延安文艺丛书》（共16卷），湖南人民出版社1984—1988年版，第2页。

④ 艾克恩：《延安文艺运动纪盛（1937年1月—1948年3月）》，文化艺术出版社1987年版。

国革命文学的传播。基于此观点，本书认为延安文学是指以延安为中心并辐射至各抗日民主根据地乃至全国的，围绕中国共产党的抗战、新中国成立方略的传播所构成的文学历史。这一界定从形式上为本书的研究选取了一个历史横截面，也界定了时空的范畴。同时，本书研究中所汲取的传播学研究视角，又使研究在某种意义上能够超越这一时空限制，正如延安的思想和红色革命的力量能够从陕甘宁边区走向各抗日民主根据地，从延安走向西柏坡，再走向天安门一样，延安文学以及延安文学研究的历史和现实基点都会经由传播学跨学科的视域而拓展开来。更利于我们将延安文学还原到其发生、发展的历史场景之中，在历史的本质和本真之间，在延安文学传播的动态过程之中加以探究并有所收获。

（二）延安文学研究现状

延安文学研究的起点可以说与延安文学同步开始，以毛泽东《在延安文艺座谈会上的讲话》的发表为标志，真正确立并逐步走向成熟。《讲话》不仅规定和概括了延安文学的精神，更重要的是，也因其政治权威性决定了延安文学创作与批评的标准。在其指导下，新的文学实践开始展示出延安文学相对规整、集中的文化特征。可以说，以《讲话》为批评的基准，延安文学研究走过了数十载，一定程度上说，在这一标准的规约下，延安文学研究确实取得了一定的成果。但是，也正是因为这一标准的局限，研究并未达到应有的广度与深度。新时期以来，延安文学研究收获颇丰，其成果涉及延安文学的各个角度、各个种类、各个层面，取得了令人瞩目的成果。

刘增杰曾将解放区文学研究划分为三个阶段：第一个阶段是以颂扬为基本格调的研究阶段（20 世纪 40 年代至 70 年代末）；第二个阶段（约为 20 世纪 80 年代）是解放区文学研究的蜕变阶段；第三个阶段（20 世纪 90 年代以来）为解放区文学研究获得根本性改变的阶段。[①] 延安文学的研究与中国现当代文学研究同步呈现出鲜明的时代印迹，以 20 世纪八九十年代为界，从其诞生到 80 年代初，研究基本上囿于意识形态话语的范畴之中。80 年代以后，意识形态话语的生效机制以及文本内部的复杂构成得到关注，研究视角开始寻求突破。

---

① 刘增杰：《于平静里寓波澜：读王培元〈延安鲁艺风百录〉》，《中国现代文学研究丛刊》2005 年第 4 期。

新中国成立后30年的延安文学研究，处于学术话语和政治话语互相渗透交融的胶着状态，往往后者居主导地位，文学研究的话语体系体现出强烈的政治意识形态特征，单一的革命视角和对新的国家权利和胜利的合法性阐释的单线性方法，“从文学到革命”的宏大叙事模式，导致了这一时期的研究从“文学”出发最终走到叙述“历史”终点的特征。一方面是文学创作对革命史的经典化、神圣化，另一方面是文学研究进一步对革命历史超时间的整体性本质性的追求和确认[①]。20世纪80年代以来，解放区文学的研究面貌发生了很大变化，“一方面，解放区文学研究变得更为孤寂、冷清；另一方面，研究和批评的操作方式也开始发生质变”。突出的表现是，“情绪化”的批评氛围和话语操作方式从文学批评的内部和外部逐步消失，以政治化的组织决议代替正常的学术争鸣和探讨的批评模式遭到抛弃，用非文学的力量干涉文学批评或者求助于意识形态的权威置论敌于弱势境地的外部批评环境也有了深刻和根本性的改变。研究者“开始从作家、作品的实际出发，从批评主体的艺术积累和艺术感受出发，推出了让人耳目一新的研究成果。”[②] 这一时期，解放区文学研究曾出现了一股新的热潮。1984年《延安文艺研究》（季刊）的创刊，1985年9月全国解放区文学研究会的成立，解放区文学史料的搜集、整理、出版，解放区文学专门史的撰写，以及大量研究论文的发表都标示着这一时期研究上所取得的成绩。《延安文艺研究》是在一些原解放区老作家的支持下，由陕西省社会科学院文学研究所、陕西省延安文艺学会主办的，创刊于1984年，终刊于1992年。该刊创刊号的《编后记》提出了办刊的宗旨：“不仅要实事求是地总结过去，而且要勇于面对现实，用延安文艺精神来研究现实文艺问题。我们要进一步挖掘延安文艺的宝藏，坚持和发展毛泽东文艺思想，继承和发扬延安革命文艺的传统，为社会主义文艺事业的繁荣和改革，为社会主义精神文明的建设服务。”这一时期对于延安文学的研究大体可分为三个层面：其一是对延安文学时期的作家、作品的评论，其二是对延安文学时期主导思想的研究，其三是对延安文学研究史的梳理总结。其中集中出现了一批延安文学史及解放区文学史编撰成果。1958年，天津百花文艺出版社出版了江超中编写的《解放区文艺概述

---

① 陈思和：《中国当代文学史教程》，复旦大学出版社1999年版，第5—8页。

② 刘增杰：《静悄悄地进行——论九十年代的解放区文学研究》，《文学评论》2002年第2期。

(1941—1947)》[1]。1988 年，由刘增杰等人编撰的《中国解放区文学史》[2]被学术界普遍认为是国内出版的第一部把各解放区文学看成一个整体，并进行系统性研究的著作。汪应果等人编撰的《解放区文学史》[3] 和许怀中主编的《中国解放区文学史》[4] 也相继问世。同时，研究视角得以拓宽，或从文学史角度，或从作者、作品角度，或从文化批评角度，以及文学与政治的关系、微观或宏观等多角度加以切入，而新的研究方法如比较文学、新批评的“再解读”等方法的运用也使研究逐步走向深化、细化，全方位地展现“文学史”中的延安文学，“延安时期”的延安文学，新时代视角下的延安文学。

世纪之交，延安文学的研究与左翼文学研究、重写文学史、问题与方法以及“再解读”等研究热点密切同步，在研究的深度与广度等方面达到了一个新的高度。如洪子诚的《问题与方法》[5]，钱理群等的《中国现代文学三十年》[6] （第三个十年），李书磊的《1942：走向民间》[7]，钱理群的《1948 年：天地玄黄》[8]，王富仁的有关左翼文学与延安文学的关系、现代小说史的研究[9]，王培元关于鲁艺研究的《延安鲁艺风云录》《抗战时期的延安鲁艺》[10]，朱鸿召的《延安文人》[11]，孟悦、唐小兵等的《再解读：大众文艺与意识形态》[12]；吕晴关于何其芳等延安知识人的研究，萨支山关于左翼文学、延安文学的文学史的研究等[13]。诸多研究者从各自不同的角度切入均有所得，足以见得延安文学研究的学术价值与潜力。

---

① 江超中：《解放区文艺概述（1941—1947）》，百花文艺出版社 1958 年版。

② 刘增杰主编：《中国解放区文学史》，河南大学出版社 1988 年版。

③ 汪应果：《解放区文学史》，漓江出版社 1992 年版。

④ 许怀中：《中国解放区文学史》，福州海峡文艺出版社 1994 年版。

⑤ 洪子诚：《问题与方法》，生活 · 读书 · 新知三联书店 2002 年版。

⑥ 钱理群：《中国现代文学三十年》，北京大学出版社 1998 年版。

⑦ 李书磊：《1942：走向民间》，山东教育出版社 1998 年版。

⑧ 钱理群：《1948 年：天地玄黄》，山东教育出版社 1998 年版。

⑨ 王富仁：《有关左翼文学研究的几点思考》，《东岳论丛》2006 年第 5 期；《关于左翼文学的几个问题》，《中国现代文学研究丛刊》2002 年第 1 期。

⑩ 王培元：《延安鲁艺风云录》，广西师范大学出版社 2004 年版；《抗战时期的延安鲁艺》，广西师大出版社 1999 年版。

⑪ 朱鸿召：《延安文人》，广东人民出版社 2001 年版。

⑫ 唐小兵主编：《再解读：大众文艺与意识形态》，牛津大学出版社 1993 年版。

⑬ 吕晴：《略论何其芳在延安时期的“批评的自由”观》，《中国现代文学研究丛刊》2005 年第 4 期；萨支山：《“延安文艺”与“当代文学”》，《中国现代文学研究丛刊》2003 年第 2 期。

进入21世纪后分别有两次对延安文学研究有较集中的观照，对目前研究影响较大。一次是2005年，《延安大学学报》辟出“延安学”专栏，仅从字面理解，其研究对象应该涵盖包括文学在内的延安时期革命历史的各个方面，这种以确立“学科”的方式对延安时期的整体观照无疑会为研究该时期的文学提供较强的史学背景支撑。另一次关于延安文学研究的集中讨论是《学术月刊》2006年2月号上的笔谈。笔谈特邀王富仁等部分学者以“延安文学及其研究的当代性”为题展开讨论，汇集刊发了王富仁的《延安文学有重新加以研究的必要》、朱鸿召的《重新厘定延安文学传统》、袁盛勇的《直面与重写延安文学的复杂性》三篇文章。① 随后被《新华文摘》转摘，引起了相关研究者的关注。值得一提的是，在近年来中国现代文学的博士学位论文选题中，对延安文学的关注也从未间断。福建师范大学江震龙2003年博士学位论文《从纷繁多元到一元整一——“中国解放区散文”研究》（导师：姚春树），浙江大学赵卫东2004年博士学位论文《延安文学体制的生成与确立》（导师：吴秀明），华东师大毛巧晖2005年博士学位论文《涵化与归化——论延安时期解放区的“民间文学”》（导师：陈勤建），山东师大王雪伟2005年博士学位论文《何其芳的延安之路——一个理想主义者的心灵轨迹》（导师：杨守森），河南大学李军2006年博士学位论文《解放区文艺转折的历史见证——延安〈解放日报·文艺〉研究》（导师：刘增杰），复旦大学袁盛勇2004年博士学位论文《宿命的召唤——论延安文学意识形态化的形成》（导师：吴立昌），华中师范大学李建军2006年博士学位论文《现代中国“人民话语”考论——兼论“延安文学”的“一体化”进程》（导师：周晓明）等，一批中青年学人逐渐以他们的独特视角及研究方法不断推进着21世纪的延安文学研究。同时，由博士学位论文研究申发出的相关成果也在各学术研究媒体为延安文学研究获得了宝贵的话语空间，在这些博士学位论文的基础上出版的相关延安文学研究论著，成为近年来延安文学研究成果的重要组成部分。

总之，延安文学研究的历史过程始终与现代文学研究的进程同步，经历了从诞生起就不断地与社会意识形态结缘，并随着人文社会科学的新视角、新方法的不断涌现而起伏更迭的曲折过程。尤其是20世纪80年代以

① 《反思与重启：延安文学及其研究的复杂性（专题讨论）》，《学术月刊》2006年第2期。

来，伴随着西方美学与文艺理论领域开始的“文化的转向”所表现出的对政治、社会、制度、文化、经济以及与之相关的性别、种族、媒介生态的强烈关注，很多批评家以此为出发点展开了他们关于文学史的论述，同时，一些传统的文本因新的理论视角的进入而得到了重新阐发。但是，从具体方法而言，若一味侧重一个角度的研究便会在不经意间将历史的文学现象和特定时间催生的文学文本仅仅静止地沦为文化理论研究的注脚和案例。在某种程度上，文学研究的特殊性、文学自身的魅力、文学的社会功用以及文学发展与社会的独特联系往往被遮蔽。因此，和中国现代文学研究一样，延安文学研究也亟待寻找新的研究增长点，寻求新的学科突破。

二 延安文学传播研究视角的确立

人类传播文明的发展经历了口头传播、文字传播、印刷传播、电子传播四次革命，在其复杂的发展演变的历史进程中，文学作为受益者始终既是主体又是受体，伴随着媒体传播文明的发展进程不断地变革发展。有史记载以前，先民的文学是以口头传播的形式流传的，当文字，尤其是印刷术出现之后，文学才真正地进入大众传播的概念范畴。现代传媒呈几何倍数的递增速度，使文学得以回归更广泛意义上的大众。文学也借助传播媒体的发展获得了更广阔的空间，包括文本书写、传播速度、时空覆盖、信息内容承载以及信息反馈等多重内涵的空间。纵观与传播文明进程同步的文学传播历程，我们可以欣喜地发现，传播技术的发展无论经历何种曲折，都总有一个始终不移的唯一方向，即“大众化”的方向。因此，每一次传播的进步都使文学的受众范围更拓展了一步，都使文学更接近于最广大的受众，都使文学以更加主动的姿态参与到社会变革之中。因为“大众传播媒介是社会变革的代言者。它们所能帮助完成的是这样一类社会变革：即向新的风俗行为、有时是向新的社会关系的过渡。在这一类行为变革的背后，必定存在着观念、信仰、技术及社会规范的实质性变化。”① 通过大众传媒与社会发展的紧密联系，文学参与社会变革的广度和深度也日益增强。

---

① ［美］韦尔伯·施拉姆：《大众传播媒介与社会发展》，金燕宁译，华夏出版社 1990 年版，第 121 页。

文学与传媒具有不可分割的关系，传媒研究又以媒介的信息内容，尤其是文本内容为基础。大众传播研究作为文化研究的一个重要组成部分，涉及整个社会生活范式的各个组成部分及其关系。通过以传媒为核心观照对象的文学传播研究或许为文学的外部研究和内部研究找到一个契合的路径，在文化研究与文本研究的理论框架之中可以找到进一步深入探讨的契合点和研究的切入点。文化社会学的媒介观构建了文化研究与文本分析的理论框架，可以说，目前许多研究者将研究的目光投向文学传播与传媒研究，正是立足于文化社会学的媒介研究，将文学与传媒放置在人类社会的大系统之中加以全方位动态考察，并在其互动关系中发现新的学术研究空间。

（一）期刊研究的滥觞和文学研究的传播学视角的确立

朱光潜曾说："在现代中国，一个有势力的文学刊物比一个大学的影响还要更广大，更深长。"① 沈从文也曾分析道："报纸分布面积广，二三年中当可形成一种特别良好空气，有助于现代知识的流注广布，人民自信自尊心的生长，国际关系的认识……这一切都必然因之而加强。在文学方面，则更有助于新作家的培养与文学上自由竞争传统制度的继续。这个制度在过去，已有过良好贡献。"② 的确，报刊作为读者接触文学作品的第一现场，蕴含着丰富而广博的研究资源。近年来，中国现当代文学研究对文学传播的青睐是以对传播媒介即文学期刊的关注为第一热点的。不仅许多专家学者在权威、核心学术刊物上发表有关期刊研究方面的文章，诸多博士、硕士研究生也纷纷以文学期刊研究作为毕业学位论文的选题。在不长的时期中，几乎所有的现当代文学期刊，包括一些报纸的文艺副刊，都留下了研究者耕耘爬梳的足迹。期刊研究的兴盛在一定程度上推动了学科的建设和发展，为日益窘迫的研究现状带来了生机和活力，其兴起的原因是多方面的。从外部因素来看，有国内文化环境方面的原因。市场经济下文学期刊的发展步履维艰，消费时代文学传播途径的多元化，众多的大众文化传播方式，都给文学期刊的生存带来了压力。这种文化环境影响到研究领域，一方面，大众文化的强劲势头迫使研究者不得不对其进行关注，于是，作为现代传媒之一的文学期刊，以及那些具有大众文化色彩的通俗

① 朱光潜：《我与文学及其他》，安徽教育出版社 1996 年版，第 91 页。

② 沈从文：《新废邮存底·22》，载《沈从文文集》第 12 卷，花城出版社 1992 年版，第 65 页。

期刊、小报刊，统统进入了研究者的视野；另一方面，基于研究者对当下文学期刊的命运及走向的关注，他们或通过研究现代文学期刊，为今天的文学期刊发展寻求经验借鉴，或直接从当前文化语境出发，为文学期刊的存续命运寻找出路。期刊研究热的兴起也与西方学界的影响有关。近年来国内学界与西方汉学研究者的交流逐渐增多，西方汉学研究的一个突出特点就是重视原始资料，例如李欧梵的《上海摩登——一种新都市文化在中国，1930—1945》（北京大学出版社，2001），非常重视对中国现代文学期刊的研究，视角也比较新颖。西方汉学界的这种治学理路，也影响到国内研究，这就使得作为原始材料集中地的文学期刊备受重视。另外，西方后现代文化理论、大众传媒理论的引入，也为期刊研究提供了新的理论支撑和阐释可能。从学科研究的内部发展来看，期刊研究热是学科自身发展的内在规律使然。首先是学科传统的彰显。中国现当代文学学科的奠基者王瑶、唐弢等人，都很重视文学报刊所呈现的第一手资料，借此触摸文学历史原貌，进入当时的规定情境与氛围。他们的治学观念作为学科传统被继承下来，对后世学人的研究起着潜移默化的导向作用。然而在 20 世纪 80 年代兴起的“理论热”的冲击下，众多研究者热衷以新理论解读文学文本，忽视了第一手资料的搜集整理工作，作为对这一潮流的反拨，20 世纪 90 年代中后期以降的研究开始有意识地向材料搜集整理的方向靠拢，以期通过对文学报刊的钩沉辑佚、整理汇编，为现当代文学研究提供更加充分翔实的史料，重视第一手资料的学科传统于此再度彰显。其次，新的史学观念和学术观点的建构。现当代文学学科在发展过程中涌现出许多新的史学观念和学术观点，其中“重写文学史”和“现代性”问题比较有代表性。“重写文学史”的根本目的，是试图打破政治意识形态制约下的文学史评述格局，还原文学发展的整体面目。这一观念指导下的具体学术实践，势必要求通过对文学期刊等原材料的搜集整理，再现被遮蔽的文学原貌。“现代性”是 20 世纪 90 年代以来学术界的一个热门话题，但 90 年代关于中国文学“现代性”的讨论，大都带有“以西律中”的色彩，对该问题的进一步深入研究，也要求从最原始资料出发来认识与中国现代文学紧密缠绕在一起的“现代性”的特殊和复杂之处。

期刊研究热还有研究者自身方面的原因。置身于 20 世纪 90 年代以来的文化语境中，研究者必须面对学科的“边缘化”和研究的突破创新两大焦虑：如何应对学科“边缘化”这一不争的事实？研究者们希望通过更新现当代文学的研究思路，寻求新鲜的研究视角，以学科自身的主体性建设来对抗这种边缘化。期刊研究正是该应对策略的尝试和体现。现当代文学学科经过几十年的发展，取得了令人瞩目的研究成果，然而也导致研究领域的逐渐窄化，与此同时，研究人员却日见稠密，努力使研究有所突破创新，而不落入他人的窠臼，避开前人研究成果的"高山"，在相对冷僻的文学期刊研究中另辟蹊径，便成为研究者的自然选择。可以说，正是在内部外部各种因素的合力的共同作用下，现当代文学学科才有了期刊研究的热潮。

多种原因合力作用下掀起的期刊研究热潮，势必呈现出众声喧哗、参差多态的面貌。在研究范围上，有通论和资料汇编性质的；有研究某一特定时期的所有文学期刊的；也有把几种性质相近的刊物放在一起加以比较研究的；还有针对某一期刊进行个案分析的。研究的侧重点也不尽相同，有的侧重于新材料的挖掘，展示出被遮蔽的文学原貌；有的着眼于思想史、文化史上的新的开掘，或运用后现代文化理论进行新的阐释；还有的关注期刊作为文学生产和大众传媒介质的属性，对其进行多方位的考察。就其研究路向和研究方法而言，大致可以分为史料钩沉研究、思想文化研究和传播学研究三类。

近年来的期刊研究在史料钩沉辑佚方面，将目光投向以往关注较少的沦陷区文学期刊并取得了一批有价值的研究成果。[①] 这类研究延续了中国现当代文学学科重视原始材料的传统。只是相对于大量的期刊研究文章而

---

① 封世辉的《东北沦陷区文艺期刊钩沉》广泛地勾勒出了东北沦陷时期文艺期刊的概况。刘晓丽的《伪满洲国时期文学杂志新考》对封文中的一些缺误作了勘正，对新发掘的一些含有文艺作品的期刊给予钩沉，并详述了伪满洲国时期有代表性的几种文学杂志的运作方式、办刊宗旨、文学贡献等情况。在华东沦陷区期刊钩沉方面，封世辉的《华东沦陷区文艺期刊概述》较为全面详细地介绍了上海"孤岛"的文艺刊物，对日寇统治时期"孤岛"以外的上海文艺刊物以及南京、苏州、台湾等沦陷地区的文学报刊也进行了勾勒。沦陷区文学研究一直面临原始资料匮乏的困境，经过战乱和人为地批判、抛弃、焚毁，当时出版的期刊资料所剩无几，而且，这些期刊大多还没有收入全国报刊目录。因此，通过对文学期刊的查找搜集和辨别考证，进一步建立健全资料储备，无疑可以把沦陷区文学研究推向深入。此外，还有张玲霞的《论西南联大的文艺社团及其刊物》、钱振岗的《民族主义文艺运动与报刊考辨》等文章。在期刊史料的整理汇编上，刘增人等纂著的《中国现代文学期刊史论》下编专门以"史料汇编"的面目出现，对1915年9月到1949年4月这一时段中创刊和发行的文学期刊进行整理和编目，共辑录汇总了著者几十年来爬梳查访所得的现代文学期刊3500余种，其系统性和全面性使该著具有了现代文学期刊研究工具书的意义；王鹏飞在其博士学位论文《"孤岛"时期文学期刊研究》附录中对孤岛时期文艺报刊目录进行了汇总；刘晓丽在其博士学位论文《1939—1945年东北地区文学期刊研究》附录中，对伪满洲国时期出版的部分文学期刊及其作品篇目进行了辑录。

言，专门进行史料钩沉汇编的研究实属凤毛麟角。中国现当代文学期刊种类繁多，虽几经搜集整理，但仍有不少散佚存在，文学期刊的钩沉辑佚工作并非已经完成，而是仍需进一步地深入挖掘，以便建立更加完善的期刊目录和作品篇目的汇编索引，为学科建设提供更加丰富翔实的史料基础。

思想文化方面的研究近年来相对集中，成果颇丰。《新青年》作为新文化、新文学的发源地，对深入揭示新文学诞生之初的复杂思想文化背景有着重要意义，因此便首当其冲地进入了研究者的视野。① 从思想文化角度切入，对有关文学期刊进行新的历史评价和定位，也是近年来期刊研究的一个热点。② 这些研究通过重回历史现场，从思想文化角度对部分文

① 陈平原的《思想史视野中的文学——〈新青年〉研究》（上、下）从思想史的角度切入，把1915年到1922年共9卷52号的《新青年》杂志作为一个完整且独立的“文本”进行研究，在思想史和文学史的互动下，重新阐释《新青年》的文化、文学价值，显示了作者史论结合的扎实功底。张全之的《从〈新世纪〉到〈新青年〉：无政府主义与五四文学革命》梳理了从《新世纪》杂志到《新青年》杂志的文化传承脉络，探究无政府主义作为《新青年》以及“五四”文学革命思想资源之一在“五四”新文化运动中所起的推动作用。魏建、毕绪龙的《〈新青年〉与“新青年”》着重论述了《新青年》杂志早期对“新青年”形象的创造和呼唤，认为《新青年》创刊之初在思想上关注的并不是“德先生”“赛先生”，而是“青年”问题，扩展了对《新青年》的思想文化贡献以及“五四”新文化复杂性的认识。也有研究者针对《新青年》的某一栏目进行思想文化方面的探究，如刘震的《〈新青年〉与“公共空间”——以〈新青年〉“通信”栏目为中心的考察》借用哈贝马斯的“公共领域”理论来考察《新青年》“通信”栏目的发展演化，认为该栏目戏剧性的演变过程，显示了近代报刊民间化和政党化的双重影响，也从一个特定角度投影出了中国近代以来“公共空间”既建构又解构的悖论性状况，使“现代性”在中国语境呈现出一种特殊的面目。李宪瑜的《“公众论坛”与“自己的园地”——〈新青年〉杂志“通信”栏》力图通过对《新青年》“通信”栏目由“中国杂志上第一个真正自由的公众论坛”转变成编辑同人侧重学术探讨的“自己的园地”这一演变过程的细致考察，捕捉到《新青年》杂志乃至新文化运动思想变迁的历史“现场感”。

② 郭晓鸿的《〈论语〉杂志的文化身份》重点分析《论语》杂志所代表的中国现代市民知识分子的思想倾向和精神形态，认为“五四”的启蒙精神在三四十年代依然是新文学的中心，只是随着时代的变迁，启蒙主体、对象及其形式都发生了一些变化，得出《论语》式启蒙更具备现代市民社会所需求的世俗性、民间性和现代性的结论。初清华的《关于期刊〈人间世〉的几点思考》认为，《人间世》在文学思想上延续了新文化运动中对于“人”的解放问题的思考，其稳健的态度是对30年代文坛浮躁情绪的反驳；在内容上则集中体现30年代初期的社会风貌和思想文化状况，为现代文学保存了丰富的史料资源。该文较清晰地廓清了有关《人间世》论争的历史误会，呼吁研究界对期刊《人间世》给予应有的重视。张芙鸣的《个人经验与公共世界——〈现代〉杂志的意义》；从《现代》杂志老板张静庐和主编施蛰存的商业化编辑策略和杂志定位上，重新解读《现代》的思想文化意义。张厉冰的《关于前期〈万象〉的考察》围绕《万象》杂志前期的编辑方针、刊物内容、作者构成等方面，从文化层面上来考察它在特殊历史境遇里的价值和意义，以期突破以往研究中雅俗对立的森严壁垒，还原前期《万象》在历史中的本来面目。

学期刊进行新的定位，打破了以往研究中受意识形态和雅俗文学观念遮蔽所造成的某些武断结论，对我们准确把握文学历史的真实状况具有一定的启发意义。另外，小报刊研究也侧重于文化研究的角度。[①] 文化研究可以说是小报刊研究的安身立命所在。尽管小报刊研究也带有资料搜集整理的性质，努力展现以前不曾注意到的领域，但由于小报刊上刊载的作品文学性不强，研究对象本身缺乏足够的文学审美价值，这就使得研究者不得不将目光更多地聚集在小报刊所彰显的文化现象上，这种研究具有文化史和报刊史上的价值，但对文学史建构意义较弱。从思想文化角度研究文学期刊，有其合理性的一面。文学是文化的有机组成部分，文学创作受制于时代的思想文化氛围，同时又呈现着该时代的独特文化气息。而文学报刊是文学生存、发展的物质场地和精神空间，考察期刊赖以发生和成长的思想文化背景，透视报纸杂志的思想文化内涵和价值倾向，有助于我们多维度地理解文学生长土壤的复杂性、文学自身发展的曲折性和复杂状态，也有助于我们更好地揭示文学背后隐藏的丰富思想文化内涵。但问题在于，目前的研究过于强调期刊的思想文化含量，而忽视了对文学本身的观照，阐释思想文化的过度热情掩盖了文学研究的审美体察，以至把文学报刊当成了思想史、文化史研究的材料和证据。

文学期刊作为纸质传媒，兼具文学生产和文学传播的双重属性，对现当代文学的发生、发展、传播、接受产生了重大影响。传播学角度的介入，为文学期刊研究提供了新的契机。关注文学报刊的传媒属性、传播主体的编辑理念和传播策略，由此深化对相关问题的认识和理解，是传播学

---

① 李楠的《晚清、民国时期上海小报研究》一书虽然声明采取的是“文学—文化研究视角”，却将更多的笔墨放在对上海小报的文化考察上，通过考察上海小报从早期的没落士大夫文化走向大众文化的历史进程，展现近现代以来上海市民文化的流变；只在下编对小报文学进行总体性概括介绍，而具体文本的审美分析则极其有限。她对北京小报的研究也仍侧重思想文化方面的开掘，如《迥然相异的面目：京海格局中的北京（平）小报》一文，由北京（平）上海两地小报的直观面貌对比出发，追寻两者之间深层的文化差异，考察两种市民社会和市民文化性格衍变的生命历程。

视域下期刊研究的一个突出特点。[①] 期刊的传媒力量不仅表现在期刊自身的传播或对某一思潮文化的传播，还表现在期刊对文学作品的传播上，一些研究者对这方面也有所关注。[②] 完整的文学活动是由世界、作家、作品、读者共同构成的，文学史不仅仅是作家作品的罗列史，也应该包括文学的传播史和读者的接受史。从这个意义上说，关注文学期刊的传播接受自有其合理之处，尽管目前研究文学期刊传播过程和效果的文章并不太多，且主要聚焦于期刊自身或某一思想文化的传播情况，而很少触及具体文学作品的传播接受情况，但这一研究思路对匡正以往文学史研究的偏

---

① 吴福辉的《作为文学（商品）生产的海派期刊》在勾勒海派期刊的发展阶段、揭示海派期刊特点的同时，以较多的篇幅介绍了海派期刊商业化的编辑方针、技巧，在一定程度上触及了海派期刊作为大众传媒的某些性质，深化了对海派文学商业性的认识。颜浩的《民间化：现代同人杂志的出版策略——20 世纪 20 年代的〈语丝〉杂志和北新书局》以 20 世纪 20 年代北京最著名的同人刊物《语丝》为对象，通过讨论该刊以北新书局为根据地的编辑、出版和发行等运作手段，揭示知识分子团体为谋求独立精神在文学刊物的编辑、传播过程中所做的尝试和努力。涂晓华的《上海沦陷时期〈女声〉杂志的历史考察》以历史描述的方式，揭示在上海沦陷时这份特殊的妇女杂志的运作方式、宗旨，并通过对同一时期其他日伪杂志中的女性问题讨论的对比，进一步探讨沦陷区言语空间的复杂性、殖民地文化传播的特点。左文、毕艳的《论左联期刊的非常态表征》由传播学对期刊的定义出发，针对左联期刊作为非常态社会中的大众传媒所具有一系列非常态的表征，来重新认识左联期刊，认为期刊在非常态社会中形成的非常态表征既成就了左联期刊的骄傲，也造成了左联期刊的遗憾。上述研究在传播学视域的观照下，再现了政治、经济、文化环境制约下以期刊为中心的编辑、出版、发行等一系列文学活动所构成的文学史景观，有助于我们动态地了解文学历史原貌的丰富性和复杂性。一些研究还带有很强的当下性指向，如刘增人《中国现代文学期刊史论》的部分章节通过对《东方杂志》《论语》《良友》等现代畅销期刊在办刊方针、编辑策略方面的分析，借古鉴今，联系当下广受欢迎的热门畅销期刊的经营方式，指出刊物定位对当代期刊发展的重要性，对当代文学期刊发展也有着一定的指导意义。从传播过程和传播效果的角度对期刊进行观照，是传播学视域下期刊研究的又一明显倾向。申朝晖、李继凯的《〈新青年〉在中国西部的传播——以川陕为考察中心》一文认为，《新青年》的传播对促进新文化运动发展的作用不可低估。在《新青年》的传播过程中，广为人知的是它在思想文化比较发达的东部地区的影响情况，但从《新青年》传播新的思想文化、开启民智、实现“启蒙”与“救亡”的目的出发，它在文化教育落后的西部广大地区的传播就更值得关注和研究。文章详细考察《新青年》在西部传播的方式和途径，探究了西部地区《新青年》传播特点与在东部地区传播的明显差异，即整体的滞后与内在的不平衡，互动反馈不足而单向接受影响深远；并分析了《新青年》在西部地区的传播对西部社会、思想文化产生的巨大影响以及对西部现代文学的生成所具有的重要意义。郑绩的《从〈良友〉看左翼思潮在大众层面的传播》通过对《良友》杂志的纵向考察，分析左翼思潮在以《良友》为代表的现代中国大众传媒中的形态，进而揭示《良友》出于商业销售目的对左翼思想的吸收、表达和改造，同时还从传播对象的角度探讨了普通大众对于左翼思想的吸纳过程和方式。

② 吴福辉的《海派文学与现代媒体：先锋杂志、通俗画刊及小报》分析了海派文学如何借助先锋杂志、通俗画刊及小报三类报刊媒体来进行传播以及取得的良好效果，并对这三类报刊媒体的代表性刊物作了介绍。

失、拓宽文学史研究的视野无疑有着重要的启示性意义。新文学与传媒关系密切，正如王富仁所说，“中国现代文学，从某种意义上说来，其本身就是与文学媒体的变化紧密联系在一起的。没有现代印刷业的发展，没有从近代以来逐渐繁荣发展起来的报纸杂志，就没有‘五四’文学革新”①。有关论者在认同文学期刊具有传媒属性的前提下，将研究重点放在分析报刊传媒与文学发展的关系上。② 特别值得提出的是钱理群的《〈万象〉杂志中的师陀的长篇小说〈荒野〉》③，该文细致地考察《荒野》在《万象》杂志的特殊存在方式，分析处于《万象》杂志版面空间中的《荒野》与其前后的文本以及背景材料间所发生的对话关系，对我们研究文学文本与报纸杂志的关系具有方法学上的意义，只是这样的研究还比较少。“实际上，现代小品散文的繁荣，现代杂文的产生，诗歌绝对统治地位的丧失，小说地位的提高，中国话剧艺术表演性能的一度弱化与阅读性能的一度加强，莫不与现代报纸杂志这种主要传播媒体的特征息息相关。”④ 因此，在报刊传媒与具体文体的发展演变关系上，以及报刊传媒对具体文本创作的影响上，还有待进一步的挖掘。

近年来期刊研究在多方位、多层次的探索中，显示出以下几个方面的特点。

第一，期刊本位的凸显。近年来的期刊研究与以往期刊研究（主要指20世纪90年代以前）有明显的不同，以往研究把文学期刊看作文学研究和文学史研究的资料库，对期刊史料的钩沉辑佚，是为了发掘具有较高审美价值的文学文本，为文学史建构提供材料支撑，研究目的主要指向期

---

① 王富仁：《传播学与中国现代文学研究》，《读书》2004年第5期。

② 陈方竞的《学府与报刊出版：中国新文学发生发展中“症结”透视》整体考察了新文学的发生与学府和报刊出版的依存关系，肯定了学府文化和报刊文化对于“五四”新文学运动的发生和发展具有重要意义，同时指出学府文化和报刊文化内在的非文学因素对中国新文学发生发展产生的重大影响。刘淑玲的《〈大公报〉与中国现代文学》对《大公报》鼎盛时期（1926—1949年）几个重要的文学副刊作逐一考察，历史地展现了《大公报》文艺副刊这一文学传播空间与中国现代文学之间的互动关系。崔银河的《〈晨报〉副刊与中国现代文学》认为《晨报》副刊作为舆论空间之一在现代文学刚刚发生的那个年代里发挥出了重要的文学传播作用，文章围绕《晨报》副刊主编的更换，通过分析该刊所具有的启蒙力量，重新认定其在“五四”大潮的影响下为中国现代文学的发展做出的贡献。

③ 钱理群：《〈万象〉杂志中的师陀的长篇小说〈荒野〉》，《中国现代文学研究丛刊》2005年第3期。

④ 王富仁：《传播学与中国现代文学研究》，《读书》2004年第5期。

刊呈现出的作品（包括文学性作品和理论性作品），而非期刊本身。而近年来的期刊研究则把文学期刊本身当作独立的文学研究对象，使其上升到研究本体的地位。不少研究从报纸杂志本身的面貌、文化品格、地位、对当世及后世文学运动和文学发展的影响等方面来进行梳理和把握，从思想文化、社会环境、政党派别、文学生产机制、文学生态营造等各个角度对期刊进行观照，甚至深入期刊内部，探讨其办刊宗旨、编辑理念、经营策略、出版方式、发行渠道等一系列问题。文学期刊本身作为独立的研究对象，得到前所未有的广泛关注。

第二，还原历史。近年来的期刊研究力图恢复文学史原貌，带有明显的还原历史的倾向。研究者在爬梳某一文学期刊时，往往注意横向考察与该刊相关的一切人、事、物，以求再现当时特定的历史文化语境，揭示文学历史丰富复杂的原生态。这对我们重新检视和厘定一些文学问题大有裨益。在以往的文学史研究中，为了方便给作家作品定位，丰富繁杂的文学状况被条分缕析成几大板块，被简约成几大思潮流派，这种研究格局便于把握文学发展的主潮，但也造成了文学史研究模式的定型化，使得主流之外的作家作品很难进入研究视野，再加上意识形态和雅俗观念的制约，极容易导致对文学发展状况理解认识上的片面化和简单化，而还原历史的期刊研究在一定程度上能够弥补这一缺陷。通过重回历史现场，一些史实不清、难以评判的领域被重新爬梳，一些被忽略的问题也随着研究的进一步细化而引起了关注，而且，伴随着历史迷雾的揭开、文学本真面目的袒露，“重写文学史”也有可能真正得以实现。

第三，向外转。期刊是文学外围生态环境中的重要一环，当期刊成为文学研究的本体时，研究重心由内向外的转移便不可避免。近年来的期刊研究将文学期刊看作一个动态的“文学场域”，有关文学的探讨往往集中在与期刊紧密纠葛在一起的社团流派、生产机制、文学传播、对作者和读者的影响等外部问题上，以期展示不同时期互动共生的文学生态，这使得它和以往的“文学内部研究”大相径庭。文学内部研究关注文学作品本身，重在分析作品的主题内容、思想情感、审美特征、艺术风格及其在文学史上的地位。而近年来的文学期刊研究对期刊上所刊载的文学作品并不十分热心，关注较多的是作品之外的东西，因而带有鲜明的文学社会学色彩。期刊研究虽然关注文学外部，但又不同于20世纪50—80年代的文学外部研究。20世纪50—80年代的文学外部研究注重文学的社会效用、文学与政治的关系，大多是从作家的身世、作品产生的社会政治背景入手，主要关注作家的政治立场、社会的政治经济等问题，这种处在政治意识形态话语笼罩下的外部研究，失之于单一和笼统，并不能很好地把握文学的外部状况。而近年来的期刊研究对文学外部的考察则更加深入细致，通过分析期刊所处的具体外在环境，全面展示文学与社会政治、经济、文化的广阔而复杂的联系，关注文学生产、文学传播等文学外在活动。政治视角不再是考察文学外部情况的唯一视角。

第四，跨学科。近年来期刊研究对思想文化的关注，以及传播学视角的介入，还使其具有了跨学科的性质。虽然不少文章在研究方法上各有侧重，但研究视野并不局限于某一个方面，例如，对新发掘的期刊史料进行评述时，往往会借助思想文化视角或传播学研究视角；而为了更好地阐释刊物所体现的思想文化，则又需要引用新的史料，或借助传播学理论分析编辑作者的办刊方针；侧重从传播学角度研究期刊的文章，也会涉及史料钩沉和思想文化。可以说，这是一种把思想研究、文化研究、传播研究和文学研究等糅合在一起的多学科交叉研究。

期刊研究在昭示着广阔发展空间和巨大创造活力的同时，也暴露出了一些负面问题，前文论述中虽然已附带地指出了一些缺点，但还是有必要进一步从学理层面对近年来期刊研究的不足之处做出揭示，以对本研究起到纠偏与警示之用。近年来期刊研究的一个显著弊病是学科“越界”造成的文学学科本位的丧失。前文已经提到，近年来的期刊研究是一种把思想研究、文化研究、传播研究和文学研究等糅合在一起的多学科交叉研究。在这种跨学科研究中，现当代文学学科的“失位”现象非常明显。首先，从思想史角度研究文学期刊容易落入以思想的普遍性和一般性消解文学特殊性的陷阱，对现当代文学学科的独特性形成一种事实上的“解构”。对文学期刊的思想研究，其本位和落脚点应该是文学，以实现文学研究与思想研究的互动，而不是用思想研究取代文学研究，把文学期刊上的史料当作思想史研究的注脚。可目前的期刊研究正存在着这样的危险。其次，文化研究的泛化导致了文学评价标准的混乱，构建文学史的审美价值体系面临消解。比如，小报刊研究之所以能进入文学研究的范畴，是因为它具有一定的文化史意义，同时也可为文学史研究提供一些零碎的资料，小报文学的审美价值却乏善可陈。然而目前小报刊研究的一个明显倾向，便是借助小报的文化价值来强调其文学价值，为小报上的“豆腐块”

文章寻找进入文学史序列的可能。这必然给文学评价标准带来混乱，甚至有颠覆文学史审美价值体系的可能。最后，在借助传播学角度对文学期刊进行研究时，部分研究者不能很好地把握“文学”与“传播”的关系，过于生硬地强调“传播”的一面，而忽视了“文学”本位。期刊研究不是不可以跨学科，实际上，正是跨学科给期刊研究提供了新的视角和活力，但在对文学期刊的跨学科考察中，要始终坚持以文学为主体，要强调文学相对的独立性和特殊性，并最终返回到文学文本上来。现当代文学学科的建设要突破原有的边界，但也不能没有边界，这就要求我们在提倡学科开放的同时仍需建立学科规范。目前的期刊研究在突破原有学科规范方面已有成效，但在重建更加完整深入的学科观念和学科规范方面，还有许多扎实细致的工作有待进行。

对文学文本研究、审美研究的忽略，是近年来期刊研究的又一个严重缺失。期刊研究的一个出发点可能是针对以往文学内部研究的弊端：研究对象只局限于结集的文本，把它看作一个静止的封闭的存在，既很少将文本置于其产生的具体语境，也很少关注文本的传播与读者的接受情况，从而造成研究视野的窄化，导致文学史研究格局的静态化和单一化。因而，期刊研究有意识地从多种角度来考察与期刊有关的生产、传播、接受等文学外部活动，展示文学产生的具体思想文化语境和叙述语境，这可以看作对以往文学内部研究的一种反拨，然而却往往流于矫枉过正，以至从一个极端走到了另一个极端，将期刊上的文学文本有意撇开，形成对文本研究、审美研究的事实遮蔽。期刊不仅是文学外部活动的“场域”，更是文学文本的载体，仅仅关注文学外部的期刊研究是不全面的。文本的文学性或审美性，是中国现当代文学学科的本质属性，它是文学之所以为文学的根本特征。如果把最根本的东西抛开，文学研究就会变成“没有文学的文学研究”，其荒诞性和悖谬性显而易见。在现当代文学学科建设中，文本研究并没有达到尽善尽美、可以永远束之高阁的程度，而是还存在许多有待填补的“未定点”，例如，如何在充分展现文本产生的具体思想文化语境和叙述语境的基础上，从发生学角度去理解文本何以产生、为何以这样的形态出现，进而深化对文本的文学性和审美性的认识，解读外在因素对文本内部的渗透作用；如何在与期刊相联系的文学外部活动中考察具体作品的发表、传播和接受情况，以及这些情况对文学创作的影响；如何通过对发表在期刊上的原作与结集出版的删改本的比较研究，来探究删改前后作品思想艺术的变化、作家的思想状况以及作家作品与时代、社会的深刻联系；如何在期刊研究所呈现的文学原生态面貌中对文学文本进行新的观照、考察和定位等。这些都是近年来期刊研究中所彰显出的新问题、新领域，迫切需要研究者对其进行关注。

期刊研究本身对传播学相关理论方法进行生吞活剥的掌握和运用，也导致了这一研究视角严谨性和学理性的欠缺。诞生于20世纪40年代美国的传播学科在80年代才引入中国。随着大众传媒的日益发展以及向各学科领域的渗透，传播学以其高度的综合性和多学科交叉性的研究方法被广泛运用于新闻、文化以及文学研究之中。但是，由于译介和学科体系整体移植等诸多因素的影响，以及文学研究者本身掌握传播研究理论方法的深度不够，目前许多以传播学姿态出现的文学研究，仅仅只停留在对传播学概念、模式的简单移植或者运用刻板的传播原理框套文学的现象。加之，传播学相关理论的诞生具有很强的实证性特征，往往与其产生的现实环境紧密相连，若抛开理论能指和所指的内涵和外延，仅仅只简单的套用，势必陷入削足适履的误区。期刊研究中的这些不足也许是新方法运用初期所普遍经历的过程，在所难免。但随着研究成果的不断涌现，研究方法也必须不断走向深入和成熟。从这个角度讲，现代文学研究的传播学视角并未真正确立，方法论亟待研讨和确立。

期刊研究一方面不能抛开文本研究和审美研究，单独地进行文学活动的外部考察，而应兼顾“外”与“内”的沟通和协调；在提倡学科开放、拓宽文学研究视野和范畴的同时，还要注意建立更加完善的学科观念和学科规范，保持学科的独特性和特殊性。另一方面，在引入新的理论视角时，必须经历一个严谨的学理探讨和方法论的研究过程。唯其如此，期刊研究才能真正成为学科建设的新的生长点，才能真正把文学史研究引向更加广阔的天地。

在北京大学20世纪中国文化研究中心与日本大学文理学院合作于2002年召开的研讨会后编辑出版的《大众传媒与现代文学》一书中，陈平原先生指出：“阅读并理解大众传媒，既是手段，也是目的；既是技术，更是心态”。“假如大众传媒的文字、图像与声音，不仅仅是史家自由出入的资料库，本身也成为独立的研究对象，那么，从解读相对来说前后一致的作家文集，到阐释‘众声喧哗’的大众传媒，研究者的阅读姿态与理论预设该做何调整？另外，文学史家眼中的大众传媒，与传统的新闻史家、文化史家或新兴的文化研究者眼中的大众传媒，到底有何区别?”① 的确，在我们开始将目光投向文学传播媒介时就应该首先思考和解决这一问题。

（二）从本质到本真：延安文学传播研究视角的确立及其意义

人类学家爱德华·萨皮尔曾说：“每一种文化形式和每一社会行为的表现都或则明晰或则含糊地涉及传播。”② 传播（Communication）是人类社会文化活动的基本形式，人类社会的运作，无不在产生、传递、接收信息和对信息作出反应。信息无所不在，传播也无所不在。现代社会日益复杂，传播也日趋多元与复杂。传播媒介随人类社会生活及科学技术的发展也呈现出新的形态。大众传播媒介如报纸、广播、电视、杂志等，不仅丰富了人的生活，更延长了人类的思想。思想与文化通过大众传播媒介，跨越时间与空间的限制而广为传播，其延长增值意义何等重大。可以这样说，人类的精神塑造、文化塑造、科技发展，很大程度上是通过大众传播媒介这个载体而得到实现的。因此，当我们回溯文学这一文化重要呈现形式的发展历史时，将目光投向其传播过程，无疑会寻觅到其发展所经历的每一个时刻的历史细节和印迹。

进一步讲，对文学传播过程的观照，就是对文学史的动态观照，对文学史中各种关系因素相互作用的动态观照。从传播学的视点看，传播是一种互动、交流、共享、循环、辐射。传播一方面指传递和接受思想、信息和态度的过程，另一方面指传递和接受思想、信息和态度的制度机构和形式。同时，社会传播过程就是意义和定义在社会上建立并且历史地演变的过程，传播与社会制度机构、习俗之间关系密切。③ 延安文学的传播，正是以延安为核心信息源的各种互动、交流、共享、循环、辐射的过程。在这里并不单单是一种地域的范畴界定，更重要的是信息内容所承载、象征的思想、文化、意识形态意义上的界定以及与之相关联的诸多因素的碰撞融合。正如延安时期的中国革命是以延安为核心向全国辐射，开辟、建立、巩固的革命根据地一样，延安的话语通过传播走向全国并终于成为中国的声音，汇聚成 1949 年 10 月 1 日天安门城楼上伟人那一句浸透着中华

---

① 陈平原：《文学史家的报刊研究》，陈平原、［日］山口守编：《大众传媒与现代文学》，新世界出版社 2003 年版，第 567 页。

② ［美］韦尔伯·施拉姆、威廉·波特：《传播学概论》，新华出版社 1984 年版，第 4 页。

③ 张咏华：《媒介分析：传播技术神话的解读》，复旦大学出版社 2002 年版，第 91 页。

民族的世纪沧桑、壮怀激烈的声音："中国人民从此站起来了!"民族国家终于在经历了想象、构建之后，在这里以中华人民共和国的成立获得了一个胜利的表征。通过传播研究还原这一生动的轨迹，无论在学理研究的层面还是在探究历史本真的层面都具有深刻的现实意义和方法论的价值。

第一，延安文学传播生态研究路径的确立。

20 世纪中国文学的发展，是在一个特定的时代背景下展开的，这使得文学难以成为一个独立的领域而获得自足发展，尤其在延安时期，战争时期特殊的政治化语境构成了特殊的文学氛围，在很大程度上决定了文学的生存和生产情况。其传播形式既有别于同时期的国内其他地区的文学传播模式，也不能用当下的研究视角生硬地阐释抑或评判甚或批判。从传播学的视角出发，有可能突破简单地将关注的焦点停留在孤立的静态文本、文艺社团或文学现象以及理论之上，而得以从当时文学发生、传播、接受的生态，文学构成的场域、文学从创作主体的生产到接受主体的接受和反馈以及控制者的控制、规约等动态角度，全方位地历史还原性地审视延安文学。从中我们会条分缕析地看到构建延安文学体系的多重因素。因此，必须回到当时的媒介生态与文学生态之中，运用传播理论科学地加以审视，方能透视其深刻的文学价值和文学传播意义。

传播生态学研究的概念借用了生态学中关联性结构性的原理，是研究生态群落及其生存发展的系统之中各种因素的相互关联、相互制约而达到相对的平衡的科学。其意义在于将传播媒介作为社会大系统之中的子系统，既研究传播媒介系统与外部环境的诸种因素保持一种相互联系和相互依赖的适度互动关系，又探究系统内部各因素之间的相互联系、相互依赖和相互作用的网状的非线性关系和良性循环。传播生态既包括传播媒介的外部客观环境，同时又是媒介与客观外部环境互动创造的结果，他们共同设定了媒介传播生存发展的空间。从社会系统论来看，如果离开与其他社会子系统的互动，就不可能对传播这一社会子系统有完整而透彻的理解。那么，分析延安文学传播的生态环境就必然要将其放置在大的社会背景之中，以一定时代、地域条件下，文学传播与社会各构成要素之间相互关联所形成的具有特征性的结构形态为研究对象，通过生态研究揭示出当时社会系统中与文学传播关系密切，对传播自身的决策和运作产生直接影响的要素，在剖析要素对传播产生制约作用的基础上，探寻延安文学发展的传播学研究路径。

文学传播生态研究路径的确立实质上是建立一种还原历史的视角，并由此确立多元素的分析框架，可以使我们突破传统的关于延安文学的评价体系。纵观目前延安文学的研究成果，仍然存在着严重的简单化倾向，要么肯定，要么否定，要么单一地从一个角度切入，如以兵法社会（战争时期）[①] 的特殊情状对丰富生动的历史加以归纳阐释。实质上，若从传播生态看，延安文学已经成为中国共产党传播事业的重要构成部分，在其中，它既是构成元素，同时又是首当其冲被规约的部分，具有传播的作用与反作用功能，形成了一个巨大的场域，而作为子系统的文学场又怎能超越其中“力”的作用。从这一意义上讲，与其说是对文学传播的研究，不如说是将文学放置到传播的原生态环境中去研究。

第二，延安文学传播媒介研究路径的确立。

媒体是在历史事件发生的当时记录历史，媒介传播也是文学、文化流变的原初载体，记录着其产生、演变的原始历史过程。媒介是回到历史现场，考察当时文学演变的历程、传播与接受历程的“活化石”。从 1937 年 7 月“七七事变”到 1949 年中华人民共和国成立，是我国现代史上战争规模最大、持续时间最长、对各个领域的破坏性影响最深重、最酷烈的时期。但就是在这种非常特殊的时代里，文学期刊却以一种非常特殊的形式，迅速地、非常态地生存、发展起来，从而创造了人类文化史上一种罕见的奇迹，一种堪称辉煌的文学景观。据不完全统计，我国 70 余家图书馆（主要分布于北京、上海、南京、武汉、重庆、成都、延安、桂林、昆明、广州、厦门、济南、西安、长沙等城市）收藏的文学期刊中，40 年代创刊、发行的，大约有 1968 种，大约占从 1925 年 9 月《青年》杂志创刊至 1949 年 7 月第一次文代会召开这 24 年间创刊、发行的文学期刊的 56% 左右。[②] 因此，近年来关于 40 年代文学期刊的研究乃至“小报热”逐渐成为现代文学研究的显学尤其是历史的必然性。但是，与目前针对同时期其他区域的文学报刊原始资料（例如：40 年代北京、上海报刊研究）所进行的整合、研究工作相比，关于延安文学报刊研究则尚未引起足够的关注。作为 40 年代中国文化的重要组成部分，无论如何延安文学报刊都不能被忽视。

---

① 朱鸿召的博士学位论文《兵法社会的延安文学（1937—1947）》认为：“兵法社会”就是延安文学赖以产生、发展、演变的具有本土性特征的历史语境。在这种历史语境下，延安文学表现出独特的被兵法穿透的中国现代性特征。

② 刘增人：《中国现代文学期刊史论》，新华出版社 2005 年版，第 206 页。

延安文学传播的特殊生态决定了它不同于中国历史上其他任何时期的媒体传播。在战争年代复杂的社会政治斗争和激烈的军事斗争中，延安文学传播媒介突破了传统的对大众传播媒介的理解范畴，报纸、杂志、戏剧、民间形式等，以其强大的包容性和建构力量奠定了中国革命文学的方向和规范。因此，它所承载的绝不单单是延安文人的审美抒发，而是沉甸甸的历史的印迹。传播媒介也绝不仅仅是延安知识分子的“公共空间”，更是革命战争历史的立体空间呈现，是新中国的创建者的理想社会图景的动态镜像构建。报刊等传播媒介的内容、编辑、话语形式与其说平面地展现了历史原生态，不如说全景式地动态呈现了历史图景。事实上，延安文学除了我们所熟知的经过加工结集整理出版的丁玲、艾青、何其芳等代表作家作品之外，还有大量的发表于各种期刊报纸、甚至以民间传播形式出现的作家作品。因此，从传播媒体入手研究延安时期文学，更易取得整体性的真切的文学史感受，回到原初的文学语境之中，回到历史的现场去研究，就不能绕开作为“在历史事件发生的当时记录历史”的媒体。

从以下辑录的1935—1948年部分与文学有关的延安报刊[①]，便可观当时的文学盛况及传播景象。在综合性刊物中，具有代表性的有：《新中华报》《解放日报》《边区群众报》《打日本报》《抗战报》《救亡报》《解放》《战声报》《部队生活报》《八路军军政杂志》《边区青年》《关中报》《三边报》《中国青年》《青年战线》《中国妇女》《学生通讯》《中国文化》《通讯》《文摘》《新文字报》《陇东文化》《陕北文化》《新少年》《边区儿童》等；代表性的文艺刊物有：《文艺战线》《大众文艺》《文艺月报》《文艺突击》《艺术工作》《大众习作》《初学者》《鲁艺校刊》《鹿州文艺》《草叶》《谷雨》《青苗》《诗刊》《诗建设》《新诗歌》《战歌》《歌曲》《前线画报》《锄奸画报》《民族音乐》等。由此可明显看出，在延安出版的所有报刊中可提供给文学活动和传播的报刊几乎占了延安全部出版物的一半以上。事实上，延安文学的代表作品、新中国成立以后仍活跃于文坛的著名文艺理论家、批评家、作家包括艾思奇、周扬、林默涵、张光年、艾青、田间、何其芳、孙犁、丁玲、周立波、萧军、罗烽、贺敬之、马烽、蔡其娇、舒群、刘白羽、周而复等，都是借助这些报刊媒体所建构的公共空间孕育成长、发展起来的。

---

① 各报刊详细资料见附录一：《抗日战争时期陕甘宁边区出版的主要报纸杂志概览》。

第三，传播学视角下延安文学研究的意义。

延安时期的文学传播媒介不同于其他时期甚至同时代的其他区域的媒介。它既是当时特殊的社会政治文化的载体，也是主流意识形态表述的主要阵地。因此，研究对象除了传统的媒体研究所聚集的传播主体、作者、受众之外，更重要的还有关于文化领域的领导者及其文化政策、政治对媒体的规约性的研究，以探讨中国革命文学传播实践所呈现的历史意义及其多义性。从文学传播的角度看，延安文学的传播实践，也为当下文学期刊的发展和文学传播提供了可资借鉴的经验和教训。传播学视角下延安文学研究的意义体现在以下方面。

第一，突破长期以来延安文学的研究模式，拓展了研究视野。一直以来，延安文学的研究与中国现当代文学研究同步，呈现出鲜明的时代政治印迹，以20世纪80年代为界限，此前的延安文学研究基本上囿于意识形态话语的范畴之中。80年代以后，意识形态话语的生效机制以及文本内部的复杂性构成受到关注，研究视角上开始寻求突破，但主要仍局限于诸如延安文学观念、文学的集体创作、延安文学与文学规范、延安文学的政治性特质等研究方面。威廉斯在1958年的文学史著作《文化与社会》中对媒介在文学研究中的重视可以为我们提供研究思路。从历史唯物主义的文化观出发，不但注重分析社会生产力的发展同文化观念演变之间的联系，而且强调包括媒介产品在内的文化产品与文化关系（或者说反映在文化领域中的社会关系）之间的联系。注重文化制品（包括传媒制品）同产生它们的制度机构、习俗及社会结构等联系形成了文学研究中媒体研究的重要特色。[①] 同时，由于通过媒体传播的文化所表达的意义和价值观不仅体现在艺术和知识中，而且也反映在制度机构及人们的普通行为之中，文化分析的作用在于解释阐明、澄清某一特殊文化中的生活方式中或明或暗地体现出的意义和价值观。因此，文化分析不但应包括历史评论，将理性的、唤起想象力的文化作品置于特殊的传统和社会的关系之中去分析，而且还应包括对生活方式中一系列要素的分析，这些要素是：生产的组织方式，家庭结构，表达或统治社会关系的制度机构、习俗，社会成员进行传播活动的典型方式。[②] 根据这一观点，研究媒介产品不应仅进行就文本书本的孤立分析，而应把文本分析同对于产

① 张咏华：《媒介分析：传播技术神话的解读》，复旦大学出版社2002年版，第90页。

② 同上。

生这些产品的制度机构、习俗及社会结构的考察联系起来。[①] 因此，从文学传播的媒介入手自然就将文学与构成媒介的生态要素联系起来了，从将文学视为静止的文本对象的研究转向对文本生产的整个过程加以动态观照，从而发现许多被忽视的现象。例如，不同时代的文人要想以自己的声音切入社会，要想建立自我的认同，大概都会选择结社与办刊来实现，这是研究社团史和刊物史成为研究现代文学史方法之一的重要原因。而目前有关社团史和刊物史研究中，延安时期还未能引起研究者的充分关注，这一种状况将使延安文人寻找自我认同的努力湮灭于历史深处。而延安报刊创办的背景、其办刊宗旨等恰恰可以使我们更进一步的关注到办刊者的文化立场和心态及其矛盾困惑、转折演变过程。

第二，以文学的传播为研究对象，无疑会通过文学文本传播的动态过程抓住其生产和接受的核心环节，具体地说，就是更易于使研究回到历史的生动处，通过追溯作品的诞生生态、传播过程，呈现其在当时历史现场中的生成与传播，接受与影响，以探究延安革命文艺的复杂构成，也更易于通过接近“历史文本”的原貌来接近“文本的历史”。其一，从生产的环节看，文学生态、作家、编辑、媒体等要素共同作用于文学，而对这些要素的条分缕析，对要素与要素之间的互动关系的梳理探究，无疑会使我们从更加立体细微的角度切入历史的隐秘处。历史往往存在许多偶然因素，并不能简单地按照因素影响的权重来排序，或许一个细枝末节的小因素，却发挥了四两拨千斤的功效，乃至于更改历史甚或使其走向另一轨道。正如王实味的结局、萧军的遭际，既有历史的必然，也和他们各自的性格以及特定的时空有着必然的联系。其二，从接受的环节看，可以说，若站在传播学的角度来衡量任何一个方面的信息传播效益，其第一要旨就是“接受”，受众的接受范围、接受效果构成了衡量传播的基本标准，从这个意义上讲，文学绝不是文学家们孤芳自赏的文学，也不仅是供批评家们纵横捭阖，激扬文字的论坛，文学归根结底是受众的文学，衡量文学的最根本的标准源于受众。从传播学入手，便可轻易地将文学艺术的生产与传播媒介的生产相结合，以文学研究为基点，跨入政治学、社会学、舆论学、宣传学等跨学科领域，突破传统单一的文学研究范式，对理解和动态

---

① Williams, Raymond, *The Long Revolution*, London: Penguin, 1975, pp. 57 – 63，转引自张咏华《媒介分析：传播技术神话的解读》，复旦大学出版社 2002 年版，第 91 页。

呈现延安文学的谱系特征和历史进程无疑具有方法论的意义和价值，有助于从更开阔的领域理解延安文学的可能性空间。

第三，探索将文学研究与传播学研究相结合的方法论，具有跨学科交叉研究的创新性意义。传统的文学研究主要是以文本为核心来建立其作家论、作品论、鉴赏论等理论体系，正如韦勒克（Rene Wellek）在区别文学研究和史学研究时指出的："文学研究不同于历史研究之处在于它不是研究历史文件而是研究有永久价值的作品。一位历史学家必须根据目击者的记叙来重述一件早已过去的事件，而研究文学的人则可以直接接触其对象即艺术作品。"[①] 而传播学视角的引入则将文本置于其发生的原始媒介生态之中。传播学研究的视角以它空前的兼容性和综合性为我们打开了一扇多维的立体视窗，正如传播学的创始人施拉姆所说："传播学是耸立在多种学科交叉的十字路口的一座大厦。"通过传播学科特有的思维方法和切入角度可以为我们历史地、动态地、全方位地研究延安时期文学的整体状态提供一个多维度的框架。从传播学的角度看，媒介的作用绝不仅仅是一个历史的见证，传播学者麦克卢汉认为"媒介即讯息"，"媒介是人体的延伸"，媒介具有议程设置的能动作用。因此，对延安文学的传播问题研究有利于从文学传播的整体进行切入，将文学研究与传播学研究相结合，既研究媒介又跳出媒介，站在更高的角度分析媒介的功能及其模式途径。从此意义上讲，跨学科的研究也具备了进一步进行微观研究的基础。

第四，报刊研究是关乎整体研究的史料的基础工作。有学者在讲到文学研究时指出："当前的文学研究各学科大体来说，古典文学研究的重头工作是从史实的整理走向史料的解释，在已经差不多做完的文献整理工程的基础上搜寻文学史发展的规律，为三千年一部古典文学史作出客观公正的历史判断，为各种各样悬而未解的'问题'拟出学术结论。现当代文学的工作重心恰好相反，从大量现成的历史结论与定性标签走向艰苦、烦琐的史料的发现、整理与分析，改写结论与撤换标签常常是更为迫切的常规功课，显然过去的史料解释工作和定论定性工作做得太匆忙、太草率、

① 韦勒克（Rene Wellek）：*Concepts of Criticism*（New Haven，1963），第15页，转引自夏志清《中国现代小说史》，复旦大学出版社2005年版，第329页。

太简单片面了。"① 延安文学传播研究的当务之急也在于此。中国现代文学研究从其先驱者胡适、鲁迅、郑振铎、朱自清，到学科的重要创立者王瑶、唐弢、李何林等，就有重视对文学原报原刊的阅读与阐释的优良传统。马良春、樊骏等也发表过关于现代文学史料学的长篇论文，倡导并推动这项工作。严家炎的现代小说流派研究，孙玉石的象征派诗歌研究，陈平原的20世纪小说史研究，大都是对这一传统的发扬。由于战争环境的影响，延安时期报刊资料散佚严重，目前仅存的也分散于全国各地，其中一部分散佚民间的珍贵资料也亟待收集保藏。从目前延安文学的研究成果看，相当一部分资料基础是建立在新中国成立后出版的作家文集或回忆文集基础之上的。而正如有学者分析：在学术研究中，某些资料尤其是回忆录一类资料（史料）的真实性，往往需要分析、鉴别和证实。因年代久远及回忆者年龄、身体关系，有些回忆录中的史实常常出现错误。只有对原报、原刊及原文进行认真的研读，才可能校正其中的不实之处。② 这就需要展开资料的"田野调查"，"根据所研究的问题、所确定的研究对象，去发掘、整理当年发表有关作品和理论文章的原报以及原著等文献资料的工作。在学术研究中发掘、整理并认真研读原报、原刊及原著等原生态资料，可以更真切地感受写作、发表作品的那个时代的社会氛围，从而更好地理解、把握文本，求得对问题的符合历史实际的客观认识和合理解释"。③ 在以延安时期文学期刊为对象展开研究的过程中，同时能够展开相关原始史料的搜集、钩沉和文物抢救性保护工作，对还原历史的本真，推进延安文学研究纵深化具有一定的现实意义。

上述理解在很大程度上决定了本书研究的基点。但笔者依然想强调说明的，正如恩格斯所言："当我们深思熟虑地考察自然界或人类历史或我们的精神活动的时候，首先呈现在我们眼前的，是一幅由种种联系和相互作用无穷无尽地交织起来的画面，其中没有任何东西是不动的和不变的，

① 张积玉：《现当代文学研究应重视资料的"田野调查"》，《陕西师范大学学报》2005年第5期。

② 同上。

③ 同上。

而是一切都在运动、变化、产生和消失。”① 文学传播的过程从某种意义上看是一种文本运动的过程。当文本由隶属于作家的作品进入传播过程成为依附于读者的接受对象最终产生传播效果时，在传播过程中，传播主体对文本的选择、媒介的权威性和功能定位、接受者的接受方式等因素，都构成了对传播的制约因素。这是一个复杂的运动过程。其中，任何一种因素都有可能产生巨大的作用，从而使传播效果有违创作主题的初衷，但其中首先发挥作用的则是文本本身，也就是信息内容本身。文本内容的主旨、观点、价值取向、表述形式等都直接与传播效果相关联。本书的研究方式更侧重于根据延安时期文学传播和其媒介载体运行的经验事实进行有重点的剖析，并希望通过将这些重点的“碎片”运用传播学的理论进行较系统的分析重组之后，能够更清晰地呈现历史，从而使我们能够看到延安文学发展演变、建构的动态图景，并恰如其分地进行评判。本书以为，对延安文学研究的最有效途径，毋宁回到历史的语境中，揭示延安文人如何承担既定的意识形态而对刚刚开始（或过去）的历史事件做“经典化”的工作。也就是说，我们要从对延安文学的本质主义探究转而关注历史话语的研究，从而回到历史的深处，揭开文学文本的生产机制和意义结构，并寻找和把握延安文人在创作过程中呈现出的不可化约的复杂心态。关注文学传播就是关注文学作品原生态生成的摇篮。这一动态关注给我们的启迪应该并不只限于此，更重要的是延安文学是中外历史上一种罕见的经由报刊与大众文艺活动共同传播的独特的文学现象。从传播研究角度切入研究延安文学不仅限于认识整个中国现代文学的价值和意义，同时，延安文学传播中对传播主体的改造、传播形式的变革、传播话语的民间化等都对当代文学的发展具有重要的启示意义。

李欧梵在其《中国现代作家的浪漫一代·中译本自序》中有过这样一段话：“如今……非但整个世界变了——全球化的资本主义浪潮早已席卷一切——而且文学研究的学术典范（Paradigm）也变了：文学研究和文本的细读已被摒弃，代之而起的是‘文化研究’。然而，对我而言，文学仍然是历史的一部分（或可谓是历史的‘表征’），而历史也依然蕴藏于

① 恩格斯：《社会主义从空想到科学的发展》，载《马克思恩格斯选集》第3卷，人民出版社1997年版，第417页。

文学之中，二者互为表里，密不可分，在中国的文化脉络中尤其如此（这是否文化研究，暂且不论）。此书写的虽是历史——'五四'时期作家的浪漫心态——但用的却是文学的体裁，文史不分家，我至今仍视为做学问的座右铭。"① 在延安文学的研究过程中，也始终被笔者尊为座右铭。

① 李欧梵：《中国现代作家的浪漫一代·中译本自序》，王宏志等译，新星出版社2005年版，第2页。

第二章 延安文学的传播生态环境

文学传播以媒介为背景，传播媒介又以整个社会系统为背景。社会构成了媒介传播赖以生存与发展的现实环境，整个社会在一定阶段的政治、经济、文化等的发展与媒介的生存与发展息息相关，传播媒介存在于社会各因素所构建的媒介生态环境中。

延安文学传播的政治文化生态与媒介生态的构建与形成，使文学成为战争环境中充分发挥宣教作用的最有力的武器，这一特性不仅充分体现了意识形态机器的强大功能，在很大程度上又决定了延安文学的生产和生存状态，也决定了延安文学传播的鲜明特点：文学构体的不平衡与多元接受中的多层次受众群体；传播者的多重身份定位和角色转换的融合；传播主体与接受主体交融互动的集体创作模式等。

对于“延安文学”传播的媒介生态特征的分析，可以揭示出当时的社会文化系统中与文学关系密切，对文学传播产生直接影响的诸种要素，在剖析要素产生制约作用和致效功能的基础上，探寻延安文学的历史本真。而对延安时期传播媒介生态的审视，更有助于我们超越特定的时空获得关于一个时代的启示与反思，也有益于我们反观近年来的文学传播研究热中的误区，获得方法论的启示。

文学传播以媒介为背景，传播媒介又以整个社会系统为背景。社会构成了媒介传播赖以生存与发展的现实环境，整个社会在一定阶段的政治、经济、文化等的发展与媒介的生存与发展息息相关，传播媒介存在于社会各因素所构建的媒介生态环境中。“媒介并不是孤立存在的，它也是一种社会子系统，是社会的有机组成部分，它的存在与发展与其他子系统（诸如政治、经济、文化等）也存在着密切的关系，这种关系的总和即是媒介的生态环境。从社会系统论来看，如果离开与其他社会系统的互动，就不可能对媒介有完整而透彻的理解。”① 传播生态学理论运用生态学中关联性、结构性的原理，以研究生态群落及其生存发展的系统之中各种因素的相互关联、相互制约而达到相对平衡的规律。其意义在于将媒介作为社会大系统之中的子系统，既研究媒介系统与外部环境的诸种因素如何保持相互联系和相互依赖的适度互动关系，又探究系统内部各因素之间的相互联系、相互依赖和相互作用的网状的非线性关系和良性循环。也就是说，媒介生态既包括媒介的外部客观环境，同时又是媒介与客观外部环境互动创造的结果，它们共同设定了媒介生存发展的空间。因此，文学传播生态分析应该成为延安文学传播研究的起点。

从历史地理的原生态角度看，陕甘宁边区地处西北的黄土高原，属古禹贡雍州境域，秦时为上郡和北地郡的一部分；唐宋至明清，大部分地方归延州或延安府；辛亥革命后，归陕西北部榆林道管辖；另有少部分地方在甘肃和宁夏境内。这里山峦起伏，沟壑纵横，土地贫瘠，雨量稀少，交通闭塞，人民生活十分贫苦，是中国最落后的地区之一。美国记者埃德加·斯诺到达陕北后，认为“陕北是我在中国见到的最贫穷的地区之一”。在《西行漫记》中，他记录了 1936 年 7 月徐特立向他讲述陕甘宁边区革命前的文化教育状况是：“除了少数地主、官吏、商人以外几乎没有人识字。文盲几乎达到百分之九十五左右。”② 边区政府主席林伯渠在第一届政府工作报告中有更准确的描述：“原边区政府所辖的这片广大的地区，可以说完全是文化教育的荒地。小学校初级、高级合计只有一百二十处，社会教育的组织根本就没有。一般的县份一百人中难找到两个识字的人，有些县份（华池、盐池等）两百人中只能找到一个识字的。而这样一两个读书识字的当然不会是穷人。”③ “自 1935 年中央红军和毛泽东同志到达后，边区就成了中国革命运动的中心根据地。在抗日战争时期，边区是中国共产党中央委员会、中国共产党中央革命军事委员会和中国人民领袖毛泽东同志的驻在地区。正因为如此，所以在抗日战争时期，陕甘宁边区及其首府延安就成了八路军新四军及其他人民抗日武装的总后方，

---

① 李良荣：《新闻学导论》，高等教育出版社 1999 年版，第 210 页。

② ［美］埃德加·斯诺：《西行漫记》，董乐山译，生活·读书·新知三联书店 1979 年版，第 210 页。

③ 《陕甘宁边区教育资料》（上），教育科学出版社 1981 年版，第 178 页，转引自刘宪曾《陕甘宁边区教育史》，陕西人民出版社 1994 年版，第 2 页。

敌后各抗日民主根据地和全国人民斗争的政治指导中心。”① 从当时的战争地理生态方面看，陕甘宁“边区总面积原为12.9608万平方公里，人口200万。管辖范围包括八路军的募补区。1937年7月到12月，经蒋介石承认及国民政府行政院例会正式通过的有26个县……但自八路军主力开赴华北前线抗敌后，国民党政府却不履行诺言，不承认边区的合法地位，并增调大军，构筑三道封锁线，重重包围边区”。② 可以说，处于中国西北一隅，在国民党的重重包围之中的陕甘宁边区在地理上构成了一个相对独立甚至孤立封闭的地理存在。

然而，地理意义上的封闭并不能阻挡精神文化的力量，“上世纪30年代末，尤其是40年代起，延安逐渐成长为中国的文化中心之一。虽然它很小，经济也很不发达，远比不上北平、上海、重庆这样一些传统或新兴的大都市，但它在文化方面逐渐发展起来的重要性，实际上已经超过了那些大城市——原因是，这偏居西北一隅的不起眼的小地方，正在培育和形成未来在中国居领导地位的新文化”。③ 从文化生态的角度，尤其从传播文化的角度看，延安文学的传播生态始终处于全国乃至更大范围的文化生态之中，并扮演着重要的角色，发挥着重要的传播辐合作用。从社会系统论来看，如果离开与其他社会子系统的互动，就不可能对传媒这一社会子系统有完整而透彻的理解。那么，分析延安文学的传播生态环境就必然要将其放置在整个社会系统中，以一定时代、地域条件下，媒介与社会各构成要素之间相互关联所形成的具有特征性的结构形态为研究对象，通过传播生态研究，揭示出当时的历史社会系统中与文学关系密切，对文学传播产生直接影响的要素，在剖析要素产生制约作用和致效功能的基础上，探寻延安文学的历史本真。

一 延安文学与政治文化生态

（一）文化中心：传说之乐土，理想指归之圣地

自中国工农红军长征胜利到达陕北后，延安就成为中共领导力量的所

① 中国现代史资料丛刊：《抗日战争时期解放区概况》，人民出版社1953年版，第5页。本书原名《中国敌后抗日民主根据地概况》，1944年10月，延安新华书店出版。

② 雷云峰：《陕甘宁边区史抗日战争时期（上）》，西安地图出版社1993年版，第17页。

③ 李洁非：《“叙事”的学术价值——读〈整风前后〉有感》，《西南民族大学学报》2006年第7期。

在地。中国共产党在这片贫瘠的土地上实行的诸如土地革命、“三三制”民主政治、减租减息等一系列政治经济革命，使这里焕发出前所未有的生机。尤其是随着抗日战争的展开，中共的抗日政策在很大程度上获得了知识分子们的同情与支持，使那些对国民党政府感到失望的知识分子转而对那个远在陕北的山城充满了解的渴望。正如美国学者费正清所说：“二次世界大战期间延安是一个人人想去的、充满阳光的、愉快和蔼的地方。那里的革命士气和热情非常令人感动，正如斯诺和其他美国记者向世界报道的那样。”① “越是出入于战争的‘地狱’，越是神往于一个至善至美的精神‘圣地’，以作为自己心灵的‘归宿’。”② 于是，从1935年开始，先后有数万知识分子历尽艰险从各个地方拥向延安。尤其在“西安事变”后，国共两党方针政策调整，双方关系有所松动，青年学生知识分子奔向延安这块革命热土的热情更加高涨。“1938年上半年一直到秋天可以说是一个高潮。那时的国民党对这一情况并未引起注意，所以对边区也没有产生什么阻碍，象1938年夏秋之间奔赴延安的有志之士可以说是摩肩接踵，络绎不绝的。每天都有百八十人到延安。”③ 他们充满了激情和理想，在他们心中，“奔向延安的路，是踏上叛逆的路，是通往光明的路，是追求真理的路，一切艰险和坎坷都化成对理想追求的热情，都转为对原来社会叛逆的决心，从而更增加了对革命圣地的虔诚。这是延安文人走到延安大体相同的经历和相当普遍的心理”。④ 而延安更是敞开怀抱接纳这些抗战的生力军，正如何其芳曾描述的：“延安的城门成天开着，成天有从各个方面走来的青年，背着行李，燃烧着希望，走进这城门，学习，歌唱，过着紧张的快活的日子。然后一群一群地，穿着军服，燃烧着热情，走散到各个方向去。在青年们的嘴里，耳里，想象里，回忆里，延安像一支崇高的名曲的开端，响着洪亮的动人的音调。”⑤ 1938年冬，顶风冒雪，跋涉千里奔赴延安，担任鲁迅艺术文学院文学系教员的曹葆华在他的《雪道

---

① 费正清：《伟大的中国革命》，刘尊棋译，世界知识出版社1989年版，第229页。

② 钱理群：《“流亡者文学”的心理指归》，载王晓明《批评空间的开创》，东方出版中心1998年版，第255页。

③ 杨作林：《自然科学院初期的情况》，载《延安自然科学院史料》，中共党史出版社1986年版，第384页。

④ 朱鸿召：《延安文人》，广东人民出版社2001年版，第34页。

⑤ 何其芳：《我歌唱延安》，载《延安文艺丛书：散文卷》，湖南人民出版社1984年版，第57页。

上——去延安途中》一诗中，记述了当时的激情：“心中如燃着夏天火热的太阳/忘记漫天飞雪/只知道/雪在飞/雪在跳/雪在笑/雪在歌唱/这西北的日子。”①

延安首先是作为当时知识分子心中的理想国或者想象中的乌托邦而定格的。“延安张开胸怀，紧紧地拥抱了这些勇敢的叛逆者，无辜的逃亡者，热情的理想追求者和饥渴的长途跋涉者。延安的一整套对于他们来说只在知识的想象中存在过的全新的政治话语、社会组织、行为规范、道德准则……深深吸引着叛逆者与逃亡者的心，深深感动着理想追求者的心，深深慰藉着长途跋涉者的心。”② 何其芳说：“仿佛我曾经想象着一个好的社会，好的地方，而现在我就像生活在我的那种想象里了。”③ 李锐的《龙胆紫集》中的《延安杂忆之一》写道：“延安色彩最单纯，黄土蓝天间白云；莫道都穿粗布服，称呼同志一家人。”④ 曹葆华在他的《一个礼赞》中写道：

延安/西北的古城——你是/阴霾天里/披着太阳的巨人
延安/西北的堡垒——你是/暴风雨中/吹送光明的号手
延安/西北的屏障——你是/四万万人/命运唯一肩负者。⑤

丁玲在1937年写道：

“这是什么地方？这是乐园”，“街衢清洁，植满槐桑；没有乞丐，也没有卖笑的女郎；不见烟馆，找不到赌场，百事乐业，耕者有田”。⑥

初期的延安文化政策宽松，知识分子来去自由，新的政权、新的天地、新的环境、新的空气更增强了延安对大批文化人的吸引力。宽松的文化环境和生活保障使知识分子获得了前所未有的精神解放和生存空间。中

---

① 曹葆华：《雪道上——去延安途中》，载《延安文艺丛书：诗歌卷》，湖南人民出版社1984年版，第510页。

② 朱鸿召：《延安文人》，广东人民出版社2001年版，第44页。

③ 何其芳：《我歌唱延安》，载《何其芳全集》第2卷，人民文学出版社1982年版，第174页。

④ 宋晓梦：《李锐五味俱全的延安六年》，《传记文学》1995年第12期。

⑤ 曹葆华：《一个礼赞》，载《延安文艺丛书：诗歌卷》，湖南人民出版社1984年版，第515—516页。

⑥ 丁玲：《七月的延安》，载《丁玲文集》第3卷，湖南人民出版社1982年版，第353页。

国共产党的机关报《解放日报》1941 年 6 月 10 日在第 1 版发表的胡乔木撰写的社论《欢迎科学艺术人才》中指出：

> 随着抗战以来文化中心城市的相继失去，以及国内政治倒退逆流的高涨，大后方的文化阵地已显得一片荒凉，只有延安不但在政治上而且在文化上作中流砥柱，成为全国文化的活跃的心脏。延安的古城上高竖起了崭新的光芒四射的新民主主义文化的旗帜，在这个旗帜下萃聚了不少优秀的科学艺术人才，从事着启蒙的研究和实际建设的工作。建立新民主主义文化已成了全国进步文化工作者共同努力的目标，而只有在抗日民主根据地的边区，特别是延安，他们才瞧见了他们的心灵自由大胆活动的最有利的场所。这就是为什么他们在延安身上看见了生机，一个民族的生机，寄托了完全的信赖和希望，这就是为什么他们到延安来，仿佛回到自己的故乡、家庭。最近边区中央局所颁布的施政纲领内明确规定了提倡科学知识与文艺运动，欢迎科学艺术人才，这无疑地对今后新民主主义文化事业将有更大的推进，将会招致更多的科学艺术人才来到边区，将更提高边区的以至全中国的科学艺术的水准。①

同时，延安较为频繁的文化文学活动也为作家的沟通创造了条件，作家之间的交流对于个人的创作与思考提供了无形的动力和氛围。何方曾回忆 1938 年他在延安抗大的学习、工作经历："那时的延安，到处洋溢着一种自由、活泼、生动、欢乐的气氛。自由的空气，和平民主的精神，也许是我们这些青年学子到延安后最重要的感受。"② 的确，尽管延安的物质生活极为简单，但在供给制的体制下，食物、衣服、棉被都由组织供给，文人不用为衣食住行操劳，可以在平静的心态下专注于创作。更为可贵的是，延安文人的许多活动直接获得了来自中共领导人的支持。1938 年柯仲平筹建陕甘宁边区民众剧团，剧团条件困难，毛泽东当即送款 300 元，贺龙给了 20 元法币，后来柯仲平又向周恩来、博古写信求助，他们每个人给了 50 元法币。丁玲从南京出逃到保安后受到中央领导人的热烈欢迎，

---

① 胡乔木：《欢迎科学艺术人才（社论）》，《解放日报》1941 年 6 月 10 日第 1 版。

② 何方：《回忆民主延安》，《共产党员》2007 年第 3 期（上）。

周恩来、张闻天、毛泽东等参加了欢迎宴会，丁玲被邀坐在首席。后来毛泽东又以军事电报的形式赠诗丁玲《临江仙》，“昨天文小姐，今日武将军”。使这位在国统区饱受摧残的女作家深为感动。即便是对延安的一些现象持有批评的态度，丁玲写于1942年4月25日的《风雨中忆萧红》依然表达了对延安的高度认可的感受：“延安虽不够作为一个写作的百年长计之处，然在抗战中，的确可以使一个人少顾虑于日常琐碎，而策划于较远大的。”[①] 延安文人在生活方面所受到的优待，以鲁艺的情况为例就是很好的说明。当时鲁艺的师生员工每月都可以领到生活津贴。津贴标准则是根据中央统战部关于高级知识分子的津贴标准规定。教师的津贴一般高于党政干部。1941年7月鲁艺发布“术字第19号通告”，根据中央统战部关于优待文化艺术干部的决定，新定文艺干部津贴增加办法如下：“一、原发12元者增至14元，6元者增至8元，另加5元一种。二、兼课者，无论教员、助教，一律另加教课津贴2元。”[②] 而就在同时期，却有相当一批国统区和沦陷区的作家正挣扎在贫困线上，[③] 基本的生存都难以保障，更不用说进行创作了。中国之大，在战乱之中哪里才能放下一张平静的书桌？因此，“今天看来，当初到底有多少作家的延安之行是出于投身现实政治斗争的考虑已经不再重要。重要的是在他们初到延安的日子里，受到了来自中共领导人的热烈欢迎，让他们切身感受到在一个新的环境中自己的价值。同时，由于有了先来者的‘亲身经历’，那些后来走向延安的文化人，更是把延安作为自己人生理想的实践地。在去往延安的路上，他们往往对那个遥远的山城充满了有如圣徒对于圣地般的向往。对于饱受战火之苦、颠沛流离的知识分子们而言，延安的确是一片传说中的乐土。在这里，他们不需要考虑生活问题，不需要‘为膏粱谋’，一切的生活必需都由解放区政府来解决。他们唯一需要做的就是运用手中的笔把对新生活的感受和对敌人的憎恨用自己的方式表达出来”。[④] “浪漫主义适合

---

① 丁玲：《风雨中忆萧红》，《谷雨》1942年1卷第5期。

② 艾克恩：《延安文艺运动纪盛》，文化艺术出版社1987年版，第263页。

③ 《新华日报》1941年3月6日转载2月21日重庆、西安消息：名戏剧家洪深受经济压迫，再加上女儿肺病沉重，突于2月5日晨起厌世之念，全家服大量奎宁红药水自杀。幸洪深知交即电郭沫若，郭请名医驰赴急救，才无生命危险。洪深事先留有绝命书：“一切都无办法，政治、事业、家庭、经济如此艰难，不如且归去！”为此发表方紫的杂文《名戏剧家之自杀》。

④ 赵学勇、孟绍勇：《“文学中心”的转移与当代文学“新方向”的确立》，《山西大学学报》2006年第1期。

于战斗的时代、英雄的时代。这种时代，生活本身就带有浓烈的浪漫主义色彩。”[①] 以下是摘自1941年《解放日报》上的几首诗歌的片段，延安时代的媒体氛围足以使我们领略到那个激情燃烧的年代。

“轻轻地从我琴弦上
失掉了成年的忧伤，
我重新变得年青了，
我的血流得很快，
对于生活我又充满了梦想，
充满了渴望。
生活是多么广阔，
生活又多么芬芳，
凡是有人的地方就有快乐和宝藏。”[②]
“我走着人生的路，永寻着人生中的海洋”[③]

“只要向前，哪里去都好：只要战斗，什么工作都好。哪怕是当一名伙伕，哪怕前面就是敌人的阵营！敬礼，战斗的人们；敬礼，战斗的我自己哟！”[④]

（二）汇流与重构：“五四”文学、左翼文学、苏区文学传统与延安文学

马克思在《路易·波拿巴的雾月十八日》中指出：“人们自己创造自己的历史，但是他们并不是随心所欲地创造，并不是在他们自己选定的条件下创造，而是在直接碰到的、既定的、从过去承继下来的条件下创造。”[⑤] 就文学来说，任何新的文学形态的形成都离不开对传统文学的继承。在这一点上延安文学也概莫能外。延安文学有着丰富的思想资源和文学传统。“五四”启蒙传统的一脉相承，苏区革命文学的萌芽，左翼文学的理论基础和创作队伍的储备，以及中国知识分子拯救天下的意识，在特

---

① 孙犁：《论战时的英雄文学》，载《孙犁文集》第4卷，百花文艺出版社1982年版，第88页。

② 何其芳：《歌六首》，《解放日报》1941年12月8日。

③ 刘白羽：《海的幻象》，《解放日报》1941年10月15日。

④ 吴伯箫：《思索在天快亮的时候》，《解放日报》1941年12月5日。

⑤ 马克思、恩格斯：《马克思恩格斯选集》第1卷，人民出版社1972年版，第603页。

殊的战争时期所形成的政治、救亡中心——延安找到了落脚点和契合点。战争促使国共双方建立了统一战线，国内不同党派、文艺界不同社团流派在民族救亡的旗帜下也走到了一起。民族抗战文化成为此时压倒一切的传播核心与主题，文学创作自然也成为这一强大舆论场的重要组成部分。尤其引人关注的是文化艺术界以“中华全国文艺界抗敌协会”为核心成立的一系列以抗战为号召力和凝聚力的组织。与此相呼应，1939 年延安成立了中华全国文艺界抗敌协会延安分会。统一战线的建立、成千上万的知识分子从各地汇聚延安，“五四”文学、苏区文学、左翼文学传统在特殊的空间之中得以汇流、放大并在中国共产党的文艺政策指导下获得重构。

首先，“五四”文学、左翼文学带给延安文学的是其走向革命的理论基础、精神资源和大众化方向。早在 20 世纪 30 年代初期，伴随着中国现代文学由“五四”的个性主义向左翼的集体主义价值观的历史性转换，中共早期主要领导者瞿秋白就明确地指出：“每一个阶级都在运用文艺做阶级斗争的武器，有意的或者无意的，要用文艺战线上的意识斗争去帮助自己为着阶级利益的战斗。文艺，有意的或者无意的，都有自己的阶级任务和阶级目的。”① 因此，延安文学可以说是此前左翼无产阶级文学运动在新的特定历史条件下的一个发展。它的整个的方向和一系列的文学原则，在 20 世纪 30 年代的左翼无产阶级文学运动的过程中已经具备或初步具备了，特别是作为它的基本理论基础的马克思、恩格斯、列宁、斯大林的文艺观，也是在 20 世纪 20 年代末和 30 年代左翼无产阶级运动发展过程中翻译和介绍到中国的。同时，延安文艺的大众化方向也可以在新文学的传统和左翼文学运动中找到源头。中国现代新文学开端即体现出强大的积极介入社会现实的意识，“五四”以后，社会与政治发生了深刻的变动，但文学的这种特征并未改变，而且随着现代作家忧患意识的加强与政治意识形态对文学的询唤而不断强化。1931 年左联执委会决议中就明确地指出：“为完成当前迫切的任务，中国无产阶级革命文学必须确定新的路线。首先第一个重大的问题，就是文学的大众化。今后的文学必须以‘属于大众，为大众所理解，所爱好’（列宁）为原则，同时也须达到现

① 瞿秋白：《恩格斯和文学上的机械论》，载《瞿秋白文集》（四），人民文学出版社 1986 年版，第 47 页。

在这些非无产阶级出身的文学者生活的大众化与无产阶级化。”① 尽管30年代左翼文学运动宣传文学的“大众化”，后来受到“化大众”的批评，毕竟它们在主观上有为大众服务的意思，其关于文艺为政治服务、文艺为大众服务等论述为《讲话》提供了理论基础。毛泽东《讲话》中谈到文艺为人民大众服务，首先是为工农兵服务的论述，与左翼理论可谓一脉相承。而且，由于中国共产党在领导民族抗战中的特殊地位，在40年代初的解放区，文学被赋予更为突出的战斗武器的功能。② 在这其中，苏区文学则在创作上成为解放区文学的先导，苏区文学、左翼文学和解放区文学一脉相承。“可以说，解放区文学是在新的历史条件下和新的社会环境中继承、发扬苏区文学的传统并汇合一部分左翼文学的力量而形成的。”③

其次，从作家个体来看，解放区作家与“五四”以来的新文学，尤其是左翼文学有着解不开的血缘关系。“五四”开始的启蒙运动与个性解放的倡导到40年代初基本上为另外的思想与精神所代替，但“五四”新文化与新思想对于现代作家的影响却仍然持续着，也许这种影响并不那么彰显，然而这种影响却深入作家的骨髓里面，随着作家的血液流淌。随着1940年萧军、舒群、罗烽、艾青、茅盾等成名的左翼作家来到延安，并加入“文协”工作，他们的艺术观、价值观也自然渗进延安文学的各个方面。王富仁指出：“没有30年代左翼作家的加入，延安文学是不可能发生如此强大的影响的。尽管30年代左翼作家到了延安地区之后经历了各不相同的人生道路和文学道路，但我认为，延安文学的最坚实的内核仍然是由这些左翼作家带到延安文学之中去的。”④ 的确，虽然解放区初创

① 《中国无产阶级革命文学的新任务》，载张大明《中国左翼文学编年史》，社会科学文献出版社2013年版，第880页。

② 贺立华、程春梅认为：“20世纪30年代的中国左翼文艺运动，直接为40年代延安红色文艺运动奠定了基础，为延安文艺运动准备了比较完备的无产阶级革命理论、思想资源，准备了革命文学实践经验以及革命文学家队伍等等。这些革命文学财富概括说来有四笔：1. 准备了理论基础，例如“阶级斗争理论”，文艺的阶级性，革命的功利性观点，文艺的‘工具’‘武器’说，文艺的宣传说等。2. 准备了革命文学创作经验，例如较好地处理了文学与政治的关系，较好地解决了文学大众化的问题。3. 准备了红色革命文艺的领导干部和文艺家队伍。4. 作家主体意识，例如强烈的社会批判精神等得以规范。”《中国“左翼”运动与延安红色文艺》，《文史哲》2004年第6期。

③ 刘增杰：《从苏区文学到解放区文学》，载《中国解放区文学史》，河南大学出版社1988年版，第17页。

④ 王富仁：《延安文学有重新加以研究的必要》，《学术月刊》2006年第2期。

期的文学因革命的需要与发展应时而变，但在初创期较为宽松的文学环境中，在革命意识形态作为解放区作家的主导意识形态的情况下，“五四”新文化精神已深深地植根于延安知识分子的精神之中，并在延安这片中国革命的土壤之中成长起来。正如茅盾所言：“延安文学是20年代‘为人生’、‘改良人生’的启蒙主义文学观念和文学大众化追求在解放区这块土地上开出的艺术之花。”①

但是，左翼作家进入解放区后，创作思想经历的巨大变化也是显而易见的。来解放区之前，他们大都接受过欧洲或苏联文学的滋养，受到过“五四”新文学传统的深刻影响，视野开阔，创作上有着强烈的创新精神。到解放区后，他们也都经历了满怀激情地讴歌新生活的光辉，把解放区视为自己的“家”和创作乐园的阶段。但是，启蒙与知识精英与革命话语之间的分歧依然清晰可见。杰罗姆·B. 格里德尔概括地总结了二者之间不同的意识形态指向：“社会革命意识形态，如它在20世纪20年代以来的中国所表明的，在几个方面与这种观念相对立。新文化知识分子坚持精英价值的社会意义，革命者则对知识精英主义表示怀疑，而且把大众的价值作为出发点，或认为精英价值必须包括在整个社会价值体系中……新文化自由主义者确定的知识分子角色是有责任的社会和文化变革的战略家，在革命制度下，知识分子被当作可以信任的、伟大的社会和文化转换中的必要的合作者。但他们被剥夺了设计的权威，他们变成了和其他人一样的劳动者，他们是能为建设新秩序大厦提供服务的熟练手艺人，而不再自以为是设计师。”② 在战争所形成的新的社会语境下，启蒙者的角色定位模糊了，文学的创作者、传播者乃至受众的注意力都聚焦在一个方向，那就是抗战救亡主导下的功利性的传播观和文学观。而一切与抗战无关的作品无形中会被高扬的全民族的战斗士气所遮蔽，也会被传播媒介的“把关者”所过滤。因此，抗战前，无论是地域上的不同区域，还是政治上的不同间隔，无论国统区还是解放区以及沦陷区，文学创作不约而同地体现出宣传性、鼓动性、大众化的特点。随着战争的进程，日军步步深入，国民党军队节节败退，形势的变化使战争前期充满呐喊宣泄甚至盲目

① 茅盾：《中国新文学大系·小说集导言》，载《文学运动史料选》（四），上海教育出版社1979年版，第203页。

② 杰罗姆·B. 格里德尔：《知识分子与现代中国》，转引自南帆《革命文学、知识分子与大众》，《文艺理论研究》2003年第1期。

呼唤战争胜利的作品都失去了存在的现实基础。残酷的现实迫使作家们从对现代化的思考、精神层面的启蒙进入对国家民族命运的关注，进而到对个人创作的抉择。于是，前期已经进入延安的和投奔延安的知识分子自然会将自己的创作与中国未来的构建者——中国共产党联系在一起。这种选择既是对个人前途的选择也是对其未来创作方向的选择。“救亡”终于压倒“启蒙”的主题，成为延安文学的核心主题。[①] 可以说战争使中国现代文学不得不离开其正在呈加速发展的轨道，使其不得不暂时舍弃现代文学的现代性探求和发展诉求。战争文化传播生态迫使文学进入战争机器的整体系统之中，并根据战争宣传的运转规律和进程协调自身的系统构造。于是，无论是传播功能、组织结构，还是信息内容、话语模式都随之发生了重大变化。“政党政治革命取代思想学术启蒙而成为文学革命的支配性力量”[②]，“为人生”的文学宗旨，“启蒙”的文学理想，经过20年代无产阶级革命作家的强化，30年代左翼作家的张扬，再加之抗战文学的推助，到40年代以延安为中心的解放区直接被外化为文学为政治服务，文艺便成为“团结自己，战胜敌人不可少的一支部队”，“成为整个革命机器的一个组成部分，成为团结人民、教育人民、打击敌人、消灭敌人的有力的武器”[③]，于是，文学传播功能的宣传化，组织结构军事化，话语模式大众化，这一切在持续了13年的延安时期不断得到强化，并最终构造成中国现当代文学的传统。

（三）使命与武器：革命战争文化生态

1937年卢沟桥的炮声预示着中华民族到了生死存亡的最后关头。中国人民的抗战由局部的抗战转化为全民族的抗战，中国革命开始进入全面

---

① 严家炎对“启蒙”和“救亡”的关系做过如下分析：“当‘文化大革命’的恶梦刚刚过去，人们吃尽了封建专制主义的苦，因而痛定思痛，思考‘五四’的启蒙任务为什么几十年后还没有完成的时候，有些学者用‘救亡’和‘启蒙’的关系来作解释，这是可以理解的。但我以为，这可能是一种误读，它没有抓到真正的痒处。‘五四’前夕，‘启蒙’任务的提出，本来就是为了挽救国家民族的危亡，因此，不能设想救亡形势一紧张，反而会压倒了‘启蒙’。‘启蒙’任务后来之所以被消解，真正的原因是在革命队伍内部，是封建主义侵袭革命队伍的结果。而一旦封建思想侵袭到革命队伍内部，它有了‘革命’做护身符，以‘革命’名义做，这时的‘封建’就很难反了。反对它就成了‘反革命’，启蒙者本身就成了蒙昧者，成了应该接受‘启蒙’的人。王实味、丁玲曾经为此而付出了代价。”见《明报月刊》2005年3月号。

② 余虹：《革命·审美·解构——20世纪中国文学理论的现代性与后现代性》，广西师范大学出版社2001年版，第103页。

③ 毛泽东：《在延安文艺座谈会上的讲话》，《解放日报》1943年10月19日。

的抗日战争时期。战争作为人类社会进程中的极端状态，势必会打破原有的社会结构和平衡，带来诸多难以预测的变化。古希腊哲学家赫拉克利特说："战争是万物之父，也是万物之王，它使一些人成为神，使一些人成为人，使一些人成为奴隶，使一些人成为自由人。"[①] 对于构成中华民族的集体记忆的抗日战争而言，绝非简单的战争概念可以涵盖。一方面，"抗战不是桩简单的事，政治、经济、生产、军事……都一脉相通，相结如环"。[②] 另一方面，对于延安的核心领导力量中国共产党而言，这场战争包蕴着生存、抗战、救亡、革命乃致建立革命民主国家的多重主题。在延安文学的研究过程中，文学似乎是社会化合物中的一个元素，很难再将文学从当时的社会政治、战争文化中析出，哪怕仅仅在其中的某一个角度或某一个层面。抗日战争初期投身革命文艺工作队伍的作家、评论家殷白在一篇文章中有这样的描述："那是风云变幻的年代。不久，民族抗日战争开始了，我于京沪沦陷前夕弃家北上，到了延安。记得在抗大学习时，每次到野外上军事课，我和四川同学苏众，在系着皮带的军装前胸里，一个带着茅盾编的《文艺阵地》，一个带着胡风编的《七月》。课间休息的时候，便坐在草地上交换阅读。那时在我们看来，抗战与文艺，文艺与抗战，都为生活之必需。"[③] 的确，抗战构成了当时人民生活的全部，中华民族同日本帝国主义的矛盾成为各种矛盾中最主要的矛盾。"西安事变"的和平解决成为扭转时局的关键，标志着抗日民族统一战线的初步形成，当年9月下旬，国民政府承认了中共的合法地位，公布了国共合作宣言，抗日民族统一战线正式形成，于是，抗击外来侵略，在统一战线的旗帜下建立一个新型的现代民族国家，实现中国历史的质的转变的目标出现了生机，这也是中国共产党领导革命并为之奋斗牺牲的总体目标。"中国对日的总的政治目的，是驱逐日寇出中国，建立独立、自由、幸福的新中国（抗战新中国成立）。它使用的斗争武器，也有政治的、军事的、经济的、文化的。中华民族的新文化运动，服从于抗战新中国成立的政治目的。这是抗战新中国成立的一种重要的斗争武器。其目的，是要在文化上、思想意识上动员全国人民为抗战、新中国成立而奋斗，建立独立、自由、幸福

---

① 北京大学哲学系外国哲学史教研室编译，《西方哲学原著选读》，商务印书馆1982年版，第27页。

② 老舍：《三年写作自述》，《抗战文艺》1941年第7卷第1期。

③ 殷白：《我心上的茅公》，载《步行集》，中国文联出版社2000年版第1、2页。

的新中国，建立中华民族的新文化，以最后巩固新中国。”[1] 作为这一历史过程的一个重要方面，解放区文学以自己的特殊方式体现出了这一民族的历史诉求。正因为如此，延安文学传播就兼具了多重性质：既是战争传播的重要组成部分，又是传播中国共产党新中国成立思想、民族国家理念的重要武器。

1. 通向革命之路：革命与文学[2]

“现代文学史是与现代政治因缘很深的学科。”[3] 纵观中国现代文学发生发展的历程，可以看到它的每一次起伏曲折都与中国社会的动荡波折经历紧密相连。“新文学无疑是产生于一个多灾多难的时代，个人以及整个民族都处于连续不断的动荡与混乱之中。虽然中国的这两种革命——政治的与文学的——在历史中都呈现出一种必然的趋向，但值得铭记的是，那些年代的斗争精神是为频繁的历史倒退中的挫折感所哺育的。当然，现代中国文学不仅仅是反映时代混乱现实的一面镜子，从其诞生之日起一种巨大的使命便附加其上。只是在政治变革的努力受挫之后，中国知识分子才转而决定进行他们的文学改造，他们的实践始终与意识中某种特殊的目的相伴相随。”[4] 因此，中国现代文学史研究的任何一个阶段、任何一个区域都必须正视文学与中国现代社会政治的关系。

在费正清的《剑桥中华民国史》中由芝加哥大学中国文学教授李欧梵执笔的第九章题为“文学趋势：通向革命之路（1927—1949）”。作者认为：“30 年代代表中国现代文学史的一个关键阶段。30 年代的作家们继承了五四遗产，他们能达到五四新文学的早期实践者们未能达到的观察深度和高超技巧（鲁迅当然是个主要的例外）。与此艺术深度共生的，是一种因社会和政治危机日深而出现的强烈的忧患意识，当时日本侵略者的幽灵出现在华北大地，而共产主义革命则在其江西的农村总部集结新的力量。因此，正是在这重要的 10 年里，艺术同政治交织在一起，而 20 年

---

① 张闻天：《抗战以来中华民族的新文化运动与今后的任务》，载《中国解放区文学书系》（文学运动、理论编），重庆出版社 1992 年版，第 965 页。

② 在费正清的《剑桥中华民国史》中由芝加哥大学中国文学教授李欧梵执笔的第九章将 1927—1949 年的中国文学概括为“文学趋势：通向革命之路”。本书借用之。

③ 杨义：《关于现代文学史编撰的几点随想》，《中国文学研究》2000 年第 3 期。

④ ［美］安敏成：《现实主义的限制——革命时代的中国小说》，姜涛译，江苏人民出版社 2001 年版，第 3 页。

代早期的浪漫主义色彩也让位于作家社会意识的某些阴暗的再评价。”[①] 当民族的、阶级的、政党的和文学的使命感在一个特定的历史结点上交汇时，革命、政治以及文学又怎能截然分开呢？当然，在这一特定的历史场景中，中国共产党则自始至终具有明确的宗旨和革命的目的性。这也决定了中国新文学在经历了“五四”和左翼运动之后最终建立了政党的马克思主义学说之文艺观。“革命是一场精神的建构”，“在革命的构想中思想居于中心，首先是因为所有的政治生活都是按照思想来构筑的”[②]，按照这样的理解，政治活动中思想的构想和现实化以及对不同思想的控制就成为整个权力夺取、巩固和运用的重要组成部分。“在现代国家中，文艺是精神建构的重要方式和载体。”[③] “文艺是从心理上组织民族或阶级，促成民族或阶级团结的武器。”[④] 当文艺被艺术家自觉地视为汇聚革命力量的武器时，也就意味着，文艺被自觉地纳入革命的传播体系之中了。“任何传播体系在一个社会里都可能发生两大影响力量，一是作为社会控制的工具，一是协助社会改变，两者看来似乎矛盾，实则是相辅相成的。因为一个社会需要安定，于是要把社会价值、目标传达给社会里的成员，俾能众志成城，万众一心来为美好社会而献身；另一方面，大家共享一种继续进步繁荣的社会就必须不断追求进步与革新，于是变迁便不可少。”[⑤] 在延安充满革命色彩的传播生态环境中，强大的意识形态力量通过各种宣传活动深入每个人的内心，尤其对于关注现实生活的写作者而言，使他们一旦开始写作，在创作内容和形式的选择上，都不由自主地有些意识形态化倾向。丁玲在分析文艺小组创作中的问题时曾说：“他们大半是受过马克思主义的洗礼的，有一个正确的人生观世界观，他们创作的态度是严肃的，都希望着他们的作品有教育意义，有政治价值。”[⑥] 同样，对于那些从写作上已进入成熟期的作家，“而这场捍卫民族尊严、争取民族解放、维护

---

① ［美］费正清、费维恺：《剑桥中华民国史（1912—1949）》，中国社会科学出版社 1994 年版，第 478—479 页。

② ［英］彼得·卡尔佛特：《革命与反革命》，张长东等译，吉林人民出版社 2005 年版，第 96 页。

③ 何平、朱晓进：《论中国共产党文艺制度的起源》，《南京师范大学学报》2006 年第 4 期。

④ 艾青：《我对于目前文艺上几个问题的意见》，《解放日报》1942 年 5 月 15 日。

⑤ 潘家庆：《传播，媒介与社会》，（台北）商务印书馆 1981 年版，第 7 页。

⑥ 丁玲：《什么样的问题在文艺小组中》，《中国文艺》1940 年第 1 期。

人类和平与高扬正义理性的反对法西斯主义的抗日战争，迫使文学家们对其思维模式、价值观念和行为方式进行自我调整和转换，工具理性和政治实用主义伦理成为他们理解文学社会功能的主导思维模式”。[①] 艾青在延安文艺座谈会期间的“对于目前文艺上几个问题的意见”中对文学的功能有这样的认识：“假如说，革命的理论是从思想上去影响人朝向革命，组织人为革命而行动；那末，革命的文艺创作则是从情感开始到理智去影响人走向革命，组织人为革命而生，为革命而死。”[②] 《文艺突击》的“发刊词”也代表了当时许多作家对文艺的理解：“在我们的文艺界里则可以看出一个共通的方向：文艺界愈来愈更与抗战有关，为着共同参加到抗战的工作中间，文艺界在全国的范围里空前广泛地团结起来，文艺界到前方和民众中去组织，文艺大众化的努力，旧形式的利用与新形式的探求，新的作家与新作品的产生，这一切的活动，都向着一个总的目标走去：为抗战，为新中国成立，文艺和抗战，文艺和政治，有着多么密切的关系？在现在已经不是理论的问题，而成了事实的存在了。”[③]

值得注意的是，延安文学的政治化是与政党的政治文化密不可分的。罗森邦曾分析道：“最可能影响一国的政治文化的事件——如战争、经济萧条和其他危机，这些事件彰显了政府的能力，引起人民深深地卷入政治生活中，而且常常测验和检验他们对政治生活的基本感情、信仰和假定。”[④] 延安时期的领导核心是中国共产党，她不仅构成了抗战的坚强指挥核心，也是新民主主义文化建设的设计者和建设核心。政党的政治文化在整个延安时期都发挥着不可取代的作用。美国研究战争传播的著名传播学家哈罗德·D. 拉斯韦尔指出：“在战争期间，人们意识到仅仅动员人力和物力是不够的。还必须进行公众舆论上的动员……事实上，毫无疑问，政府控制公众舆论不可避免地成为现代大规模战争的必然结果。实际上，战争目标的全部功能就是要激起雄心，并增强该共同体战胜阻碍成功的每一项障碍的决心。”[⑤] 抗战中，中国共产党自觉地对国家民族命运的

---

① 朱德发等：《20世纪中国文学理性精神》，上海人民出版社2003年版，第217页。

② 艾青：《我对于目前文艺上几个问题的意见》，《解放日报》1942年5月15日。

③ 《文艺界的精神总动员——代革新号创刊词》，《文艺突击》1939年新1卷第1期。

④ ［美］罗森邦：《政治文化》，陈鸿瑜译，台湾桂冠图书股份有限公司1984年版，第18页。

⑤ ［美］哈罗德·D. 拉斯韦尔：《世界大战中的宣传技巧》，张洁、田青译，展江校，中国人民大学出版社2003年版，第26、59页。

责任担当以及解放区的特殊地位，使政治文化和战争文化思维成为一种首要的存在。共产党统治的解放区虽然在抗战中取得了合法的地位，但它代表的无产阶级的利益却始终处于国民党的威胁之中，共产党一方面只有在激烈的阶级斗争中取得胜利才能真正地保证政权的存在，另一方面，政党的奋斗目标和革命宗旨也决定了这种形势下，共产党始终以政治和军事的目标作为开展一切工作的出发点和归宿点，延安文学就自然而然地被纳入这一文化体系之中，与共产党在抗战和抗战后瞬息万变的政治命运一起经历风霜雨雪，并作为党的工作的一部分在斗争中共度艰难险阻，最终走向胜利。“战争文化要求把文学创作纳入军事轨道，成为夺取战争胜利的一种动力，它在客观上的成绩是有目共睹的。”① 当政党成为危难时期的中流砥柱时，当政党的宣传文化在战争动员、团结民众中形成无可替代的权威地位时，这有目共睹的成绩在战争文化背景下势必进一步强化政治文化，并强化文学的政治文化趋向。费正清在《剑桥中华民国史（1912—1949）》中分析道：“30 年代有责任感的作家中，几乎没有人能在他们的创作观与其所拥护的社会政治目标之间，预见到任何可能的差异。然而在战争期间，有几位杰出的作家，特别是老舍，在为祖国服务的爱国热忱之下，自愿放弃个人的观点。结果是日益强调观众的重要性，从而戏剧自然地成为最强有力的文学媒介。当个人创作观变得与指定的集体观——对后者作者个人也是热情拥护的——相抵触时，当中国现代作家不再能像他们从五四时期以来一直做的那样，声称他们对同胞更有感受性和同情——这使他们对社会有更深刻的观察力——时，个人创作的争论就成为一个严重的政治问题了。这种意义上的对个人创作的挑战，在沦陷区从不存在，在大后方也未被作家们觉察。直至毛泽东于 1942 年在延安发表有关文艺的讲话，这种挑战才以毛掌握的全部思想力量和政治权势摆在人们面前，其特定的目的是整顿文艺界知识分子的思想和改变文学的定义本身。”② 于是，文学与政治的概念在经历了整风运动之后发生了改变，广义的政治蜕变为政党的政治，政治与政策合二为一了。艺术作品的教育作用，对于解放区的人民就是“要在具体的政治思想、政策思想上去帮助他们”，“艺

① 陈思和：《文化观念中的战争文化心理：当代文化与文学论纲之一》，载《鸡鸣风雨》，学林出版社 1994 年版，第 9 页。

② ［美］费正清、费维恺：《剑桥中华民国史（1912—1949）》，中国社会科学出版社 1994 年版，第 473 页。

术反映政治，在解放区来说，具体的就是反映各种政策在人民中实行的过程与结果”。[①]

2. 抗战宣传的武器：战争与文学

首先将文学与战争联系在一起的是文学家自己。“有谁能够否认，目前中国的文艺，已经和抗战紧密地联系在一起，文艺作者的生活，更是和抗战的发展前途分不开了呢?”[②] 知识分子的使命感注定使文学与战争、与国家的命运紧紧相连。老舍在《火葬·序》里说得好：“历史，在这阶段，便以战争为主旨。我们今天不写战争和战争的影响，便是闭着眼睛过日子，假充糊涂。”“中国知识分子对新文学的召唤，不是出于内在的美学要求，而是因为文学的变革有益于更广阔的社会与文化问题。”[③] 文艺的现实使命也因倚重编辑出版行为而社会化。1937 年 7 月 7 日抗战爆发，同年 8 月 24 日，由郭沫若任社长、夏衍任总编辑的《救亡日报》在上海创刊，阿英在该刊创刊号上发表了《抗战期间的文学》一文，强调文学与抗战的关系，号召作家为抗战服务，创作战时形势，配合抗战。指出：“为着保障战争的胜利前途我们不得不更进一步的向全国的文艺家要求，希望在共同努力下，能更广泛的把读者对象伸展到广大的小市民里去，工农大众中去。”而在延安，《红中副刊》创刊第一期中，丁玲就将手中的笔归入了战斗武器的行列。“战斗的时候，要枪炮，要子弹，要各种各样的东西，要这些战斗的工具，用这些工具去打毁敌人，但我们也不应忘记使用另一样武器，那帮助着冲锋侧击和包抄的一枝笔!”[④]

同时，战争宣传亦要求文学成为抗战的一部分。“国际战争宣传在上一次战争中扩大到了如此令人震惊的范围，是因为战争蔓延到了如此广阔的地区，它使得动员人民成为必要。没有哪个政府奢望赢得战争，除非有团结一致的国家做后盾；没有哪个政府能够享有一个团结一致的后盾，除非它能控制国民的头脑。”“战争时期，公众舆论和宣传是最需要人们下大力气的。被人们视作心理问题的战争行为，可以用士气（moral）来阐述。一个士气高涨的国家能够完成摆在它面前的任务，因为它具有一定的

---

① 周扬：《关于政策与艺术》，《解放日报》1945 年 6 月 2 日。

② 艾思奇：《抗战文艺的动向》，延安《文艺战线》创刊号，1939 年 2 月 16 日。

③ ［美］安敏成：《现实主义的限制——革命时代的中国小说》，姜涛译，江苏人民出版社 2001 年版，第 23 页。

④ 丁玲：《刊尾随笔》，《红中副刊》第一期，《红色中华》1936 年 11 月 30 日。

动力，而这种动力只有在出现严重对抗时才能被估量。高昂士气的传统标志是积极性、决心、自信、没有吹毛求疵的批评和抱怨。几乎每一项事实都暗示了士气的高低。"[①] 对于中国共产党而言，从其建立的那一天起，传播马克思主义、宣传党的政治理想和主张就成为其一切工作的基础。1936 年，在延安立足伊始，中共就将"文"的战斗提上议事日程。毛泽东在文协成立大会上指出："我们要文武两方面都来，要从文的方面去说服那些不愿停止内战者。你们文学家也要到前线上去鼓励战士，打败那些不愿停止内战者。所以在促成停止内战、一致抗日的运动中，文艺协会都有很重大的任务。发扬苏维埃的工农大众文艺，发扬民族革命战争的抗日文艺，这是你们伟大的光荣任务。"[②] 更在 1937 年 7 月 23 日发表的《反对日本进攻的方针、办法和前途》一文中明确要求"新闻、出版事业、电影、戏剧、文艺，一切使合于国防利益，禁止汉奸的宣传"，敦促扩大抗日民族统一战线。1938 年 4 月 10 日毛泽东在"鲁艺"成立的典礼上，要求作家："应该坚决到前线去，把日本这条野牛怎样过黄河，如何奸淫抢劫，朱德如何打它，老百姓如何组织起来等等，谱成歌，演成戏，写成文章。"[③] 而作为当时军队的最高统帅朱德在延安鲁迅艺术文学院的报告中则从反面以敌人战争"宣传"的威胁来说明宣传之于战争的重要。[④] 正如美国学者哈罗德 · D. 拉斯韦尔在其《世界大战中的宣传技巧》中所言："所谓宣传，其实就是思想对思想的战争。"[⑤] 战争中敌我双方都不约而同地将文艺作为宣传的武器。面对侵略者的颠倒黑白，艺术家们除了以自己的创作乃至整个生活投入战斗之外别无选择。现实生活需要战斗的作品，而现实生活本身也全部是战斗。

1938 年 5 月 22 日，陕甘宁边区文化界救亡协会在《解放》上刊登了《我们关于目前文化运动的意见》："中国文化的存亡是取决于民族的存亡

---

① ［美］哈罗德 · D. 拉斯韦尔：《世界大战中的宣传技巧》，张洁、田青译，展江校，中国人民大学出版社 2003 年版，第 21 页。

② 艾克恩：《延安文艺运动纪盛》，文化艺术出版社 1987 年版，第 2 页。

③ 陈晋：《文人毛泽东》，上海人民出版社 1997 年版，第 167 页。

④ 朱德在《三年来华北宣传战中的艺术工作》中讲道："敌人善于利用大幅的宣传画和小型的漫画宣传品。敌人经常宣传'日满支提携'的音乐，企图通过'东洋音乐'给人们灌输'日满支一体'思想。敌人的文艺理论是：'文艺的目的是建设，即建设东亚新秩序。'"胡采等：《中国解放区文学书系》（文学运动、理论编），重庆出版社 1992 年版，第 960 页。

⑤ ［美］哈罗德 · D. 拉斯韦尔：《世界大战中的宣传技巧》，张洁、田青译，展江校，中国人民大学出版社 2003 年版，第 23 页。

的，如果中国民族灭亡，那就将是中国文化的灭亡，而这点正是需要我们全国文化界人士来深刻认识的。全国文化界人士正需要从这个认识来决定自己在这大时代中的使命的，这个使命就是：文化界人士需要把自己文化的工作和抗战的工作相结合起来，而且要一切文化的工作服务于抗战，服从于抗战。"[①]"政策制定者的目的是确保宣传活动准确地反映国家的战争目标，并且支持这一目的取得的成果。宣传者的目的则是确保战争目标并保证他们的宣传活动取得最佳效果。"[②] 在战争面前，艺术家和政治家获得了高度的趋同。毛泽东1938年5月26日至6月3日在延安抗日战争研究会上的讲演《论持久战》，是中国抗日战争史上一次具有重要的战略地位的演讲。其中，毛泽东单列一节专讲政治动员问题：

首先是把战争的政治目的告诉军队和人民。必须使每个士兵每个人民都明白为什么要打仗，打仗和他们有什么关系。抗日战争的政治目的是"驱逐日本帝国主义，建立自由平等的新中国"，必须把这个目的告诉一切军民人等，方能造成抗日的热潮，使几万万人齐心一致，贡献一切给战争。其次，单单说明目的还不够，还要说明达到此目的的步骤和政策，就是说，要有一个政治纲领。现在已经有了《抗日救国十大纲领》，又有了一个《抗战新中国成立纲领》，应把它们普及于军队和人民，并动员所有的军队和人民实行起来。没有一个明确的具体的政治纲领，是不能动员全军全民抗日到底的。其次，怎样去动员？靠口说，靠传单布告，靠报纸书册，靠戏剧电影，靠学校，靠民众团体，靠干部人员。[③]

如果说"'五四'以来被称之为'现代文学'的东西其实是一种民族国家文学"[④] 的话，那么延安时期的文学就是更为具体的关于"抗战新中国成立"的民族国家文学，是浸漫于战火硝烟之中的缪斯，在当代视角下也许会显出一定的政治的"盲从性"，但是，当我

① 陕甘宁边区文化界救亡协会：《我们关于目前文化运动的意见》，《解放》1938年第39期。

② ［美］哈罗德·D. 拉斯韦尔：《世界大战中的宣传技巧》，张洁、田青译，展江校，中国人民大学出版社2003年版，第8页。

③ 毛泽东：《论持久战》，《解放》1938年第43、44期合刊。

④ 刘禾：《语际书写》，上海三联书店1999年版，第191页。

们将视角移至当时的历史语境中去，回到当时的文学所置身的舆论场中去，也许很多研究者会发现离开历史的本真去一味进行所谓本质性的探讨和价值评判，对历史及其人物是不公正的。

二　延安文学传播的媒介生态：传播主体与受众分析

一切问题研究的出发点和关键点都是人的问题，人是文学的主体，又是文学的受体；从文学传播的角度讲既是传播的出发点，又是传播的归宿。因此，在文学传播研究的过程中，传播主体和受众作为传播动态过程的两端，始终居于研究的重要位置。事实上，在延安时期，一切政策、任务的确定也都是以此为基点的。“在国家发展的社会变革中，传播的任务有三种。首先，平民百姓必须得到关于国家发展的信息；他们的注意力必须被集中在变革的需要、引起变革的机会以及变革的方法和手段上；而且如果可能的话，必须唤起他们对自己、对祖国事业的抱负……这些正是传播在社会（无论是传统社会还是现代社会）中的基本任务。唯一不同的是，当一个社会正处于急剧的社会、经济变革的骚动中时，所有的需要都被强化了。”① 战火弥漫，生灵涂炭，民族危亡的社会现实自然而然会形成与之相符的强烈的战争传播语境，使文学传播主体的民主意识超越了一切个体意识而被激活、唤醒。受众对文学的期待再也无法停留在风花雪月地对生活小情小调的感悟和品味上。文学成为他们在困境中寻找出路，在苦痛中寻求光明，在熬煎中寻求慰藉的期待。在这里传播接受者的接受期待和历史的现状都构成了一种合力，一种契机，强烈要求文学自觉地将自身与民族的命运、抗战的主题、民众的希冀紧密结合在一起。可以说，战争使文学从来没有像这一时期一样距离现实那么贴近，与民众的疾苦那么紧密。文学生产和编辑出版行为主体的民众化、读者化，形成了延安文学乃至整个中国现代文学在战争年代中文化发展“现代性”最重要的特色。

① ［美］韦尔伯·施拉姆：《大众传播媒介与社会发展》，金燕宁译，华夏出版社 1990 年版，第 132 页。

而有意思的是，以民众或读者为主导，创作者和编辑人势必自觉趋向民心所指，即一切为了如火如荼的抗战运动和解放战争，这又构成了当时最大的政治。因此，延安文学传播生态的研究，势必将传播主体和接受主体的分析作为重要的一环。

（一）受众：不平衡的文化构体与接受的多元状态

接受者是文艺传播的主要对象。文学的接受行为既是个体的也是群体的，文学价值只有经过一定的传播通道传递和散布到文学接受者那里，其价值才有可能实现。中国现代文学自其诞生伊始，就执着于探讨文学现代化与民族化、高雅性和通俗性、普及与提高的有关问题。但由于历史的局限使得现代文学一开始就陷入既要启迪民众，又不能走出知识阶层的尴尬境地。如何突破这一局限，也始终萦绕于现代中国知识分子的思想与创作实践之中。然而，在特定的时期、特定的区域，当文学要与火热的现实斗争紧密相连，与最广大的民众构成坚不可摧的抗敌战线时，文学也就自然而然地与它的受众产生最直接的联系。当时代呼唤文学充分发挥其强烈的功利性，为民族的阶级的解放发挥其巨大作用的历史时刻，延安文学所面对的受众对象在很大程度上决定了延安文学的发展方向和艺术特质。

首先，延安文学所面对的是受众的多元文化层次所构成的多层次的接受需求状态。陕北地区的知识贫瘠的受众及其根基深厚的民间文化传统与外来的军人以及知识分子群体使“边区范围里整个的文化发展，成为不平衡的状态。一方面有高度的大都市的文化，一方面还有着极落后的文化。学校闪耀着学生从各地带来的最近代的文化的光芒，民众中间却还存在着中世纪的封建的文化层。延安城的文化高度和边区其他各县的文化的高度是有相当距离的……民众中间现在还保存着许多有地方特色的，然而为庸俗低级的趣味所腐蚀了的文化生活，在年节的关头还做着男女调情之类的空洞无意义的舞蹈的表演”。① 处于社会经济文化十分落后区域的广大人民在经济上受着封建的残酷剥削，在政治上受着非人的压迫与奴役，因之影响到人民在文化上落后到几乎想不到的程度。据统计“平均起来，全边区识字的人仅占全人数的1%，小学只有120处，社会教育则绝无仅有”。② 李维汉曾回忆到，由于地主阶级对农民的残酷剥削和压迫，使分

① 艾思奇：《谈谈边区的文化》，载丁玲、舒群主编《战地》第2期，上海杂志公司1938年版，第55页。

② 社论：《为扫除3000文盲而斗争》，《新中华报》1939年4月19日。

散落后的农村经济一直处于停滞状态。社会分工和商品生产都很不发达，自给自足的自然经济统治着广大乡村成千上万的农民终日辛劳难得温饱。方圆几十里找不到一所学校，穷人子弟入学无门，文盲率高达99%。抗战时期，边区巫神盛行，文化的落后导致边区巫神猖獗。“全区巫神高达二千余人，招摇撞骗，为害甚烈。”[①] 与此同时，作为延安媒体的主要受众之一，经过长征到达延安的老干部和基层组织的工作者多数文化不高，文盲不少。由于革命根据地大多建立在文化教育极其落后的广大农村，队伍中的绝大多数人出身于工农，文化水平甚低，加之战争带来的严重摧残，干部中的文盲数量大得惊人，以致延安时期作为中国共产党喉舌的根据地报纸，读者群非常小，许多地方的干部看不懂报纸。这种情况严重地影响了中国共产党方针与政策的宣传、理解与贯彻。[②] 解放区红色政权是要废除封建土地制度，摧毁地主、资产阶级的统治，使几千万受压迫的农民翻身得解放。一方面，红色政权要唤醒这些文化层次极低的农民投身到革命的洪流中；另一方面，政治上翻身的农民也迫切需要文化上的翻身。生活在黄土地上千千万万的农民是解放区民众的主体，这些农民长期以来由于受经济政治上的压迫被剥夺了受教育的权利，文化层次极低，基本上处于文盲、半文盲状态。这与“五四”以来的大部分处于城市之中的新文学的读者群有很大的不同。新文学的读者群基本上是知识分子和有文化的市民。这些生活在解放区的农民接受文化的方式基本上是口耳相传，内容大多是带有浓厚封建色彩的通俗文化和民间文化。如在赵树理的家乡，算命、相面、宗教迷信等封建文化就非常流行，直到1944年10月，抗战胜利即将到来之时，毛泽东在陕甘宁边区文教大会上的报告《文化工作中的统一战线》中仍指出：“解放区的文化已经有了它的进步的方面，但是还有它的落后的方面。解放区已有人民的新文化，但是还有广大的封建遗迹。在一百五十万人口的陕甘宁边区内，还有一百多万文盲，二千多个巫神，迷信思想还在影响广大的群众。这些都是群众脑子里的敌人。我们反对群众脑子里的敌人，常常比反对日本帝国主义还要困难些。我们必须告诉群众，自己起来同自己的文盲、迷信和不卫生的习惯作斗争。为了进

---

① 李维汉：《回忆与研究》，中共党史资料出版社1986年版，第566页。

② 1935年12月中共中央党校的恢复和中国人民抗日军政大学的成立，主要就是针对干部的教育。同时，“截至1942年，全边区中等学校学生人数1828人，高等教育共培养造就2万多各类人才”。牛昉、康喜平：《陕甘宁边区人口概述》，《延安大学学报》1992年第3期。

行这个斗争，不能不有广泛的统一战线……我们的任务是联合一切可用的旧知识分子、旧艺人、旧医生，而帮助、感化和改造他们。"[①] 而这些受众所能触及的文学作品主要是各种通俗易懂的通俗文学，演义文学如《西游记》《三国演义》等。与"五四"新文学发轫期的受众相比，延安文学的受众群体发生了一根本性的变化，也使得解放区文学面临的最急迫的问题就是如何面对受众的问题。"中国民主革命的斗争给予文艺工作新的课题，这课题的中心是文艺走向大众，文艺首先应该为大众而服务，逐渐为大众所把握，成为大众自己的东西。"[②]

其次，面对这样的受众状况，延安的领导核心及文化工作者清醒地意识到，必须将受众的培养与抗战的内容紧密结合，才能使一切宣传和艺术形式达到更好的传播效果。艾思奇在《谈谈边区的文化》中分析了边区不平衡的文化状态后进一步指出："文化工作者应该走到他们中间去给以指导、教育，改善一些低级的东西，发扬他们的特色，加入抗战的内容。文化要尽力于它的抗战任务，也得要向民众深入，才能够达到它的最后的目的。因为目前我们的一切工作的中心，就是一个抗战的动员，不能到民众中间去充分发挥它的动员作用的文化，即使它有抗战的内容，也是空洞无益的。"[③] 根据地的新文化运动，其本身包含两种文化斗争的长期过程：一是对敌的奴化思想、政治阴谋的完全粉碎；二是对农村封建、落后、愚昧意识的彻底改造。也就是说，新文化不但要同日本帝国主义的独占文化作斗争，还须克服殖民地半殖民地腐朽的旧文化的传统思想，同时还要动员一切可能动员的文化力量来直接加入抗战，广泛地组织提高大众的政治文化水平的启蒙工作，从而奠定新文化运动的基石，达到中国共产党发展抗日的、民主的、大众的、科学的新民主主义文化的目标要求。于是，"在这种客体环境和主体意识的双重制约之下，政治要求与农民趣味相结合的写作预期，以及对于中国传统民间文学样式的推重，自然而然成为延安文艺的时尚"。[④] 也成为党衡量艺术家是否"有出息"的一个标准：

---

① 毛泽东：《文化工作中的统一战线》，《毛泽东选集》第3卷，人民出版社1991年版，第1011页。

② 梅行：《论部队文艺工作》，《大众文艺》1940年第1卷第4期。

③ 艾思奇：《谈谈边区的文化》，《战地》1938年4月5日第2期，丁玲、舒群主编，上海杂志公司，第53页。

④ 张泉：《新中国文学的中外现代思想资源》，《北京社会科学》2005年第1期。

“有出息的文学家艺术家，必须到群众中去，必须长期地无条件地全心全意地到工农兵群众中去，到火热的斗争中去，到唯一的最广大最丰富的源泉中去，观察、体验、研究、分析一切人，一切阶级，一切群众，一切生动的生活形式和斗争形式。要使文艺很好地成为整个革命机器的一个组成部分，作为团结人民教育人民，打击敌人消灭敌人的有力武器，帮助人民同心同德地和敌人作斗争。”① 那么，构成延安文学受众的浩浩荡荡的主流大众是何人？谁有资格成为大众？毛泽东详细地分析了大众的阶级组成：

> 什么是人民大众呢？最广大的人民，占全国人口百分之九十以上的人民，是工人、农民、兵士和城市小资产阶级。所以我们的文艺，第一是为工人的，这是领导革命的阶级。第二是为农民的，他们是革命中最广大最坚决的同盟军。第三是为武装起来了的工人农民即八路军、新四军和其他人民武装队伍的，这是革命战争的主力。第四是为城市小资产阶级劳动群众和知识分子的，他们也是革命的同盟者，他们是能够长期地和我们合作的。这四种人就是中华民族的最大部分，就是最广大的人民群众。②

如果说，我们在分析延安文学受众的多元构成时，主要是立足于影响接受效果的文化层次来看的，那么作为政治家的毛泽东则是高屋建瓴地从革命队伍的构成者，从革命所依靠的对象角度出发的。在毛泽东那里作为文学服务对象的“群众”和作为文学传播的接受者的“受众”有着根本性区别，在这里“群众”是一个带有一定政治性的概念，它负载着具体的现实的社会历史含义，而传播学意义上的受众或者文学接受美学中的“读者”是指预先被规定的阅读的行动性对象，而不是指具体存在的读者的类型，虽然按照不同的接受特征受众也会被划分为不同的层次或群体，但这种划分不会对文学创作产生类似以“群众”为接受主体的影响。文艺的“工农兵方向”的确立，必然产生内容和形式上都代表与二三十年代彻底决裂的新的文学。从形式上看，它既解决了文艺为谁服务的问题，

---

① 毛泽东：《在延安文艺座谈会上的讲话》，《解放日报》1943年10月19日。
② 同上。

也可以说解决了传播层面主流受众的问题。但是，传播过程中的话语构建和放大功能，往往会在放大一方面信息的同时，遮蔽另一方面的信息价值。于是，当“工农兵方向”成为革命文艺归一的受众标的时，其中所潜在的问题就显而易见了。

（二）传播者：多重身份的兼者定位与角色转换

在传播过程中，传播者是传播的主体，是对信息进行筛选和过滤的“把关人”。文学活动中的传播者由两方面来承担：一是作家，即作家可以向文学接受者直接传递和散布自己的作品。诸如古代希腊文学家本人在半圆形斜坡式的露天广场中朗诵自己的作品，民间艺术家游弋于大街小巷以说唱等口头传播形式发表自己的作品。二是传播媒介，印刷业、出版业的产生和发展，为文学传播创造良好的条件。作为文学传播更多地是依靠书籍、报纸、杂志等纸质媒体进行书面传播。当然，在电子传媒时代，影视和网络日益成为文学传播的重要媒介。无论使用何种媒介，文学作品的创作者都是文学传播的第一环节、第一传播者。分析这类传播者的构成及特征也成了文学传播研究的重要方面。

与上述接受者多元复杂的群体状态相同，延安时期的作家队伍也由多方面不同文化层次构成，形成了一种值得研究的创作主体现象。这些作家主要来源如下：一是从江西中央苏区和南方各红色根据地随红军长征到达陕北的苏区作家和文艺人才，如陆定一、成仿吾、李伯钊、肖华、危拱之、洪水、莫休、徐梦秋等人；二是来自国统区和沦陷区的作家，如丁玲、周扬、艾思奇、何其芳、萧军、周立波、王实味、徐懋庸、陈学昭、李初梨等人；三是解放区的“部艺”“鲁艺”等培养的年轻作家，如西虹、孙谦、西戎、孔厥、贺敬之、黄钢等人，以及本土的民间艺人，如李卜、韩起祥等人，他们是解放区的民间作家或新生力量；四是从国外归来的萧三等人以及在延安作短暂停留或访问的茅盾等作家。延安作家在延安知识分子群体中占有比较特殊和重要的位置。这个群体中来自苏区的这部分作家后来大都转行担任领导，创作成绩不显著；来自国统区和沦陷区的许多作家在进入解放区之前就早已成名，成为解放区作家的主体力量；延安自己培养的作家主要是“鲁艺”作家群，许多作家都是从延安起步的。

延安文学的传播主体首先是先后到达延安的文化人，其中知名的作家、艺术家有丁玲、萧军、欧阳山、艾思奇、周扬、周文、周立波、孙犁、草明、曾克、卞之琳、严文井、舒群、柳青、白朗、柯蓝、方纪、林默涵、冯牧、陈涌、陈企霞、陈荒煤、徐懋庸、胡采、于黑丁、马烽、孙谦、韦君宜、秦兆阳、王汉石、孔厥、袁静、吴伯箫、刘白羽、周而复、黄钢、魏巍、杨朔、雷加、郁文、穆青、海棱、萧三、柯仲平、公木、白原、郭小川、朱子奇、邵子南、胡代炜、鲁黎、高敏夫、戈壁舟、王亚凡、侯唯动、张庚、王震之、姚仲明、姚时晓、翟强、舒强、马健翎、阿甲、丁毅、丁里、贺敬之、吴雪、崔嵬、欧阳山尊、苏一平、孙维世、胡沙、史行、张水华、王大化、于蓝、陈强、田方等。庞大的知识分子作家群的出现意味着传播主体队伍的扩大，他们都是在“五四”新文化的熏陶下成长起来的，现代性的民族、民主理念是他们走向创作的价值尺度。当他们满怀理想和激情奔赴延安时，新的政权与延安自由的空气促使着他们投入实现理想及参与到现代民族国家的建构中，加之丁玲、周文等人本身就兼作家与编辑出版家为一身，在这新的历史时期，他们一方面自觉地负荷起抗战救国的时代重任，另一方面又期望传承“五四”文学精神的火炬，在求得民族解放的同时，把“五四”文学中“人的解放”的主题传播光大，期待在延安这块现代思想相对贫瘠、薄弱的土地传播现代文化精神，使新文学在此生根、发芽并茁壮成长。因此，实现这一历史要求的使命感和他们作为职业作家、编辑家的自在要求，使得他们将第一工作目标指向办刊办报，为思想和创作搭建传播平台。可以看到，延安的作家几乎都不是纯粹的“写作家”，他们往往身兼数职尤其将出版传播作为分内的工作之一。作家们首先进行的是自我身份的多重认定。在当时的背景下，很少有作家仅仅只将自己定位为纯粹的作家，作家身份成为一种革命工作者、战士的复合体。马烽、西戎在《〈吕梁英雄传〉的写作经过》中就指出：“我们在写这本书的时候，首先想到的不是要当作家，不是要创造什么高雅的文学，而是要尽一个革命战士所应尽的天职。对于我们来说，拿笔杆和拿枪杆的意义是完全一样的。”① 朱德在延安鲁艺文学院所作的《三年来华北宣传战中的艺术工作》文章中更将其提升到了事关“新民主主义的中国的前途”的高度，认为“一个宣传家不必是一个艺术家，但一个马列主义的艺术家应当是一个好的宣传家”。②

---

① 马烽、西戎：《〈吕梁英雄传〉的写作经过》，载《西戎文集》卷5，山西人民出版社2001年版，第2368页。

② 朱德：《三年来华北宣传战中的艺术工作》，载《中国解放区文学书系 · 文学运动理论编》第2卷，重庆出版社1992年版，第960页。

同时，与其他地区或时期所不同的是，作为创作与传播主体，延安的作家都经历了一个主体转变的过程，在这个过程中，充满了复杂的矛盾的心理，因为这其中本质上是知识分子作为传播主体的身份定位的转变。由丁玲 1938 年的《适合群众与取媚群众》可见一斑。面对边区特殊的受众群体，当“到大众里去”成为一种普遍要求与共识时，丁玲一方面认同于这种革命的要求，另一方面则从知识分子启蒙的立场出发，认为“我们现在要群众化，不是把我们变成与老百姓一样，不是要我们跟着他们走，是要如何使群众在你的影响他的领导之下，组织起来，走向抗战的路，新中国成立的路。时时记住自己的责任，永不退让，永不放松，才是我们应有的精神，这末到群众中去，只求能适合于群众，而决不取媚”。[①]然而，“抗战中的激烈的社会变动改变了（至少也动摇了）每个作者自己的生活，任何一个作者都不能不被卷入抗战的漩涡（或至少是被大大地影响）……现实的变动使文艺不能不变动，就是作者不想变动，现实的事实也要逼着他变动……除非是一个绝无创作良心的作家，决不会对于自己作为一个民族分子的任务完全没有感觉的。民族的生死存亡的问题已经直接地进入到自己的生活中来了”[②]，“抗战的血火洗涤了物质世界，也荡涤了中国知识者的心灵。特别是在解放区和随之而来的三年解放战争期间，文艺知识分子的‘思想情感方式’，在四十年代中，与以前几代相比，是极大地被变动了”。于是，无论创作主体还是传播主体都具有了双重的身份定位：作家、艺术家以及革命队伍里的工作者。身份的多重含义意味着创作与传播已然突破了文学的边界，自然而然地成为革命工作的一部分。赵超构曾经这样描写延安党员与组织的关系：“一般政治组织所要求的。只不过是个人一部分自由之让与；共产党所要求于党员的，则是贡献百分之九十以上的自由。换作他们自己的说法，就是‘一个共产党员，应该在任何时候，任何问题上，都要估计到党的整个利益；都要把党的利益摆在前面，把个人的问题，个人的利益摆在服从地位。’这就是所谓‘党性’。而他们还不断的在厉行‘增强党性’。增强党性的意义，即是减弱个性，要求党员抛弃更多的个人自由。”[③] 可以说，“他们积极主动地参

① 写于 1938 年夏，初收《一年》，生活书店 1939 年版。

② 艾思奇：《抗战文艺的动向》，《文艺战线》1939 年第 1 卷创刊号。

③ 赵超构：《延安一月》，上海书店 1992 年版，第 86 页。

与建构着延安革命圣地的政治、道德、文化三位一体的理想国”。[①] 丁玲在文艺座谈会召开前是富有主体性与批判精神的作家和主编，经过“整风学习”，她的立场、思想与创作原则有了全新的改变。她不再以批判与审视的眼光观察现实，而是从政治思想的意义上要求文艺，“文艺应该服从于政治，文艺是政治的一个环节，我们的文艺事业只是整个无产阶级事业中的一个组成部分……共产党员的作家，马克思主义者的作家，只有无产阶级的立场，党的立场，中央的立场”。[②] 赵超构访问延安期间与丁玲会面时的一席对话证明了这点：“我率直地说，‘我感觉这里只有共产党的文艺，并没有你们个人的作品’。为了这句话，她又作了五分钟的解释，总其言，是‘为了大家服务，应当放弃个人的主观主义的写作’。”[③]

一批民间艺人从 1942 年之后登上了延安文艺的创作舞台，成为体现民间文化和承传民间传统的传播主体。艾青、丁玲等在《解放日报》上对他们进行了热情洋溢的推介。主要有民间诗人吴满有[④]、江庭有[⑤]、练子嘴拓老汉[⑥]、民间艺人李卜[⑦]等，其中盲书匠韩起祥[⑧]最为典型。他的作品影响从解放区扩至全国，在他的身上既体现出知识分子按照意识形态指向对民间艺术的发掘和对民间艺人的改造，又体现出民间艺人进行新内容创作的成功。延安时期，说书人的足迹走遍了西北民间，特别是在陕甘宁边区，“几乎是每县都有说书人，农村里每个人都听过说书的。绥德一县有九十个说书人，延长和延川每县也有十多个”。“像韩这样的说书人在陕北可以说比比皆是，他只是众多陕北说书人中的一分子，但他的名字却永久地留在了延安时期的历史史册上。1940 年他奔赴延安，从此开始了在边区的生活，也开始了说新的历程。1944 年 10 月，延安召开了陕甘宁边区的文教大会，来了各种各样的群众文艺英雄，但会上还缺说书这一门，根据需要，文协成立了说书组，在这个组织的推动下，韩起祥迅速地

① 朱鸿召：《延安文人》，广东人民出版社 2001 年版，第 44 页。

② 丁玲：《关于立场问题我见》，《谷雨》1942 年第 5 期，1942 年 9 月 15 日。

③ 赵超构：《延安一月》，上海书店 1992 年版，第 99 页。

④ 艾青：《吴满有》，《解放日报》1943 年 3 月 9 日。

⑤ 艾青：《江庭有和他的歌》，《解放日报》1944 年 11 月 8 日。

⑥ 萧三、安波：《练子嘴英雄拓老汉》，《解放日报》1944 年 9 月 9 日。

⑦ 丁玲：《民间艺人李卜》，《解放日报》1944 年 10 月 30 日。

⑧ 民间说书艺人韩起祥（1915—1989 年），出生于陕西横山县，3 岁失明，10 岁丧父，13 岁开始学说书，从此走村串乡为农民群众演出，他具有惊人的记忆力，30 岁时即能说很多长篇大书。是延安时期最有影响的民间艺人。

发展起来。1944 年 7 月到 1945 年 12 月共编二十四本约有二十万字以上。”[①] 1946 年间在林山的帮助下，韩起祥在陕北进行了长达两个月的巡回演出。据报道，这次巡回演出获得了巨大成功，这支民众和精英合成的队伍获得了“红色宣传员”的称号。他后来自己总结：“如果从 1944 年的说新唱新开始算的话，大小曲目一共编了五百四十多篇，约二百五十万字，走的路程是两个二万五千里，演出过的自然村庄是一万个以上。”[②] 据不完全统计，仅从 1945 年 7 月至 1946 年 9 月，短短的一年多的时间里，《解放日报》就 21 次登载了韩起祥的作品和从艺活动，而 1946 年的九月间就多达 7 次，平均每四天之内就有一次他的报道。这样他的身份也发生了变化，“由一个旧书匠变成一个大家公认的名说书人，一个人民艺术家，一个民间诗人”。[③] 1946 年 9 月 9 日，林山在《解放日报》发表了《一个宣传时事的好方法——读〈时事传〉后几点意见》的专论：“大家想一想：咱们边区有几百个说书人，他们经常窜乡，走遍了大小村庄，真是又普通又深入——‘深入到炕上’。只要我们把宣传时事的新书，如《时事传》、《刘善本飞延安》、《李敷仁走延安》等篇，教给各地的读书人，他们也可以像韩起祥那样，在说书前后作为‘书帽’或‘稍书’，经常在群众中演唱了，这不是等于派了一大批宣传员到农村中去吗？这不是最深入农村的宣传吗？”[④]

传播主体由知识分子到大众，由个体到群体的转化构成了延安文学传播的又一个突出特点。中央宣传部 1943 年《关于执行党的文艺政策的决定》中指出，“新闻通讯上作者及一般文学工作者的主要精力，都应放在培养工农通讯员，帮助鼓励工农与工农干部练习写作，使成为一种群众运动”。[⑤] 对大众作家的培养不仅大大地扩充了作家队伍，同时也是文艺大众化的一个必然选择。梅行的《论部队文艺工作》认为：“文艺大众化进展到高阶段的时候，必要的应该培养大众自己的作家、文艺工作者和文艺通讯员。只有从工人和农民、从一切大众的组织中，从战斗的部队中锻炼出来的作家、文艺工作者和文艺通讯员，才是真正和大众自己的生活密切

---

① 胡孟祥：《韩起祥评传》，中国民间文艺出版社 1989 年版，第 82 页。

② 周而复主编，韩起祥著：《刘巧团圆》，海洋书局 1947 年版，第 140—146 页。

③ 胡孟祥：《今日韩起祥》，《群众文化》1987 年第 7 期。

④ 胡孟祥：《韩起祥评传》，中国民间文艺出版社 1989 年版，第 116 页。

⑤ 中共中央宣传部：《关于执行党的文艺政策的决定》，《解放日报》1943 年 11 月 8 日。

结合着的，他们的作品，才是大众自己的文艺。"[①] 街头诗的组织者与作者林山在总结延安文艺小组工作时说："延安的文艺活动，还有两个特点——文艺小组和墙报。我们这样确信，文艺应该是大众的。而大众文艺的作者，最有希望的是生活在大众中间的大众作家。所以，提拔与培养大众作家，对中国的大众文艺运动，是有着决定的作用的。……目前，印刷厂和机器厂，已经都有文艺小组，而且已经出产了好几篇工人的作品。这在中国的文艺运动史上，可以说是新的一页。"[②] 一方面大众作家的作品在以知识分子为主体的报纸杂志上拥有了自己的版面和传播平台，《边区文艺》发表了边区印刷厂工人的集体创作《我们的生活》，后来被《七月》转载；《文艺突击》上经常有"工人文艺"，发表过工人诗人赵鹤的诗歌《两个九月》和《给职工大队的兄弟姊妹们》，还有工人作者刘亚洛的报告《130 只油桶的计划是怎样突破的》。另一方面更重要的是，通过这些媒介平台他们拥有了交流创作、沟通思想的公共空间。

（三）集体创作：传播主体与接受主体的融合与互动

周扬在《抗战时期的文学》中说："在战时文艺家的一切活动中，集体创作的活动应当占一个地位。创作只能是个人的，不能是集团的，这种陈腐的传统观念是应当抛弃了……集体创作也并不一定要用专门的作家，而可以由许多非作家的作家来写。已出版的《中国的一日》便是例子。抗战中巨大的多方面的经验需要大批有这些经验的人们集体地来记录。即使这些人不都是专门的作家，写出来的都是片鳞半爪，在艺术上不完整的粗糙的东西，也将会比对于这些经验生疏的作家所写的含有更多的生活的真实和意义。"[③] 茅盾在主编《上海的一日》序中也写道："用血用肉来写一部亚洲大陆上空前的'集体创作'。"[④] 的确，抗战爆发后，炮火硝烟容不得作家按照正常的创作程序进行创作。"集体创作"的概念一时间成

① 梅行：《论部队文艺工作》，《大众文艺》1940 年第 1 卷第 4 期。

② 林山：《谈谈延安的文艺活动——提供一些材料和一点小小的意见》，《文艺突击》1938 年第 1 卷第 3 期。

③ 周扬：《抗战时期的文学》，《自由中国》1938 年创刊号。

④ "上海一日"编委会：《编辑〈上海一日〉的经过》，《文艺》1938 年第 2 卷第 5 期。

为他们的共识和自觉行动。[①] 这种创作形式不仅仅是作家们在特定的环境下思想高度一致的一种联合，同时，还逐渐走向战时文学的生产者和接受者一体化的融合。当传播者的传播标的更加明确一致时，体现在文化运作之中的写作相对而言才能够趋于融合和互动，表现在传播过程之中就是延安时期文学传播主体与接受主体的融合与互动。当知识分子在“大众化”与“化大众”之间寻找契合点时，大众创作的群众性文艺运动所带来的触动和启示是显而易见的。

第一次有组织的群众性集体创作运动是红军长征胜利到达陕北后1936年的《长征记》集体创作，毛泽东和杨尚昆亲自为出版《长征记》征稿，在发给各部队的电报和参加长征同志的信中说：

> 现因进行国际宣传，及在国际国内进行大规模的募捐活动，需要出版《长征记》，所以特发集体创作，各人就自己所经历的战斗、行军、地方及部队的工作，择其精彩有趣的写上若干片断．文字只求清通达意，不求钻研深奥，写上一段即是为红军做了募捐宣传，为红军扩大了国际影响。来函请于九月五日以前寄到总政治部。备有薄酬，聊表谢意。[②]

据丁玲《关于编辑的经过》介绍：从八月开始征稿，到了十月底收到的稿子有二百篇以上，以字数计，约五十余万言。写稿者有三分之一是素来从事文化工作的，其余是“桓桓武夫”和从红角、墙报上学会写字作文的战士。“这部破世界纪录的伟大史诗，终于被数十个十年来玩着枪杆子的人们写出来了，这是要使帝国主义的代言人失惊的，同时也是给了

---

① 1937年，卢沟桥事变爆发，“中国剧作者协会”在成立当天讨论以最快的速度创作一部三幕话剧《保卫卢沟桥》，约定在“第三天下午四时，要把写出来的初稿交齐；交齐后的两天之内整理好”，并加紧排练，尽快上演。参加《保卫卢沟桥》的创作人员，仅剧本中显示的作家、艺术家就有二十余位，集中了当时文艺界的精英。每一幕分一批人马流水作业，按初稿撰述、执笔、整理，乃至配写曲艺和歌曲作品严格分工，最后由专人校阅，再交付印刷，形成一条繁忙的创作流水线。结果如期做到，剧本在几天后即出版发行。这种绝无仅有的写作、出版速度开创了文学史和出版史上一个真实的神话（于伶：《回忆“中国剧作者协会”和集体创作、联合公演〈保卫卢沟桥〉》，载《中国话剧运动五十年史料集》第2辑，《文艺月报》1958年3月号《回忆“中国剧作者协会”和集体创作、联合公演〈保卫卢沟桥〉》）。

② 丁玲：《延安文艺丛书·文学史料卷》，湖南文艺出版社1987年版，第2页。

他一个刻骨的嘲弄。”①

此后解放区的集体创作大量出现。“仿造《世界的一日》和《中国的一日》办法”，中国文艺协会决定编辑《苏区的一日》，把1937年2月1日这一天的“战斗、群众生活、个人的见闻和感想，全地方的或一个机关的或个人的，种种现实，用各种的方式写出来”，从而“全面表现苏区的生活和斗争”。② 以《苏区的一日》为先导，在解放区出现了书写“一日”的热潮。1938年5月，陕甘宁边区文化界救亡协会组织了《五月的延安》征文，要求以5月中最有意义的一天为视点来反映延安全新的生活、战斗的场景。此后，在各个解放区又陆续发起了《新四军一日》(1940年)，《冀中一日》(1941年)，《边区抗战一日》(1946年)，《渡江一日》(1949年)等征文活动。在这些活动中，《冀中一日》是一次规模较大的报告文学集体写作运动，活动事先经过党、政、军郑重动员、布置和示范，参加者甚众，共收到作品5万多篇。跟各种中心工作相似，写作运动宣传动员得相当深入。王林回忆说：“记得当时的‘街头识字牌’上都写着‘冀中一日’四个字。站岗放哨的儿童、妇女见行人来往时，查清了‘通行证’，还得叫你念念‘冀中一日’四个字：念完‘冀中一日’之后还得问问‘冀中一日’指的是哪一天，并且提醒你在那一天要写一篇‘一日’的文章。所以到了那一天有不少不识字的老太太拿着早已经准备好的纸张去找人‘代笔’。”③ “这是最典型的民众写作事件，5月27日几乎成了每个群众、每个干部、每个战士都热烈地等待的日子。征文中《冀中一日》编委会集中了40多位宣传、文教干部用了八九个月的工夫，做了两次编审，从5万篇稿子中选了200多篇选编成册。”④ 同时，类似冀中地区1941年开展的颇有声势的“冀中一日”报告文学创作运动的群众性文艺运动热潮在延安以及各解放区轰轰烈烈地不断展开。集体创作的形式也被运用于戏剧创作，1938年，为纪念“一·二八”，用三天时间创作的《血祭上海》就是由朱光、左明、沙可夫、徐一新、黄天

① 丁玲：《关于编辑的经过》，转引自艾克恩编《延安文艺回忆录》，中国社会科学出版社1992年版，第15页。

② 《“苏区的一日”征文启事》，《新中华报·红中副刊》第3期，1936年12月28日。

③ 王林：《回忆“冀中一日”写作运动》，《河北文学》1962年第12期。

④ 远千里：《关于〈冀中一日〉》，载《中国报告文学丛书》第一辑第四分册，长江文艺出版社1981年版第152页。

和任白戈集体创作的。三幕话剧《流寇队长》由王震之执笔，丁洪、陈戈、戴碧湘、吴雪等集体创作；还有吴雪执笔的三幕话剧《抓壮丁》，以及联防政治部宣传队、军法处秧歌队、延安枣园文工团等团体集体创作的秧歌剧，以及延安新歌剧的代表之作，贺敬之执笔集体创作并在各方的意见中不断修改而成的歌剧《白毛女》等。1949 年，丁玲在中华全国文学艺术工作者代表大会上所作的《从群众中来，到群众中去》的发言中总结道："解放区作者，不管是老作家新作家，或工农作家，写工农兵都是新作家，都缺乏完备的条件；因此我们不反对个人创作，但必须发扬集体主义精神，就是在写作以前，要有提纲，要说明你想写什么，要开座谈会，研究你的企图是否正确，你的观点是否正确。写好之后，又广为搜集意见，重复讨论，再三修改。有些戏排好了又重写，经过几次三番，如果不合群众意思，如果不是很好，也就仍然拿不出来，凡是较好的作品，一般都经过这条道路。因为作品不属于个人的，而是属于人民的，应该采取这种慎重的态度，作家也应该有这种听取批评和修改作品的态度。"① 丁玲在这里一方面强调了"集体写作"的环境因素，表明对个人创作的肯定态度，另一方面，也周详地描述了集体创作的过程。从传播学的角度看，这是一个反复的信息反馈互动的过程。若从文学创作主体的角度分析，则意义更加深远。当传播主体和受体趋于融合时，意味着作为强调独立的主体性创作，视个性为生命的作家对个体的坚守的放弃。正如艾青写于 1940 年的《群众》的诗中所探讨的个体与群体的关系：诗人一面肯定了个体与群体的互相包容："一滴水常使我用惊叹的眼凝视半天/我的面前突然会涌现浩淼的大江"；另一面在生活的现实面前将自己与民众交融在一起并在其中深深地感到个体的渺小："他们的痛苦和欲求和我如此纠缠不清——/他们的血什么时候流进了我的血管!""我静着时我的心被无数的脚踏过/我走动时我的心像一个哄乱的十字街口/我坐在这里，街上是无数的人群/突然我看见自己像尘埃一样滚在他们里面……""看！把自己当作群众队伍中的一粒微不足道的尘埃!"② 在这样的创作实践中，知识分子不仅将"我"和"我们"，也将"他们"和"我们"融合在一起。"必须我们先被大众所化，融合在大众中间，成为大众的一员，不再称大

① 丁玲：《从群众中来，到群众中去》（丁玲 1949 年夏天在全国文学艺术工作者代表大会上的发言），载《丁玲论创作》，上海文艺出版社 1989 年版，第 211 页。

② 骆寒超：《艾青论》，浙江人民出版社 1982 年版，第 153 页。

众为‘他们’，而骄傲地和他们一起称为‘我们’，不只懂得大众的生活习惯，熟知大众的语言，更周身浸透大众的情绪、情感、思想，以他们的悲痛为悲痛，以他们的快乐为快乐，以他们的呼吸为呼吸，以他们的希望为希望……只有这样，我们的思想才不会矛盾，我们的创作才不会有两面性，我们的大众化才不是勉强而是自然的了。”①

在群众性文学运动中以工农兵大众为主体，他们不仅成为文学运动的创造者，文学传播的传播主体，而且也是文学运动的享有者，传播过程的接受者。当拉斯韦尔所归纳的一个完整的线性传播过程的起点和归宿发生了如此融合时，传播学者们苦苦追寻的传播过程中的信息反馈及其对传播过程的良性影响问题便迎刃而解了。在秧歌剧中，这种交融达到了极致。1944 年 3 月 21 日周扬在《表现新的群众的时代》一文中曾高度评价了这种集体创作：“这是一次完全的秧歌集体创作，尤其值得重视的是工农兵参加了创作，展现了勇气，创造了才能。艺术工作者、学生知识分子则尽到其骨干、指导的责任。”战争与革命的时代主题将一切工作纳入解放区整体政治斗争之中，战争传播的逻辑必然将一切社会阶层视作可以借用的力量，文学也必然作为整体政治斗争的一个部分，文学传播也在大众化运动中实现了其传播效益最大化。

总而言之，从文学传播的视角入手，通过分析延安文学传播的媒介生态环境，旨在展示延安文学重构民间性和大众化传播形态的独特实践。无论是对理论的探讨还是史实的爬梳，根本出发点仍在于使研究眼光透过承载历史第一现场的传播媒介，探寻历史的动态过程，探寻历史事件发生的场域，从而判断延安文学的真面目与真价值。传播学视角的价值在于，它在回归历史现场的同时，又不“怠慢”对本质的探求。信息传播的向度和目的性决定了其本质性，对传播生态、传播过程各要素的分析又决定了它对本真的关注。在对延安文学传播的媒介生态分析中不难看出，生成于延安的文艺思潮、文艺论争及其推进过程和最终结果，从形式上看表现在传媒之上，在形态上却呈现出不断趋同的特征，它实际上是延安文学创作和传播被纳入革命体系之中，呈现出议程设置的宣传功能的必然结果。

延安文学传播的媒介生态构成了中外文学历史上极为罕见的文化（文学）现象。延安根据地既是一个战争概念，又是一个政治概念。作为

① 严辰：《关于诗歌大众化》，《解放日报》1942 年 11 月 1 日。

地缘政治空间，封闭性和开放性共存一身。相对的封闭性使得其传播生态在政治制度、文化环境、经济关系以及人们的日常生产生活等方面都与国统区、沦陷区迥异；同时，其兼容性和开放性在相对封闭的战时环境中既为延安提供了塑造自身话语系统的可能，也赋予了其独特的传播扩散性与影响性的能力。因此，延安时期凝聚和浓缩了中国共产党人以延安为战略中心和文化中心抗战建国，直至新中国成立的全部理论和实践，具有政治经济文化等多重的丰富内涵。对于文学而言，则通过对文学的过滤与改造的方式，从而将文学收编和规范到革命宣传的体系之中。文学的传播功用因其本身的特质一旦纳入宣传的轨道，就极易在战争这样的特殊时期被凸显出来，成为首要的宣传利器。而延安文学空前成功的传播效果无疑也使其成为了文学传播研究的标本性对象。

对延安时期传播媒介生态的审视，更有益于我们超越特定的区域和时期获得关于一个时代的启示与反思，也更有益于我们反观近年来的文学传播研究热中的误区，获得方法论的启示。

第三章 “文艺界的精神总动员”与延安文人的“公共空间”

——文学期刊与延安文学传播研究

传播媒体在历史事件发生的当时记录着其产生、演变的原始历史过程，也是文学、文化流变的原初载体。媒体是回到历史现场，考察当时文学演变历程、传播与接受历程的“活化石”。媒介的呈示性、表现性及建构性、同质化功能与文学功能合流，媒介传播与文学传播协同，建构着延安文学关于民族国家的想象空间。报刊在将文学置入一种新的传播语境的同时，也在规范着文学的内部秩序，在探索出一条有效的文学传播途径的同时，形成了延安文学与国统区、沦陷区形貌迥异的文学版图。

延安刊物的繁荣集中体现了延安文艺座谈会前解放区文艺的成就与特色。它所取得的成绩不仅源于文艺自身发展的逻辑，与初创期解放区文艺逐步发展的艺术氛围密切相关，而且有深层的文化、政治、社会等原因的交互作用与影响。但刊物创办主要在 1942 年之前，也有着值得研究的历史意蕴。

延安文人社团及刊物在现代中国文学史上构成了极为重要的独特的文化现象，期刊既是延安文人自觉地将文学与革命联系起来进行文艺界的精神总动员的传播载体，又是延安文人话语交融、思想汇聚甚至碰撞的媒介空间。同时，在革命战争的传播生态环境中，大量的延安文学期刊不仅鲜明地标示着延安文人的美学姿态和风范，而且最终汇流到波澜壮阔的现代中国革命的洪流之中，和它的传播主体一道成为革命的重要组成部分。本章将延安文学期刊回归“历史现场”进行考察，以原始史料为依据，以期展示在特殊的战争环境中延安文人的创作与生活、思想与交流，为当代中国文化建设提供具有历史深度的经验借鉴和精神资源。

在长达13年的战争媒介生态中，延安出版发行报刊的具体数字可以肯定的是不止目前我们所掌握的这些，即使目前所知的有名有姓的报刊也存在许多散佚，这也是本书研究过程中以及今后的进一步研究中力求不断从媒体的物质形态方面钩沉的原因所在。好在经过几代研究者的辛勤工作，目前我们已掌握延安时期的主要报刊资料，并在此基础上展开延安文学传播的媒介研究。本书第三章、第四章将分别从延安时期的期刊和报纸两类媒体展开探讨。而在进入具体媒体研究之前，对媒介与文学的关系加以梳理和探究，或许更有利于我们从理论上把握媒体在文学传播中的互动功能与角色定位。

一 媒介与文学传播

人类世代的经验与知识需要经过传播进行散布和传递。传播是一个系统工程，是从信息源到接受者之间的传递与反馈的有机过程。然而，传播在很大程度上要借助于媒介，因此，媒介对文化的形成、发展起到了至关重要的作用。同样，传播作为中介也直接沟通着文学信息（作品）与文学接受者之间的联系。何谓媒介？传播学者从多种角度阐释了媒介的内涵：“媒介就是插入传播过程中，用以扩大并延伸信息传送的工具。”①“一切传播媒介都在彻底地改造我们，它们对私人生活、政治、经济、美学、心理、道德、伦理和社会各方面的影响是如此普遍深入，以至我们的一切都与之接触，受其影响，为其改变。媒介即讯息。”“任何媒介（即人的任何延伸）对个人和社会任何的影响，都是由新的尺度产生的，我们的任何一种延伸（或任何一种新的技术）都要在我们的事务中引起一种新的尺度。”② 文学的传播信息源在于作家，作家创造出“文学信息”首先经媒体“过滤和处理”再传递到文学接受者。而接受者对“文学信息”再一次“处理”便构成了一个新的信息源，仍可以经过一定的“通道”反馈至文学家，如此循环往复，文学传播就表现为一种信息流程。

① ［美］威尔伯·施拉姆、威廉·波特：《传播学概论》，陈亮等译，新华出版社1984年版，第144页。

② ［加］麦克卢汉：《理解媒介——论人的延伸》，何道宽译，商务印书馆2000年版，第33页。

当文学传播与文学接受的双向互动置身于信息流程之中时，文学已不仅仅是一个抽象的由信息流构成的符号系统，媒介始终以构成文学传播的物化载体参与其中，使文学成为一种与一定的物质材料和技术文明联结在一起的具体的物态化的存在。从某种意义上讲“没有媒介就不存在文学”。[①] 那么，媒介的功能如何充分发挥于文学传播之中？延安文学究竟以何种姿态经由媒体传播？媒体的构建功能又如何作用于文学从而在互动中形成延安文学的特殊景观？这是一个非常复杂的系统问题，也构成了本书研究的核心内容。

（一）媒介的呈示性、表现性与建构性、同质化

美国著名政治学家、传播学科奠基人之一哈罗德·拉斯韦尔（Harlod Lasswell，D.）在1948年发表的《传播的结构与功能》（*The Structure and Function of Communication in Society*）一文中从政治学的角度归纳了传播的三大功能：“一、监视环境，揭示那些会对社会及其组成部分的地位带来影响的威胁和机遇；二、使社会的组成部分在对环境做出反应时相互关联；三、传递社会遗产。”[②] 传播学者将其概括为：环境监视功能、社会协调功能、社会遗产传承功能。美国学者查尔斯·赖特（Charles R. Wright）1959年发表的《大众传播：功能的探讨》（*The Nature and Function of Mass Communication*）中在拉斯韦尔的“三功能说”的基础上提出了“四功能说”，即环境监视、解释与规定、社会化功能和提供娱乐。文学之所以能够进入大众传媒的传播系统，是因为文学本身契合了媒介的上述功能，同时文学又通过媒介的功能实现自身的功能呈现。

首先，媒介的物质性和可接受的符号表现性使媒介为文学提供了呈示的渠道。媒介与文学关系最直接地体现在媒介是以工具理性的文化身份在一个确定的文学空间与时间中存在的，媒介对于文学是以工具的形式出现的。文学是主体，媒介是附体；文学是被载附者，媒介是载附者；作为被载附者的文学是内容，作为载附者的媒介是工具性的中介。现代报刊为文学与社会、作家与读者架设了一条快捷的中介和通道，进一步拉近了文学与社会的距离，报刊与文学的联姻直接带来了小说的繁荣，正是媒介功能之于文学的典型注解。

---

① 王一川：《文学理论》，四川人民出版社2003年版，第111页。

② 张国良：《20世纪传播学经典文本》，复旦大学出版社2003年版，第210页。

其次，媒介的建构功能又不断地促使文学发展与聚合。文学媒介作为外部力量对文学产生着作用，影响着文学的变化，文学要发展，就必须适应其挑战。正如霍尔的媒介阅读理论所分析的：“媒介一方面用‘共识’来引导自己，同时又以一种建构的方式试着塑造‘共识’，它变成一种‘赞同的生产’辨证过程的一部分。这使得媒介总是代表着国家中优势的社会利益。”① 一般而言，公众文化、公众参与、话语空间等公共化社会文化场域的建构与拓展，在很大程度上依赖于媒介的这种建构功能。媒介作为信息的物质载体，从某种意义上它决定了被承载物的存在与外显的基本物化形态，对文学信息而言，媒介决定着文学作品的文本形式、表义符号、接受群体、传播效果以及与之相关的回馈信息影响下的整个文学活动本身。同时，媒介的形塑建构与规范的功能，对文学活动的形态、文本、话语以及文学观念、审美趋向、文学的社会意识、受众期待等都产生着深刻的影响。“大众媒介不只是审美现代性的外在物质传输渠道，而且是它本身的重要构成维度之一；它不仅具体地实现审美现代性信息的物质传输，而且给予审美现代性的意义及其修辞效果以微妙而又重要的影响。”② 因此，报刊文学的关系，表面上看是信息内容与载体的关系，实际上，由于报刊媒体所特有的聚合信息、设置议程等功能，报纸也不仅仅是文学的载体或介质，而是形成了一种新的文学传播语境和话语方式，在拓展文学生产与传播空间的同时，也引发了作家、编辑、受众等文学群体的变动，并在文学话语建构中打上了深深的烙印。这就是媒介议程设置与话语构建的力量之所在。文学演变的重要原因之一就是其所依傍的媒介形态的变化。

但是，如果说文学追求的是审美个性化的话，那么，媒体传播为了受众的最大化和传播效果的最大化，往往在其所标榜的追求异质性的旗帜下，隐含着更大的同质性的目标。在战争宣传的特殊的生态背景下，这种隐含的目标毫无顾忌地走向前台，由此所带来的马尔库塞所谓的“单向度”结果就成为必然。“单向度思想是由政策的制定者及其新闻信息的提

① 转引自张邦卫《媒介诗学——传媒视野下的文学与文学理论》，社会科学文献出版社 2006 年版，第 86 页。

② 王一川：《大众媒介与审美现代性的生成》，《学术论坛》2004 年第 2 期。

供者系统地推进的。”[①] 同时，若按照哈贝马斯的分析，在传播媒介和接受者之间，若以文学为公共领域展开交往对话，二者的互为主体性是理想的状态。而事实上并非如此。在对文学的理解上，追求传播效应的传播媒介和满足自我身心需求的接受者之间是不相同的，后者对文学性有自己的习惯理解，这本可以构成对传播媒介话语力量的制约因素，但现代媒介话语在社会话语场域所居的话语强势地位，往往使接受者的文学立场失去了存在的自信，不得不接受传播媒介话语言说中的文学形式甚至观念。同质化使传媒在拥有了更大范围的受众的同时付出了放弃信息个性的代价。而在特殊的传播生态中，同质化的信息传播也会被加以运用，以形成强烈的舆论氛围。这也为从另一个角度理解延安文学传播提供了重要的思路。

（二）延安文学传播媒介：建构想象的空间

大众媒介是现代社会的主要传播渠道，媒介通过对现实的描述、说明和解释产生意义构成功能，并对受众施加潜移默化的影响，“人们可以从所读到、看到和听到的内容，发展出对物质现实和社会现实的主观及共认的意义构想”[②]。美国著名政治学家李普曼（Lippmann，W）在《舆论学》（1922 年）中提出了“身外世界与脑中图景”（The World Outside And The Pictures In Our Heads）这一意味深长的命题。在他看来，人类生活在两个环境里：一是现实环境，二是虚拟环境。前者是独立于人的意识、体验之外的客观世界；后者是被人的意识或体验的主观世界。“当今的现实环境早已变得错综复杂，远非个人所能亲身经历，这时，大众媒介把‘不可触、不可见、不可思议’的现实环境传递给人们，为人们提供了一个可知可感，并仿佛也能亲身经验的间接环境，这就是‘媒介环境’。换言之，我们从媒体看到的其实不是世界本身，而是被媒体选择、解释、转述后的世界。”[③] 在特殊的战争环境之中，军事区域的相对封闭性和传媒本身发展所受到的限制，大大强化了媒体对环境的构造能力，而文学传播媒介也因此突破了文学本身的自在特征，延安文学的媒介传播也因为其革命与战争时期特殊的历史使命而呈现出动态变迁直至整体归一的趋势，文学

---

① ［美］赫伯特·马尔库塞：《单向度的人》，黄勇、薛民译，上海译文出版社 1989 年版，第 14 页。

② ［美］M. L. 德弗勒等：《大众传播学诸论》，杜力平译新华出版社 1990 年版，第 42 页。

③ 张国良：《新闻媒介与社会》，上海人民出版社 2001 年版，第 81 页。

传播与大众传播一同完成着关于民族国家的想象。安德森把民族国家称为“想象的共同体”（imagined community）。“它是想象的，因为即使是最小的民族的成员，也不可能认识他们大多数的同胞，和他们相遇，或者甚至听说过他们，然而，他们相互联结的意象却活在每一位成员的心中。”[①]而现代文学和报纸与杂志等大众传媒则是这种现代想象不可或缺的媒介。中国现代民族主义的传播与中国现代启蒙运动的兴起和发展，以及中国现代白话文运动的兴起与中国现代报刊等现代大众媒体的兴起与发展有着明显的历史的一致性。“民族国家的大量想象开始出现于晚清，尤其是小说在现代民族国家这种‘想象的共同体’的构造中发挥了极为重要的作用。”[②][③]

按照葛兰西的定义：政党是以建立新型国家为明确目标，政党也正是为这一目标合理并合乎历史规律地建造起来的。[④] 如果说“‘五四’以来被称为‘现代文学’的东西其实是一种民族国家文学”[⑤] 的话，那么延安时期的文学就是更为具体地体现中国共产党关于“抗战新中国成立”的民族国家文学。毛泽东在延安写的几乎每一篇文章都强调“我们从事战争的信念，便建立在这个争取永久和平和永久光明的新中国和新世界上面”。[⑥] 发表在《中国文化》上的《新民主主义的政治与新民主主义的文化》的论述更形成了一个鲜明的逻辑和结论，即：新民主主义的文化是构建新中国的重要组成部分，建设新文化的目的就是为建设新的国家服

① ［美］本尼迪克特·安德森：《想象的共同体：民族主义的起源与散布》，吴叡人译，上海人民出版社2003年版，第5—6页。

② 旷新年：《民族国家想象与中国现代文学》，《文学评论》2003年第1期。

③ 同样，“18世纪末19世纪初在欧洲兴起的现代民族国家是和想象文学的形式和对象不可分离的。一方面，现代民族主义的政治目标支配着文学的进程，把‘民族性’和‘民族语言’这些浪漫主义的概念引进（主要是幻觉的）文学领域成为明确的‘民族文学’。在另一方面，通过创造‘民族印刷媒介’——报纸和小说，文学参与了民族基础的构造。正像弗兰西斯科·德·桑克蒂斯所谓的19世纪欧洲的民族性（nationality）崇拜描述的那样，尤其是小说作为一种复杂然而边界清楚的艺术作品在将民族定义为一个‘想象的共同体’中发挥了决定性的作用”。Brennan, Timothy, *The National Longing for Form*, in Hoim K. Bhabha (ed.), *Nation and Narration*, New York: Routledge, 2000, p. 48。转引自旷新年《民族国家想象与中国现代文学》，《文学评论》2003年第1期。

④ ［意］安东尼奥·葛兰西：《狱中札记》，曹雷雨、姜丽等译，中国社会科学出版社2000年版，第111页。

⑤ 刘禾：《语际书写》，上海三联书店1999年版，第192页。

⑥ 毛泽东：《论持久战》，《八路军军政杂志》1939年第2期。

务。同理，我们会自然而然地接受文学作为文化的重要组成部分，一切也都要围绕“造成的新中国”而展开。可以说自从中共建立就始终把建设一个新的国家作为自己的目标，不仅对运用报刊媒介宣传自己的思想和主张有充分的认识，而且也成功地利用报刊媒介将对民族国家的想象深入广大民众之中，不断使更多的人加入奋斗的行列。对大众化、通俗性的强调，也与普及主流意识形态密不可分。新政权要论证其合法地位，必须依靠广泛渗透的大众传播媒介，潜移默化地影响社会各个阶层，尤其是农民大众。因此，如何充分发挥报刊媒体的功能，也被提上议事日程，并付诸实施。“现代传播媒介除了具有强大的启蒙意义外，又形成了一个隐蔽的文化权力中心”[①] 而延安时期在战争状态下，传媒本身的功能走向集中，被自觉不自觉地纳入抗战体系之中，承担起一切与抗战有关的信息传播和宣传鼓动的责任，责无旁贷地承担起抗战宣传鼓动的功能，也同样自觉地纳入民族国家想象的构建的系统之中。于是，曾经定位于体现媒体的文化传承和审美功能且津津乐道于独立品格的文学，在特殊的战争状态下，要么因固守原有的定位而被媒体过滤，要么自觉地加入媒体的新的系统运转之中，在媒体高扬的现实精神的旗帜下找到新的定位，获得新的认同，焕发新的精神魅力。应该看到，这一转变是以放弃文学的审美性追求为代价的。战争状态的主客观因素都容不得文学创作者和传播者经历一个较长时间段的生活体悟和积淀。新闻传播中“快”的节奏、“快”的写作、“快”的传播的基本要求，被生硬地适用于文学。于是，文学功能与媒介功能合流，媒介传播与文学传播协同，形成了延安文学传播媒介的独特景观。可以看到，延安报刊的文学议题设置是通过有效地设置话语传播者的议题来影响受传者议题的一种传播效果模式。解放区的文化建设在民族危机与根据地危机中产生和定位。这种政治化的功利文化观念成为解放区权威的主流文化观念，以最权威的姿态领导和规约其他文化观念的走向与定位，制约和决定着解放区文化重构的整合过程。

如果从媒介在受众关心的话题的认知发展过程中所扮演的角色这一角度来看，媒介虽然不能决定人们对某一事件或意见的具体看法，但可以通过有意识地安排相关议题来有效地左右人们对某些事件的意见及关注的主

① 南帆：《启蒙与操纵》，《文学评论》2001 年第 1 期。

次程度。在延安时期，那些经由报刊媒介特别强调的文学命题会达到突出其传播效果的目的，也就是说，报刊传播媒介在影响人们的文学观念、审美判断及其舆论指向上是有力与直接的。延安时期报刊的文学议程设置和话语建构作用显然是建立在主流意识形态的基础之上的，诚如福柯所言："重要的不是话语讲述的时代，重要的是讲述话语的时代。"① 延安报刊媒体依持强大的舆论影响力和整合社会文化资源的能力，通过强劲的话语设置议题，为公众架构起文学形象和有关文学的想象，同时也给予了文学在整个文化和社会空间以特殊的位置。报刊在将文学置入一种新的传播语境的同时，在强大的外部环境的挤压下规范了文学的内部秩序，探索出了一条有效的文学传播途径，形成了与国统区、沦陷区形貌迥异的文学版图，这一经验值得珍视。齐聚延安时期的作家群体和他们在创作中所取得的实绩，无论是小说、散文、诗歌、报告文学、杂文和评论文章都清楚地表明了文学与时代话语之间依存与被依存、推动与被推动、塑造与被塑造、影响与被影响的关系。

二 宽松的政策空间：延安文学期刊述略

本雅明认为："日常的文学生活是以期刊为中心开展的。"② 而当日常生活进入"非正常"的特殊时期时，作为日常文学生活的承载的文学期刊也会随之在新的生态中呈现新的发展形态。延安刊物的繁荣集中体现了延安文艺座谈会前解放区文艺的成就与特色。它所取得的成绩不仅源于文艺自身发展的逻辑，与初创期解放区文艺逐步发展的艺术氛围密切相关，而且有深层的文化、政治、社会等原因的交互作用与影响。但刊物创办主要在1942年之前，也有着值得研究的历史意蕴。其中不同时期中共中央对待文艺的政策仍是重要因素。

1940年9月，中央发出指示推行国统区和各个民主根据地的抗日文化运动。指示说：

① 转引自陈晓明：《最后的仪式——"先锋派"的历史及其评估》，《文学评论》1991年第5期。

② 本雅明：《发达资本主义时代的抒情诗人》，生活·读书·新知三联书店1989年版，第44页。

要注意收集一切不反共的知识分子与半知识分子，使他们参加在我们领导下的广大的革命文化战线，应反对在文化领域中的无原则的门户之见。每一较大的根据地上应开办一个完全的印刷厂，已有印刷厂的要力求完善与扩充。要把一个印刷厂的建设看得比建设一万几万军队还重要。要注意组织报纸刊物书籍的发行工作，要有专门的运输机关与运输掩护部队，要把运输文化食粮看得比运输被服弹药还重要。①

文化人的最大要求，及对于文化人的最大鼓励，是他们的作品的发表。因此，我们应采取一切方法，如出版刊物、剧曲公演、公开讲演、展览会等，来发表他们的作品。同时发表他们的作品也即是推广文化运动的最主要的方式。②

1940年10月10日，《中央宣传部、中央文化工作委员会关于各抗日根据地文化人与文化团体的指示》中对有关文化人的内容摘录如下：

（一）应该重视文化人，纠正党内一部分同志轻视、厌恶、猜疑文化人的落后心理……

（二）应该用一切方法在精神上、物质上保障文化人写作的必要条件，使他们的才力能够充分的使用，使他们写作的积极性能够最大地发挥……

（三）党的领导机关，除一般的给予他们写作上的任务与方向外，力求避免对于他们写作上人工的限制与干涉。我们应该在实际上保证他们写作的充分自由。给文艺作家规定具体题目、规定政治内容、限时限刻交卷的办法是完全要不得的。

（四）对文化人的作品，应采取严正的、批判的、但又是宽大的立场。力戒以政治口号与偏狭的公式去非难作者，尤其不应该出以讥笑怒骂的态度。我们一方面应正确的评价他们的作品，使他们的努力

① 《中央关于发展文化运动的指示》（1940年9月10日），载中央档案馆编：《中共中央文件选集》（12），中共中央党校出版社1991年版，第487页。

② 《中央宣传部、中央文化工作委员会关于各抗日根据地文化人与文化团体的指示》（1940年10月10日）《共产党人》1940年第12期。

向着正确的方向，同时鼓舞他们努力写作的积极性，不使他们因一时的失败，而灰心失望。

（五）估计到文化人生活习惯上的各种特点，特别对于新来的及非党的文化人，应更多的采取同情、诱导、帮助的方式去影响他们进步，使他们接近大众、接近现实、接近共产党、尊重革命秩序、服从革命纪律……①

在一系列文化政策的倡议和鼓励下，1941 年成为延安文艺活动最活跃的一年，也是延安纯文学杂志诞生最多、创作最丰富的一年："延安每月竟有了近乎几十万字的文艺作品产生——《解放日报》，文抗会刊《谷雨》，诗歌会的《诗刊》，鲁艺校刊《草叶》以及其它的半文艺性的刊物等若干种。"② 在当时都是具有文学影响力、被公认为最具权威性的纯文学期刊，显示了延安文学空前绝后的创作力量和文学发展充盈的生命能量。也提供了与国统区、沦陷区文学不同的声音和精神气质，使诉诸革命文学的政治解放、民族解放的主流主题以及"五四"文学传统汇流，使延安文学得到了丰富与发展的机会。延安文学从此被纳入文化主流，开始为全国乃至世界所关注。

宽松的文化政策环境同时源于中国共产党抗战和新中国成立的双重理想。"任何一个政权只要注意到艺术，自然就总是偏重于采取功利主义的艺术观。这也是可以理解的，因为它为了自己的利益就要使一切意识形态都为它自己所从事的事业服务。"③ "仅为'抗战'的近忧服务难免游击作风与临时观念，而加上'新中国成立'的远虑则就具有了某种恢宏的气概，某种大国大党要开创百年基业的雄心，以及由这种雄心所带来的虑千古而小当世的宁静心怀。在这'新中国成立'的意念之下就会有延续斯文的使命感，就会对各种并非因时而作也并非为时所用的文化有一种欣赏之心与包容之力。而计划中所特意规定的学术自由就是这种使命感与包

① 中央档案馆编：《中共中央文件选集》第 12 卷，中共中央党校出版社 1991 年版，第 496—497 页。

② 《为本报诞生十一期纪念献辞》，《文艺月报》1941 年第 12 期。

③ ［俄］普列汉诺夫：《美学论文集》（第 2 卷），曹葆华译，人民出版社 1983 年版，第 830 页。

容力的体现。”[①] 这一点从毛泽东对刊物的关心中可以得到印证。延安时期最早的综合性文艺刊物是《文艺突击》，刘白羽任主编。筹备组于1938年9月中旬致信毛泽东，请示题写刊名。毛泽东当即题了3款。《文艺突击》轮换使用毛泽东的这3幅题字出版了两年。毛泽东还为1940年4月15日创刊的《大众文艺》、8月间创办的《大众习作》等题写了刊名，并于11月30日给《大众习作》主编周文写信说：“你们的工作是有意义的，有成绩的，我们都非常高兴。”这个刊物辟有“原作与改稿双登”“名著研究”等栏目，很受作者与读者欢迎。《中国文化》是陕甘宁边区文化协会的机关刊物，1940年2月15日创刊。毛泽东对这个大型综合性刊物格外关心，他不仅题写刊名，还为它题词祝贺：“延安文化界活动起来，为战胜日本帝国主义，建设新民主主义文化而奋斗！”毛泽东的《新民主主义的政治和新民主主义的文化》（后更名为《新民主主义论》）也交给《中国文化》在创刊号上发表。

延安时期的文学期刊大致可以分为三类：第一类是带有一定的官方性质的，如延安“文协”“文抗”“鲁艺”、军直文艺室等创办的刊物；第二类是文学社团创办的刊物，如延安诗会、山脉文学社等创办的《诗刊》、《山脉诗歌》等；第三类是其他非文化团体创办的综合性期刊中开设的文艺栏目。如《八路军军政杂志》等。仅在1941年间，创刊的刊物就有：延安文艺月会主办的《文艺月报》、艾青主编的《诗刊》、“文抗”出版的《谷雨》《中国文艺》、“鲁艺”的《草叶》、军直文艺室主办的《部队文艺》、萧三主编的延安版《新诗歌》、高敏夫主编的绥德版《新诗歌》、周文主编的《大众习作》等纯文学刊物，成为延安作家创作进入丰富和活跃时期的标志。[②]

文学刊物连接着文学的生产和传播，是一个复杂的综合系统，各种文化力量在此互动和协调，并最终形成一个布尔迪厄意义上的“场”。它既体现了时代文化整合的要求，反映出文学特有的生产和消费的传播流程，同时又折射出不同政治、文化、观念之间的潜在冲突。不同的传播媒介与符号方式构造了人类不同的感知结构，并由外而内地修正着文学的谱系与生态。

---

① 李书磊：《1942：走向民间》，山东教育出版社1998年版，第153页。

② 刊物创办的有关统计见附录1：《抗日战争时期陕甘宁边区出版的主要报纸杂志概览》。

三 延安文人社团与期刊

文学流派的形成、发展，往往与期刊杂志的倡导有密切的联系。“随着新文学的逐渐成熟，作家需求比社团较为松散的联谊形式来发展各自的审美个性，主要以报刊而不是以社团来维系流派的方式获得普遍的作家的认可。”① 杨义的这一观点，概括了现代文学发展历程中的一个重要的现象，也从另一个侧面说明了报刊在形成文学流派、整合创作风格以及提供作家间互动平台的作用。延安文学同样承继了新文学的这一传统，形成了各种文化社团和刊物。究其原因主要有三：一是在抗日民主统一战线的旗帜下根据文艺界联合或发展革命文化的需要组成的如“文协”“文抗”“鲁艺”等大型组织；二是在来延安的作家中，相当一部分人在国统区时就已经有了很多的交往，彼此在人格、经历、作品等方面相互接近，无形中依据各自的趣味走到一起；三是因为创作类型的相同或相似而聚合在一起，共同推动创作的发展，如延安的几个知名的诗歌协会就是如此。而如前所述，文化政策对文人社团的倡导与肯定，无疑是形成社团繁荣现象的重要生态因素，1940 年 10 月 10 日发布的《关于抗日根据地文人与文化团体的指示》的指导不能不谓细致周到：

> 各种不同类的文化人（如小说家、戏剧家、音乐家、哲学家等），可以组织各种不同类的文化团体，如文学研究会、戏剧协会、音乐协会、新哲学研究会等。这些团体亦可联合起来，成立文化界救亡协会之类的联合团体……这些团体的任务，一般是：介绍、研究、出版、推广各种文化作品；吸收与培养各方面的文化人材；指导大众的各方面文化活动；联络文化人间的感情与保护他们切身的利益；组织文化人向各地报章杂志的写稿；介绍并递寄他们的作品或译著到全国性大书局出版；向外面的及大后方的文化团体进行经常的联络。纠正有些地方把文化团体同其他群众团体一样看待及要他们担任一般群众工作的不适当的现象。

① 杨义：《流派研究的方法论及其当代价值》，《海南师范学院学报》2001 年第 5 期。

> 团体内部不必有很严格的组织生活与很多的会议，以保证文化人有充分研究的自由与写作的时间。①

无论结社的初衷何在，作家群体原本就与传媒有着密切的关系。在世界文学史上，相当数量的作家曾同时编辑报刊，这无疑是个耐人寻味的事实。而在中国现代文学史上文人社团也始终成为文学刊物发展的核心力量。于是，在延安，数以百计的文学社团，如雨后春笋般地在各地建立起来。各文学社团“先后创办了数以百计的铅印刊物、油印刊物和石印刊物”。② 其中，最具有代表性的是“文协”“文抗”“鲁艺”和诸多诗歌团体。

（一）“文艺界的精神总动员”：“文协”与《文艺突击》

文学传播之于作者和受众最重要的是其强大的精神感染能力。因此，尽管与同时期的其他地区相比，延安创办文学刊物的物质条件无疑是十分匮乏的，但是，匮乏的传播物质条件又与巨大的传播效果恰恰形成强烈的对比，这也足以构成文学传播历史上值得关注的现象。陕甘宁边区文艺界抗日救亡协会是1937年11月抗日战争爆发后解放区建立的第一个以文学团体为骨干的抗日文化组织，会刊为《文艺突击》。抗战是协会开展一切活动的宗旨。发挥协会的精神凝聚性和组织性的直接功能，号召一切的文化工作服务于抗战，要求“组织成千上万的文化工作者到火线中去，到民间中去，为保卫祖国和开发民智而服务，展开新启蒙运动，发挥科学文化的教养，创造三民主义的文化，创造中华民族的新文化”。③ 成为其工作的核心。同时，协会内设了诗歌会、《文艺突击》社、戏剧救亡协会、《文艺战线》社、讲演文学研究会、大众读物社、文艺顾问委员会、抗战文艺工作团等组织。这些相关分会与杂志同样紧紧围绕协会的宗旨开展活动。作为协会的会刊，《文艺突击》无论从形式还是内容都无疑集中展示了延安当时最重要的文化社团及刊物所经历的艰辛以及在延安抗战文化中

---

① 《中央宣传部、中央文化工作委员会关于各抗日根据地文化人与文化团体的指示》（1940年10月10日），载中央档案馆编《中共中央文件（选编）》（12），1991年版，第487、488页。

② 刘增杰：《抗日民主根据地的建立和解放区文学的诞生与发展》，载《中国解放区文学史》，河南大学出版社1988年版，第27—29页。

③ 陕甘宁边区文化界救亡协会：《我们关于目前文化运动的意见》，《解放》1938年第39期。

的地位。

《文艺突击》有三个“第一期”，根据这三个“第一期”可以将《文艺突击》从创刊到终刊分为三个发展阶段。第一阶段为油印版 1938 年 9 月 20 日、9 月 30 日各出一期，共两期，都是单张油印的，每期四版。9 月 20 日《新中华报》登出“边区文协”关于《文艺突击》的创刊广告，称它是“延安文艺的拓荒者，抗战文艺的突击队，文艺青年的好食粮”[①]，并登出创刊号目录。9 月下旬又紧接着按时出版了第二期，于 9 月 30 日《新中华报》登出目录。仅十几天内准时完成两期出版任务。经过刊物负责人的努力和许多党、政、军首长的赞助，又争取到了改为铅印出版的条件。于是，铅印《文艺突击》1938 年 10 月 16 日正式出版，是延安早期出版的唯一综合性文艺专刊。铅印版又从第一期编号——这便是该刊的第二个第一期。[②] 与此同时，《文艺突击》编辑出版工作全部转移到“边区文协”。此后在刘白羽等主持下，克服经济、印刷、敌后稿源等困难，[③]从 1938 年 10 月到 1939 年 6 月坚持出版了铅印版六期。其中，从 32 开铅印本出版到 1939 年 2 月 1 日第四期，又是长时间脱期，竟达三个多月，到了 5 月 25 日改为 16 开本，铅印出版了“新一卷第一期”同时又注明：总第五期——这便是该刊的第三个“第一期”。1939 年延安文协分会成立后，该刊改归它领导。1939 年 5 月 25 日，《文艺突击》出版了新一卷第二期（总第六期）以后，休刊了很长时间，截至 1940 年 2 月 25 日中华全国文艺界抗敌协会延安分会第二届理事会扩大会议作出决定：《文艺突击》停刊，改出《大众文艺》。[④] 1940 年 4 月在萧三主持下复刊，更名

① 《新中华报》，1938 年 9 月 20 日。

② 孙国林：《延安时期的第一个铅印文艺刊物〈文艺突击〉》，《延安文艺研究》1984 年创刊号。

③ 《文艺突击》第 1 卷第 1 期，1939 年 5 月 25 日出版，刊登了《本社启事》：“本社因经济困难，于去年十二月派人到晋西北一带募捐，募各位长官，各政府机关，各群众团体，及热心抗战文艺诸先生热烈捐助，深为感激。兹特将所募得之款项公佈。以表谢忱。为了解决经费不济，曾到晋西北一带募捐，但终因经费困难而被迫停刊。”

④ 孙国林：《延安时期的第一个铅印文艺刊物〈文艺突击〉》，《延安文艺研究》1984 年创刊号。

《大众文艺》[①]，截至12月共出版九期。1941年2月又在周扬主持下复刊，更名《中国文艺》，出版一期。

本书之所以用上述篇幅详细说明《文艺突击》的版本变迁，目的在于能够在梳理原始资料的出版原貌的同时，折射出延安时期报刊出版的艰难，文学传播在基本物质条件上的匮乏。同时，匮乏的传播物质条件也许更能反衬出传播者及其传播活动的价值。因为正是匮乏的媒介载体却承载着“文艺界的精神总动员”[②]。值得注意的是，它不仅仅是一般意义上的文艺与精神的关系，而是将这种关系外化、现实化，转化为与边区文艺界抗日救亡协会的宗旨，与现实的抗战主题紧密结合，将文艺纳入民族生活和战斗之中：

> 文艺是民族精神的集中表现，也可以说是最高表现。它反映着民族的生活现实，鼓舞着民族的战斗意志。
>
> 文艺是民族的生活和战斗的一部分，一个民族中不能不具有着它所应有的文艺活动，一个民族是进步的，或是落后的，是向上，或正在堕落，都在文艺里可以看出它的表征。
>
> 为抗战文艺的进步，更进一步的动员是非常需要的，在现在全国所号召的国民精神总动员运动里，要把文艺界的国民精神也算在内。
>
> 专谈风月的余裕已经消逝，诲淫诲盗的骚音不能不停止，“与抗战无关”的理论被人唾弃，这些东西都和我们民族分开，而成为敌人、汉奸，以至于动摇妥协分子的所有物了。在我们的文艺界里则可以看出一个共通的方向：文艺界愈来愈更与抗战有关，为着共同参加到抗战的工作中间，文艺界在全国的范围里空前广泛地团结起来，文艺界到前方和民众中间去组织，文艺大众化的努力，旧形式的利用与

---

① 从媒介传播角度讲，文学的大众化就是信息内容及其表现形式的大众化，是与媒介的大众化紧密关联的。而延安文学在报刊传播的民间化平台上，在理论和实践两方面都得到了充分体现。从《文艺突击》到《大众文艺》改变的绝不仅仅是刊名，而是一次文学大众化的转折。《大众文艺》在第一卷第一期发表了《编后记》：本刊前身《文艺突击》曾出过六期，原因财力物力缺乏，停止了一个时期。但是边区的读者群众以及前方的将士们都常常热心地探问“文艺突击为什么不出了”，尤其各工厂各机关的文艺小组及部队里的中级干部和许多文艺工作者要求得迫切。这鼓励了我们，增强了继续出版的决心……现在本刊以新的面目出世——改名《大众文艺》，这里表示本刊以后要更名副其实的成为大众的文艺刊物。我们希望以后每月出版一期，并且只要客观条件不发生问题决不愿意脱期。

② 《文艺突击》将其代革新号创刊词定名为《文艺界的精神总动员》。

新形式的探求，新的作家与新作品的产生，这一切的活动，都有向着一个总的目标走去：为抗战，为新中国成立，文艺和抗战，文艺和政治，有着多么密切的关系？在现在已经不是理论的问题，而成为事实的存在了。[①]

如果说，在大多数情况下文学社团以及刊物是以文学流派、创作倾向等为纽带进行组合的话，在延安，最重要的文学社团则如他们自己所宣告的，是在民族危亡的时刻，为抗战、新中国成立的总目标而走到一起来的，同样，他们的刊物自然也成为其观念、思想以及创作汇聚和集中呈现的媒介载体。国内外战争时期的传媒研究表明“战争报道形成媒体”，当日本学者金子明雄“将焦点定位于《日清战争实记》这一日清战争期间新闻传播界红极一时的杂志系列”时，“发现并非将日清、日俄战争表象的整体像视为静态的结构、而是当作在生产出具有意义的内容同时，又生产出其接受层的、动态的体系去加以把握的方向”。[②] 而对于中国延安时期的传媒动态研究而言，除了具有一切国家战争时期媒体所共有的聚焦战争、关注战争的表象之外，更多地体现出被侵略国家唤起民众、反抗外敌、构建自己的民族国家的功能。媒介的功能在这一特定的时段出现了倾斜，媒体所构成的场域洋溢着民族救亡的主题。因此，值得重视的是“文协”及其《文艺突击》的一系列关于文艺与政治、文艺工作者的现实职责的文章，可以说坚定而明确地将文学与政治结合了起来，将文艺家与现实生活连在了一起。

我们的文艺，已亲切地与政治联系起来……现在，文艺工作者的基本任务之一，在于反映转变与发展中的政治号召。创作者要执行这任务，理论者及批评者要推动这任务的实现及完成。

文艺工作者的心也是无边的，他愈爱政治，愈深入政治，他愈丰

① 《文艺界的精神总动员——代革新号创刊词》，《文艺突击》1939 年新 1 卷第 1 期。

② 陈平原：《大众传媒与现代文学》（新世界出版社 2003 年版）中所收录的日本大学方面在 2001 年 11 月 20 日于北大召开的“大众传媒与现代文学”研讨会上的论文大多集中于《东亚的现代化与文学和传媒——战争生成的国家与国民》。金子明雄在分析了日本近代进行的几次内外战争后认为：战争“让他们领教了战争报道作为扩大传媒的杀手锏的价值”（《大众传媒与现代文学》，新世界出版社 2003 年版，第 31 页）。

富，愈充实。①

这里不提倡“与抗战无关”的作品创造，也不鼓吹为“一个领袖”服务的精神，一切都服从战争，服从大众。

因为惟有深入斗争的实践才能更有效地发挥文艺的功能。一个伟大作家的产生是联结于他的时代，联结于他在这时代的革命的实践的；革命的实践是一切艺术生命的源泉。我们反对躲在后方“闭门”创造浪费纸张的“作品”。②

可以说《文艺突击》不仅从理论上也从实践上成为自觉地担当精神动员的媒体，集中呈现了延安初期文人、文学的精神风貌、价值选择和文艺观念。实际上也的确成为文艺界精神总动员的主体平台。社团和刊物的凝聚作用，使当时在延安的几乎所有新老作家，如野蕻、沙汀、黄药眠、荒煤、高士其、江丰、艾思奇、周扬、丁玲、严文井、何其芳、柳青、卞之琳、天蓝、雷加、乔木、萧三、杨松、沃渣、马达、古元、塞克、星海、马健翎等成为其中坚力量。同时，刊物发表的作品包括小说、诗歌、论文、语录、报告、战地速写、通讯、消息、故事、歌剧、童话、边区映画、木刻、插图、译作、文艺评论等几乎涵盖所有形式。延安及边区各个方面的战斗化生活和文艺活动以及战地及国内外斗争情况构成了刊物的主要内容。同时也对延安文学初期所面临的一系列诸如文学与政治，文学与大众等问题或提出观点或提出建议。而从创刊起就开辟的“工人文艺栏”，则发表了工人和战士（如刘亚洛、老宁等）的作品，反映边区工厂工人的生活、思想、情感，成为刊物走近大众的重要一步。尽管创办不足两年，但是刊物反映内容的广泛性、牵涉问题的时效性，以及艺术形式的多样性等却超出人们对一个刊物的期待。其中，创刊号的“纪念鲁迅先生逝世二周年特辑”，第2期编刊的“民族形式问题”专栏，以及“生产特辑”“纪念高尔基”“工人文艺”等专栏，都可视为当时文艺盛况的直接记录和参与者。刊物参与了历史、见证了历史也承载了历史。

（二）歌颂光明与暴露黑暗：“鲁艺”与“文抗”、《草叶》与《谷雨》

20世纪70年代末，周扬在接受赵浩生的一次访谈中称：“当时延安

① 《政治号召与文艺》，《文艺突击》1939年（新）第1卷第1期。

② 鲁藜：《目前的文艺工作者》，《文艺突击》1939年第4期。

有两派。一派以‘鲁艺’为代表，包括何其芳，当然是以我为首。一派是以‘文抗’为代表，以丁玲为首。这两派本来在上海就有点闹宗派主义。大体上是这样：我们‘鲁艺’这一派人主张歌颂光明，虽然不能和工农兵结合和他们打成一片，但还是主张歌颂光明。‘文抗’这一派主张暴露黑暗。”① 这里的“鲁艺”是指鲁迅艺术学院，周扬曾任副院长，主持工作；“文抗”是指中华全国文艺界抗敌协会延安分会，丁玲曾任该协会的理事和常务理事。周扬这一概括性的说法是否客观也曾引起一些异议，② 但既然当事人指出来了，从中至少反映出40年代初期的延安有不同的文艺思潮及其冲突的存在。但是，如果从其创办的刊物上看，都终未走出知识分子的生活与视域。

所谓歌颂光明与暴露黑暗之说从形式上看是不同社团之间的区别，自然也会或多或少地反映在其创办的刊物中。“报纸杂志是知识分子环绕的一个核心，他们的知识生产借助印刷传媒实现民族国家的主题。知识分子环绕的另一个核心是大学。他们汇聚于这个独特的文化空间激荡思想纵议天下，教书育人。这形成了启蒙的另一个重镇。”③ 在这里，“鲁艺”作为延安最重要的文艺人才培养基地和以教师为主的创作已很成熟的文艺家的聚集之所，在空间形式上自然会形成一个知识分子的话语空间；与此同时，“文抗”集中了丁玲、萧军等一批成熟的作家，他们继承鲁迅的传统，充分肯定“五四”以来新文学所取得的巨大成就，加上文学活动相对接近，又有自己编辑的文学刊物作为阵地，从萌芽到形成也可以说具备形成文艺创作潮流的坚实基础。在这种情况下，他们各自的刊物便自然呈现了其创作轨迹以及文学话语的交流与冲突。

草叶社是“鲁艺”的群众性文学团体，由严文井、何其芳、周立波、

---

① 赵浩生：《周扬笑谈历史功过》，《新文学史料》1979年第2期。

② 严文井曾回忆说：尽管“鲁艺”的《草叶》和“文抗”的《谷雨》“两个刊物的名称都很和平，可是两边作家的心里面却不很和平。不知道为什么，又说不出彼此间有什么仇恨，可是看着对方总觉得不顺眼，两个刊物像两个堡垒，虽然没有经常激烈地开炮，但彼此却都戒备着，两边的人互不往来”。周扬在1939年成为“鲁艺”的副院长，实际上主持“鲁艺”的日常工作。周扬的性格中隐约有一种以我划界的特点，但也善于主动招引与自己观点接近的作家，这样，就在他身边逐渐聚集了何其芳、周立波、陈荒煤、沙可夫、沙丁、刘白羽、林默涵、贺敬之等一批文化人。“文抗”成立后周扬虽然列名理事，但只是一个名义，实际主持“文抗”的是丁玲、萧军、舒群、艾青、白朗、罗烽等人。而这些又隐约都是上海“左联”时代与鲁迅关系比较亲近的（严文井：《延安文艺座谈会前后》，载1957年5月23日《新疆日报》）。

③ 南帆：《革命文学、知识分子与大众》，《文艺理论研究》2003年第1期。

陈荒煤等在校师生组成。其社名和刊名均取自美国诗人惠特曼的《草叶集》。1941 年 11 月 1 日“鲁艺”的《草叶》铅印杂志创刊。[①] 1942 年 9 月 15 日终刊，共出了 6 期，发表作品 20 余万字，署名作者 30 多人。尽管《草叶》出版时间并不长，但作为主要刊载“鲁艺”师生创作的刊物，却也在刊物的变化中折射着“鲁艺”在整风前后的变化。初期的《草叶》办刊目的正如《给读者们》所说：

> 就是用它来发表鲁艺从事创作的同志们的作品，而且主要的是同学们的作品，好像那些学校的陈列室里的装在玻璃柜里的手工或者图画的成绩展览一样。我们有两条选稿的标准，也是异常朴素的。第一，要使读者能够读下去，就是说要有一定水平的技巧而不是乱七八糟的连语言文字都成问题的作品。第二，要使读者读完后多少能够得到一点东西，就是说要有一定分量的艺术性和革命性结合起来的内容，既反对空洞无物的概念化，公式化，也不赞成对于新的现实采取一种消极的态度。[②]

值得寻味的是，上述关于办刊目的的表述中只字未提延安文学中出现最多的关键词：“抗战”“政治”“大众”等，用编者自己的话说就是办刊目的和选稿标准都“异常朴素”[③]。实际上刊物前四期所载的诗歌、小说和散文创作的内容也多为描写知识青年追求进步的历程和情感的变化，何其芳的《黎明之前（〈北中国在燃烧〉第一节）》，“述说一个曾经迷失过的知识分子如何负起那沉重的心灵上的苦痛在黑暗里摸索自己的出路，一直到他发现那‘爱情也不能填补的人间的缺陷’，那‘真正的人的弱点’，原来不是别的，乃是那个‘人类生活着的社会’的不合理。于是他喊叫了起来，要回到那个他已经离开了的阔大的世界上去，去分担它的痛苦。抗战开始了，他的认识是更清楚，更具体了，他发现自己那叫喊的声音还是小，不够有力。因为，‘对于全世界一个人是非常之不重要’。一个人的叫喊不能发生好大的影响，他决然把自己投进那伟大的战争里去，

---

① 延安鲁迅艺术文学院草叶社编辑，新华书店出版发行，编委会由周立波、何其芳、陈荒煤、严文井等组成。双月刊，16 开本，每期一个印张，印刷 500 份。

② 《给读者们》，《草叶》1942 年第 5 期。

③ 同上。

去参加那个替人类争自由的队伍”①。以知识分子的视角抒写知识分子的心路历程对于《草叶》作家来说似乎自然而然，驾轻就熟，因此，“关于知识分子在那过去摸索自己路的情形在立波诗里也可以看到”。同时，这些作品又无一例外地传递出共同的情绪，那就是到达延安之后的类似精神皈依之后的轻松与欢愉：“赵自评的《带露珠的心情》告诉我们那些奔向革命的青年知识分子来到了延安，他们如何为这样一个圣地，这样的一个充满着‘新鲜空气’，‘马列主义的营养’，同‘阳光’的新生活而兴奋而歌唱。他天真而质朴地歌唱着：‘我的生命从来没有这样舒展呵！’”②而张炼烽小说《没有光亮的时候》、葛陵小说《乡村医院》、朱寨的《中秋节》《农民》、张潮的《睫毛》、潘之汀的《决心》等都有一个共同点，就是挥之不去的知识分子作品的忧郁的调子，由于视野所限，往往又停留在从小处着眼的小故事的层面。严文井将《草叶》上的创作为什么还不令人满意的原因归结为：“主要还是我们的作者写到的东西少，接触到的生活还是狭小。他们多以知识分子作为自己作品中的主角，那少数不以知识分子为主角的作品又多从一个知识分子的观点来写的。那歌颂光明的不够深刻。那接触到黑暗的又没有其中真正黑暗的东西，两者都显得有一些单薄无力，因此不能给人以强烈的影响，同强烈的感动。”③ 无论采用何种表现形式，其他的主要作品也都始终局限于知识分子的空间之中，以知识分子为观照主体和抒情主体，自然也以知识分子的视角观照生活，艺术和生活视野的狭窄与局限显而易见。从作者角度看也相对集中，主要是“鲁艺”师生的作品。④

创刊七个月之后的第5期在“延安文艺座谈会”之后出版，该社以“整风”精神总结刊物的编辑工作，在发表的《告读者们》中做了深刻的反省和检讨：“发现了它的一个相当严重的缺点，它某种程度地脱离了实际。它不适合于广大的群众的最迫切的需要。它对于战争和革命没有发挥出较多的力量和作用。它没有带着一种开辟道路的精神向前进行，而只是

① 何其芳：《黎明之前〈北中国在燃烧〉第一节》，《草叶》1942年第1期。

② 严文井：《评过去四期〈草叶〉上的创作》，《草叶》1942年第5期。

③ 同上。

④ 黎辛在回忆该刊时说：“冯牧在《草叶》上的作品，还是老师留着版面等他把‘习作’抄清交稿发表的。发表的作品少，不公开征稿，读者少，我对它没有什么印象。”（黎辛：《冯牧在延安》，《纵横》2001年第2期）。

按期地展览了一些作品。因为作者们生活在和平环境里的一个学校里，他们除了从个人的感觉来歌唱革命，从狭小局部的现实来反映这个时代而外，容易从回忆去写我们的旧中国。这样的作品并不是毫无意义的，然而假若大多数或者甚至全部都是这样，这个刊物就自然显得无力而且和广大的群众有些疏远了。而且由于作者们是正在改变着而还没有无产阶级化的知识分子，他们的立场就没有显出应该有的尖锐和鲜明。他们的思想感情就不能和工人农民的先锋队伍的呼吸和脉搏十分合拍。虽然这是一个难于很快地突破的限制，提出一个最高的标准来做我们努力奔趋的方向还是非常必要的。另外，因为不登载理论批评的缘故，这个刊物又脱离了当前文艺运动当中的斗争。它没有研究实际。它没有对许多问题发言。它没有去帮助那些从事广泛的文艺运动的工作者，尤其是那些离开了鲁艺的课堂而走到各个战场上去的工作者。”严文井在从具体文本出发分析了四期《草叶》上的著作后也认为“新的抒情诗人应该使自己的情感还要开阔一些，对当前的大事还要多注意一些……要在自己以外来唱一点这个时代的重要人物，用那更丰富的现实生活。只有这样做，我们才能跨过自己的旧阶段，才能唱出与时代的脉搏相应的调子的，才能把那挽歌同赞颂唱得响亮而且有力”。[①] 有了上述反思，《草叶》的改革也就自然而然地在纠正上述问题的基础上展开了：

> 首先，我们要使它不再限制于一种成绩展览的性质而有意识的去服务于战争和革命。我们希望它所发表的作品能够被那些有一定水平的文化修养的，从工人农民或者知识分子出身的干部们所接受、欣赏，而且感到读后有一些益处。这种益处或者是一种鼓舞，或者是一些营养，或者至少是一点休息和娱乐。在创作方面，我们愿意多发表一些反映目前的现实，而且是最主要的现实的作品，即从边区和八路军的生活里长出来的果实。作品的形式也要多样一些，不仅限于小说、诗歌、散文，而且希望有报告、通讯、速写、故事、独幕剧等等，同时过去的那点好处我们仍然要保存、巩固而且发展起来，即是反对概念化，公式化，反对对革命采取消极的态度，并要求一定程度的技巧。在理论批评方面，我们希望每期都有一点，而且是那种密切

---

① 严文井：《评过去四期〈草叶〉上的创作》，《草叶》1942 年第 5 期。

的接触到当前的实际问题，为一般读者和文艺工作者所迫切需要解决的问题的文章。在翻译介绍方面，虽然我们并不拒绝发表那种值得我们今天还学习的古典作品，我们要把更多的比重放在那些离我们今天的现实更近一些的作品上面。

其次，我们想通过这个刊物，和那些已经离开了鲁艺而分散在各个区域里的文艺工作者发生并保持密切的经常的联系……

再其次，虽说我们因为能力有限，愿意从小的范围做起，我们并不打算把这个刊物局限于鲁艺从事文学工作的人的机关杂志。我们同样迫切地期望着各个战线，各个部门中的同志们把他们的作品和问题寄给我们。我们将同样热心地来接受或者研究。①

“改革计划”虽仍然没有更突出的口号式的改新话语，但涉及期刊文学的方方面面，“有意识地去服务于战争和革命”，意味着创作宗旨的转折；要突破“鲁艺”的小圈子，面向社会预示着知识分子视野的突破；对来自斗争第一线的作品的欢迎或可理解为“鲁艺”从刊物角度打开了面向社会、面向生活第一线的大门。② 于是，刊物在第五、第六期的创作面貌发生了较大变化，发表了何其芳、贺敬之、周立波、严文井、陈荒煤、朱寨、张铁夫、潘之汀、葛陵等内容多为“反映目前的现实，而且是最主要的现实”的作品，表现农村和部队的作品增多。严文井的《信仰》、穆青的《搜索》、章炼烽的《没有光亮的时候》、张潮的《炮轰后的宋家川》、蔡前的《牛皮草鞋》、灼石的《老侯》等作品，将自己延安生活的亲身体验融进诗意的叙述之中，折射出“鲁艺”作家努力走出小圈子进入大社会，努力把自己改造成革命者的轨迹。但总体上看，其话语方式仍是属于知识分子的话语方式，与延安领导人反复强调的大众话语还相去甚远，也仍迥异于工农兵的情感世界与审美要求。作家在表现对革命的满腔热情时，也表达了他们艰难坎坷的心曲，展示了他们自我蜕变的复杂感受。

虽然周扬指出了“鲁艺”和“文抗”的“异处”，而且实际上艺术家不同的经历与个性以及不同的文化背景、文学修养，也必然使他们在艺

① 《给读者们》，《草叶》1942 年第 5 期。

② 针对“鲁艺”的办学，有关“关门提高”和“关门办学”之说。

术表达中呈现出各种不同的色彩与个性，但归根结底在延安的领导层和最广大的群众那里，无论“鲁艺”还是“文抗”都是以知识分子的形象出现的，他们或出于正义理性的引导，或由于民族国家观念的吸引，或者出于对革命阵营的向往，或者因为对革命体验的感同身受，对于革命有发自内心的向往和追求，最终汇聚在延安，汇聚在抗战新中国成立的旗帜下，自然也相应地承担起社会对他们的期待。

创刊于1941年11月15日的《谷雨》[①] 为中华全国文艺界抗敌协会延安分会机关刊物，编委会成员有舒群、丁玲、艾青、萧军、何其芳等。共出1卷6期，1942年8月15日终刊。[②]《谷雨》诞生的时间正是延安文人自我意识高涨之时。以丁玲为代表的“文抗”作家群主要以左翼作家为主。来解放区之后，他们在政治上有一种天然的认同感、亲近感乃至优越感，认为自己的社会理想和抱负与主流意识形态的精神息息相通，心心相印，延安初期的宽松的环境和高涨的士气使他们焕发出前所未有的创作激情。他们是以自己人的“归家”的情怀来看待延安，为自己的创作定位的。自由结社、自由办刊、自由发表言论，这一切都在团体活动和创作中得以充分展示。他们自信即使在个别具体问题上有所歧见，也完全是为了使新政权更加巩固和强大，其中也不乏一种“爱之愈切，言之愈苛”的情结。于是，我们在对《谷雨》作内容文本分析时，强烈地感受到作品中对现实的独立判断力和批判性认同，向生活深处作了直言不讳的开掘的左翼作家创作的现实主义气息和比较鲜明的知识分子的立场。《谷雨》虽然持续了不到一年的时间，但是，其代表性作品则在延安文学史乃至中国现代文化史上都留下了深深的印迹。创刊号上[③]刊登丁玲的《在医院中时》、柳青的《一天的伙伴》、何其芳的《饥饿》、周扬译车尔尼雪夫斯基的《艺术与现实之美学的关系》，第二、第三期合刊[④]上艾青的《语言的贫乏与混乱》、曹葆华翻译的《列宁与艺术创造的根本问题》，第四期[⑤]上周立波的小说《第一夜》、王实味的《政治家、艺术家》、萧三的《抗战

① 铅印，双月刊，新华书店发行，华北书店代售。

② 1941年11月23日，《解放日报》曾以《延安新出文艺刊物三种》为题，介绍了《谷雨》的出版情况。“文抗主编之《谷雨》，鲁艺主编之《草叶》，诗歌总会主编之《诗刊》，均已先后出版。由新华书店总经销。”（《延安新出文艺刊物三种》，《解放日报》1941年11月23日）。

③ 1941年11月15日出版。

④ 1942年1月15日出版。

⑤ 1942年4月15日出版。

中苏联文艺运动一瞥》，第五期[①]上萧军的《杂文还废不得说》（以及附录：《鲁迅杂文中底“典型人物”》），丁玲的《关于立场问题我见》、艾思奇的《谈延安文艺工作的立场、态度和任务》、刘白羽的《对当前文艺上诸问题的意见》，严文井的《论文人的敏感同自我意识》，丁玲的《风雨中忆萧红》，第六期[②]上萧三的《关于高尔基》等，都在明显地从理论角度紧紧围绕文艺问题的同时疏离时政，甚或批评时政的倾向。文学理论与评论集中反映了编者和作者的文艺观，而《谷雨》中的翻译和评论，如曹葆华翻译的《列宁与艺术创作的根本问题》，周扬译的车尔尼雪夫斯基的《艺术与现实之美学的关系》等，主要集中于苏联文艺理论的译介恰恰代表了当时延安文学理论构建的理论基础。在占篇幅较大的中短篇小说中，如丁玲的《在医院中时》、刘白羽的《在旅部里》、黑丁的《我们第四小队》、刘青的《一天的伙伴》等，都试图从不同的侧面反映根据地军民的生活和斗争，但作家们与根据地生活的疏离的问题也从中显露出来，在这一点上，可以说与“鲁艺”的知识分子的视角和情感历程是完全一致的。周立波的《第一夜》，表现30年代革命者的狱中生活，陆地的小说《落伍者》刊出后，有人提出疑义，作者后来做了认真的自我批评。散文和诗歌创作，最能抒发情怀，从中可以看到《谷雨》作者群在这一时期的心路历程。丁玲、吴伯箫的散文，艾青、李雷、厂民、何其芳等人的诗，有的以民族革命战争为题材，有的表现旧中国劳动者的苦难，有的抒发新文学作家成长的历程。从整体上看，《谷雨》作家群代表了初到延安的知识分子的感受、心态和视角，从他们的作品中既可以看到其满怀激情，坦诚相见，出语无忌，甚至语调尖锐、偏激，锋芒毕露；也在一定程度上可以看到他们与最底层的战斗生活存在一定程度的隔膜，对于当时复杂的政治形势缺乏必要的省察。但值得回味的是，第五期于“延安文艺座谈会”结束后出版，发表了丁玲、艾青、艾思奇、刘白羽、萧军、严文井等学习《讲话》的体会。随后只出刊一期，《谷雨》即停刊。

（三）“大度宽容”的“公共空间”：文艺月会与《文艺月报》

1940年10月9日，丁玲、萧军在延安发起成立了文艺月会，目的是开展“深刻的、泼辣的自我批评，毫不宽容地指斥应该克服，而还没有

① 1942年6月15日出版。
② 1942年8月15日出版。

克服，或者借故延迟克服的现象”。[①] 与其他刊物相比《文艺月报》更像是一份同人性会刊，刊载的主要内容中关于文艺月会讨论的各种话题和各种活动的报道占主要篇幅。正如文艺月会的发起通知所表示的，该会的成立是“为了提高文艺创作兴趣，展开文艺讨论空气”。[②] 其刊物上的互动、交流的气氛给人留下了深刻的印象。笔者在中国社会科学院文学所资料室阅读所藏《文艺月报》时，似乎忘记了应有的学理性思维，也忽略了刊物所处的战争生态，思绪总不自禁地被文艺月会的“春花会”所感染。这也许正是此刊物的特点和魅力之所在。据统计，《文艺月报》共约刊发文章 120 篇，其中座谈会讨论工作、交换意见、纲领草案、提纲条例、总结等信息类文字 22 篇，文艺讨论和短论 17 篇，小说 42 篇，诗 6 篇，剧本 1 篇，译文 12 篇，其余尚有编后记（多为萧军所撰）、消息、补白等文字若干。[③] 月会的活动，几乎在每一期刊物上都有所反映。《文艺月报》第 1 期记述了关于月会成立的几次讨论情况以及纲领“草案”。从组织程度上看，月会并未就会员的入会、退会以及会员的责任、义务做出严格规定，由此可以说，月会是一个松散的作家个人间组织，而其刊物自然具有同人刊物的性质。当刊物出至第 12 期时，发表的编者萧军所写的带有总结性质的《为本报诞生十二期纪念献辞》似乎也在强调这一特点：“《文艺月报》底产生本来是跟着‘文艺月会’来的。文艺月会底产生，是根据了延安一般从事文艺工作的人们底愿望：提高文艺创作兴趣，展开文艺讨论空气，以及联欢等等。文艺月会是 1940 年 10 月 19 日成立的。月报到 41 年 1 月 1 日才出版，到现在已经出了十二期，时日已经过了一年。”对于编辑的标准，“有的主张多登短小精悍的杂文，有的主张多登些艺术性较高的小说之类，有的主张以报道为主，论争为辅，也登载诗歌、译文，后来决定除每期应有针对一月中延安文艺现象而来的类似社论式论文一篇外，其余小说、译品、杂文、诗歌、消息、记录、通知等都登。关于主编问题似乎也并未严肃地加以限定，月报创刊之初本来决定是由舒群‘独裁’，后为其来往不方便而由萧军代替。在舒群搬回文协后，大概又由他和舒群合编。从第七期起，仍改由萧军‘独裁’。[④]

---

① 丁玲：《大度、宽容与〈文艺月报〉》，《文艺月报》1941 年第 1 期。

② 《简记文艺月会》，《文艺月报》1941 年第 1 期。

③ 雷加：《四十年代初延安文艺活动（一）》，《新文学史料》1981 年第 2 期。

④ 萧军：《为本报诞生十二期纪念献辞》，《文艺月报》1941 年第 12 期。

从第一期的《简记文艺月会》和上述萧军的总结，似乎都可以看出刊物形式的灵活性、民主性，也从中可以感到文艺月会和刊物的某种疏离现实生活的独立性。所附的纲领草案也非常耐人寻味：

一 当前创作问题

A 如何形成创作环境和气氛？

B 如何增进创作上的质和量？

C 如何搜集现存的材料？

D 如何创造适合当前内容所需要的形式？

二 当前理论问题

A 哲学观点、美学体系、社评方法等如何规定？

B 如何展开多面性的批评？

C 如何提高一般理论上的水平？

三 当前文艺运动问题

A 在延安，如何加实、加深、加强文艺影响，使文艺和一般哲学，政治及各种科学取得融和以收相辅相成的效果。

B 如何使文艺工作者和各文艺小组形成纵横的有机的密切的联系体，无阻碍地交换各种意见？如何与各地文艺工件者取得经常联系（利用团体和个人关系），彼此相互报导各地文艺活动情况。

四 文艺工作者本身修养问题

A 文艺上向国外学习的标准（古典的，现代的）

B 文艺上向国内学习的标准（古典的，现代的）

C 一般常识的标准（语言、哲学、科学、政治）

D 现实批判力的养成

E 文艺趣味与生活凝固化等

F 一个文艺工作者的基本为人，处世精神，工作态度等。[①]

在分析上述纲领时，我们不妨参照一下延安当时的历史背景，1941年的延安，硝烟弥漫，战争如影随形，根据地周边军事冲突频仍，延安人

① 《第二次座谈会》，《文艺月会第二次例会通知（附纲领“草案”）》，《文艺月报》1941年第1期。

的日常生活处于兵临城下的状态之中。当时中共的文化政策也十分鲜明，要获得战争的胜利，必须要求高度的统一性，文学创作应该受战时风尚的制约和影响，文艺大众化的路线正在确立，但上述纲领显然更多地囿于创作本身，而文艺月会的各种活动也似乎和战争的背景格格不入。据《文艺月报》记载，文艺月会共开了九次月会，第一、第二次分别讨论了月会的成立和纲领；第三次月会讨论了“抗战三年来的文艺运动”；第四次月会讨论“我的创作或理论上的优点或缺点”（此次座谈会虽然是有了题目，但是还是没能按题目说话）；第五次月会是关于“我对于民族形式的看法和意见（会场在俱乐部门前的太阳底下，白脸人映红了，红脸人像笑了一样）”；第六次不详；第七次月会是一次名为“春花会”的假桃林公园游园和野餐会；第八次除由萧军介绍会务以及月报编辑调整情况外，还讨论了周立波的小说《牛》和何其芳的诗《革命，向旧世界进军》；第九次月会的题目是“延安作家的创作生活问题”。

《文艺月报》的第一期刊载了丁玲的《大度、宽容与文艺月报》、何其芳的《对于“月报”的一点意见》、周文的《谈初步的研究》、陈荒煤的《第一声呼喊》等，以及第一次座谈会、第二次座谈会（附纲领草案）的情况。月会成立的第一次座谈会于1941年10月14日在杨家岭文化协会举行，参加会议者包括“文抗”作家外，“鲁艺”的作家也几乎全到[①]，共约30余人。讨论各抒己见，如周文认为月会应该加强延安作家自己的团结，促进延安文学的创作。周立波、萧军等认为《文艺月报》要办成一个短小精悍、有斗争性的刊物，有小说、诗歌，也要有批评和杂文。丁玲强调大度与宽容，认为作家不要自满，也不要自卑。自满就是不谦虚，妨碍进步，自卑则是缺乏信心。[②] 周文在《谈初步的研究》中说：“一个开始写作的人，如果在脑子里先就装满了这个主义或那个主义，他的写作才能，将会闷死在这些名词术语和主义的铁笼子里的。”实际上，延安在1941年主流意识形态宣传的“主义”并不多，因此，周文的“主义”是否有所指暂不深究，但其中体现出了一般作家挣脱意识形态束缚的冲动和文艺月会作家关于文学与“主义”的代表性观点。进一步讲，凡此种种似乎也都不重要，重要的是我们从中看到了作家群体的宽松交流

① 戏剧家塞克未到。

② 丁玲：《大度、宽容与文艺月报》，《文艺月报》1941年第1期。

的气氛和找到归属的从容，在这般气氛之下再来理解丁玲的言辞犀利的杂文《干部服装》、萧军等的《〈文学与生活漫谈〉读后漫谈集录并商榷于周扬同志》等就显得自然而然了。

虽然刊物倡导“大度宽容”，但无论内容还是发行《文艺月报》都体现出其明显的知识分子性，“现在每期两万四千字，印五百份。它们的去路：各文艺小组、星期文艺学园、‘月会’会员、各学校、机关、图书馆等……有时候也卖几份。但因为成本太高，定价太低，总是以不卖为原则”。[①]“不卖”的原则从某种意义上看似乎保证了刊物的独立性，但艰苦条件下延安的供给制使其终究因为经费的问题不能完全独立，在其诞生十一期的纪念献辞中曾提到：“这里应该对‘公家’表示感谢，因为在一个时期里别的刊物全停了。只有这个小报还能出下来，也是很不容易的事！”如果说，“公家”的支持使这一延安文人的沟通空间得以出版并成为他们活跃生活的平台，若反之呢？当因为种种原因不能获得支持时，刊物的命运又将如何？

（四）生活的诗化，战斗的浪漫：诗社与诗刊

延安早期的诗歌“因出版条件的限制，载入报刊的仅属很小部分，绝大多数发表于临时性的墙报、街头诗、诗传单，或只是拿着手稿口头朗诵一遍，就散失了”。[②] 尽管如此，从现存的诗歌刊物还是可以看到延安诗歌创作的盛况以及诗歌创作的社团性所发挥的推动作用。延安的诗歌社团居社团数之首，许多小规模的社团已无法详尽列举。主要的有“山脉文学社”“战歌社”“延安新诗歌会”“延安诗会”以及诗刊《山脉诗歌》《新诗歌》《诗刊》。正如延安几乎没有专职作家一样，延安自然也没有专职诗人，每个文学社团的成员都来自战时延安的各个工作单位，每个人所从事的工作不同，但几乎都与抗战有关，因此每个人对自己的身份定位首先就是战士，其创作也自然与战斗紧密相连并自觉地将自己的创作视为战争宣传的一部分。“文学是显现在话语蕴藉中的审美意识形态，这种审美意识形态是一般意识形态的特殊形式，而一般意识形态又属于社会结构中的上层建筑”。[③] 作为意识形态的特殊形式，文学与政治话语有着剪不断、理还乱的关系。而同为意识形态重要形态的媒介是构建文学的“原点”，

---

① 萧军：《为本报诞生十一期纪念献辞》，《文艺月报》1941年第12期。

② 奚定怀：《毛泽东指导下的延安早期文艺活动》，《新文学史料》2000年第3期。

③ 童庆炳：《文学理论教程》，高等教育出版社1992年版，第97页。

延安媒介的意识形态基因与审美质素构成了一个不可忽视的诗性存在，换言之，媒介内含的诗性基因和审美创造的功能使得刊物从诞生起就与诗歌结缘，诗歌社团及其刊物也成为诗人将延安艰苦生活诗化的浪漫存在，同时也使文学从传播媒介形态的选择起就与意识形态相伴相生。

以诗歌创作和诗歌大众化为中心的山脉文学社出版了《山脉诗歌》①，成员最多时达到200人，有十几个相应的文艺小组或分社，有组织地展开文艺的普及活动，成员以“抗大”和“鲁艺”的教职员为主。这个诗社最能代表延安诗人活动特征的地方是他们提出的“十大工作方式”的公约：

> 1. 出版文艺刊物；2. 配合各种重大的政治活动（如纪念日、群众大会等），印发通俗的诗传单；3. 在群众大会上，利用会前或休息时间，进行诗歌朗诵；4. 召开文艺晚会；5. 举行文艺的专题报告会；6. 成立简易的流通图书馆；7. 在山岩、墙壁上刻写文艺标语和街头诗；8. 各单位的文艺小组出编壁报；9. 文艺小组召开文艺创作的讨论会；10. 向各地报刊推荐和搜送抗战文艺作品。②

十种工作方式无一例外地突破传统诗人诗作的范围，与生活现实及更广泛的受众紧密相连。诗歌刊物的创办无疑也基于此原则。但由于战争时期物质供应的困难，印刷所需要的纸张、油墨等经常没有保证，《山脉诗歌》的出版经费更是全部自理，靠每个成员每月交纳的一角会费勉力维持，诗刊所用纸张也极不统一，毛边纸或其他低劣易碎的杂纸都使用过。出版时间也无法保证，有时半月刊，有时月刊，大约坚持半年多。每期发行百份左右，除了赠送延安的领导同志和寄往其他敌后抗日根据地之外，只剩下一小部分交延安新华书店代售。到1939年6月，由于社员先后奉命分赴敌后各抗日根据地工作，成员锐减，无法再开展有组织的活动。1940年秋，山脉诗歌社与战歌社合并，成立了新诗歌会。延安前期的诗人们大多是像山脉诗歌社的成员们那样积极参与抗战活动，在战争的间隙里写诗、读诗，用诗歌为抗战宣传。值得关注的是出版也是完全自由的，

① 社长奚定怀是抗大政治部秘书，曾亲自找毛主席题写封面，并写信汇报诗社活动情况。1938年10月底，油印《山脉诗歌》创刊。

② 刘锦满：《延安时期的山脉文学社和〈山脉诗歌〉》，《新文学史料》1983年第4期。

不需要谁来批准，只要能够有出版的物力、人力，就可出版。截至1940年秋，“山脉文学社”与“战歌社”联合编辑出版油印诗刊《新诗歌》。同年12月8日与“战歌社”等团体合并成立“延安新诗歌会”，诗刊《新诗歌》转为该会会刊。

《诗刊》1941年11月创刊，1942年5月5日终刊。因艾青到延安以后，要求编一个专门的诗歌刊物，以发展延安和陕甘宁边区的诗歌创作，党中央和边区政府批准了他的要求，并帮助解决经费、纸张和印刷问题，而得以出版的。[①] 创刊后，几乎不拖期、不合刊地出到第6期结束，这在延安也是绝无仅有的文学现象。《诗刊》的创刊直接推动了延安诗会的成立。在延安诗歌运动中开创了新局面，成为当时文艺界的一件大事。在此之前，延安还没有一个本子式的铅印的专门诗歌刊物。在它之后，也没有再出现过这样的刊物。[②] 1941年12月10日由艾青、萧三等发起成立的延安诗会，艾青为该会编辑股负责人，《诗刊》实际上成了该会会刊，并在创刊时的宗旨“努力提高中国新诗之艺术，克服新诗之标语口号的倾向”之外，把大量翻译介绍外国诗歌理论与创作作为指导思想，目的是使延安和边区的诗作者，开阔眼界，有所借鉴。这个目的在《诗刊》的编目上就能看得出来，我们目前搜集到的第6期，出版于1942年5月5日，其中有译作5篇，翻译了雪莱和马雅可夫斯基等诗四首及马雅可夫斯基诗论1篇，4篇创作，1篇理论，共有诗作13首。与“鲁艺”的《草叶》和“文抗”的《谷雨》所刊登的诗作相比，《诗刊》的内容确实最丰富，而《草叶》只突出创作，《谷雨》有创作、有理论也有翻译，但只限于对苏联的文学介绍和翻译，尤其侧重于高尔基的文论和对其理论的评述，与当时的美学意识形态保持了完全的一致性。艾青对雪莱的翻译和介绍，其实是对欧美诗歌美学意识的寻求，是基于诗人对诗意多方面探索精神的结果。艾青的美学思想从他在延安主编的刊物《诗刊》上也可以略见一斑。

---

① 钟敬之、金紫光主编：《延安文艺丛书·文艺史料卷》，湖南文艺出版社1987年版，第16卷，第741页。

② 在延安，《诗刊》可谓空前绝后。它一创刊，《解放日报》就作了报道。（钟敬之、金紫光主编：《延安文艺丛书·文艺史料卷》，湖南文艺出版社1987年版，第16卷，第741页）。

四 论争与融合：同而不同，异而不异的“准公共空间”

李欧梵曾经借对哈贝马斯的“公共领域”学说的“故意‘误读’”[①]谈到中国近代史上的一个重要文化问题：自晚清（也可能更早）以降，知识分子如何创造各种新的文化和政治批评的“公共空间”，认为：“报纸的‘副刊’是值得深入研究的，它不但代表了中国现代文化的独特传统，而且也提供了一个‘媒体’理论：西方学者认为现代民族国家的建构和民主制度的发展是和印刷媒体特别是报纸杂志所开创的公共空间分不开的，也就是说报章杂志特别重要。”[②] 沿用李欧梵的思路，我们也可以分析延安文学期刊是否具备“公共空间”的内涵。

延安时期，除了1938年成立的中华全国文艺界抗敌协会外，还有各种文艺社团组织二十余种。为了适应战时的要求，结束以往作家“各自为战”的分散局面，文协提出“我们必须有统盘筹妥的战略，把文艺的各部门配备起来，才能致胜。时间力量不许浪费，步调必须齐一。在统一战线上我们分工，在集团创造中我们合作”。[③] 事实上，本章所列举的报刊，其主办单位也是以这些社团的会刊为主的。现在看来，这些出自一定团体和组织的报刊，无疑是延安文学公共空间形成的基础。哈贝马斯的“公共空间理论”认为，媒体在公共领域中占据中心地位，媒体是公众参与社会政治活动、形成公共舆论、影响公共决策的重要工具，是公共领域形成发展的重要力量。而公共空间的一个重要的支点就是“交往”，交往过程中最需要探讨的就是以信息为媒介的人与人的社会交往关系，从这个意义上说，延安报刊对作家最大的影响不仅体现在提供传播介质上，还在于它的交互性，即以媒介为平台的精神交往和信息交流从各方面改变着他

---

① 李欧梵：对于“公共空间”的问题，虽然在哈氏理论中与“公民社会”密切相关，但不必——也不应该——混为一谈。我认为它指涉的是构成公民社会的种种制度上的先决条件，而这些制度的演变可以作个别的探讨。所以我一向把“空间”一词视为多数，在英文词汇中是space，而不是sphere。而中国学者似乎对“空间”一词较易认同和共鸣，而对sphere（领域）一词反而不易了解（《现代性的追求》，生活·读书·新知三联书店2000年版，第4页）。

② 李欧梵：《现代性的追求》，生活·读书·新知三联书店2000年版，第3—4页。

③ 《中华全国文艺界抗敌协会宣言》，《文艺月刊·战时特刊》，1938年第9期。

们的思维与创作方式。无论是关于艺术观念的论争，还是创作经验的交流；无论是发表著名作家的作品作为示范，还是发表初学者的作品作为鼓励；无论是左翼作家带来的“延安文学最坚实的内核”[①]，还是土生土长的作家作品散发的泥土气息，当这一切在报刊上交融汇聚时，相互之间的兼容影响是可想而知的。以文学月会为交流空间的文学月会作家群，以会刊《文艺月报》和《解放日报》文艺副刊以及《谷雨》为阵地，形成了知识分子创作思潮。这些刊物以启蒙为核心的主要编创主题，聚合了来自国统区的大多已成名的作家“直接左右影响知识分子型作家的创作走向和文艺思潮的趋势和发展”。[②] 同时，新诗歌会的成立和创作活动始终离不开《新诗歌》诗刊这一平台。正如其办刊方针就是“把《新诗歌》办成边区青年诗作者陈列他们习作的场所”，[③] 实质上，它的价值已不仅仅是诗作发表的场所，刊物中有关诗歌运动、诗歌理论、创作心得的交流，已经使刊物成为一个诗作者无形的公共空间。

首先，期刊之间的文学观念的碰撞和论争虽体现了不同流派的创作观念之争，但从整体上看，这种互动正是促进观念聚合的过程，也是构成公共空间的基本条件。最为突出的是关于“中国化”和民族形式而展开的一系列讨论。

延安时期，“中国化”作为一种主要思潮有着广泛的社会基础，在文艺界突出表现为关于民族形式问题的讨论。讨论的重要影响便是引起延安文艺界对中国文艺传统的重视与研究，并为延安文艺方向的确立提供了一定的理论与实践基础。1939 年周扬在他主编的《文艺战线》上率先组织了艺术创作者论民族形式的讨论。从开始讨论到 1941 年，延安文艺界在各种刊物上共发表了关于文艺民族形式讨论的文章约计九十余篇。民族形式讨论的主要文章如下：

艾思奇：《旧形式新问题》，《文艺突击》新一卷第二期，1939 年 6 月 25 日。

艾思奇：《旧形式运用的基本原则》，《文艺战线》第一卷第三号，1939 年 4 月 16 日。

---

① 王富仁：《延安文学有重新加以研究的必要》，《学术月刊》2006 年第 2 期。

② 苏春生：《中国解放区文学思潮流派论》，中国社会科学出版社 2000 年版，第 46 页。

③ 张蓓：《边区青年作者的“新地”》，载《新诗歌》（绥德版）1941 年第 5 期。

陈伯达：《关于文艺的民族形式问题杂记》，《文艺战线》第一卷第三号。

柯仲平：《论文艺上的中国民族形式》，《文艺战线》第一卷第五号，1939 年 11 月 16 日。

沙汀：《民族形式问题》，《文艺战线》第一卷第五号，1936 年 11 月 16 日。

茅盾：《旧形式、民间形式与民族形式》，《中国文化》第二卷第一期，1940 年 9 月 25 日。

光未然：《文艺的民族形式问题》，《文学月报》第一卷第五期，1940 年 5 月。

周扬：《对旧形式利用在文学上的一个看法》，《中国文化》创刊号，1940 年 2 月 15 日。

参与讨论的艺术家针对艺术的某一门类或就文艺、文学整体对于民族形式问题发表了不同的看法，尽管具体到什么是文艺的民族形式，怎样建立文艺的民族形式，文艺的旧形式、民间形式、“五四”文学的新形式、外国文学形式与文艺的民族形式的关系等问题见解不同，甚至相反。但在建立中国文艺的民族形式的问题上几乎每位讨论者都是一致赞成的，对建立中国文艺的民族形式必须继承、吸收中国优秀的文艺传统意见也是一致的。公共空间的价值或许并不在于最后结果是否达成共识，重要的是在空间中所形成的相互沟通、平等发言，不回避差异，甚至同异相间的氛围。在民族形式讨论中，从参与的期刊和提出的观点、涉及的作家范围都构成了李欧梵所分析的公共空间的雏形。

其次，延安的另一场论争从内容本身就直接涉及知识分子的自我定位，也关乎公共空间的问题。1941 年 8 月 20 日，延安的重要文化刊物《中国文化》出版了第三卷第二、第三期合刊。该刊为抗战四周年纪念专号，集中刊发了一批介绍抗战四年来中国哲学界、文艺界、史学界的思想动态的研究文章，如欧阳山的《抗战以来的中国小说》、艾思奇的《抗战以来的几种重要哲学思想的述评》、李伯钊的《敌后文艺运动概况》、叶蠖生的《抗战以来的历史学》、胡蛮的《抗战以来的美术运动》、和培元的遗著《论新哲学的特性与新哲学的中国化》等。其中欧阳山的《抗战以来的中国小说》一文不仅对抗战以来的中国小说进行了概括、总结，而且还对中国资产阶级、小资产阶级作家的地位、作用进行了评价：

中国现在还没有工人或农民出身的作家。并不是没有这种作家的胚胎，而是他们还大体上没有成熟，不能在小说创作里占着固定的位置，中国全部的小说家是由前进的知识分子（把握着科学的世界观的知识分子）、小资产阶级和资产阶级的知识分子这三者组合而成的。在抗日民族统一战线中他们的目标虽然一致了，但是他们底思想却有着不同的特质。

小资产阶级和资产阶级的知识分子在战前，在前一个文学阶段里是粗制滥造的恋爱小说家，是空虚暧昧的个人革命家，是找寻安静，粉饰太平，或企图居住在战场上“无人地带”里的可怜虫。这里面也有自我中心主义者，人权主义者；还有属于旧民主主义的自由主义者和人道主义者。到了战后，他们或者落伍，或者沉默，或者冷淡，或者转入新民主主义文化的革命营垒中。正如高尔基所说，他们“所受的历史训练，小如西方诸国之深，故他们的道德之分化的过程，智慧贫乏的过程，远较西方的知识分子为速。”但在中国，他们更比不上俄国的知识分子，他们是先天的孱儿，即在文学成就上也是薄弱、渺小，几乎是不足道的。这些小说家之中，有些接受新民主主义的思想而进步，有些却变成空虚暧昧的浪漫主义者，甚至连批判能力都没有了的现实主义者，客观主义者和个人感伤主义者，把抗战事业描写成或歪曲可笑，或悲观冷淡，或平淡无奇，或衰弱无力，没有战斗意味也没有任何教育意味的那么一种必然“胜利”的事业，使读者对于民族革命战争在本质上是什么一种东西，民族革命战争的基本力量在哪里，不能从那些小说中得到正确的理解。①

欧阳山的上述观点遭到了林昭的反对。1942 年 1 月 27 日，《解放日报》刊载了林昭的《关于对中国小资产阶级作家的估计〈就商于欧阳山同志〉》，并加编者按语。林昭认为，中国资产阶级知识分子确如欧阳山所言，至于小资产阶级知识分子却显然相反。与资产阶级知识分子相比，

---

① 欧阳山：《抗战以来的中国小说》，《中国文化》1941 年第 3 卷第 2、3 期合刊，人民出版社 1966 年影印本。

中国的小资产阶级知识分子在一切方面都走了一条截然不同的、光荣的道路，在文学上更是如此。小资产阶级的作家始终是中国新文学运动的主力，他们是具有相当丰富的革命潜力和创造精神的一群，曾创造了辉煌的成绩，在中国新文学的历史上留下了不可磨灭的印迹。他们在极度黑暗恐怖的年代不曾屈膝，在民族抗战的今天更是没有推卸自己肩上的责任："无论是过去的历史或者目前的现实却都清清楚楚地告诉了我们中国的小资产阶级作家不是什么不足道的'孱儿'，而是值得特别称道的中国新民主主义文艺革命运动中的主要力量。"[①]《解放日报》编者按语说："对于林昭同志的这篇文章，我们以为还有值得讨论的地方，这里是作为研究的性质刊出，希望尚有别的同志发表意见。"报纸之所以会加编者按语，从某种意义上反映了报纸编者对此问题的重视和一定的观点和倾向性，代表了主编丁玲等人对林昭观点的一种默许或认同，但遗憾的是，在当时的背景下，争论并未真正展开，流产的争论在《解放日报》这并不是第一例，既说明了当时的背景，也从一个侧面反映出办报者对形势估计的不足和与主流的疏离。因为事实是当时在延安，林昭的这种观点并没有得到政权层面的认同，在政治话语的影响下更多的人对欧阳山的说法持一致态度。"现在我们说到知识分子，往往带着一种不好的意味。"[②] 这句话说出了何其芳本人的真实感受，也透露出了知识分子群体在自我价值认同下的一种失落感。这一次有始无终的争论，或许也从另一面说明了在当时背景下"公共空间"概念的不成立性。但尽管如此，以刊物为平台文人之间的论争并未停止。

周扬于1941年7月17日至19日在延安《解放日报》副刊上发表了一篇长文《文学与生活漫谈》，不指名地批评"文抗"作家萧军等人的文艺观点，指出他们在延安感觉写不出东西或者写得很少，主要是因为他们仍然走着老路，或者只看到"太阳的黑点"，或者住在自己的窑洞里，被外面的生活甩在了后面，或者陷于自己人的圈子和新生活格格不入，甚至把他们写不出东西的原因归之为没有肉吃。这篇文章发表后引起萧军、舒群、罗烽、白朗与艾青等人不满，他们合作写了一篇文章《〈文学与生活

---

① 林昭：《关于对中国小资产阶级作家的估计〈就商于欧阳山同志〉》，《解放日报》1942年1月27日。

② 何其芳：《论土地之盐》，载《何其芳文集》第2卷，人民文学出版社1982年版，第224页。

漫谈〉读后漫谈集录并商榷于周扬同志》对周扬反唇相讥，说他有自己的小厨房可以经常吃到肉，却无端贬低其他人只知和首长闹平等争肉吃：“到延安来的都不是为了来吃肉，是为了来革命，正如周扬到延安来不仅仅是为了当院长、吃小厨房和有马骑一样。”① 双方就文学和生活的关系、写什么和如何写等命题提出了重要的发人深思的意见，但互相挖苦、讽刺、意气用事的宗派主义情绪也同时弥漫于文章之中。从中也可以看出，当时文艺家之间的分歧，当然不单单在文艺思想方面。

以同一刊物为“擂台”，突出交互性和争鸣性也构成了公共话语空间的特色。《文艺月报》上发生的一场笔墨官司，不仅可以考察延安文人的思想取向与文艺观念，也可从中辨识出延安文人思想观念及创作中的认同与困惑。1941 年 2 月，《文艺月报》发表了陈企霞的一篇文章，题为《旧故事的新感想》，不指名地批评了何其芳关于新诗内容应该服从于“新民主主义”口号的观点，也流露出借旧故事以讽喻的风格。何其芳很快便在同一刊物上发表了一封致陈企霞的公开信，一方面对新诗内容问题作了一番解释，指出自己在讲新诗时提到新民主主义并不是在做政治八股，也不是随便地运用政治口号，而是根据自己长期的写作经验，根据对“五四”运动以来的中国新诗的了解，感到有这样提出的必要。另一方面，何其芳在文中还指责对方以鲁迅式的杂感暗射冷箭。紧接着，该刊第五期发表了陈企霞的《我射了冷箭吗？——答何其芳》，批驳了何其芳的关于鲁迅式的杂感只能针对敌人的观点。陈企霞认为鲁迅式的杂感“不仅打击了敌人，而且也教育了自己队伍的伙伴”。更重要的是作者进一步强调了自己反对教条地套用政治原则的观点，并毫不隐讳地直言“这种现象在目前中国各文化部门中是不乏例子的”。这场仅有两个回合的论争在延安的刊物上并不鲜见，而以文艺问题谈起进而论及中国的普遍现象，并触及将政治原则教条化的现象，足以见得论争空间之开放，论争者的无所禁忌。

文学批评与论争作为特殊的理论话语与实践综合的文学活动，是建立在一定的作家、作品和各种文学现象的解释、分析和评价的基础之上的，且具有其特定的理论独立性和指导性。“在大众传媒的平台上，文学批评

---

① 萧军等《〈文学与生活漫谈〉读后漫谈集录并商榷于周扬同志》，《文艺月报》1941 年第 8 期。

所扮演的角色既是阐释者，又是评判者；既是引导者，又是理论建构者。”① 延安文学在媒介构筑的文学公共空间中始终将文学创作和文学批评置于同等重要的位置。以《谷雨》为例，其每期都设有固定的“创作栏”“批评栏”“译介栏”，或创作在先、批评置后，或批评在先、创作置后，如《谷雨》第一卷第五期上首先将丁玲的《关于立场问题》、艾思奇的《谈延安文艺工作者的立场、态度和任务》、刘白羽的《对当前文艺上诸问题的意见》、萧军的《杂文还废不得说》、严文井的《论文人的敏感同自我意识》等批评文章放在了第一栏目，而在其第一卷第六期中，即转换成将艾青的《我的父亲》、贾芝的《织羊毛毯的小零工》、方纪的《马》、马加的《宿营》、周而复的《荒村》等诗作和小说放在了首栏，形成了一个创作与批评互动，批评引导创作、创作推动批评的活跃局面。无论是在延安的纯文学期刊，还是诸如《中国文化》等综合性期刊上，创作和批评甚至论争都是其构成的重要内容，特别是在那些纯文学刊物上。也正是这样一种互动过程构成了延安时期文学的繁荣景观。

本书之所以用“准”字来限定公共空间的概念，是因为与李欧梵借用了哈贝马斯的理论方法但与其概念本身还存在相当大的距离类似，延安当时的社会政治背景决定了其并不具备产生公共空间的土壤。正如李欧梵在分析 30 年代的文化媒体没有产生哈贝马斯式的“公民社会”之后，所言：“这种两极化心态——把光明与黑暗划为两界作强烈的对比，把好人和坏人、左翼和右翼截然区分，把语言不作为‘中介’性的媒体而作为政治宣传或个人攻击的武器和工具，逐渐导致政治上的偏激化（radicalization），而偏激之后也只有革命一途。”② 也许历史无法按照我们的理想状态来设计其可能，但从文学刊物的角度看，尤其是 1942 年“整风运动”以前期刊中所营造的公共话语的氛围还是难能可贵的，而其后的转折也更值得深思了。

---

① 杨琳、李明德：《大众传播视野下文学批评的跨媒体现象分析》，《西安交通大学学报》2004 年第 4 期。

② 李欧梵：《现代性的追求》，生活·读书·新知三联书店 2000 年版，第 21 页。

五 一种传受互动关系模式：文艺小组和星期学园

利用写作和教育启蒙大众，这是知识分子设计民族国家的第一个步骤。这个主题同时决定了知识分子与大众的相互位置及其关系的模式。① 延安初期的以社团和刊物为互动平台的“文艺小组”和“星期学园”活动则是知识分子在写作与启蒙之间构筑的另一种与大众的关系模式，既独具特色又蕴含丰富耐人寻味。林山写的总结延安文艺小组的文章《谈谈延安的文艺活动——提供一些材料和一点小小的意见》中说：“延安的文艺活动，还有两个特点——文艺小组和墙报。我们这样确信，文艺应该是大众的。而大众文艺的作者，最有希望的是生活在大众中间的大众作家。所以，提拔与培养大众作家，对中国的大众文艺运动，是有着决定的作用的……目前，印刷厂和机器厂，已经都有文艺小组，而且已经产了好几篇工人的作品。这在中国的文艺运动史上，可以说是新的一页。”② 文艺小组的活动和延安的其他文艺活动一样在1941年前后形成高潮。在1941年10月1日，“文抗”分会文艺小组工作委员会编订的《文艺小组工作提纲及其组织条例》中，这样界定文艺小组：“文艺小组是根据大众对文艺普遍的爱好和要求，而在自由民主的边区所产生的一种群众的文艺运动。它提示大众对文艺的正确认识，提高大众的文化水平，并培养、教育写作人才，使之生动、真实地反映生活”；根据“自愿、活泼、民主”的组织原则，“三人即可组织之（学校、机关、部队、工厂皆适用），推组长一人负责计划工作，推动工作”。③ 1941年9月30日，中央文委发出《中央文委关于组织文艺小组对延安各机关学校的通知》指出：

> 以前延安各机关学校的文艺小组活动，都是自发的组织，由文抗分会的文艺小组工作委员会领导，各机关学校行政当局不负领导责

① 南帆：《革命文学、知识分子与大众》，《文艺理论研究》2003年第1期。

② 林山：《谈谈延安的文艺活动——提供一些材料和一点小小的意见》，《文艺突击》1938年第1卷第3期。

③ 《文艺小组工作提纲及其组织条例》，《文艺月报》1941年第12期。

任。因此工作上发生一些困难。

为着便利群众文艺活动更加发展起见，希望各机关行政当局更多注意文艺小组的工作，办法如下：一、各机关学校的俱乐部应把文艺小组的组织工作作为自己工作的一部分，负责将本机关学校对文艺有兴趣的人组织到小组中来。二、文抗分会文艺小组工作委员会只负教育上的责任。关于小组的写作和研究上的问题，由各俱乐部与文抗分会接洽，取得帮助。三、各俱乐部应经常注意检查小组的工作，并在这一方面经常与文抗分会文艺小组工作委员会取得联系。[①]

这一通知字面虽未提及刊物与文艺小组的关系，实质上，各俱乐部与“文抗”分会对文艺小组的指导工作大都通过刊物来进行。在文艺小组这样的大众文艺活动中，刊物扮演着重要的角色，刊物成为文艺小组活动的纽带，指导创作和推介作品的平台，形成了延安特有的一种刊物与受众的互动模式。同时，文艺小组的负责人均是当时著名的作家和文学社团、刊物的骨干，如中华全国文艺界抗敌协会延安分会在向总会汇报时就说：“本分会直接领导的文艺党小组，在工厂、部队、学校、机关先后建立起来的共十九个单位，二十九个小组，包含会员三百二十五人，由组织部经常领导讨论写作工作。由本分会派出的抗战文艺工作团共六组：第一、四组由刘白羽领导，第二组由雷加领导，第三组由卞之琳领导，第五组由周而复领导，第六组由萧三领导。”[②] 因此，本章所述的刊物都有关于文艺小组的内容或针对其写作活动和发展提供的具体指导。

文艺小组的创办使作家的启蒙精神在延安找到又一个实现的路径。他们几乎无一例外地热心于辅导小组会员学习写作。雪韦在《大众文艺》连续刊载了指导文艺小组的《写作讲话》[③]：“我为什么想来写这么一个东西呢？因为我们有了许多的‘文艺小组’。这些文艺小组里，聚集着许多爱好文学而且常常想动手来写点文章的同志。但是，‘文章’要怎样才能写得好呢？应该写些什么东西呢？……我想诸如此类的问题，恐怕是大家都想明白的；也就是应该有人出来说个清楚的问题了。尤其是对于我们那些‘工厂文艺小组’和‘农村文艺小组’里的同志。”在第一讲里雪韦不

① 《中央文委关于组织文艺小组对延安各机关学校的通知》，《文艺月报》1941 年第 10 期。
② 《向总会报告会务近况》，《大众文艺》1940 年第 1 卷第 1 期。
③ 雪韦：《写作讲话》，《大众文艺》1940 年第 1 卷第 1 期。

仅谈到了文学之于革命的意义，号召“革命者也应该拿起文学的武器来……”，还一口气列出了《死魂灵》（［俄］果戈理作，鲁迅译）、《猎人日记》（［俄］屠格涅夫作，耿济之译）等十五部世界文学经典的书单，并详细注明作者和译者。从中可以看出作者已自觉地将文学和革命联系起来，试图将文学作为革命的武器传授给每一个参加革命工作的人，但在其指导的过程中也明显带有拔高的性质，在一定程度上忽视了受众的文化层次与接受程度。

文艺月会作家为辅导小组会员的学习，特意举办了七次巡回座谈会，以讲授文艺理论和辅导答疑为主要形式。“文抗”文艺小组工作委员会先后举行过12次巡回座谈会，围绕着“写什么和怎样写？读什么和怎样读？”的总题目，组织文艺家们到各文艺小组，与组员和爱好文学的广大群众直接交流讨论。这些活动也无一例外地反映于文学社团所办的杂志上，同时也扩大了刊物的受众范围。从刊物传播的角度分析，可以说受众（传播对象）是任何一个传播过程的出发点和目的地，传播效果最终取决于受众对信息内容的接受效果。传者、受者的关系并不是传播主体与客体的关系，而是同一传播活动中共生的两个主体。传者与受众的关系是一种共生现象。而当知识分子办刊时面对文化层次比当时普遍极低的中国人口文化水平还要更低的受众[①]，刊物要真正实现其传播效果，必须首先争取获得受众的最大化。因此，从刊物的角度讲，关注文艺小组活动也突破了仅仅局限于单向度地文学传播，体现了延安文人以办刊的形式整合文化资源的优势。同时文学新作者的培养也意味着文学受众的培养，争取更多的人主动参与并获得文学传播的最大效益。

传播的目的是实现传播者与受众之间相同含义的交流。人们对信息的内心感受、内心反应就是含义，如果信息交流中，受众心中的感受与反应，同传播者心中的感受与反应不一样，那么传播的目的就没有达到，传播的效果就很差。口头文化传播因为受众面窄，能及时根据对方的反馈来调整传播，所以含义的接近率相对就高。媒介传播相对而言含义的接近率就一般。因此，如何取得更大的传播效果，始终是媒体传播中的重要问题。而延安星期文艺学园的形式则为作者和读者提供了一个直接沟通的互

① 边区的人口识字率仅占1%左右。见刘煜：《圣地风云》，陕西旅游出版社1992年版，第26页。

动平台。星期文艺学园与文艺小组有血缘关系，是文艺月会作家在文艺小组巡回座谈中产生的灵感。月会第 5 次例会谈到学园成立的缘起，说是“最近从大后方来了很多文艺家，大家要兴高采烈地要办一个文艺学校。这本来是丁玲在巡回座谈会中感到应更具体的帮助文艺小组提出来的，现在成熟了，并且增加了新的要素和内容，也应该包括热心文艺因工作不能进鲁艺的文艺青年，要有系统地讲授文学史，创作方法，名著研究等”。[1]学园主要开办定期的文艺讲座，类似于文学讲习所或文学训练班。设在延安文化俱乐部，为文人、文艺小组成员、学员创设了一个开展文学交流活动的空间。同时也吸引了大批不是正式学员的文艺爱好者参加，直接为延安文学培养了受众群体。《文艺月报》专为延安星期文艺学园结束出版了纪念特辑，学员们纷纷撰文谈学园带来的感想和收获：《我忘不了》《我的第一个保姆》《学园的结束是我们真正的开始》《最后一课》《我反省——星期学园结束时我所要讲的话》等，这些文章今天读起来仍会觉得单纯拙朴，每一篇文章都有一个共同的感想，就是在学园唤起了热爱文学的理想，真正了解了文学和写作。这也许正是活动的价值所在。当然，从刊登的学员名单看，尽管学员分布于工厂、学校、部队甚至保育员等部门，但仍然偏于当时的具有一定文化的层次，与毛泽东在《讲话》中所指出的文艺的服务对象是真正的工农兵还有一定距离。

六　期刊：构筑文艺的战线

在中国现代文学发展中，文人结社和办刊往往既有繁荣和活跃创作局面的初衷，也有为统一各种声音而形成一种话语力量的欲望，寻求文人之间的相互认同符合大多数作家的本意。但延安的战争环境下，单纯的文人社团显然已不合时宜，即使本书上述社团和刊物也曾或多或少显示出一定的努力，但往往也会与现实发生抵牾。而与此同时，高扬的抗战的主体，主流意识形态的强势介入，新的启蒙主义话语的溃散，既是战争规范和新意识形态规范运作的结果，也是文人自身意识在两难境地

① 《第五次文艺月会例会》，载《文艺月报》1941 年第 6 期。

下主动选择的结果。其实，在延安关于政治与文学、政治与抗战等问题在政权层面或者说在党的领袖那里，始终是观点鲜明、坚定不移的，只是这些观点由于初期宽松的政治政策环境使得文人在意识之中启蒙的理想得以放大而被遮蔽。但是，在上述所分析的初具文人公共空间性质的刊物同时存在一类从创刊起就否定同人性质或坚定的定位于革命性质的综合刊物。

《文艺战线》[1] 就是首先明确表明非同人杂志立场的。在周扬的发刊词《我们的态度》中明确提出：

> 《文艺战线》不是同人杂志。我们不能以少数人狭小的活动为满足，而诚心诚意地恳求全国文艺工作者对我们的合作。
>
> 《文艺战线》在战争的烽火中诞生了。正如它的名字所表示出的，它是一个战线，整个抗日民族统一战线的一部分，民族自卫战争的意识形态上的一个战斗的分野。
>
> “文艺战线”本身就是一个统一的战线。它是所有站在民族立场上的作家的共同地盘，他们互相来往，互通声气的精神的桥梁。抗战愈持久，全中国人将愈团结。文艺家也不能例外。事实上，战争的飓风已把许多过去因为思想、倾向、修养、甚至所在地域的不同而成为非常疏隔的作家吹拢到一起了，生活和工作联系了他们，共同的目标使他们的思想也渐趋于接近。全国的和地方的文艺界的统一战线的组织已经次第成立。作家开始进入了一个新的关系。作家间的旧的标帜已经完全过时。现在已无所谓“京派”与“海派”之分了……革命作家与中间作家之间的界线现在也已成为不必要了，在全民族战争中不容许有中间的地位，而在民族革命斗争的意义上，但凡用自己的笔服役于抗战的作家都有权利被冠以革命的标号。既成作家与新进作家也比以前任何时候都更能够而且需要互相提携了。抗战的实践把他们打成了一片。由于名望和地位所筑成，又被编辑和书店老板所砌高起来的那横亘在他们之间的墙，现在已到了拆去的时候。[2]

---

① 1939 年 2 月 16 日在延安创刊，中华全国文艺界抗敌协会延安分会机关刊物。铅印，双月刊，共出 1 卷 6 期，1940 年 2 月 16 日终刊。主编周扬，延安文艺战线社出版。

② 周扬：《我们的态度》，《文艺战线》1939 年 2 月 16 日创刊号。

周扬的发刊词《我们的态度》与其他刊物的发刊词相比，篇幅较长，更可以理解为是一篇关于当时文艺战线形成的文艺理论阐述性文章，其中更表明了期望通过刊物的刊行来弥补因为地域、交通、战争等条件所形成的作家间的阻隔。以刊物为凝聚，“集合大家的力量，在文艺的领域内来做一点切切实实于民族有益的工作”。[①] 不仅如此，刊物还自觉承担起超越传统刊物的职责，使其成为联系前方和后方的有形的桥梁和无形的信息的网络：

> 因此，我们虽然非常尊重在后方的许多作家的艰苦的努力，但却期盼着更多的作家到前线去，那里有吸取不尽的丰富材料正待艺术家们的发掘。我们愿提供一切愿去前方的作家以种种可能的方便，同时并愿和已在前方工作的作家和有志于文艺者取得密切的关系。我们希望能建立一个全国性的战地文艺通讯网。[②]

事实上，刊物的确充当了联系前方和后方、作家与生活、作品和现实的信息桥梁。虽然在创刊伊始，周扬就一方面肯定由于战争环境的限制，和读者迫切的需要，抗战十六个月在文艺上所收获的，主要是报告、通信、速写一类较小形式的作品。这些作品以其迅速敏捷，短小精悍，而值得人们的珍视。另一方面呼唤更多的“分量较重一点的作品产生”，期望“利用一切可能，组织文艺在抗战期间的更大更多的成果”。实际上，《文艺战线》的办刊宗旨和其所处的战争环境，使得刊出的重要作品仍以纪实性作品为主，沙汀的《贺龙将军印象记》《到华北前线去》，卞之琳的《晋东南麦色青青》，康濯的《上杨武夜袭》，黄钢的《开麦拉之前的汪精卫》，何其芳的《七一五团在大青山》《日本人的悲剧》《一个太原的小学生》，野蕻的《小鬼们》《一二九师的理发员》等代表性作品无一例外成功地运用了纪实体裁。《文艺战线》虽然拆除了作家之间的因文艺观

---

① 假如开头的几期还不能以更多的不同的作家作品来光辉它的篇幅，那也只是由地域、交通、战争等条件所造成的一个缺陷，我们希望这刊物得继续刊行会把这个缺陷逐渐地弥缝。我们也并非要借许多的名字做幌子来号召。那是不需要的。我们的愿望是：在战争的紧急情况下，集合大家的力量，在文艺的领域内来做一点切切实实于民族有益的工作（周扬：《我们的态度》，《文艺战线》1939 年 2 月 16 日创刊号）。

② 周扬：《我们的态度》，《文艺战线》1939 年 2 月 16 日创刊号。

点、创作方法等原因所形成的隔阂，意欲形成全国文艺的统一战线，但终归还是限于文人知识分子的范畴之中。或许与当时的现实要求尤其是中国共产党实现带领全国人民实现抗战新中国成立的目标要求还相去甚远。因为，在这一伟大的社会目标中，文艺自然而然地已被纳入其全部实现目标的策略之中而成为革命武器。“解放区文学的特征表现在民间化和政治化的合流”，[①] 政治化的特征显而易见，“任何一个政权只要注意到艺术，自然就总是偏重于采取功利主义的艺术观，这也是可以理解的，因为它为扩大自己的利益就要使一切意识形态都为它自己所从事的事业服务”。[②] 一旦文学被视为革命抗战的一部分，那么文学就不单纯是文人的文学而成为宣传的武器。因此，文艺战线在延安时期并不单单是文艺界所形成的统一战线，而是革命战线的一支，一个重要的组成部分，延伸此逻辑，文艺家、文艺刊物也自然而然地成为革命战线的一部分。同时，文学也因之在纯文学刊物之外被赋予了广阔的传播平台。延安的重要的综合性文化刊物，如《中国文化》，其他刊物如《八路军军政杂志》等都为文学提供了空间。

创刊于1940年2月的综合性学术月刊《中国文化》[③] 系陕甘宁边区文化协会机关刊物之一。虽然内容涉及政治、经济、哲学、历史、文学艺术、新文字、考古等方面，先后设有研究、创作、读书随感、哲学讲座、杂论等栏目。但对于延安文学发展乃至于以后的研究来说，其最重要的历史性意义在于确立了延安文学的新民主主义的政治方向。究竟是文章因所载刊物而增加其价值还是刊物因文章而确立地位？在研究者那里尚无一个明确的判定，只能中庸地认为刊物的地位和其刊登的文章的地位互为因果。而《中国文化》作为一份期刊的历史价值仅仅通过一篇文章就确立了。1940年2月15日创刊号上刊载的第一篇文章就是毛泽东1940年1月9日在陕甘宁边区文化协会第一次代表大会上的讲演《新民主主义的政治与新民主主义的文化》，刊登时标题由毛泽东亲自书写了题名。（同年2月20日在延安出版的《解放》第98、第99期合刊登载时，题目改为《新民主主义论》）。其中关于“鲁迅的方向，就是中华民族新文化的方

① 程光炜等：《中国现代文学史》，中国人民大学出版社2000年版，第272页。

② ［俄］普列汉诺夫：《没有地址的信·艺术与社会生活》，人民文学出版社1962年版，第216页。

③ 《中国文化》每卷6期，16开本，出至第3卷第3期后，1941年8月终刊。

向”的论述，影响广泛而深远，为延安文学乃至中国当代文学确立了方向。其更深远的意义则在于将文化与构建新的国家的想象结合起来：

> 民族的科学的大众的文化，就是人民大众反帝反封建的文化，就是新民主主义的文化，就是中华民族的新文化。新民主主义的政治、新民主主义的经济和新民主主义的文化相结合，这就是新民主主义共和国，这就是名副其实的中华民国，这就是我们要造成的新中国。[①]

作为党的领袖所描绘的新的国家的蓝图，新民主主义的文化被纳入共和国的重要构成部分，而文学作为文化的重要部分同样也成为新的国家创建中的重要部分。新民主主义的性质同样也决定了文学的性质，决定了对文学的方向性规约。而《中国文化》中集中反映延安文艺界关于“大众化”“民族形式”讨论的情况，所发表的冼星海、柯仲平关于中国民歌的论文、茅盾的《旧形式、民间形式、与民族形式》等，都在延安文学实现其大众化目标过程中发挥了重要的理论建构性作用。同时，在从理论上探讨延安文化的方向的基础上，同样为文学作品提供了宝贵的空间，“创作”栏目中发表的一系列作品因为刊物的地位而备受关注，黄钢的报告文学《我看见了八路军》[②]、丁玲的小说《入伍》[③]《我在霞村的时候》[④]、刘白羽的《太阳》[⑤]《四箱子弹的缘故》[⑥] 等，都是其代表作品。1941 年 8 月出版的“抗战四周年纪念专号”上，刊登的“五四中国青年节奖金委员会启事”，则从另一个侧面反映了延安文艺作为革命战线的组成部分所受到的特殊支持。奖项包括文艺类、喜剧类、音乐类、美术类等，由吴玉章等任评委。在今天来看，或许奖项的归属已不重要，[⑦] 而启事中特意指出的奖金的来源则耐人寻味。奖金分别由毛泽东、周恩来、王稼祥、吴

---

① 《中国文化》创刊号，第 2 页。

② 《中国文化》第 2 卷第 3、第 4 期，第 43、41 页。

③ 《中国文化》第 1 卷第 3 期，第 38—41 页。

④ 《中国文化》第 3 卷第 1 期，第 24—25 页。

⑤ 同上书，第 41—46 页。

⑥ 《中国文化》第 1 卷第 6 期，第 37—38 页。

⑦ 其中列于“文艺类甲等奖”首位的是梁彦的小说《磨麦女》、鲁黎的诗《锻炼》、邢立斌的散文《回家》；列于“音乐类甲等奖”首位的，是《献给八路军的军歌合唱集》，这就是由诗人公木和作曲家郑律成创作的著名的《八路军大合唱》，在解放战争时期改称《中国人民解放军进行曲》，新中国成立后又被定为中国人民解放军军歌。

玉章、董必武等当时延安的重要领导人数量不等的捐助构成，而在战争进入最艰苦的时期，上述同时身负军事要职的各位为一项文艺评奖解囊支持，应该不能简单地理解为缘于对文艺的爱好，当然，在延安，类似领导人资助刊物的情况也很多，其对文艺作为革命战线的地位或许是非常重要的。

在期刊所构筑的文艺战线中，部队及其他团体的刊物也成为不可忽视的重要部分，其中，以解放区内较早出现的以发表作品为目的的部队综合性文艺刊物《部队文艺》[①] 和现存的延安时期的刊物中保留最完整的期刊《八路军军政杂志》[②] 最具代表性。作为一部战争年代的军队综合刊物，《八路军军政杂志》的地位和作用正如毛泽东撰写的发刊词所言：“为了提高八路军的抗战力量，同时也为了供给抗战友军与抗战人民关于八路军抗战经验的参考材料。”[③] 而基于此目的，这样一部重要的军事刊物从创刊起就始终开辟了“通讯”栏目，每期刊登四篇纪实文学作品：穆青的《红灯》、田野的《李延禄将军会见记》《战士陈大远》，刘白羽的《三颗手榴弹》，中说的《记八路军的一个勇士》《十五个勇士》，雷加的《记国际友人白求恩》，杨成武的《一个胜利战斗的回忆》，韩先楚的《大池村歼敌记》等。值得关注的是，这些作品的作者除了有深入前线战斗生活的作家和新闻记者之外，部队的官兵也都参与其中，而这些作品本身也兼具了文学的叙事性、抒情性及审美性和新闻通讯的纪实性特征，成为延安及抗战时期独特的新闻文学风景。[④] 同时，部队文艺活动作为文艺战线的重要组成部分在战争时期前所未有地受到重视，形成了中国革命文学的又一传统。1942 年八路军总政治部、中央文委关于部队文艺工作有如下指示：“部队文艺工作的方针，首先在于团结和培养有战斗生活经历的专门文艺工作者，使他们能够用戏剧、音乐、美术、文学等等形式，把民族

---

① 创刊于 1941 年 12 月的《部队文艺》是解放区内较早出现的以发表作品为目的的部队综合性文艺刊物，中共中央军委直属队政治部文艺室机关刊物。用的是根据地自己生产的土纸。在《部队文艺》上，发表了黄既、晋驼、沈其东的小说，麦播、朱子奇、侯唯动等的诗，方杰、李洁等的散文小品。公木的长诗《鸟枪的故事》，禾佳的《从雄和鸡说起》等。也是首次在这个刊物上发表的。虽只出了三期，但它是解放区部队文艺中最早的期刊，在延安和敌后产生过一定影响。

② 1939 年 1 月 15 日在延安创刊，是八路军政治部机关刊物，月刊，主编肖向荣，编委毛泽东、王稼祥、郭化若、肖向荣。1942 年 4 月停刊，共出版 4 卷 39 期。

③ 毛泽东：《八路军军政杂志》发刊词，1939 年 1 月 2 日。

④ 关于纪实文学本书第四章将加以集中论述。

战争中的一切现实生活（民众及将士在抗战中的英勇斗争，日寇、汉奸、投降分子、顽固分子的阴谋诡计等等）反映出来。"① 从这个意义上讲，部队文艺期刊以其特有的媒介功能和聚合作用，使指示要求得以实现。

总之，延安文学期刊作为文学传播的重要媒介，在中国现代文学期刊之林中形成了自己独特的风景。期刊既是延安文人自觉地将文学与革命联系起来进行文艺界的精神总动员的传播载体，又是延安文人话语交融，思想汇聚甚至碰撞的媒介空间。同时，在革命战争的传播生态之中，文学期刊最终汇流到革命战线之中，和它的传播主体一道成为革命的重要组成部分。因此，将延安文学期刊回归历史的现场考察，其所生动展示出的延安文人的创作与生活，困惑与论争，都使得这个时期的历史生动起来，而将期刊本身作为一种文化对象来考察所获得的启发同样使我们激动不已。特定的传播生态所造就的延安文学期刊传播超越一般期刊的功能和责任担当，及其强大的凝聚力量和传播效果、传受互动的模式都对当下文学期刊研究具有启示性意义。

① 《总政治部中央文委关于部队文艺工作的指示》，《八路军军政杂志》1941 年第 3 卷第 2 期。

第四章　从“不完全的党报”到“完全的党报”[①]

——《解放日报》与延安文学报纸传播研究

在中国近现代文学的发展过程中，报纸不仅是动态的、立体的，甚至是复杂的文学发展历程的见证和文学史研究的史料库，同时，报纸发展的每一个历史时段都在与现代文学的互动和共存中留下了自己特殊的印记。中国现代文学的发展时期是报纸与文学密切合作的黄金时代。

延安时期报纸作为最重要的传播媒介，对文学的重要作用是显而易见的。战争时期的政治形势决定着报纸的编辑理念，传媒被纳入战争宣传的机器之中。这一切都促使延安文学传播与现实语境的融合，也促使传媒在处理文学作品时和处理其他传媒作品一样，更加注重接受者和传播的效果。大众传媒的受众观几乎在没有更多的理论研究和说教中自觉形成了。

《解放日报》与延安文学相依相存了近七年，对延安文学而言，这是一个重要的媒介空间。而在艰苦的战争传媒环境下，在传播媒体的物质困难处于难以想象的情况下，在最重要的中央媒体中为文学预留这样一个独特的空间，这一史实本身就决定了其研究价值。这一空间所呈现出的作品、作家、论争，将这一时期文学与政治、文学与战争、文学与大众的相依互动演绎得无比生动。以《解放日报》为载体，延安的政治家、艺术家、思想家等所表现出来的文学观以及他们的文学创作既表现了中国现代文学发展中的复杂性，也是中国现代文

---

① 1942年9月15日毛泽东致何凯丰的信中提到《解放日报》改版时所说：“报馆工作有进步，可以希望由不完全的党报变成完全的党报……谈到各部门利用报纸做工作的事，我想还要讨论一次，以促中央各部门同志的注意。各根据地当局也还未把报纸看作自己极重要的武器，我想要写一电报（或须用书记处名义），提出此种任务。”（《毛泽东书信选集》，人民出版社1983年版，第202页）。

学丰富性的体现。

从媒介变迁的轨迹入手观照文学创作的变迁是保证文学史原生态的有效途径，也是从宏观进入微观，从媒体分析走向与之相关联的传播要素分析的途径。可以说，在《解放日报》文艺作品刊发的媒介形式变化中，展现出的是丰富的延安文学观念的交锋、融合；文体的对话、交流；文学创作者和传播者的困惑、自省以及文学的主动和被动的变迁、整合景象。在文学作品的原初面貌中，看到作者和编辑、读者对文本的共生图景，感受政治通过媒介舆论对文学的重塑和文学在特殊的革命战争背景下的文化生命力。不仅通过原初媒介再现文学论争的实效性对话特征，也反映出延安作家群的生成与更迭。这种对延安文学发展原生图景的本真状态的再现是仅凭作品单行本和本质论研究文学史所无法替代的。

报纸是最早产生的大众传播媒介。以印刷媒介为特征决定了报纸在大众传播中的优势：记录性好，便于读者反复阅读，深入研究，并能作为资料长期保存；选择性强，便于读者自由安排时间、自由挑选内容来读；材料运用自如，不受空间和时间的限制，纵横数万里，上下数千年，从宏观到微观，从现象的描绘到本质的揭示，从人的外表到人的内心活动，都可以跃然纸上。① 报纸作为最重要的大众传播媒介几乎对整个世界的每个角落都产生着大小不同的影响。也成为文学发展中产生革命性影响的重要因素。报纸之于文学首先是提供了其广泛传播的技术手段。② 但其意义又绝不仅仅只停留在媒介技术层面。莱辛在《拉奥孔》中说："以物质材料和艺术媒介的不同对艺术本体进行分类的原则，是首要的和原初的分类原则。"的确，在文学发展的过程中，媒体作为其由个体化向社会化转化的必不可少的媒介通道，在很大程度上也决定了其文本形式、叙事模式以及话语特征。在中国近现代文学的发展过程中，报纸不仅是动态的、立体的，甚至是复杂的文学发展历程的见证和文学史研究的史料库，同时，报纸发展的每一个历史时段都在与现代文学的互动和共存中留下了自己特殊

① 李良荣：《新闻学概论》，复旦大学出版社 2001 年版，第 81 页。

② ［美］本尼迪克特·安德森："18 世纪初兴起的两种想象形式——小说与报纸——为重现民族这种想象的共同体提供了技术手段。"（《想象的共同体——民族主义的起源与散布》，上海人民出版社 2011 年版，吴叡人译，第 23 页）。

的印记。中国现代文学的发展时期是报纸与文学密切合作的黄金时代。

延安时期报纸作为最重要的传播媒介，对文学的重要作用是显而易见的。报纸紧密地连接着作者与读者，通过传受间信息的互动与反馈能动地调整着二者之间的关系。同时，既扩大了传播主体的思维空间和创造能力，也开拓着接受的空间，充分调动接受者的主观能动性。在中国文学传播史上，没有哪个阶段能像延安时期文学这样形成文学传媒与现实文化语境如此高度地融合，也没有哪个阶段的传媒能形成控制者、传播者和受众在情感、态度、趋向上的高度契合乃至默契。战争时期的政治形势决定着报纸的编辑理念，传媒被纳入战争宣传的机器之中。“战时宣传机构是‘执行’功能的组成部分，因为它们在国家命令和所有影响命令或其他任何决策结果的宣传活动框架内运作。”[①] 这一切都促使延安文学传播与现实语境的融合，也促使传媒在处理文学作品时和处理其他传媒作品一样，更加注重接受者和传播的效果。大众传媒的受众观几乎在没有更多的理论研究和说教中自觉形成了。

1944 年赵超构先生访问延安后说：“全延安现在没有一种文艺刊物，只有《解放日报》的第 4 版，是他们的公共园地。”[②] 虽然此判定与事实有所出入，但足以见得当时《解放日报》在延安文学传播中的重要地位。《解放日报》与延安文学相依相存了近七年，对延安文学而言，这是一个重要的媒介空间。这个空间在版面、发行方面或许无法与同时期其他区域的报纸相比，但延安特殊的区域环境与党报的定位本身决定了其权威性和号召力。而在艰苦的战争传媒环境下，在传播媒体的物质困难处于难以想象的情况下，在最重要的中央媒体中为文学预留这样一个独特的空间，这一史实本身就决定了其研究价值。况且这一空间中发表过无数作品，推介过诸多作家，发生过许多论争。他们将这一时期文学与政治、文学与战争、文学与大众的相依互动演绎得无比生动。以《解放日报》为载体，延安的政治家、艺术家、思想家等所表现出来的文学观以及他们的文学创作既表现了中国现代文学发展的复杂性，也是中国现代文学丰富性的体现。在文学史研究中给予充分的重视，其意义绝不仅在于从报刊研究的角度拓宽中国现代文学史的叙述空间，还在于使 20 世纪现代文学的传统资

① ［美］哈罗德·D. 拉斯韦尔：《世界大战中的宣传技巧》，张洁、田青译，展江校，中国人民大学出版社 2003 年版，第 7 页。

② 赵超构：《延安一月》，上海书店 1992 年版，第 129 页。

源得以更加完整地体现。本章将着重对延安时期最具代表性的报纸《解放日报》加以分析，以探讨延安文学报刊传播中的诸多关联与规律。

一 延安时期报纸概观：从《红色中华报》《新中华报》到《解放日报》

(一)《红色中华报》《新中华报》及其《红中副刊》《新中华副刊》

1935年10月19日，红一方面军胜利到达陕北吴起镇，11月25日，原江西瑞金出版的中华苏维埃共和国临时中央政府机关报《红色中华报》在瓦窑堡恢复出版，史称陕北版。[①] 此时的编号为第241期，仍为中华苏维埃人民共和国中央政府机关报。虽然此时《红色中华报》的物质条件、采编力量及版面的印刷都不如中央苏区，只是一份油印4开2版的小报，采编力量薄弱，但是却成功地在没有其他强有力的报刊协助的情况下，在一年零两个月的时间里与红色中华通讯社一同成为中国共产党在第二次国内革命战争时期最后一个阶段的传播机构与媒介。报纸集中反映了中国共产党扩大和巩固陕甘革命根据地，建立西北抗日民族统一战线，呼吁建立全国抗日民族统一战线的全过程，其主要内容集中在扩红[②]，红军东征、西征，动员群众进行春耕生产，以及根据地基层政权建设等方面，成为中国共产党在第二次国内革命战争时期向抗日战争转折时期的号角。该报成功的宣传经验也成为中国新闻事业发展史重要的一页，同时，其副刊作为延安文艺发展的策源地和拓荒者也成为延安文学传播的开端。

《红色中华报》首任社长是博古（秦邦宪），初期为中华苏维埃中央政府机关报，1939年2月7日改组为中共中央机关报兼陕甘宁边区政府

① 《红色中华报》于1931年12月11日在江西瑞金出版。最初为中华苏维埃共和国临时中央政府机关报。从1933年2月7日出版的第50期起改为中央苏区中央局、中华苏维埃共和国中央政府、中国共产青年团苏区中央局、中华全国总工会苏区执行局的联合机关报。发行对象主要是中央苏区军民，发行方法主要靠各级苏维埃政府机关。最初为周刊，第149期起改为双日刊。铅印4开，一般为4—6版。有时出8—10版。1934年10月3日，在中央红军长征出发前暂时停刊，当时出版到240期。史称这一时期该报为《红色中华报》瑞金版。红军主力长征后由中共中央分局宣传部长瞿秋白负责，坚持在江西苏区出版。至今发现的最后一期为1935年1月21日出版的第264期，史称这一时期该报为赣南版。

② 指扩大红军。

机关报。为了适应西安事变和平解决后国共两党合作初步形成的新形势，1937年1月29日《红色中华报》改名《新中华报》。全面抗战爆发后，国共第一次合作正式建立，陕甘宁边区政府随之成立。1937年9月9日，《新中华报》改为陕甘宁边区政府机关报，报纸也改为铅印，5日刊。抗战初期，各抗日根据地获得了空前的发展，为了更有效地指导全国各抗日根据地的对敌斗争，1939年2月7日《新中华报》改出新刊，成为中共中央兼边区政府机关报，刊期改为4开4版，3日刊。

《新中华报》创刊伊始，就显示出其鲜明的政治立场和办刊方向。1939年2月10日，毛泽东在该报创刊之初即为之题词“把新中华报造成抗日战争的一支生力军”。可以说在这里毛泽东充分肯定了该报在抗战中宣传、动员人民群众参加抗战的特殊作用，完全把《新中华报》看作一支战斗的队伍。1940年2月7日《新中华报》改版一周年之际，毛泽东在《纪念〈新中华报〉新刊一周年》一文中说：“没有团结和进步，所谓抗战只是空唤，抗战胜利是没有希望的。”所以，《新中华报》第一年的政治方向就是“强调团结和进步，以反对一切危害抗战的乌烟瘴气，以期抗日事业有进一步的胜利”。中国新闻史研究者比较集中地认为，毛泽东的这段话在新闻事业史上第一次阐明了党报的政治方向，就是要坚决地贯彻和执行党所制订的方针。1941年2月6日《新中华报》在纪念该报创刊两周年的社论中提出：“《新中华报》便是传达中央政治意见的有力喉舌。”报纸的立场和方向如此旗帜鲜明地加以阐述，在新闻史上亦属空前。这一明确的主张不仅反映在报纸的内容和受众定位方面，同样也反映于报纸的副刊之上，从中可以看到延安文学在发展之初就形成的鲜明的受众定位和话语模式。从《红色中华报》到《新中华报》，报纸的受众范围始终努力扩大到广大的工农大众。1939年4月，毛泽东为《新中华报》题词：“为消灭文盲而斗争”，为《新中华报》副刊《边区文化》题写发刊词：“要使文化界的范围扩大，使它不仅限制在所谓文化人的圈子内。在边区内我们较易发展工农兵通信，易培养工农兵文化干部，边区文化的范围也要向这些地方展开。”这不仅仅是延安时期中国共产党的新闻事业的受众观，也成为其文化观和文学观的总的指导。

《红色中华报》《新中华报》创办时期正是陕北根据地初创时期，在立足未稳的环境中办报却始终为文艺提供着空间，这足以看到文艺在那些未来新中国创建者的战略中的位置。1936 年 5 月 16 日，报纸刊出了编辑部征文，决定增加《红角》专栏，“刊载各种歌调，短篇革命故事，特别是对红军中战斗生活的描写更加欢迎”。[①]《红角》可以说是延安报纸副刊的雏形，其内容主要包括短篇的纪实文学作品和为地方色彩浓郁的民歌小调填写的新词，例如《优红调（仿送大哥调）》[②] 等，既承继了苏区文学吸收民间歌谣的传统，也开启了延安文学民间化、大众化的先河。其后，又开辟了《赤焰》，已经具备了副刊的形式。可以称为“党中央机关报的第一个副刊”。[③] 而 1936 年 11 月 30 日《红色中华报》的文艺副刊《红中副刊》创刊。它是中国文艺协会会刊，也是红军长征到达陕北后创办的第一个报纸文艺副刊。出满 4 期后，随着 1937 年 1 月 29 日《红色中华报》更名为《新中华报》，《红中副刊》改名《新中华副刊》，保持了原来的排序方式[④]。同年 2 月 3 日，出完第 6 期后，副刊发表启示：因副刊篇幅有限，很多文章不能登载，遂发行《苏区文艺》周刊，仍随《新中华报》发行，《新中华副刊》随即取消。

在文艺刊物非常缺乏的情况下，报纸副刊发挥着文学传播的特殊功能。而《红中副刊》的历史价值也许并不仅仅在于它在极其艰苦的办刊条件下，为文学提供了传播的平台，更重要的是，它所刊载的一系列党的重要领导人关于文艺的观点，开启了延安文学的发展之路，也在延安文学初创之际便确立了其与政党、政治，以及与当时的战斗现实紧密相连息息相关的关系定位。《红中副刊》第 1 期便用了两个版面的篇幅，刊登了 1936 年 11 月 22 日毛泽东在“中国文艺协会”成立大会上发表的演讲，这次会议是延安文学真正起步的重要标志。因此，毛泽东的讲话自会产生深远的影响。他在讲话中提出了文武两条战线的战略思想并指出了前期文艺工作的不足：

---

① 《红色中华报》1936 年 5 月 16 日第 2 版。

② “前方炮火响连天，红军抗日打汉奸；苏区公民好榜样，优红工作莫迟延！红军家属最光荣，优红工作要认真！砍柴挑水都做的，红属土地要先耕。优红工作要紧张，解决红属的困难；好让红军不挂念，勇敢向前去作战。苏区人民齐动员，优红工作大开展……”（《红色中华报》1936 年 5 月 23 日第 2 版）。

③ 王敬：《延安〈解放日报〉史》，新华出版社 1998 年版，第 312 页。

④ 标注为“第五期”。刊登了郭滴人的遗作《广西傜民》和莫休的编后话、丁玲的《记左权同志话山城堡之战》及《文艺开第二次会员大会》的文艺报道。

中国苏维埃成立已很久，已做了许多伟大惊人的事业，但在文艺创作方面，我们干的很少。今天这个中国文艺协会的成立，这是近十年来苏维埃运动的创举。过去我们是有很多同志爱好文艺，但我们没有组织起来，没有专门计划的研究，进行工农大众的文艺创作，就是说过去我们都是干武的。现在我们不但要武的，我们也要文的了，我们要文武双全。①

同日刊登的《博古主席讲演略词》中也强调了文艺在革命战争中的重要作用，他认为中国文艺协会的任务在于创造发展广大群众的文化，创作反映万里长征的英雄史诗，反映伟大的英勇斗争的现实。“这里，拿笔的比拿枪的更重要了。”洛甫在讲演词中则强调：“以文艺的方法具体的表现去影响推动全国人民促成巩固的统一战线。”丁玲为《红中副刊》写了代发刊词《刊尾随笔》，她充满激情地写道：

战斗的时候，要枪炮，要子弹，要各种各样的东西，要这些战斗的工具，要这些工具去打毁敌人，但我们也不应忘记使用另一样武器，那帮助着冲锋侧击和包抄的一支笔！……我们要从各方面发动使用笔，用各种形式，那些最被人欢迎的诗歌，图画，故事等等，去打进全中国人民的心的阵地，夺取他们，来站在一个阵线上，一条争取民族解放统一抗日的战线上。革命的健儿们！拿起了你的枪，也要拿起你那一支笔！②

若说中共领导人关于文艺的论述表明了当时的权威话语对于文艺在他们带领人民所从事的伟大事业中的地位的一种界定的话，那么，丁玲的《刊尾随笔》则代表了报纸以及当时的文人知识分子对自己所从事的事业的自觉定位。这一定位与反映在当时报纸上的文艺界同仇敌忾，共同抗战的革命士气密切呼应。《“中国文艺协会”的发起》《第一次干事会》《十一月二十二日召开成立大会》《欢迎二四方面军歌》等同期刊登的文章足以展示当时文艺工作的氛围与背景。而《红中副刊》从开始创办就突出

① 《毛主席讲演略词》，《红色中华报》1936年11月30日第1版。

② 丁玲：《刊尾随笔》，《红色中华·红中副刊》第1期，1936年11月30日。

强调了文艺发动群众、打击敌人的宣传、战斗功能，提出文艺为民族解放战争服务，成为战斗的武器。可以说是长征胜利到达陕北，革命进入新阶段之后革命文艺工作的新开端的标志和宣言。这一办刊方针，以后不仅是丁玲从事编辑工作的出发点，也成了整个解放区文学报刊所共同遵循的原则。

（二）延安时期历史最长的报纸——《解放日报》

《解放日报》创刊于1941年春抗日战争进入最困难的阶段。正式发刊于1941年5月16日，于1947年3月27日，国民党胡宗南部进攻延安时停刊。[①] 是延安时期办报历史最长的报纸。

1941年5月15日，毛泽东为中央书记处起草的《关于出版〈解放日报〉和改进新华社工作的通知》中说：

> 五月十六日起，将延安《新中华报》《今日新闻》合并，出版《解放日报》，新华通讯社事业亦加改进，统归一个委员会管理。一切党的政策，将经过《解放日报》与新华社向全国宣达。《解放日报》的社论，将由中央同志及重要干部执笔。各地应注意接收延安的广播。重要文章除报纸、刊物上转载外，应作为党内、学校内、机关部队内的讨论与教育材料，并推广收报机，使各地都能接收，以广宣传，是为至要。[②]

这个通知明确规定了《解放日报》是中共中央的机关报，确立了该报在宣传报道中的重要地位。《解放日报》不是一般意义上的新闻纸，它担负着统一解放区军民思想、指导工作、进行革命教育的重任。毛泽东为正式创刊的《解放日报》题写了报名。[③] 1942年5月15日用边区自制的

---

① 毛泽东和中共中央为适应世界复杂多变的斗争形势，决定将《新中华报》与《今日新闻》合并，改名为《解放日报》，同时停办了陕甘宁边区的其他报刊。接着，中央又任命中央政治局委员博古为《解放日报》社社长，同时兼任新华社社长。印报的机器，是抗战初期中央印刷厂厂长祝志澄从上海买来民国初年的旧机器，装在棺材里当作“死人”，混过国民党的封锁线，偷运到延安的。这个被印刷工人称为“老爷机”的旧机器，日以继夜地不停运转，直到1947年中央暂时撤离延安。

② 《毛泽东新闻工作文选》，新华出版社1983年版，第54页。

③ 黎辛在《毛泽东与延安〈解放日报〉》（《纵横》1997年第11期，第40页）中回忆：“《解放日报》报头的4个大字是毛泽东写的，当时他大大小小的共写了7份，供报社选用。”

马兰纸印刷的大型报纸《解放日报》试刊出版。第一版登有毛泽东亲自撰写的“发刊词”：

本报之使命为何？团结全国人民战胜日本帝国主义一语足以尽之。这是中国共产党的总路线，也就是本报的使命。在目前的国际国内形势下，这一使命是更加严重了。

毛泽东分析了国际反帝形势及中国人民的抗日形势和政策后强调：

中国共产党的使命就是本报的使命，本报同仁完全相信，由于世界人民与中国人民协力斗争的结果，世界必然要变成一个世界人民的光明世界，中国必然要变成一个中国人民独立自主的中国，日本帝国主义的一切企图，我们是能够粉碎的。团结，团结，团结，这就是我们的武器，也就是我们的口号。今当本报发刊之始，愿掬至诚，以告国人。①

“发刊词”历来被视为编者的编辑思想、办刊方向乃至政治主张的宣言。从《解放日报》的发刊词来看，它集中体现了中国共产党在当时的政治主张和胜利的信心。同时，也规定了报纸的编辑宗旨和党报性质。社长博古的一系列筹备工作安排和动员也足以证明这一点。“在5月14日召开的报社第一次编委会上，博古向大家讲了党中央要出版《解放日报》的重要意义，他指出：党报工作者对党报重要性要有认识。《解放日报》是党中央机关报，要以党的立场来分析认识世界。”②但是在很长的时间内，《解放日报》并不是一张完全的党报。“当时清凉山上的新闻工作者大多是抗战以后参加工作的青年知识分子，尽管大家都是为着抗日的崇高理想和目标来到延安的，但各人的经历不同，在认识水平上也有很大差异，更缺乏从事党的新闻工作、特别是在农村革命根据地环境中办大型党中央机关报的经验。在报社干部群众当中，思想上不同程度地存在着主观主义和脱离实际、脱离群众的倾向也受到一

① 毛泽东：《发刊词》，《解放日报》试刊，1941年5月15日。

② 万京华：《博古与延安〈解放日报〉》，《采写编》2007年第1期。

些资产阶级新闻观点的影响。"[①] 这就必然出现了草创时期，《解放日报》"与党中央不大合拍"[②] 的现象，尤其是反映在文艺领域当中，文学之于政治舆论阵地如何定位的问题和上述新闻学的问题一样并没有明确解决，使得报纸"未能成为党中央传播党的路线贯彻党的政策与宣传组织群众的武器"。[③] 1941 年至 1942 年间，这种问题所造成的"间隔"集束式地爆发出来，发表在《解放日报》上的丁玲的《三八有感》、王实味的《野百合花》成为其中的代表作品。随后，"整风运动"的展开和深入，《解放日报》开始了历时近 1 年零 10 个月的改版工作。到 1944 年时，《解放日报》已经逐步转变为"具有党性、群众性、战斗性、组织性的党的喉舌"。[④]

《解放日报》虽然经历了一个由"不完全的党报"向"完全的党报"发展的过程，但在新闻史研究尤其是党报研究的过程中，对《解放日报》的定性非常明确，从其创刊到发展的每一步，都囿于党性的范畴之内，结合特定的历史背景，站在"党报"的角度评价其历史价值，可以说："延安《解放日报》在这一历史阶段出色地完成了它的光荣使命，以卓越的宣传业绩和丰富的办报经验，在中国新闻史上写下了光辉的一页。"[⑤] 那么，作为延安文学传播的最重要的媒介平台，《解放日报》又扮演着怎样的角色，发挥着怎样的作用呢？此前有研究者对其《文艺副刊》进行研究认为：《解放日报·文艺》副刊是"解放区文艺转折的历史见证"[⑥]。的确，在历史发展的进程中，报纸在历史事件发生的当时记录着历史，但是，若从媒介本身的传播特点来看，就像历史充满了复杂与诡谲一样，媒介的价值远远没有那么简单，媒介本身的"把关人"作用、议程设置功能，以及传播过程中的"沉默的螺旋"等效应，都使媒体不仅扮演着见证者，而且是参与者和重要的建构者。因此，对《解放日报》为代表的报纸从文学传播的角度加以分析，可以切入历史事件的内部，看到每一部

① 万京华：《博古与延安〈解放日报〉》，《采写编》2007 年第 1 期，第 53—55 页。

② 王敬：《延安〈解放日报〉史》，新华出版社 1998 年版，第 51 页。

③ 社论《致读者》，《解放日报》1942 年 4 月 1 日。

④ 王敬：《延安〈解放日报〉史》，新华出版社 1998 年版，第 28 页。

⑤ 穆青：《延安〈解放日报〉史序》，载王敬主编《延安〈解放日报〉史》，新华出版社 1998 年版，第 1 页。

⑥ 河南大学博士李军的学位论文《解放区文艺转折的历史见证——延安〈解放日报·文艺〉研究》观点，2006 年。

作品进入历史的原始轨迹，探寻每一次文学论争和文学思潮的动态形成过程。

二　媒介平台的整合与延安文学的转折与重塑：辟栏刊发—《文艺》副刊—综合性副刊

文学传播媒介的变化更迭，势必对文学本身的生产与传播产生影响。而对文学加以引导甚至控制也可以通过对媒体的变革而实现。“媒介文化是一个你争我夺的领域，在这一领域里，主要的社会群体和诸种势均力敌的意识形态都在争夺着控制权，而个人通过媒体文化的图像、话语、神话和宏大的场面等经历着这些争夺。”① 从媒介变迁的轨迹入手观照文学创作的变迁是保证文学史原生态的有效途径，也是从宏观进入微观，从媒体分析走向与之相关联的传播要素分析的途径。可以说，在《解放日报》文艺作品刊发的媒介形式变化中，展现出的是丰富的延安文学观念的交锋、融合；文体的对话、交流；文学创作者和传播者的困惑、自省以及文学的主动和被动的变迁、整合景象。在文学作品的原初面貌中，看到作者和编辑、读者对文本的共生图景，感受政治通过媒介舆论对文学的重塑和文学在特殊的革命战争背景下的文化生命力。不仅通过原初媒介再现文学论争的实效性对话特征，也反映出延安作家群的生成与更迭。这种对延安文学发展原生图景的本真状态的再现是仅凭作品单行本和本质论研究文学史所无法替代的。

《解放日报》初创的三个月，即从1941年5月16日至9月15日，每天报纸出版4开2版，文艺稿件以辟栏的形式发表在2版左边，每次发稿约3000字，不用文艺栏的版头。每天约3000字，占报纸版面约八分之一。从创刊起编辑就十分重视并竭力搜集副刊型文字的稿件。在创刊号的报眼处醒目地刊登了如下启事：“本报竭诚欢迎一切政论、译著、文艺作

---

① ［美］道格拉斯·凯尔纳：《媒体文化》，商务印书馆2004年版，第11页。

品、诗歌、短篇小说……等等之稿件，一经揭载，当奉薄筹。”[①] “1941年9月16日以后，在第四版下半版创刊《文艺》栏，每周出版四五期。”[②] 发在第四版的下半版的文艺稿件，用“文艺”两字作报头，每次发稿3000字，每月发稿约20次。文艺栏自1941年9月16日创刊到1942年3月停刊，共出文艺专栏111期。总的来说，从1941年5月中旬到1942年3月底，十个半月的时间，文艺栏用版头和不用版头，共发稿约100万字。丁玲从创办、主编到3月15日整十个月，由舒群接任主编。《解放日报》第四版自1942年4月1日改为以文艺为主的综合性杂志性整版的副刊，发表的文艺稿件更多了。当年的编辑黎辛说：“今天翻阅当年的文艺栏，有人感到‘篇幅不大’，可是回顾当年抗战时期的文艺阵地，就会觉得它了不起！十个月发稿一百万字，每天见报三千字以上的文艺稿，在那时全国报纸的文艺阵地是绝无仅有的。以抗战时期出版的文艺杂志来说，大型的月刊每月发表十万、八万字的是有的。但抗战进入相持阶段以后都不能正常按期出版，做不到十个月发表一百万字，所以在我的印象中，《解放日报》的文艺栏和后来的副刊版，可以说是当时全国报刊文艺阵地中发稿最多的阵地。”[③] 在出版印刷条件极其艰难的情况下，在中共中央作为机关报的报纸上以如此篇幅的版面开辟文艺传播园地，在报刊

---

① 其间，主编博古也有不固定栏目，根据作品的内容随时调整文学作品编排的版面的想法，但囿于当时的条件，而终未实现。据编辑黎辛回忆：“博古同志同我商量过文艺不辟栏，他比之为豆腐干地盘，他说每版都可以放文艺稿件，如果有最好的文章，这文章有它当时当地的政治意义，不管是散文是诗，便放在第一版头条也可以。总之，以文章内容而决定它放在哪版较适宜。我当时觉得无妨试试，但由于很多作者都不同意这种编排，主要我感觉到困难的还是稿件的不恰当。所以没有坚持博古同志的意见，仍是辟栏编辑。到现在我认为博古同志的意见是很好的。报纸文艺是不同于杂志和丛刊的。这样文艺是更配合着当前的政治任务和加速地反映现实。这必须短小精悍，活泼锐利之作。这样才不致使大报与副刊之无关，不协调，其实这样是更能发挥文艺的作用的。可惜那时这个意见不能为大多数人所明了，同时也应责备我没有积极努力去各方发动写这种短稿来实现它，到现在想来真是一个遗憾。”（黎辛：《毛泽东与延安〈解放日报〉（三）》，《纵横》1998年第1期）。

② 黎辛：《毛泽东与延安〈解放日报〉（三）》，《纵横》1998年第1期。

③ 黎辛：《丁玲和延安〈解放日报〉文艺栏》，《新文学史料》1994年第4期。

据黎辛回忆：“接着，《青年之页》《中国工人》《敌情》《中国妇女》《科学园地》《军事》与《卫生》等专栏，雨后春笋般陆续创办，被称为八大专刊。《解放日报》出版前后，限于物质条件，中直机关的杂志都停办了，现在报纸版面扩大，出了《文艺》专栏，中直机关都想在报上出专栏，争一席之地。八大专栏只有《文艺》是报社文艺栏编辑，其他专栏由中直有关单位或其所属原有关杂志社编，专栏的稿件由报社社长或总编辑终审发排，专栏出版时间与有关事项均与文艺栏联系。”（黎辛：《毛泽东与延安〈解放日报〉（三）》，《纵横》1998年第1期。

史上也实属罕见。可见对文艺工作的重视程度。在《文艺》副刊出版一百期的时候，作为副刊的主编丁玲在《编者的话》中说：“《文艺》占着《解放日报》的八分之一的篇幅在边区出现，是第一次。”当时中央研究院文艺研究室主任、著名作家欧阳山撰文《祝“文艺”百尺竿头》：“《文艺》底发刊，是1941年延安文艺界轰动一时的大事件……表现了我们底党对于文艺的重视和提倡。实际上，它底本身还做了许许多多的非常有益的工作。它对革命，对艺术，有了一样多底新贡献。它扩大了文艺运动及其影响，广泛地提高了咱们边区的文化水平，充实了边区人民底精神生活。它发现了大批新起的艺术人才，同时使一般人对这以‘五四’运动做传统精神的新文艺了解得更加具体。”①

如果追溯主编丁玲的创作与编辑经历，可以很自然地将《文艺》副刊与之前的中国现代报纸的“文学副刊”的传统联系起来。可以说，中国现代报纸的文学副刊是世界新闻史上一个独特的角色，具有鲜明的中国特色，其内容往往是创作与批评并重，兼具杂志的性质，作为报纸的一个组成部分，同时又由于报纸本身的时效性和大信息容量等特征，报纸文艺副刊的栏目设计与传播方式又有了不同于杂志的特殊性，在中国现代文学的生成与发展中，它发挥了十分重要的作用，这些作用是杂志所不可替代的。从报纸学角度看，副刊作为报纸正刊的延伸，是报纸不可缺少的重要组成部分。与报纸新闻板块共同担负着体现报纸宗旨，满足受众信息需求的重任。《解放日报·文艺》副刊的性质同样取决于报纸本身的性质定位。当时党的主要领导人都分别对办刊方向乃至作品做过指示。“博古特别指出副刊是党报的一部分，与其他版面的形式和内容虽不相同，但党性的要求是一致的，不能办成可有可无的甜点心、消遣品，不能办成报屁股，尤其不能像过去报纸的副刊那样与报纸的主张不同。”② 博古强调“自由主义不能在报纸存在。我们的文艺栏不能像‘国民党统治区的报纸那样，副刊和新闻版态度不一致’。要求文艺栏在反映抗日战争和延安生活方面，能很好地发挥宣传和鼓舞作用”。③ 关于《文艺》栏的编辑方针，丁玲也在《延安文艺座谈会的前前后后》一文中说：“博古同志多次对我说，《解放日报》是党报，《文艺》栏决不能搞成‘报屁股’‘甜点心’，

① 《解放日报》1942年3月12日。

② 黎辛：《毛泽东与延安〈解放日报〉（三）》，《纵横》1998年第1期。

③ 黎辛：《丁玲和延安〈解放日报〉文艺栏》，《新文学史料》1994年第4期。

也不能搞《轻骑队》。"[①] 文学传播制度对媒体规约的建立是在文化整合和意识形态整合基础上实现的内涵式整合，其外延的表现形式体现在政策、规章和其他社会层面。当然，与此相关的经济投入也构成制约的重要因素，《解放日报》的经费始终是计入政府预算之中的。1941 年，由于国民党的封锁，陕甘宁边区的经济十分困难，吃饭、穿衣都成了问题。即使在这种情况下，毛泽东依然把《解放日报》社的经费开支放在重要地位。他在 6 月 15 日给边区政府主席林伯渠写信说："追加预计，不可免的，因预先计划不可能，例如解放日报经费，在决定前没有人能预知。故只能由你在预算中加重总预备费，尔后按需要（必不可免者）支用。"[②] 物质上的支持和方向性的把握只是中共及其领导人对党报的最基本的工作。进一步讲，《解放日报 · 文艺》副刊的一切转折和变化也会随着整个报纸的改变而进行调整。

任何时代、任何社会或任何组织都从未放松过对传播的控制。而正如传播学创始人施拉姆所言："任何社会对传播所施加的控制都是从这个社会中产生出来的并代表它的信仰和价值观。"[③] 据黎辛回忆，"《解放日报》从创刊起，就被认为是一份无产阶级政党的强有力的机关报。但是，毛泽东与博古，甚至报社编辑委员会毕竟没有编辑过日报，以前编辑与出版党报的经验也没有系统的总结。1941 年 9 月 16 日报纸由四开二版改为对开四版的大型日报，博古提出版面的安排是一版欧洲；二版远东，由副总编辑余光生负责；三版国内；四版上半版是延安和边区，由编委吴敏负责；下半版是《文艺》与其他专栏，《文艺》专栏由丁玲主编，文艺栏并负责联系其他专栏，专栏稿件由社长或总编辑审阅。这样安排版面，把以前博古与杨松常说要加强的延安与边区的宣传版面限制住了，把经常登在

① 1941 年 4 月到 1942 年 4 月文化沟口有一个大墙报，叫作《轻骑队》。其名字来自第二次国内革命战争时期出版的《列宁青年》，其中有一个栏专门揭露缺点，开展批评，叫《轻骑队》。文化沟口当时是延安的闹市区之一，青委机关在沟里办公。《轻骑队》的编辑在沟外广场上用木棍搭起高高的架子，上面糊满旧报纸，像一堵墙。用毛笔写的大字报贴在上面，就叫"墙报"。其内容有诗歌、杂文、顺口溜、短论、小道消息等，刊登的文章短小精悍，对延安生活有所批评和针砭。1942 年"整风"以后，4 月 23 日《轻骑队》编委会在《解放日报》发表《我们的自我批评》，检讨"编辑方针有错误"，"没有能坚持以照顾全局的与人为善的同志精神来进行批评，而我们的批评就往往成为片面的，甚至与被批评者完全对立的，因而也就不但不能达到我们积极的巩固的团结的初衷，而且实际上助长了同志间的离心倾向，有时还产生了涣散的恶果"。

② 孙国林：《毛泽东与延安〈解放日报〉》，《党史博采》2006 年第 5 期。

③ 施拉姆：《传播学概论》，新华出版社 1984 年版，第 189 页。

头版的党的活动搬到了第三版，国际宣传的版面加大了，外国通讯社的消息时常原样照发。于是，大问题终于发生了。2 月 1 日，毛主席在中央党校开学典礼上发表《整顿学风党风文风的报告》的演说，8 日在中宣部召开的‘压缩会议’上发表《反对党八股》的演说。这两个演说标志着延安普遍整风运动的开展，可是这两次极为重要的演说的消息，都分别被发表在三版的左下方和右下角，标题只三栏高，消息中写毛主席讲话也不多，这就引起中央与广大党员、干部的关注了”。[①] 报纸对内容的编排虽然只是外在形式或表面上是一种外在位置的排列组合，但这种不同组合向来被视为编者对信息内容的重视程度和报社观点的隐形体现。因此，上述排版格局显然不足以体现党报的信息价值判断。与此同时，反映在《文艺》副刊也同样存在许多问题。

尽管副刊从形式上看是随主报发行的附页、附张或版面，但对于文学传播而言，在现代文学发展的历程中，则足以构成一个重要的文学现象，也构成了中国现代文学研究的一个重要领域。相对于新闻版面而言，副刊往往更倾向于体现报纸的人文情怀、审美理念，充分以“副”来发挥新闻不可替代的作用。纵观中国现代报刊发展史上的著名副刊，可以看到，副刊之“副”往往体现在“活”“新”“俗”三个字上。注重文本语言的精致，讲求艺术性、趣味性、娱乐性，用轻松的笔调、艺术的写法感染读者，更好地体现出报纸大众文化的趋向。灵活的文体风格、鲜明的时代特色是报纸副刊的立足之本。报纸副刊依托新闻媒体，读者在欣赏文学作品时，会自觉不自觉地把作品与报纸所提供的所有信息尤其是反映当时社会的新闻联系起来，也就是说，由于副刊所处报纸的时代性和新闻性，副刊文学往往不可能脱离媒介所处的传播生态而孤立存在，这就决定了报纸副刊文学不同于期刊杂志文学而更具有鲜明的时代特色和大众观念。报纸是大众媒体，主体读者是平民而不单是文人，所以副刊的媒介特质也决定了其文学作品的雅俗共赏、贴近实际、贴近受众、贴近生活。当然，副刊之“副”，还表现在由于接受对象多样性所呈现出的多元化的办刊风格。因此，如果说报纸是使文学走上现代传媒的第一媒介平台，那么，随之所形成的副刊则使文学与报纸（传媒）的互动关系正式确立起来。在这个意义上，文学不仅构成了副刊的主体内容，副刊也不仅仅为文学提供了一个

① 黎辛：《毛泽东与延安〈解放日报〉（二）》，《纵横》1997 年第 12 期。

传播介质。在二者的互动中所形成的独特的作家群体聚合、编辑形态特点、文体风格凸显以及相对稳定的受众群体等，都足以构成一种文化现象。如果从这个角度分析理解《解放日报·文艺》副刊，可以说，其成就和包含其中的经验教训在中国现代文艺副刊史上都值得关注和研究。

报纸的影响远远大于期刊，因此围绕《解放日报》所发生的许多有关作品与文艺观的诸多论争也就在所难免。1941 年 12 月中旬《解放日报·文艺》刊登了马加的《间隔》，作品引起老干部的强烈不满。小说以“五四”个性解放的立场审视革命婚姻，讽刺了延安某些缺少爱情的婚姻。这在当时政治与经济双重危急的情况下，与宣传上应该“长自己的志气，灭他人威风”的需要无法契合。问题在不停地积聚。《解放日报·文艺》前期的问题，也体现出丁玲的编辑思想。可以说，丁玲将在上章所述杂志上发表的一系列论文中提倡的观点运用到办《解放日报》副刊之中。随后在《解放日报》发表了《我们需要杂文》再一次强调把鲁迅的杂文作为文学发展的方向，也是发表在期刊上的一系列观点的延续。但为何后者影响更广呢？主要还是因为媒体本身的发行量和传播影响效果。其实，在当时杂志因为其发行量等因素，表现出的更多的是一种同人性和公共场域性，而报纸的受众范围更广，影响也显而易见，延安的领袖们及时局发展的操控者们更加关注报纸的舆论引导作用。因此，当萧军找毛泽东告状，指责《解放日报》不刊登他们和周扬商榷的文章时，毛泽东不假思索地说：你不是编了一份《文艺月报》吗？《解放日报》不给你登，你不会登在《文艺月报》上吗？① 这件事一方面说明了毛泽东当时对文艺讨论乃至论证的宽松的态度，另一方面也从中看到党的领袖对当时文人发表作品和言论的媒介的熟知程度。或可管窥到对于期刊和报纸的传播效果影响程度，作为政治家的毛泽东具有清晰的判断。随后所展开的《解放

---

① 萧军夫人王德芬在《萧军在延安》（《新文学史料》1987 年第 4 期）一文中回忆说：“《解放日报》文艺副刊在 6 月 17 日、18 日、19 日连载了鲁迅艺术文学院院长周扬写的长文《文学与生活漫谈》，引起了艾青、舒群、罗烽、白朗和萧军的不满，5 个人开了一个座谈会，由萧军执笔写了一篇《〈文学与生活漫谈〉——读后漫谈集录并商榷于周扬同志》，寄到《解放日报》要求发表，结果拒绝发表，怎么党报只许‘批评’不许反批评呢？这不是太不公正、太不民主了吗？”萧军去找毛主席，表示在这里受气，还不如回重庆去直接和国民党反动派面对面地斗争才痛快！他向毛主席谈了他在延安见到的一些不良现象以及某些同志宗派主义、行帮作风，并建议党应当制定一个文艺政策。毛主席听了又是解释，又是宽慰，还说你不是编了一份《文艺月报》吗？《解放日报》不给你登，你不会登在《文艺月报》上吗？萧军等人的文章在 8 月 1 日出版的《文艺月报》发表了。”

日报》改版工作，也可以进一步证明，中共领导人对全面掌控报纸的重视程度。始终关心《解放日报·文艺》的毛泽东对文艺界出现的一系列问题自然亦不会听之任之。于是，《解放日报》的整顿随着“整风运动”的开展紧锣密鼓地展开自然也在所难免。

1942 年 1 月 24 日，在中央政治局会议上，毛泽东对如何加强并改进报纸工作，提出了比较系统的意见。对于文艺栏，中央的意见是内容不够广泛。[①] 文艺栏存在的问题显然引起了注意。2 月 21 日召开的中央政治局会议上，毛泽东指出：“《解放日报》还没有充分表现我们的党性，要使它成为贯彻我党政策与反映群众的活动的党报，必须进行彻底的改革。”[②] 1942 年 3 月 8 日，毛泽东为《解放日报》“三八”纪念特刊题词：“深入群众，不尚空谈。”[③] 1942 年 3 月 11 日，中央政治局会议讨论了博古提出的关于《解放日报》的改革计划。3 月 16 日，中共中央宣传部发出《为改造党报的通知》，指出：

“报纸的主要任务就是要宣传党的政策，贯彻党的政策，反映党的工作，反映群众生活。要这样做，才是名副其实的党报。

报纸是党的宣传鼓动工作最有力的工具，每天与数十万的群众联系并影响他们，因此，把报纸办好，是党的一个中心工作，各地方党部应当对自己的报纸加以极大注意，尤应根据毛泽东同志整顿三风的号召，来检查和改造报纸。”[④]

1942 年 3 月 31 日，毛泽东与博古在杨家岭中央办公厅召开了有党内外各部门负责人及作家 70 余人参加的报纸改版座谈会。博古首先作自我批评，列举事实说明报纸没有办好，自己没有尽到应尽的责任。毛泽东最后发言说：“利用《解放日报》，应当是各机关经常的业务之一，经过报纸把一个部门的经验传播出去，就可推动其他部门工作的改造。我们今天来整顿三风，必须要好好利用报纸。”4 月 1 日开始，经过十个月的日夜思索，博古终于抓住了党报宣传“以我为主”的擎天柱，理顺了宣传报道的主次与先后关系，提出延安、边区与各抗日根据地的宣传是最重要

---

① 王敬：《延安〈解放日报〉史》，新华出版社 1998 年版，第 29 页。

② 胡乔木：《胡乔木回忆毛泽东》，人民出版社 2003 年版，第 444 页。

③ 这一题词被延安新闻纪念馆镌刻在第一大厅中央的一块巨石上，给每个怀着敬仰之情参观清凉山的新闻工作者留下了深刻的印象。

④ 胡乔木：《胡乔木回忆毛泽东》，人民出版社 2003 年版，第 444 页。

的，因为这是全国与全世界最关注的。新的版面安排如下：一版是要闻，二版是边区和国内，三版是国际，四版是毛主席提出的全版副刊，性质是以文艺为主的综合性杂志性的副刊。以对开报纸的全版做副刊，这是新闻史上的创举，以文艺为主的综合性副刊，为延安集中的大批文艺家发表稿件提供了阵地，解决了延安没有其他杂志、干部和群众看不到社会科学与自然科学读物的需求。①

值得一提的是，在上述时期，有一个与副刊改革有关的细节不应该忽视。1942 年 3 月 30 日的《解放日报》刊登了一封署名罗李王的读者来信提出了对于副刊改革的建议："对副刊，我们提议把'文艺''中国妇女''中国工人''青年之页''军事'五副刊合并为一个综合性质的副刊，使它成为一个反映实际生活、解决实际问题的刊物，使它在我们这个充满了斗争的社会生活中成为一面褒贬建设的旗帜，把它的篇幅扩大使占第 4 版的三分之二，以公诸大众。我们今日实在很需要这样一个副刊，贵报应当动员一批真有才能的干部负起编辑的责任，和各地作者建立密切联系。"② 这篇文章作者的具体情况目前暂无查考，但从其分析问题所站的角度以及副刊之后的改版情况来看，这篇来信的分量显然不轻，副刊改版基本上完全接受了来信的建议。或许也可视为副刊改版的另一种受众调查或议程设置。可以说，《解放日报》的任何一个版面、任何一方面的变化，都始终是在政权和受众两方面的规约下进行的，而对于受众的重视仅仅只是传播者遵循传播规律而为，而最终将群众提到一切工作的至高无上的目标和归宿，则是在政权的规约下所发生的根本性的转折。对于文艺而言，标志性的事件则是延安文艺座谈会的召开和毛泽东《在延安文艺座谈会上的讲话》。

1942 年 4 月 1 日，新版《解放日报》以崭新的面貌发行。其第一版是以解放区为主的要闻版，以头题发表了边区参议会减轻征收公粮公草的决议；第二版是边区和国内，发表了解放区整风动态与抗战捷报；第三版是国际，刊登了一些国际消息；第四版为副刊。③ 这期报纸还发了博古写的社论《致读者》向读者介绍了改版的原因。这篇社论根据毛泽东及中

① 黎辛：《毛泽东与延安〈解放日报〉（二）》，《纵横》1997 年第 12 期。

② 《解放日报》1942 年 3 月 30 日，第 3 版。

③ 原来一版是以国内外为主的要闻版，二版是国际版，三版是国内版，四版上半版是延安和边区，下半版是专刊。

共中央的指示，从党性、群众性、战斗性和组织性四个方面检查了报纸的错误，对于《解放日报》前十个月的工作做了检讨：“应该说，解放日报是没有能够完成真正战斗的党的机关报的责任的，它尚未能成为党中央传播党的路线贯彻党的政策与宣传组织群众的锐利武器。”提出改版的目的是要成为“真正战斗的党的机关报，要达到这个目的主要的环节就是要使我们整个篇幅要贯彻党的路线，反映群众情况，加强思想斗争，帮助全党工作的改进”。①

4 月 1 日改版后的综合副刊出版。② 此前，原“文艺”副刊栏目主编丁玲 1942 年 3 月调到中华全国文艺界抗敌协会延安分会，副刊的重担就落在舒群身上。1943 年初，当时著名的哲学家、文艺理论家、多才多艺的艾思奇出任《解放日报》副刊部主任，同时兼任原职中央文委秘书长，舒群改任副主任。在此前后，报社还陆续调来林默涵、温济泽、陈学昭、白朗、庄栋等文艺家、理论家与活动家来担任编辑，年末，编辑部还陆续调来了周立波、裴孟飞、高阳文等，人数增至约 50 人，可谓兵强马壮。③ 1944 年 2 月 1 日《解放日报》出刊一千期，报纸经过“整风”和改版工作有了重大进展，为此博古写下了《本报创刊一千期》的社论总结了改版以来取得的经验和存在的不足，并且明确提出了“全党办报”的方针。

---

① 社论《致读者》，《解放日报》1942 年 4 月 1 日。

② 头题发表了萧军的《〈铸剑〉第一解——鲁迅先生小说研究》，陈茂仪的《从〈论持久战〉学习怎样反对主观主义》，海燕的杂文《于一同志的来信》，鲁白的杂文《张涤非的经验》和张谔的漫画《钳子对钳子》——苏联红军的钳子夹住了德国希特勒的双臂。综合副刊创刊以后，又陆续增添一些新栏目。在文艺方面的有《挑剔》与《大众写作》，在社会科学方面有《常识问答》；服务性质的有《信箱》《批评与答复》，还有《书评》。副刊版面大了，就多发些《文艺》专刊，没有发表过的木刻、漫画、音乐曲调等稿件。发表长的文学作品，邀请著名木刻家古元、罗工柳等木刻家插图。印刷厂缺乏锌版，发表漫画，请刻字工人刻制成木版印刷。

③ “舒群曾向博古诉苦，说他是搞文艺写作的，不大懂社会科学及自然科学，而且副刊又要配合整风，任务太重，不能胜任。这事很快让毛泽东知道了，他直接找到舒群谈话。毛泽东坦诚地说，要找个既懂文艺又懂社会科学及自然科学，且又熟悉编辑工作的，实在难啊！他诚恳地鼓励舒群：‘工作嘛，可以在实际工作中学，努力做到点面结合。你是搞文学的，编文艺栏，文学是点，文艺是面。你现在编综合副刊，文艺就是点，社会科学就是面了，由点到面地学。反过来也可以促进点的深化……由点到面，你就能够胜任这项工作。’”“1943 年初，毛泽东曾对舒群等说过‘难找’的人，终于由他找到并派来了。此人就是当时著名的哲学家、文艺理论家、多才多艺的艾思奇。艾思奇在出任《解放日报》副刊部主任的同时，兼任原职中央文委秘书长，舒群改任副主任。在此前后，报社还陆续调来林默涵、温济泽、陈学昭、白朗、庄栋等文艺家、理论家与活动家来担任编辑，年末，编辑部还陆续调来了周立波、裴孟飞、高阳文等，人数增至约 50 人。”（陈家鹦、舒庭毅：《毛泽东与延安〈解放日报〉》，《文史月刊》2006 年第 10 期）。

他在社论中指出：

> 我们只要执行了这个方针，报纸的脉搏就能与党的脉搏呼吸相关了，报纸就起了集体宣传者与集体组织者的作用，报纸就能经过党的组织组成了在边区的包含六百余人的广大的通讯网，并能改革了文风，改进了技术。对于农村的环境，我们也渐渐学会了怎样去适应。这些都是由于党中央和西北局的领导，全党的努力，以及全体工作人员与通讯员的努力所造成的。

以这篇社论为标志，《解放日报》改版也告一段落，随后进入提高一步、深化改革的新阶段。与此同时，作为延安文学传播的最重要的媒介平台也完成了由辟栏刊发到《文艺》副刊再到综合性副刊的变迁与整合。“任何媒介（即人的任何延伸）对个人和社会的任何影响，都是由于新的尺度产生的。”[①] 延安文学传播平台的这些变迁绝不仅仅是媒介传播形态的变化，它所带来的是受众观念、文艺方向、创作形式等全方位的转折。

三　作者群的培养与受众的互动

文学传播与新闻传播最重要的区别之一就在于文学活动的传播者往往是由两部分构成的：首先是传播产品（文本）的生产者——作家。无论媒介形式是什么，无论传播技术发展到哪个阶段，文学接受者最终接受的是他们的作品。在人类传播历史进程中的口头传播时期，他们往往直接传递和散布自己的作品。古希腊文学家经常在半圆形的露天广场中高声朗诵自己的作品，或在大街小巷散发并朗诵作品，这时候传播者和生产者是合二为一的。其次，在现代传媒诞生之后，印刷业、出版业和广播电视等电子传媒业的产生和发展，为文学传播创造良好的条件。文学的传播任务则由媒体的职业从业人员作为职业传播者来承担。媒体成为文学传播最为重要的信息通道，媒体传播者也成为联系作家与受众的中介。但全方位分析

① ［加］麦克卢汉：《理解媒介——论人的延伸》，何道宽译，商务印书馆 2000 年版，第 33 页。

文学传播的传播者，其独特性也显而易见。新闻传播的编辑记者往往在同一传媒机构中协同工作具有同一性。而文学创作者之于媒体传播者而言，其中的疏离性会更大。在文学的传播链条中作者群体的文本生产居首位，而媒介的传播很大程度上首先取决于作者的生产。与此同时，媒介的建构作用也首先体现在与作者群的关系之上。在这方面《解放日报》对自身作为传播者以及对作家群的培养等所做的努力在新闻史和文学史上，都值得研究。

作为作家和资深编辑家的丁玲在主编文艺副刊时，对报纸写作群体的培养有着职业的自觉。丁玲在1942年3月12日文艺栏《百期特刊》第二期《编者的话》中所指出的文艺栏的任务主要便是从作者群出发的：

> 文艺栏担负着这几层重任：1、团结边区所有成名作家；2、尽量培养、提拔新作家；3、反映边区各根据地生活及八路军、新四军英勇战斗；4、提高边区文艺水平。[①]

丁玲主编《文艺》栏10个月，出现了二十几位新作家，《解放日报》出版6年，发现与推出了新文艺家有几百人。如孙犁、贺敬之、邵子南、海默、华山、穆青、天蓝、张沛、莫文、冯牧、郭小川、方纪、陆地、张波、马烽、李未为、西戎、古元、罗工柳、华君武、彦涵、于敏、魏巍等，他们的处女作或成名作都是在《解放日报》上发表的。丁玲在《百期特刊》《编者的话》中总结道：

> 在《文艺》中有三十几位作家都是新人，而其中有不少甚具写作的才能，虽说只刊登了他们很少的一点文章，然而却能在读者中取得了很好的反映，很多读者在来信时都把这些名字和文章提到，如：灼石的《二不浪夫妇》[②]、葛洛的《我的主家》、邢立斌的《回家》、叶克的《猎人的故事》和《科长病了》、温馨的《风仙花》[③]、平若

① 丁玲：《编者的话》，《解放日报·文艺栏·百期特刊》1942年3月12日。

② 灼石，方俊夫的笔名。“二不浪”在陕北方言中有“二流子”“二百五”“草包”的意思。

③ 温馨，孔厥的笔名。

的《温情》、鸿迅的《厂长追猪去了》[①] 等。[②]

刘白羽在文艺《百期特刊》发表的题为《新的气息》的文章里面还提到一些丁玲没有提到的新作家的作品，如肖平的《小路子》、孔厥的《病了的郝二虎》、洪流的《乡长夫妇》。《文艺》编辑黎辛回忆道："除此之外，给我印象比较深的，我至今还清楚地记得的当时的新作家及其作品，还有韦君宜的《龙》，它生动地描写了晋绥根据地关于贺龙同志的民间传说；钟静（章炼锋的笔名）的诗《正在抽芽的树枝无声的摇》等，钟静善用长句写诗，他是当时被称为'惠特曼式的年轻诗人'。贺敬之则擅用短句写诗，被称为当时的'年轻的马雅可夫式的诗人'。写得好的还有以正面描写陈赓兵团战斗事迹的黄钢的报告文学《在树林里》及其姊妹篇《雨》，《雨》曾得到毛主席的称赞。还有贺敬之的小说《情绪》、肖涵（林兰的笔名）的《不幸的遭遇》等等，都是写知识青年的生活的。"[③] 无论主编还是编辑，无论在当时还是在经过几十年后的回忆中，他们对新作家及其作品的如数家珍都足以说明作为职业编辑对媒介的新的写作群体的关注和重视。

实际上，文学编辑在与作者群体的互动中的作用显而易见。一方面独具慧眼的优秀编辑升华了许多作家作品的境界和品位，在诸多投稿中发现了优秀的作品；另一方面，在发现作品的同时发现作家，甚至由此导向了一些具有潜质的作者确定其终身的职业生涯。通过选篇将自己的观点和想法投射于作品之中，文学编辑作为中国现代文学史上特殊的文人群体，其成员组成、编辑策略、编辑素质主张，都深刻地影响了中国现代文学的发展方向。可以说，中国现代文学史是由作家以及以文学编辑为代表的文学传播者共同创造和推进的。然而，《解放日报》编辑所面对的作者群体与同时代的其他媒体所面对的作家群体又有所不同，这一点本书在第二章延安文学的传播生态研究中已做了较详尽的分析。因此，《解放日报》面对多元复杂的作者群体尤其是来自生活最基层的工农兵作者，编者必须倾注更多的努力来培养帮助他们。

首先，作为媒体平台，兼容并包是对待作家作品的基本准则。"文艺

---

① 鸿迅，朱寨的笔名。

② 丁玲：《编者的话》，《解放日报·文艺栏·百期特刊》1942 年 3 月 12 日。

③ 黎辛：《丁玲和延安〈解放日报〉文艺栏》，《新文学史料》1994 年第 4 期。

栏是延安与解放区文艺家发表稿件的园地，任何文艺团体或抗战以前文艺社团的成员，如文学研究会、创造社、狂飚社、南国社的文艺家的稿件，只要符合稿约要求都是可以发表的。”同时，培养新作者是媒体发展的重要基础。“文艺栏创办 10 个月，即刊登了孔厥、韦君宜、叶克、葛洛、邢立斌、朱寨、洪流、陈涌（杨思仲）等 30 多人的新作。副刊版还着力发现与培养工农出身的作家，如李立写长征的报告文学，高朗亭写土地革命斗争的小说等。”① 作为主编，丁玲在百期总结中既看到了他们的进步，也指出了他们的不足并加以鼓励，可谓用心良苦：

> 这些文章虽然还不能说是很完整的作品，但我们可以看见一些作者们从努力里面所能把握到的技术，他们已经不是茫然的从事写作，而是已经摸索到一点路径，懂得如何去处理题材，以及抓得一些很好的表现手法。这些作品都是在五百万字的来稿中选取出来而经过编者们两度至四度的审阅的。我希望这些作者们更深沉些，更努力些，更谦虚些。而将来，工作的成果，会使你们升起，充实，骄傲。②

其次，延安文艺座谈会之后，延安文艺的方向更加明确，《解放日报》在新作家作品的关注和发现中也佳话频现。1943 年 3 月 9 日《解放日报》文艺副刊整版发表了艾青的长诗《吴满有》，这首诗作者完成于同年 2 月。为了加强诗歌的大众化与通俗化，作者专门把自己的诗读给吴满有听，征求吴满有的意见，直到他满意为止。该诗采用明快简短的句子，实实在在的内容，表现与农民自身相关的事，成为实现《讲话》精神的代表性诗篇。《解放日报》特地为其发表社论。1945 年 5 月 15 日，《解放日报》发表了孙犁的《荷花淀——白洋淀记事之一》。时任《解放日报》副刊编辑的方纪后来回忆：读到《荷花淀》的原稿时，我差不多跳起来了，还记得当时在编辑部里的议论——大家把它看成一个将要产生好作品的信号。那正是文艺座谈会以后……《荷花淀》无论从题材的新鲜，语言的新鲜，和表现方法的新鲜上，在当时的创作中都显得别开生面。③ 与此同时《荷花淀》以其独特的艺术风格在延安文艺界引起了广泛的关注，

① 黎辛：《毛泽东与延安〈解放日报〉（三）》，《纵横》1998 年第 1 期。

② 丁玲：《编者的话》，《解放日报·文艺栏·百期特刊》，1942 年 3 月 12 日。

③ 郭志刚：《孙犁传》，北京十月文艺出版社 1990 年版，第 194、195 页。

其中也有一些不同的看法。于是，方纪用余务群的笔名，根据读者反映，编写了题为《我们要求文艺批评》的读者来信，于1945年6月4日发表。来信说：

> “编辑同志：……有些反响较大的作品，则毁誉纷纭，莫衷一是，如五月十五日刊登的孙犁同志的《荷花淀》，有些同志认为是充满健康的乐观的情绪，写出了从斗争中锻炼出来的新的人物的新生活新性格。而另一些读者则说‘充满了小资产阶级情绪’，缺少敌后艰苦战斗的气氛，‘她像坐在一片洁白的云彩上’，是作者的情绪的表现等。”“这很难理解究竟是新人物的新性格呢？还是小资产阶级感情呢？这两种东西是极端相反的，但却产生在对同一篇作品的认识上……深望在延安从事文艺理论与文艺批评的同志们，能对这些具体的作品加以分析研究，公开讨论，以帮助我们这些读者理解作品，并帮助作者掌握创作方向。”

随后，又刊发了孙犁的《村落战（五柳庄记事）》（7月3日）、《麦收》（8月14日，与赵侠、铁彦合写）、《芦花荡——白洋淀记事之二》（8月31日），加上此前4月16日发表的孙犁的《杀楼》（《五柳庄记事》的一节）。一份报纸在四个月之中发表作者的五篇文学作品，并且专门配发评论，也是比较难得的。媒介的“把关人”理论始终强调，选择也是一种价值判断，作品的集中被选择本身也是一种肯定。而上述“读者来信”的合集，既是引起读者对作家作品的关注，也是通过读者之口对作品的另一种全方位的阐释。孙犁小说并没有越出承担对“民族国家”叙事的大背景，他对白洋淀抗日儿女的人性美和人情美的刻画和抒写，符合延安政权的主流意识形态的设计和要求。然而孙犁小说所表达的战争浪漫情感，却是他独特的人生体验和美学理念。我们发现，孙犁的文学“想象”是通过他利用和改造民间资源——英雄传奇的叙事模式而转化来的。孙犁的这种文体的改写和变异，无疑提示着延安文学其实仍然存在多维发展的生存空间和实现文学形式多样发展的可能性。这一包容的空间与《解放日报》紧密相关。方纪在编辑孙犁作品时的一系列做法，既反映了作为编辑的敏锐的视角，也体现了《解放日报》发现培养新作者的传统。孙犁作品发表正是文艺座谈会以后，又经过“整风运动”，不少文人下到部队、基层，深入生活之中去开始写新人，将写作与火热的生活以及工农兵大众结合起来，形成了一个转折点，但多半还用的是旧方法。而《荷花淀》无论从题材的新鲜，语言的新鲜和表现方法的新鲜上，在当时的创作中显得别开生面。在《解放日报》的关注中，无疑会形成一种示范效应。可以说，中国现代文坛“荷花淀派”的诞生，《解放日报》功不可没。

文学过程可以看成由作者参与的审美创作和由读者参与的审美欣赏，但这一审美过程不只是纯粹个人化的和纯粹精神性的，在媒体搭建的互动平台上，传受双方的关系总是处于动态的沟通交流过程之中。受众的信息反馈构成了媒体发展的直接动力和规范力量。可以说《解放日报》的互动的媒体特征，不仅成为自身调节的动因，也成为延安文学的导向标。文艺副刊正式创刊一个多月之后，报纸就广泛征求读者意见，而且征求内容之细致具体，足以看到办报者的良苦用心：

> 本栏征求读者意见：本栏创刊以来，蒙读者爱护，经常来信。兹为集思广益起见，特广泛征求读者意见：一、你最喜欢我们登过的那（哪）几篇文章？为什么？二、你最不喜欢我们登过的那（哪）几篇文章？为什么？三、你以为我们应该多登那（哪）一类的文章？四、你觉得在内容上，还要增添些什么？五、你对本栏的编排有什么意见？①
>
> 不活泼，不能提高读者兴趣的缺点是常常使编者们不安的。于是在极力求其合乎读者的需要上，我们设法改正，并且愿意使《文艺》减少些“持重”的态度，而稍具泼辣之风②

为了使改革尽善尽美，报社采取多种方式广泛征求读者意见。《解放日报》于1942年2月6日至4月6日，围绕改版议题，在第三版“信箱”专栏连续刊载读者提出的批评和建议，据报社记者莫艾采所写的《本报革新前夜访询各界意见》的调查报告显示，共有25类读者（包括听者）对报纸发表了看法。这些来自各界读者的声音，把中共中央对《解放日

① 《征求读者意见》，《解放日报》1941年10月27日。

② 丁玲：《编者的话》，《解放日报·文艺栏·百期特刊》1942年3月12日。

报》的批评更为具体化，说明改版有广泛的群众基础。[①] 1942 年 3 月 28 日的《信箱》专栏发表了署名为枣园的一位读者的来信，题目是《建立“党八股”病院》，信中言辞犀利地批评了副刊，甚至出现了“内容贫乏，水平甚低”的评价，同时也提供了几个反党八股的建议。同时，延安纬华毛纺织厂的工人、延安大学学生、新市场治兴炉的铁匠以及艾青、塞克等人给副刊提的意见也毫无保留地刊登出来。读者来信历来被视为最重要的受众信息反馈途径。报纸刊登这些来信，一方面提供一种交流，显示出对受众意见的重视，另一方面，也表达了接受意见的诚意和改进工作的决心。

四 议程设置与话语建构

如前所述，文学演变的重要原因之一就是其所依傍的媒介形态的变化。报刊与文学的关系，表面上看是信息内容与载体的关系，实际上，由于报刊媒体所特有的聚合信息、设置议程等功能，延安时期的报刊也不仅仅是文学的载体或介质，而是形成了一种新的文学传播语境和话语方式，在拓展文学生产与传播空间的同时，也引发了作家、编辑、受众等文学群体的变动，并在文学话语的建构中打上了深深的烙印。可以看到，《解放日报》的文学议题设置是通过有效地设置话语传播者的议题来影响受传者议题的一种传播效果模式。美国研究者麦克姆斯和肖发表于 20 世纪 70 年代的一份实验报告“大众传播的议题设置功能”提出了著名的议题设置理论。该报告在分析了 1968 年美国总统大选的情形后认为：传播媒介报道的重点，与受众脑海中的重要题材之间高度相关；媒介所强化报道的题材与事件，会引起人们的重视。也就是说，媒介在某种程度上可以通过强化一定的题材为受众“建构社会现实”。如果将《解放日报》以 1942 年改版为界划分为前后两个时期，前期的创作主体中，以丁玲为代表的从国统区奔赴延安的知识分子沿着“五四”以来启蒙主义的文学路向进行创作，其话语建构表现出与解放区文化不相适应的尴尬。而此时的解放区的文化建设是在民族危机与根据地危机中产生和定位的。这种政治化的功

① 王洪祥：《中国现代新闻史》，新华出版社 1997 年版，第 302 页。

利文化观念成为解放区权威的主流文化观念，以最权威的姿态领导和规约其他文化观念的走向与定位，制约和决定着解放区文化重构的整个过程。在这一宏大主题的议程设置之下，《解放日报》在各个阶段的议程设置与话语建构都体现出报纸媒体功能的有效性发挥。前后相比较更值得寻味。

（一）延安文人传播者的议程设置

通览《解放日报》，议程设置随处可见，例如：1941 年 6 月 3、5 日的纪念屈原专刊；6 月 16—24 日的纪念高尔基专刊；每年的鲁迅逝世纪念日的专刊，等等。正如老编辑黎辛的回忆：“文艺栏在纪念日出版特刊，表示态度，进行纪念，作得及时恰当。稿件能结合当前实际，有份量，有质量，这都是编者花费心血组编的。”① 以围绕“讽刺画展”的报道和评论为例：

1942 年 2 月 13 日第一次对活动进行报道：《农历新年，军人俱乐部讽刺画展》②

1942 年 2 月 15 日刊登华君武、张谔、蔡若虹《讽刺画展的“作者自白”》阐述了这次画展的目的和意义：“我们已经看到了新社会的美丽和光明，但也看到了部分的丑恶和黑暗，这些丑恶和黑暗是从旧的社会中，旧的思想意识中带过来的渣滓，它附着在新的社会上而且在腐蚀着新的社会。我们——漫画工作者——的任务，就必须是：指出它们，埋葬它们。”“为了画展的举行，我们很高兴，只有在这样的社会中，能让我们指出它的缺点——也就是我们大家的缺点——而不致得到压迫和迫害。我们为什么不应该对这社会有更高的热爱哩？我们就将以这次的画展来表达我们的热爱。”③ 同日还刊登了黄钢的《讽刺画展给了我们些什么》、江丰的《关于“讽刺画展”》、力群的《我们需要讽刺力量》对画展的意义给以充分的肯定：“漫画家在我们这里有新的任务。我们老早就把那暴露革命事业中不可免除的缺点的摄影式的工作，与我们这里漫画家的严肃认真的用心区别开来，在这里，我们也老早就不为讽刺这名目所惊震，而不安了。我们晓得，有一种人，怀着敌意来嘲笑我们不健全的事件，而另一种，乃

---

① 黎辛：《丁玲和延安〈解放日报〉文艺栏》，《新文学史料》1994 年第 4 期。

② 《解放日报》1942 年 2 月 13 日，第 4 版。

③ 华君武、张谔、蔡若虹：《讽刺画展的“作者自白”》，《解放日报》1942 年 2 月 15 日。

正是今天在这里的漫画家所努力的对延安生活的各样不够处加之以友爱的指摘（责），其艺术品的效果或目的，是在使我们的外伤痊愈，使我们生活中的巨细病痛能得以迅速克服的。这工作有新的价值。”①

1942年2月17日又以《旧历元旦日，“讽刺画展”观者踊跃》为题对展出盛况加以报道：“边区美协主办之讽刺画展，旧历元旦，准时在军人俱乐部开放，各界参观者，络绎不绝。展览第一室为张谔同志作品，第二室为蔡若虹同志作品，第三室为华君武同志作品，大小有十余幅，主要是针对延安主观主义、教条主义、党八股者、恋爱、开会、不遵守时间、乱讲自由、自大自高、小鬼、干部生活、学习、工作等不良现象而发，可谓对症下药，切中要害。”②

1942年2月19日发表“小言论”《看了讽刺画展以后》指出：“讽刺画展”在实践中取得了良好的社会效果，其备受欢迎的事实是对展览效果的最好证明，从《解放日报》的有关报道可以看出它对人们思想的触动：“看了讽刺画展以后，我们希望每个同志，都自己检点一下，这些刺，是否刺到了我们自己的痒处？假使没有，是否自己身上还有其他该刺之处……”③

1942年2月21日报道《毛主席参观画展》：“中共中央领袖毛泽东同志、八路军总政治部主任王稼祥同志，均莅会参观。并对作者华君武同志等予以赞扬，勖以努力等语。同时电话通知康生同志等前来参观，印象均甚良好。”④ 同日刊登署名海燕的文章《镜子——记讽刺画展》，在赞同之声之外反映了另一种声音，记载了一位农民出身的干部的反应：“‘扯蛋！简直是夸大的讽刺’，他睁大着眼睛说道：‘乱弹琴，不过和我们开开心罢了，再说，政治影响……”

1942年2月25日刊登了默涵的《讽刺要击中要害》：“但我也感到一个缺点，是这些讽刺，多半偏于表面的现象，而没有击中要害，也可以说所讽刺的只是结果，而没有捉到原因。”⑤

这种从建议的角度发出的声音，是对讽刺艺术的鼓励，而不是否

① 黄钢：《讽刺画展给了我们些什么》，《解放日报》1942年2月15日。
② 《旧历元旦日，“讽刺画展”观者踊跃》，《解放日报》1942年2月17日。
③ 《看了讽刺画展以后》，《解放日报》1942年2月19日。
④ 《毛主席参观画展》，《解放日报》1942年2月21日。
⑤ 默涵：《讽刺要击中要害》，《解放日报·文艺》1942年2月25日。

定，在黄钢的文章中也有所体现：“另外，有一种深而曲折的思索、结构，常阻碍了蔡若虹同志作品的普遍感染力……我们这漫画家还未曾从实际的、多种多样的生活场面，从更生动而有兴趣的形象出发来对于不美好的形象来作刻骨的描划。”①

如果说讽刺画展是报纸围绕具有一定新闻性的文艺活动的报道所展开的一系列议程设置的话，那么，被视为引发《解放日报》改版的直接因素的杂文运动，对《解放日报》是一次规模不大但影响不小的议程设置。而这两次均与“讽刺”有关的活动，无疑也存在内在的关联性。1941 年 10 月 23 日，丁玲发表《我们需要杂文》，② 指出：

鲁迅先生因为要从医治人类的心灵下手，所以放弃了医学而从事文学；因为看准了这一时代的病症，须要最锋锐的刀刺，所以从写小说而到杂文……然而现在呢，鲁迅先生的杂文成为中国最伟大的思想书籍，最辉煌的文艺作品，而使人却步了……现在这个时代仍不脱离鲁迅先生的时代……我们不懂得在批评中建立更巩固的统一，于是我们放弃了我们的责任。即使在进步的地方，有了初步的民主，然而这里更需要督促，监视。中国所有的几千年来根深蒂固的封建恶习，是不容易铲除的，而所谓进步的地方，又非从天而降，它与中国的旧社会是相连接着的。而我们却只说在这里是不宜于写杂文的，这里只应反映民主的生活，伟大的建设……鲁迅先生死了，我们大家常说纪念他要如何如何，可是我们却缺乏学习他的不怕麻烦的勇气，今天我们以为最好学习他的坚定的永远的面向着真理，为真理而敢说，不怕一切，我们这时代还需要杂文，我们不要放弃这一武器。举起它，杂文是不会死的。

从形式上看，上文只是丁玲所写的一篇短文而已，但是，丁玲的本意并不仅仅在于此，首先，丁玲本人其实早已开始了针砭时弊暴露黑暗的杂

① 黄钢：《讽刺画展给了我们些什么》，《解放日报·文艺》1942 年 2 月 15 日。

② 丁玲：《我们需要杂文》，《解放日报》1941 年 10 月 23 日。其实，丁玲本人早已开始了针砭时弊暴露黑暗的杂文写作，如《干部衣服》（载《文艺月报》1941 年第 5 期）等。

文写作，如《干部衣服》[1] 等。更进一步讲，作为报纸文艺副刊的主编，丁玲更希望通过自己的这篇文章发出号召，引起大家对杂文这一鲁迅传统的重视。这一点在不久之后就得到了印证。1942 年 3 月 11 日出版至 100 期，丁玲在副刊 101 期的“编者的话”中总结时有这样的话：“在去年十月中就号召大家写杂文，征求对社会、对文艺本身加以批判的短作。”实际上，在丁玲发出号召之后的文艺副刊上，相对集中地刊出了一系列体现出强烈的启蒙色彩的文章。前述 1942 年 2 月 25 日的文艺栏以专栏的形式展开的关于延安“讽刺画展”的讨论；在 3 月 9 日开始的二十多天里，连续发表了一批后来受到批评、批判的杂文。3 月 9 日发表丁玲的《三八节有感》，百期特刊纪念时则发表了艾青的《了解作家，尊重作家》、奚如的《一点意见》，以及罗烽的《还是杂文的时代》，[2] 王实味的《野百合花》[3] 等影响深远的文章。与《解放日报》的杂文风相呼应，萧军则在毛泽东文艺座谈会讲话之后依然提出《杂文还废不得说》[4]，因而，在延安整风的历史大背景下，《解放日报》所营造的批评氛围在 1942 年前后掀起了一股“鲁迅式”杂文创作的潮流：中央青委的一批年轻人，主办墙报《轻骑队》，发表了不少针砭时弊、风格热辣的优秀杂文。中央研究院创刊的《矢与的》上，也发表了不少引起轰动的杂文。延安的《解放日报》《谷雨》《抗战文艺》等主要报刊都发表了数量不少的杂文作品。此外西北局的《西北风》，延安自然科学院的《整风》《向日葵》《心里话》，民族学院的《脱报》，延安学生疗养院的《整风》、三边分区的《驼铃》、关中分区的《新马兰》等墙报、壁报上也发表了一批杂文，普遍针对延安现实生活中的缺点予以批判，形成了一种颇为壮观的社会思潮。而作为主要媒体《解放日报》在 1941 年后的短短几年中就发表了三百多篇杂文。

文艺副刊百期之后丁玲虽然离开了《解放日报》文艺栏的编辑工作，但随后的几期“文艺”仍然延续其风格与方针，相继刊登了雷加的《躺在睡椅里的人》、刘白羽的《陆康的歌声》、崔绛四的《机械的联系——从“油船德宾号”想起的》、萧军的《论“终身大事”》等对革命队伍中

① 丁玲：《干部衣服》，《文艺月报》1941 年第 5 期。

② 罗烽：《还是杂文的时代》，《解放日报》1942 年 3 月 12 日。

③ 王实味：《野百合花》，《解放日报》1942 年 3 月 12 日。

④ 萧军：《杂文还废不得说》，《谷雨》1942 年第 5 期。

的落后现象提出批评的文章。形成了一股具有相当冲击力的杂文之风。尤其是《三八节有感》与《野百合花》发表以后，“反应迅速、强烈，并且常常是和《轻骑队》一起被提出来的。这是当时延安发生的大事，在有些党员、干部中，一段时间内，议论得简直比战争还多”。[①] 如果从媒体议程设置的传播效果来看，杂文运动的确产生了媒体期待的传播效果。因为从媒介在受众关心话题的认知发展过程中所扮演的角色来看，媒介虽然不能决定人们对某一事件或意见的具体看法，但可以通过有意识的安排相关议题来有效地左右人们对某些事件的意见及关注程度的主次。那些经由报刊媒介特别强调的文学命题会达到突出其传播效果的目的，也就是说，报刊传播媒介在影响人们的文学观念、审美判断及其舆论指向上是有力而直接的。但是，在特殊的战争环境下，延安时期报刊的文学议程设置和话语建构作用显然是建立在主流意识形态的基础之上的，诚如福柯所言：“重要的不是话语讲述的时代，重要的是讲述话语的时代。”[②] 延安报刊媒体依持强大的舆论影响力和整合社会资源的能力，通过强劲的话语设置议题，为公众架构起文学形象和有关文学的想象，同时也给予文学在整个文化和社会空间以特殊的位置。这也注定了媒体不可能脱离所依存的意识形态而有自己的议程设置。杂文运动的悲剧性结局恰恰从另一个侧面说明了这一点。

（二）主流意识形态的议程设置

代表主流意识形态权威的议程往往通过转化成媒体的议程而对受众产生影响。延安时期，媒体在将文学置入一种新的传播语境的同时，在强大的外部议程的规约下也不断地规范着文学的内部秩序，探索出了一条有效的文学传播途径，形成了与国统区、沦陷区形貌迥异的文学版图。齐聚延安的作家群体和他们创作中所取得的实绩，无论是小说、散文、诗歌、报告文学、杂文和评论文章都清楚地表明了文学与时代话语之间依存与被依存、推动与被推动、塑造与被塑造、影响与被影响的关系。这一点在“整风运动”以及延安文艺座谈会召开前后表现得非常显著。

1942年3月31日，在《解放日报》改版座谈会上，毛泽东不点名地批评了王实味，“关于整顿三风问题，各部门已开始热烈讨论，这是很好

---

① 黎辛：《〈野百合花〉·延安整风·〈再批判〉》，《新文学史料》1995年第4期。

② 陈晓明：《最后的仪式——“先锋派”的历史及其评估》，《文学评论》1991年第5期。

的现象。但也有些人从不正确的立场说话的，这就是绝对平均的观念和冷嘲暗箭的办法。近来颇有些人要求绝对平均，但这是一种幻想，不能实现的……批评应该是严正的尖锐的，但又应该是诚恳的、坦白的、与人为善的。只有这种批评态度，才能对团结有利。冷嘲暗箭则是一种销蚀剂，是对团结不利的”。[①] 可以说这是主流意识形态的权威议程设置对媒体议程设置的否定的开始。否定和建构往往构成了相互依存的关系，当以杂文运动为代表的文人话语议程在一定程度上产生的效果影响甚至威胁到主流意识形态建构时，势必在否定的同时就酝酿着一场新的建构。于是，报纸作为媒体平台就势必从主编和编辑的媒介最终回归为媒体控制者的媒介。

据《解放日报》副刊编辑黎辛回忆，在延安文艺座谈会召开期间，为引导会议讨论，毛泽东指示第四版特辟“马克思主义与文艺专栏”，发表马克思主义经典文艺理论。1942 年 3 月 14 日发表列宁的《党的组织与党的文学》，3 月 15 日发表《恩格斯论现实主义》（摘录），3 月 19 日发表《拉法格论作家与生活》（摘录），3 月 20 日发表鲁迅《对于左翼作家联盟的意见》与《列宁论文学》（摘录）。同时发表了作家如艾青与萧军等对文艺工作的意见。除《党的组织与党的文学》是博古为会议赶译出来交编辑发表的以外，其他稿件都是毛泽东处送来的，萧军的文章也是毛泽东约稿写的，开辟专栏的按语，多为毛泽东执笔，如登载鲁迅对左联讲话时所加的按语：“这是 1930 年 3 月 20 日鲁迅先生在左翼作家联盟成立大会上的讲话，其中对于左翼作家与知识分子的针砭，对于文化战线的任务，都是说得很正确的，至今完全有用。”博古翻译的《党的组织与党的文学》，也加了 600 字的译者按语，引用了鲁迅编辑的瞿秋白的《海上述林》中，介绍写作背景与意义的相关内容，并指出：“这论文对我们当前有极重大的意义。”显然，列宁的《党的组织与党的文学》与鲁迅《对于左翼作家联盟的意见》是会议的指导思想。座谈会后，《解放日报》发表了当时著名作家的一系列学习心得与反省，周立波反思自己在军队中的“作客态度”；何其芳认为自己“整风以前写的很多诗歌都是《讲话》中所批评的小资产阶级的自我表现”；舒群认为自己“写的人物只是穿了工农衣服的知识分子”，并要求自己“摆正个人与组织的关系”；陈学昭说参加《讲话》会是“我一生中从来没有受过的有益的教育”。同时还发表

① 《毛泽东同志号召整顿三风要利用报纸》，《解放日报》1942 年 4 月 2 日。

了各文艺机关领导人的工作检查，如周扬的《艺术教育的改造》、塞克在青年艺术剧院的整改报告以及戏剧家音乐家对文艺运动的意见。这些文章着重一方面宣传马列主义文艺理论的主要观点，结合《讲话》形成了文艺为大众服务，作家深入生活寻找创作源泉等一系列党的文艺方针。另一方面反映出作家的自我反思，“文学艺术开始做到真正和人民群众结合，开始做到真正为工农兵服务，从内容到形式都起了极大的变化”。[①]

上述座谈会期间发表的有些稿子是毛泽东看过才发表的。[②] 毛泽东作为党的领导人，对一份报纸的高度关注和亲自参与，这在报刊史上也是罕见的，而对于报刊中文学作品和评论的关注，更可以构成文学传播史上一个重要的现象。当时，毛泽东让《解放日报》副刊转载其他报纸的作品，常常是写好按语，说明转载的用意，连同刊载作品的报纸一起送副刊部发表。郭沫若1944年3月在重庆《新华日报》发表《甲申三百年祭》，叙述明末李自成农民起义攻入北京，因有些首领腐化、骄傲，发生宗派斗争，以致陷于失败，在中国抗日战争即将胜利的重要关头，有重大的现实教育意义。这篇文章因国民党重重封锁，延安4月才收到，毛泽东写了千余字的按语，称“发表这篇文章的目的是帮助同志们整风”，连同报纸一起送《解放日报》副刊部，于4月18日和19日转载。后来，毛泽东写信给郭沫若，曾说“我们把它当作整风文件看待”。[③]

“在延安上演的《前线》（苏联话剧，考涅楚克编剧）也是当时话剧舞台上的一件大事。”[④] 此戏的广泛传播则是毛泽东通过《解放日报》的推荐和评论并形成了著名的关于“客里空”现象的关注。《前线》最早的中文译者是从苏联回国的诗人萧三。1944年春，他把中译本送给毛泽东看，毛泽东读后立即推荐给《解放日报》作了连载，时间是1944年5月19日到26日。把《前线》剧本推荐给《解放日报》发表后，毛泽东似觉不甚尽念，让人写了一篇题为《我们从考涅楚克的〈前线〉里可以学到了什么》的社论，发表在6月1日的《解放日报》上面，全文3600余字。在党中央机关报上专门为一部话剧剧本发表社论，是相当罕见的。初

① 郭沫若：《为建设新中国的人民文艺而奋斗》，《中国现代文学运动史料摘编》（下），陈寿立主编，北京出版社1985年版，第330页。

② 黎辛：《毛泽东与〈解放日报〉副刊》，《新文学史料》2002年第3期。

③ 黎辛：《毛泽东与〈解放日报〉副刊》，《纵横》1997年第12期。

④ 《延安文艺丛书·话剧卷·前言》，湖南人民出版社1984年版，第1页。

稿不知何人所写，却为毛泽东修改定稿。社论指出，苏联在德国军队围困斯大林格勒的紧张局势中，发表《前线》的目的就是要教育红军中大大小小的戈尔洛夫们。他们没有使用头等军备的能力，喜欢吹牛拍马，只有把他们教育过来，如果教育不过来就撤换下去，战争才能胜利。《前线》"以直接的尖锐的批评来指导实际，它成为转换战局的因素之一，因而它的价值无可比拟"。《前线》告诉我们，应该"紧紧的同着时代一起走，这就是说，不做超时代的梦，也不落后于时代的发展"。以戈尔洛夫为戒，将帮助我们提高在已经到来和将要到来的新情况下"胜任愉快地运用新条件来工作的能力"，"将帮助我们教育出很多才德兼备、智勇双全的干部"。"有价值的批评，像《前线》这样的批评，乃是每个革命者应有的责任。学会赞扬好的，这是很重要的，学会批评不好的，这也同样重要。像《前线》中的新闻记者客里空那样，倒是不好的。"[①] "1944 年 11 月 15 日，中央党校和鲁艺首先联合上演了这个戏，得到了群众的好评。由于演出的成功，在人们的思想上也引起了震动。接着这个戏在敌后各抗日根据地上演，受到党政军民的热烈欢迎。至今，在人们记忆中，保留着对这个戏的深刻印象。"[②] 而用电报拍剧本的故事也堪称延安文艺传播史上一段佳话：1945 年在广东东江敌后游击区的东江纵队，收到了从延安通过电台拍过来的《前线》的第一幕，很快就在敌、伪、顽包围下的罗浮山上演出了。"这个戏的演出，向干部与战士提出了一个严重的问题：就是在抗战的反攻阶段已经到来的情况下，我们主要缺乏的是什么东西？我们要清除的是什么东西？因此，《前线》到了敌后以后，格尔洛夫式的保守和故步自封的观点给我们很大的警惕；欧格涅夫式的对待新鲜事物的朝气和创造才能，则树立起了我们学习的榜样。谈论格尔洛夫、客里空、欧格涅夫等人的思想作风，便成为部队政治生活中的新内容。"[③]

（三）媒体议程建构的合力：传播者、主流意识形态、受众

若站在传播系统互动的立场上看，左右延安文学的因素就不单单是政治主体的议程设置了，民间的道德逻辑和审美准则（自然的甚至是无意

---

① 陈晋：《一部话剧和一个时代的风尚——回顾毛泽东推荐话剧〈前线〉及其产生的影响》，《新湘评论》2007 年第 9 期。

② 《延安文艺丛书 · 话剧卷 · 前言》，湖南人民出版社 1984 年版，第 1 页。

③ 朝霞：《用电报拍来的剧本》，载中国人民解放军文艺史料编辑部编：《中国人民解放军文艺史料选编抗日战争时期》第 4 册，解放军文艺出版社 1988 年版，第 472 页。

识的）都构成了决定延安文学的合力。关于《白毛女》的讨论综合彰显了以报纸媒体为平台传播者、受众、主流意识形态参与媒体所设置的议程之中，不断地进行信息互动和反馈的过程。可以说是《解放日报》一次经典的传播案例。

“《白毛女》是一部几经加工修改，从乡民之口，经文人之手，向政治文化中心流传迁移的作品。从某个宽泛的文化角度上看，《白毛女》不仅是一个叙事，不仅是一种心态（mentality），甚至也不仅是一种话语（discourse）——虽然尽可以把它作为叙事、心态及话语来研究。它还关联着一种在‘解放区’形成的特定的文化实践——这种文化在形式来源、生产经过和传播方式上都既不同于‘五四’以来在知识分子层中流行的新闻化，又有别于‘原生态’的民间文艺形式和意识形态。而作为文化产品，它既有明显的‘本土’‘大众性’或‘通俗’色彩，又有受西方文化影响的‘文化人’的加工的痕迹。这样说并不是否定它的政治特征，而是想说明，这种带政治功利性的文学反而有可能有一个复杂的历史和文化的上下文。如何重新清理这个上下文是我们研究‘解放区’文学以及整个现代文化史的一个先决条件。”[①] 孟悦分别以历史环境、歌剧剧本的运作程序及从歌剧到电影、舞剧的演变几个方面作为分析对《白毛女》的再解读得到诸多研究者的肯定。但显然并未进入“复杂的历史和文化的上下文”的分析并找到一个便捷的切入点。其实，孟文所述的《白毛女》演出以及不断修改演变的“历史的上下文”清晰地呈现于作为历史第一现场的原始记录的《解放日报》之上。

《白毛女》的故事取材于20世纪40年代初流传于河北西北部山区的“白毛仙姑”的民间传说故事。叙述了一个被地主迫害的农村少女只身逃入深山，在山洞中坚持生活多年，因缺少阳光与盐，全身毛发变白，又因偷取庙中供果被附近村民发现，称为“白毛仙姑”，后来在八路军的搭救下，她得到了解放。这就是《白毛女》一剧产生的原始背景。1942年，根据这一传说创作了小歌剧《白发女神》，在晋察冀演出。[②] 1944年从前线回到延安的西北战地服务团将登载在《晋察冀日报》上的报告文学

① 孟悦：《〈白毛女〉演变的启示——兼论延安文艺的历史多质性》，载唐小兵《再解读：大众文艺与意识形态》，北京大学出版社2007年版，第50页。

② 罗立斌：《关于剧作〈白发女神〉的回忆：答晋察冀文艺研究会编委问》，《歌剧艺术研究》1999年第2期。

《白毛仙姑》呈送给了延安鲁迅艺术文学院负责人周扬，周扬认为此故事很适合用舞台艺术形式进行表现。随后，在《晋察冀日报》工作的林漫又托人带来了他根据民间传说整理再创作的小说《白毛女》的手稿。至此，口头民间传说经由文人整理和再创作形成了文人文本。[①] 初期的故事仍停留在原始的民间故事框架之内，为改变成一部大型歌剧留下了较大的拓展空间。接受了马克思主义阶级斗争学说的延安文化界领导人周扬，发现了蕴含在素材中的政治意义，主张：写这个戏，应该抓住农民与地主阶级的斗争这个重点，把两个时代、两种社会制度进行鲜明对比，并力主在新秧歌剧创作的基础上提高一步，根据这个题材编写成一部大型的民族新歌剧，作为向中共七大的献礼。[②] 1945 年，由延安鲁迅艺术学院集体创作[③]的五幕歌剧《白毛女》问世，几经修改后“旧社会把人变成鬼，新社会把鬼变成人”的主题逐渐清晰地凸显出来。1945 年 4 月 28 日，在延安中央党校礼堂首次公演，毛泽东、周恩来、朱德等中央领导和党的七大代表观看了这场演出。[④] 首次演出获得成功后的第二天，中共中央办公厅就传来了中央书记处的三条意见并有传达者的解释。中央书记处的三条意见是：第一，这个戏是非常适宜的；第二，黄世仁应当枪毙；第三，艺术上是成功的。传达者解释这些意见说：“农民是中国的最大多数，所谓农民问题，就是农民反对地主阶级剥削的问题。这种阶级斗争必然尖锐化起来，这个戏既然反映了这个现实，一定会广泛流行起来。不过黄世仁如此作恶多端，还不枪毙他，是不恰当的，广大群众一定不答应的。”[⑤] 同时，据《解放日报》报道：“很多观众写信给剧团或跑到剧团，庆贺他们演出的成绩、努力和提供剧本修改的意见。”[⑥] 受众关注的热点必然构成媒体关注的聚焦点，于是，《解放日报》特地开辟《书面座谈》专栏，以期“展开具体的创作思想上的论争，和作品的检讨”。[⑦]

---

① 王培元：《抗战时期的延安鲁艺》，广西师范大学出版社 1999 年版，第 289 页；万国庆：《凝眸黄土地——延安文学史论》，湖北人民出版社 2003 年版，第 268 页。

② 王培元：《抗战时期的延安鲁艺》，广西师范大学出版社 1999 年版，第 290 页；万国庆：《凝眸黄土地——延安文学史论》，湖北人民出版社 2003 年版，第 271 页。

③ 贺敬之、丁毅执笔，马可、张鲁、瞿维、焕之、向隅、陈紫、刘炽等作曲。

④ 当剧中的喜儿被救出山洞，后台唱出“旧社会把人逼成鬼，新社会把鬼变成人”时，毛泽东和其他中央领导一同起立鼓掌。

⑤ 张庚：《歌剧〈白毛女〉在延安的创作演出》，《新文化史料》1995 年第 2 期。

⑥ 郭友：《关于〈白毛女〉》，《解放日报》1945 年 7 月 17 日。

⑦ 《〈书面座谈〉编者案》，《解放日报》1945 年 7 月 17 日。

《书面座谈》专栏的开设从形式上是报纸媒体的开设的一个公共论坛，是一种话语民主自由表达园地，但显然又不仅仅是一个完全自由表达的天地，而是一次有意识的议程设置。1945 年 7 月 17 日《解放日报》刊载的第一篇文章《关于〈白毛女〉》肯定了歌剧“对于帮助我们认识农民，并记起我们对农民所负的重大责任是适时的”，并且进一步要求“放手发动群众”，增强农民阶级斗争的自觉意识，充分估计阶级力量变化过程中的复杂性。可以说该文是对中央书记处意见的注解和阐释，也是对此次座谈的定调。本来讨论或许沿着这一设置的议程顺利地进行下去，便可成功完成一次集体创作，得到权力机关认可并经由媒体获得民主话语的共识的红色经典构建过程。但是，《书面座谈》上出现了不同的声音，1945 年 7 月 21 日，左翼著名戏剧家季纯在《书面座谈》的第二期上发表了文章《〈白毛女〉的时代性》。可以说它与上述定调的基调大相径庭，甚至与其相抵牾。文章并没有积极地附和或阐释歌剧主题的历史意义，而是从专业的角度对《白毛女》的一系列叙事单元提出批评，对其中涉及的租佃关系、妇女问题、封建习俗等情节提出质疑，认为《白毛女》之所以受到广大观众的热烈欢迎“主要是演员及某些部份的音乐演奏，与演出——服装、置景的吸引力的成就，在剧本方面是比较次要的”①。评论一出现在党报上，立刻引起了一阵骚动。两天后，总编辑就找上门来，质问副刊部主任艾思奇“《〈白毛女〉的时代性》是谁写的，作者是干什么的，为什么发表他的文章”，② 至于当时为什么会刊发季纯的文章，笔者多方查证，没有获得有关当事人的回忆资料，或许正如编辑黎辛所言：“我们根据边区政府施政纲领提出的‘学术自由’的原则，在报纸上开展讨论，发表各种不同意见，最后做出总结。”③ 显然，原则上的宽松与自由使编辑在处理稿件时忽视了议程设置的本质目的，换句话说就是座谈的话语民主是建立在设置好的议程之上的，出现在《书面座谈》的观点必须首先认同政治话语的叙事意图，在这个前提下，对对象进行全方位的阐释，其中也不排除对歌剧中那些不能够很好地实现叙事目的的细节修正。而当讨论脱离开既定议程的轨道，出现偏离时，以民主话语的形式加以纠偏则成为必然。于是，副刊部立即调整了步调，编辑黎辛化名“解清”

① 季纯：《〈白毛女〉的时代性》，《解放日报》1945 年 7 月 21 日。

② 黎辛：《喜儿又扎上红头绳》，《文艺报》1995 年 7 月 14 日。

③ 同上。

在《书面座谈》第三期上发表了反批评文章《谈谈批评的方法——读〈白毛女〉的时代性》。文章少了些含蓄，而是直接将季纯的批评定性为“主观公式主义”，并逐一批驳了他的各项质疑，指出其立场的不正确。并指出：“《白毛女》不是一个完善的剧作，它的缺点很多，确是事实……在批评它时，要足够估计它的好处，才是公允的。”[①] 文章刚一见报，人们很快得知“解清”乃是《解放日报》编辑的化名。“报社编辑写的稿子，那时往往被认为是代表报社的意见，既然报社发表意见了，对《白毛女》有不同意见的人就不再写稿参加‘书面座谈’了。”[②] 8 月 2 日发表的一组三篇短文：夏静的《〈白毛女〉演出的效果》、唱泉的《〈白毛女〉观后感》、陈陇的《生活与偏爱》主要从艺术形式上谈及《白毛女》的成绩和不足，成为没有闭幕的终结。一场郑重其事、大张旗鼓的公开讨论，就这样草草收场。这是谁都没有预料到的，甚至策划者也不例外。艾思奇本来准备作的总结，也再不会有下文。《书面座谈》轰轰烈烈的开启与没有总结的结束固然与随后的战争环境转折有一定关系[③]，而在这场肯定与否定、褒与扬的过程中如何把握话题的导向则成为关键问题，议程设置的策略十分突出。[④]

但是，在议程设置的空间内，媒体既然敞开了空间，虽然各种意愿受重视的程度不同，遭遇的评判不同，但它们只要存在，就会对创作构成一个“场”，无论是否被意识到或被承认，它们已经发挥着作用。贺敬之回忆道：“从《白毛女》演出的头一天起，我们就相继不断地收到各方观众的信件，连同《解放日报》转来给我们参考的批评文字，总计有四十余件，约合 15 万字。从演出开始到结束，平均每天可收到一封信。这些文章信件的作者，大多数不是专家或批评家，而多是自称‘外行’的人，但他们的意见却有共同处，一般地是对内容注重，形式问题次之。认为：前 3 幕紧，后 3 幕松；旧社会描写多，且较深刻，新社会描写少，且浮浅；几个主要角色写的好，群众角色差，形式上不完整；有不少细小情节

① 解清：《谈谈批评的方法——读〈白毛女〉的时代性》，《解放日报》1945 年 8 月 1 日。

② 黎辛：《喜儿又扎上红头绳》，《文艺报》1995 年 7 月 14 日。

③ “八·一五”大形势到来，延安各界都沉浸到庆祝抗战胜利的活动中去了。

④ 《解放日报》总编辑的一席话将其观点表露无疑：“文艺作品是可以讨论的，但《〈白毛女〉的时代性》这篇文章没有建设性，只有破坏性，你们赶快写文章批评。”（黎辛：《喜儿又扎上红头绳》，《文艺报》1995 年 7 月 14 日。）

不合理……这些意见使我们深感我们的社会生活经验不够，而群众的生活是丰富的，我们在可能范围内每天都继续修改。”“假如说，《白毛女》有它的成功方面，那么这种‘成功’，即是在这样一个不断的、群众性的、集体创作的基础上产生的。”①

通过媒体参与的集体创作，是一种集体审美意识的辐合过程，它具有集体创作、集体流传、集体加工、为集体服务的特点。在这一传播过程中，受众的群体分层界限被模糊，甚至传播者和接受者的界限也淡化了，参与者自身的异质性趋向及相互角色的转换使传播活动本身形成了一种再创造与再加工的良性循环。

五 文艺批评与论争：延安文艺理论构建与规约的过程

（一）媒介的建构功能和文学批评

对于文学传播来说，媒介不仅充当着作品发表的中介，同时也通过对作品的选择，尤其是通过文学活动、文学论争、文学批评来形成一种创作取向，最终构建创作理论。传播学研究证明，媒体具有强大的建构作用。一方面，媒介通过传播文化、社会规范，使受众获取一定的文化示范，认识其社会价值意义；另一方面，由于媒介肯定社会某些行为的价值意义，促使受众对这些行为及其主体进行模仿，树立其深层次的价值观念；再一方面，媒介的否定和肯定会形成一种舆论从而对受众的认知加以导向。著名媒介研究者哈罗德·英尼斯在其《传播的偏向》中说：“或许我们可以假定，长期以来对媒介的使用在某种程度上决定了被传播的知识的特性。而且，这种广泛的影响最终会建构起一种文明。在这种文明之中，难以保持生活的原样及其灵活性。因此，一种新媒介的诸多优势最终会导致一种新文化的产生。”② 一种文化中占统治地位的媒介偏向影响到这种文化的稳定程度及该文化接管和统治大片疆土的能力。美国学者麦克利德曾就大

① 贺敬之：《〈白毛女〉的创作与演出》，载王宗法、张器友《贺敬之专集》，江苏人民出版社1982年版，第57页。

② 哈罗德·英尼斯：《传播的偏向》，何道宽译，Innis，H. A.，（1951）*The Bias of Communication*，University of Toronto Press，Toronto.

众媒介与舆论的关系写道：“媒介在舆论形成过程中的角色，是作为渠道或联系者，变动的代言人和认识方法发挥作用的。”① 无论作为表达意见的渠道，还是作为舆论的代表者或是认识方法的提供者，传媒都是形成主流舆论的工厂和中介，它具体传播、放大、引导、控制了主流舆论的发展和构建。媒体文学批评往往通过带有价值判断的评价，如对某种具体的价值观或创作方式的褒扬与赞赏或批评乃至谴责形成一种氛围，从而对有关人员的价值取向和创作方式产生影响。一般而言，一个人关于他自己和他的行为的看法，极大地受着公众意向的影响，也就是说，在媒体所形成的氛围的影响下，个体通常会自觉或不自觉地服从舆论的导向与制约。正是借助这种影响才逐渐形成一种重要的文学规范和文化控制。作为党报和主流社会意识形态的重要载体之一，《解放日报》处于政权体制的管理体系之中，具有很大的政治权威性，“意识形态不是单一意见的运作，而是透过论述串联语意形成论述的场域”②。因此，它对于文学艺术的主流舆论共识的构建能力比任何时期和媒体都更加有力。延安政权、作家、批评家和受众通过同一媒介平台形成互动共识是主流舆论形成的手段。有观点认为，延安文学批评与文学创作的情形更多的是批评先行，而创作则显得滞后，批评的力量总是潜在地制约着作家创作主体性的张扬。历史地看，“延安文学是受到当时民族战争和革命战争现实条件束缚最严重的文艺形态，甚至当时政治的束缚也只是民族战争、革命战争现实条件束缚的一种转化形态。在一个随时都有可能被敌人的军事力量消灭的生存环境中，文学艺术的创作是不能有更广大的思想空间和艺术空间的”。③ 即便如此，在延安的报刊上，那些来自战时斗争情景、反映民众底层生活、混合着泥土气息且充满激情的诗歌和小说的涌现，构成了延安文学的主色调。而与创作实践紧密配合的批评文章，也充满了对艺术和现实的宏观把握和深刻反思，从中可以及时洞悉当时文学界的发展状况。

当代英国传播学研究文化社会学派的杰出代表霍尔（Hall Stuart）有这样的论点：受众对于媒介文化产品的解读与诠释，与他们在社会结构中的政治立场相应，有三种基本的方式：一种方式可称为“占主导地位/统

---

① Glasser, T. & Shalmon, C. (Eds.) *Public Opinion and The Communication of Consent*, The Guilford Press New York London, 1995, p. 73.

② 张锦华：《传播批判理论》，台北：黎明文化出版社 1994 年版，第 249 页。

③ 王富仁：《延安文学有重新加以研究的必要》，《学术月刊》2006 年第 2 期。

治地位的”（Dominant－hegemonic）解释，其特征是接受占统治地位的意识形态；另一种是“协商式的”（negotiated）解释。加以一定的修正，使解释有利于反映自身的立场和利益；还有一种是“对抗式的”（oppositional）解释，其特征是摒弃占统治地位的意识形态，作出反其道而行之的解释。[①] 霍尔当然意识到符号内涵层次的多义性并不意味着它们之间是平等的，他承认任何社会或文化都有自己对于社会、文化和正值世界的分类标准，这些分类标准构建成占主导地位/统治地位的文化秩序，左右着传媒讯息流通过程中的意义构建。在许多情况下，译码在其运作的一些限制与界限范围是由编码所构建的。然而，与此同时他指出，编码过程无法从简单意义上决定或保证译码过程中人们将以何种方式解读传媒文化产品，因为编码与译码之间虽有“对应”，但这种“对应”是在传媒文化流通运作过程中“构建”而成的，而非“天生的”；是这两个不同环节之间的联系所产生的，而不是“自然的”。[②] 从这个意义上讲，延安文学的制度性规约的建立，并非像一般所理解的仅通过政党、政治的权威，或非文学的手段就可以顺利完成其建构过程和生效机制。如果仅将延安文学简单理解为一个自始至终非常和目的性的单一运作程序，则会简化过程的历史性，从而忽略其中存在的各种复杂的话语关系和动态的构建过程。传播过程中的制度机制和规律是构成意识形态话语重要的生效机制。在传播的构建过程中，可以看到政治话语的规定性和有限性，因为经由传播过程的经典生成过程必须经过拉斯韦尔所分析的“五 W”的共同作用，正如孟悦在分析《白毛女》时所言：“政治运作是通过非政治运作而在歌剧剧情中获得合法性。”[③] 传播过程的构建功能是通过文学理论和批评借用传统资源、民间形式、舆论的力量，不断植入政治意识形态的过程，最终将其内化为创作者和接受者共同的观念形态。

---

① *Newcomd*，*Horace*，*Television*：*The Critical View*，New York：Oxford University Press，1994，p. 511；张咏华：《媒介分析：传播技术神话的解读》，复旦大学出版社 2002 年版，第 110 页。

② Hall，Stuart，Encoding/Decoding，（A Extract from CCCS Stencilled Paper No. 7：Encoding and Decoding in Television Discourse.）In Stuart Hall et al.（eds.）（1980）*Culture*，*Media*，*Language*：*Woring Paper in Cultural Studies*，1972－1979，London：Hutchinson&Co. Ltd，pp. 128－138.（张咏华：《媒介分析：传播技术神话的解读》，复旦大学出版社 2002 年版，第 111 页。）

③ 孟悦：《〈白毛女〉演变的启示》，载王晓明《二十世纪中国文学史论》第 3 卷，东方中心出版社 2003 年版，第 194 页。

（二）《解放日报》的办刊宗旨与贯穿始终的延安文艺理论建构

办报宗旨的定位被视为报纸文学最直接的编辑原则，同样，《解放日报》的定位也是其文学栏目的重要规约。延安创办《解放日报》的直接原因，是“由于形势的骤变，‘左’的思想有所抬头，在有的根据地的广播与战报上出现了一些违反党的政策和中央指示的言论。再加上各根据地处于分散隔离的状态，各地报刊、通讯社的宣传报道往往发生偏离党中央方针政策的情况。因此，党中央、毛主席决定创办一张大型日报，以适应新的斗争形势，统一全党宣传舆论口径，更有力地推动各方面工作的开展”。[①]《解放日报》在《致读者》中明确表示：“不仅要在自己的一切篇幅上，在每篇论文，每条通讯，每个消息……中都能贯彻党的观点，党的见解，而且重要的是……报纸应该成为实现党的一切政策，一切号召的尖兵、倡导者。”[②] 那么，报纸的文艺栏也很难摆脱总体宗旨而形成自身独立的空间。因此，可以说，首先“《解放日报》的文艺栏和报上的其他文艺报道，是延安文艺的一面镜子”。[③] 文艺栏对当年延安文学艺术的创作、研究、表演、展览等给予全方位多角度的关注，如对延安和边区的秧歌剧、快板的创作和表演，对木刻、漫画、美术的创作和展览，都及时发表评论。若再加上报纸其他版面对延安文艺活动的翔实报告，读者可以从报纸上了解延安文艺的概貌及其成就。同时，报纸又通过对具体作品的选择和评论形成一种价值判断和引导。延安文艺理论的建构始终以《解放日报》的办刊宗旨为轴心而展开。

延安文学前期的活跃的文学创作与批评与一系列的与政策相关的社论不无关系：1941 年 6 月 7 日，《解放日报》发表社论《奖励自由研究》；6 月 10 日，发表《欢迎科学艺术人才》；6 月 12 日，又发表《提倡自然科学》；8 月 3 日，再发表《努力开展文艺运动》。其中社论《奖励自由研究》更像是新的文艺运动的宣言：

> 人类历史上的前进运动，常常和思想自由的开展是分不开的，因为如果思想运动不能自由开展，如果让陈腐的、不合理的独断教条支

---

① 胡乔木：《胡乔木回忆毛泽东》，人民出版社 1994 年版，第 440 页。

② 《致读者》，载复旦大学新闻系新闻史教研室编《中国新闻史文集》，上海人民出版社 1987 年版，第 246 页。

③ 黎辛：《丁玲和延安〈解放日报〉文艺栏》，载《新文学史料》1994 年第 4 期。

配着人们的意识，如果不允许人们摆脱既成的死的教条的束缚，而依据社会发展之新的要求，来从事自由的研究，那就是等于在现实前面把他们的眼睛蒙上一层黑幕，使他们不可能看清当前社会发展的正确道路，不可能辨别什么是应该追求的目的，不可能揭露什么是应该打倒的黑暗势力，因此也就不可能对黑暗势力进行有力的斗争，不可能正确地推动革命运动。不论中外古今，每当革命转变的伟大时代，常常随伴着一个文化上的启蒙运动，开展自由研究的风气，打倒不合时代的因袭权威，驳斥现实中的黑暗事物，启发新时代所要求的思想意识。①

在其所营造的自由氛围中，《解放日报》从初创期的文艺栏目到文艺副刊直到后来的综合性副刊时期，文艺理论与批评始终是重要的内容之一。活跃的文艺评论以《解放日报》为主要阵地贯穿着延安文艺发展的始终。周扬、欧阳山、刘雪苇、艾青、萧军等名家都写过较多的评论文章。评论稿件的内容涉及文艺与生活的关系、思想在文学中的地位，有谈论文学创作的美学、中国小说家的阶级观点和创作倾向等延安文艺所面对的诸多方面的问题的，也有评论托尔斯泰、果戈理、歌德的思想和创作的，还有的评价延安出版的文艺刊物，等等。这些评论文章，既反映了延安的文艺理论水平，体现出新老作家自由的、民主的研讨学问的气氛，更为重要的是在文艺评论、讨论乃至争论的动态过程中，延安文艺理论的主线逐渐明晰，在经过《讲话》前后的理论的丰富化和创作实践的阐释和现实“注解”，延安文艺理论最终走向成熟与完善，并进而成为影响了中国文学相当长一个历史时期的规约。以 1941 年 5 月创刊后的几个月时间《解放日报》刊载的有关文艺理论建构和文学评论的文章为例：8 月 12 日、13 日连续刊载了周扬的《精神界之战士——论鲁迅初期的思想和文学观——为纪念他诞生六十周年而作》；10 月 19 日鲁迅逝世五周年纪念日前后，分别刊载了许大远的《鲁迅先生逝世五周年祭：鲁迅的小说——介绍〈鲁迅小说选集〉并纪念鲁迅先生逝世五周年》、庄栋的《鲁迅先生与语文运动》。

值得注意的是《解放日报》文艺批评与周扬的文艺观的建构及其对

① 社论：《奖励自由研究》，《解放日报》1941 年 6 月 7 日。

延安文艺的影响。“事实上从30年代到60年代，周扬始终是中共文艺政策的主要发言人，他的理论批评直接与政治联结而极大地左右文坛的趋向。”① 而在延安《解放日报》发刊的1941年至1947年期间，《周扬文集》所收的这一时期他发表的文章共16篇，除了刊登在1946年5月4日《人民文艺》第五期的《“五四”文学革命杂记》外，其余15篇均登载在《解放日报》上，可以说《解放日报》是周扬建构其文艺理论的一个载体。“周扬延安时期的文艺思想是由一系列理论范畴所构成，这些范畴尽管各有其侧重点，但也具有其内在的逻辑关联。”② 从媒体文艺批评的角度看，周扬的文艺思想的建构过程始终与现实紧密相连，同时，也通过党报在现实的第一时间和空间产生着时效性影响。如果说，延安文学发展的每一步、每一次争论、每一个转折、每一个运动都有《解放日报》的参与和历史记录的话，那么，在这些过程中都会有周扬的话语出现。而且，从刊载在《解放日报》上的周扬的所有文章分析，其观点与报纸的党报身份、办刊定位（尤其是1942年改版之后），与毛泽东的文艺观点以及与当时文艺发展的状况甚至未来趋向高度契合。这一契合的焦点究竟在哪里？周扬的文艺观点何以产生直接的效果？《解放日报》的党报地位显然是其中重要的媒介因素，而“政治”则是联结诸多因素的结点。有观点认为“在30年代文学论争中的一个非常突出的现象，就是文学家人格的政治化。许多作家，他们从事的是文学的事业，但却对政治非常投入，或者说在自觉不自觉中总是以‘政治’考虑来决定自己的行为，这与当时特定的政治文化氛围有关。政治文化的一大功能是把‘文化人’塑造成‘政治文化人’”③。但是，政治的概念也经历着动态的变迁过程。关于文艺与政治的关系，周扬在发表于1938年4月1日《自由中国》创刊号上的《抗战时期的文学》中说：“目前的问题是如何迅速而有效地使文学服务于抗战”，“文学必须成为在抗战中教育群众的武器，就是她必须反映民族自卫战争的现实，把民族革命的精神灌输给广大读者”④。强调的是文学服务于抗战，让文学在抗战中最大限度地发挥其作用。《讲话》之后，在“整风”学习中周扬的论点发生了质的变化，“所以要求艺术服从

① 温儒敏：《中国现代文学批评史》，北京大学出版社1993年版，第179页。
② 袁盛勇：《论周扬延安时期文艺思想的构成》，《文艺研究》2007年第3期。
③ 孙正甲：《政治文化》，北方文艺出版社1992年版，第24页。
④ 周扬：《抗战时期的文学》，《自由中国》创刊号，1938年4月1日。

政治，就是要求艺术表现无产阶级的政治方向和利害，要求艺术表现党性”。“文艺服从于政治，就是服从于政治的目的”。周扬引用列宁对蔡特金说的一段话：“每个艺术家，一切自己认为是艺术家的人，有权利自由创作，符合着他的理想，不管其他一切。但是，很清楚的，我们共产主义者，我们不能袖手旁观，随便让混乱的情形发展下去。我们应该有计划地领导这过程，并形成它的结果。”周扬就此指出，“这就是列宁主义的文艺政策的原则精神，政治领导艺术的严格观点”①。周扬关于政治的“释义”的变化实质上与《讲话》的观点高度一致，意在强调党对文艺的领导，增强文艺的党性问题。耐人寻味的是，1942 年 5 月延安文艺座谈会的召开与《讲话》1943 年 10 月 19 日在《解放日报》全文发表，相隔一年多时间，而在这期间以及其后的实践中，周扬发表的若干文艺理论文章，从根本上看都紧紧围绕《讲话》观点。或许可以理解为这是以党报为平台的一种舆论的形成和气氛的营造。文艺“整风”期间，1942 年 9 月 9 日发表于《解放日报》的文章《艺术教育的改造问题》中介绍了苏联有关“社会主义现实主义”经典定义，同时在《解放日报》1942 年 9 月 16 日第 4 版特别译载了《苏联作家协会章程》、《苏联作家同盟规约》，再一次介绍这一经典观点。此后，苏联有关社会主义现实主义的最新动态被不断介绍到延安。直到 1944 年 4 月 8 日随着周扬的《马克思与文艺——〈马克思主义与文艺〉序言》在《解放日报》刊载②，随着延安文艺理论界在创作与批评的不断辐合作用中周扬文艺理论渐趋得到认同，更随着 1943 年后中共一元化领导的确立和加强，一次以党报为平台，经由党的领袖、党的理论家、文艺工作者共同参与构建党的文艺理论和实践的议程设置过程才得以初步完成。延安文学观念也随之呈现并最终定型成为在四五十年代之间中国文学的规约。因为“就文学精神而言，新中国文学是解放区文学的直接延伸和发展。解放后文学发展所经历的曲折，当然主要应该在当代生活中寻找答案。但也不可否认，其中也有着解放区文

① 周扬：《王实味的文艺观与我们的文艺观》，《解放日报》1942 年 7 月 28 日。

② 《解放日报》相继译载苏共中央《关于〈星〉与〈列宁格勒〉杂志》的决议（《解放日报》1947 年 2 月 9 日）和日丹诺夫《论苏联文艺倾向——关于〈星〉和〈列宁格勒〉所犯错误的报告》（《解放日报》1947 年 2 月 16 日），《解放日报》对于苏联社会主义文艺理论的介绍而渐达高潮。

学的投影”①。

（三）批评的民主氛围及偏离偏移：一种不正常批评之风的萌芽

文艺论争中至今仍出现在许多历史亲历者回忆中的是受到普遍关注的关于“形式”问题的讨论。从报刊的第一历史现场看，自1939年起形式问题就逐渐成为延安文学界最热门的话题，周扬、艾思奇、张光年、柯仲平、何其芳、徐懋庸以及时在延安的茅盾、沙汀等人，纷纷撰文参加讨论，就文学语言和形式如何变革及其走向各抒己见。这一问题也早已引起中国共产党领导人的关注，据记载，仅1939年夏，中共中央领导人周恩来、博古便两次邀集文艺界座谈“民族形式”，与会者有艾思奇、周扬、沙汀、何其芳、柯仲平、赵毅敏（“鲁艺”副院长）等。8月3日座谈会上，“争论非常激烈”，直到“晚十点半始散会”。② 此次讨论的结果暂且不论，仅就其论争的过程来看：参与者众、话语广泛、气氛活跃，党的领导者出面邀集座谈会并未显示出以政治权威导引或左右讨论的迹象。在此后相当长的一段时间里，《解放日报》的文艺评论和批评保持了这样的民主氛围，体现了媒体作为话语互动平台的特质。但是，这种气氛却发生了严重的偏移，其影响不仅仅对于事件的当事人，也不仅仅只限于当时的历史时期，在其后的相当一段历史中，以政治话语代替文学话语，以媒体议程设置遮蔽“百家争鸣”，给中国文学带来了使人刻骨铭心的教训。

事件始于1942年3月，王实味在延安连续推出的《政治家·艺术家》《野百合花》③ 两篇杂文。1942年4月2日《解放日报》头版头条的位置上，登载了“在本报改版座谈会上，毛泽东同志号召整顿三风要利用报纸”的消息。毛泽东指出：整顿三风，有人从不正确的立场说话，也就是绝对平均的观念和冷嘲暗箭的办法。“小资产阶级的空想社会主义的思想，我们应该拒绝。”④ 随后，《解放日报》发表了一系列针对王实味

---

① 刘增杰：《一个被遮蔽的文学世界——解放区另类作品考察》，《文学评论》2003年第6期。

② 钟敬之、金紫光主编：《延安文艺丛书·文艺史料卷》，湖南人民出版社1987年版，第60页。

③ 王实味：《野百合花》，《解放日报》1942年3月13日。

④ 据黎辛《〈野百合花〉·延安整风·〈再批判〉——捎带说点〈王实味冤案平反纪实〉读后感》（《新文学史料》1995年第4期）观点，发表在报上的毛泽东的话没有点名，但当时的人都明白是针对王实味而说。李维汉、温济泽等人的回忆文章也认为毛泽东此段话为批评王实味而说。

的文章：1942年4月7日，发表齐啸的《读〈野百合花〉有感》一文，对王文的观点进行批评，谈了气象是否和谐、生活里究竟缺少什么、平均主义三点问题，并质问王实味“可是在卖弄文字之余，却实在已经有点忘记了自己是站在什么立场上说话了”。从5月起，《解放日报》上对王的批判文章逐渐全面展开。5月19日，发表针对《政治家·艺术家》的第一篇文章，杨维哲在题为《从〈政治家·艺术家〉说到文艺——与王实味同志商榷》的文章中，从政治家与艺术家的关系、文艺的方向、文艺界如何掌握批评的武器三个方面，正面阐述了自己的理解，文章结束时含蓄地批评了王实味。5月27日到6月11日，王实味所在单位中央研究院召开“党的民主与纪律座谈会”，对王实味进行猛烈的批判。延安文艺界连日召开座谈会，通过了关于王实味的决议：

> （一）我们一致认为，王实味的根本思想是托派的思想，他根据这种思想而进行的各种活动，是托派的活动，这是反对无产阶级、危害共产党和革命事业的，是一切革命者和革命的同情者所应坚决反对的。（二）我们一致认为，王实味的《野百合花》和《政治家、艺术家》，正是他的这种错误思想的宣传，而是当时《解放日报》文艺栏和《谷雨》未能加以揭发和批评，反而予以刊载，是不适当的。（三）我们一致认为，中央研究院和《解放日报》最近所进行的对于王实味的清算和斗争，是正确的，必要的，对整个文艺界和对我们自己都有很大的教育意义，所以我们共同一致拥护这个斗争。①

6月9日，《解放日报》集中刊登了三篇批判王实味的文章：范文澜的《论王实味同志的思想意识》、李伯钊的《继〈读“野百合花”有感〉之后》、陈道的《“艺术家”的“野百合花”》。1942年6月12日，《解放日报》发表了周立波的反省文章《生活、思想和形式》。作者在文中表明了和旧我决裂的决心和方法，以新的思想立场探讨创作的规律。在反思过去的创作时，周立波认为非常重要的一个原因就是受了资产阶级上升时期的文艺的影响，“这种文艺在当时有革命的作用，但是到了无产阶级革命的现在，如果毫无批判地接过来，就要变成反动的东西……我们上了当，

① 《延安文艺界座谈会通过关于托派王实味事件的决议》，《解放日报》1942年6月19日。

没落阶级有时提倡假自由文艺，标榜为艺术而艺术，来欺骗民众，我们跟着也胡里胡涂的，不和斗争着的工农协同一致，努力争取民族的、阶级的自由，却和自己的人来闹个人的自由了”。周立波更主张表现正在进行的战争与生活，这样的作品才更有意义，“自然，写身边，写过去，也是可以的。只要立场站得稳，写出来也有教育的意义。但是这个战争的环境太艰苦、太紧张，群众要求更重要、更新鲜的作品，这是合理的”[①]。6月17日发表张如心的《彻底粉碎王实味的托派理论及其反党活动——在中央研究院斗争会上的发言》[②]。艾青6月24日发表《现实不容歪曲》一文指出：“王实味不仅是我们思想的敌人，同时也是我们政治上的敌人。他的工作，是从思想上、政治上来破坏我们的队伍，有利于法西斯强盗侵略中国的工作。像一个同志所曾经说过，王实味是一个深知战略和策略的敌人。他能在革命根据地公开进行他的破坏工作，直到最近整顿三风，方终于把他的面目揭露出来。”[③] 6月28日发表罗迈的《论中央研究院的思想论战——从动员大会到座谈会》。周扬7月28日的《王实味的文艺观与我们的文艺观》系统地剖析王实味的文艺观，说：“我们和王实味在文艺问题上的一切分歧，都可以归结为一个问题，即艺术应不应当为大众，这是问题的中心。托洛茨基、王实味都不主张艺术为无产阶级大众和人民大众服务，都主张艺术是为抽象的人类服务，是表现抽象的人性的，而其实则是真真实实地为了剥削阶级与黑暗势力服务。”[④] 在《解放日报》从1942年3月到12月发表的批判王实味的20余篇文章中，已经远远离开了文艺或观点本身，并从观点问题走向“政治”的问题，从批判对方，走向自我“反思”，周立波1943年4月3日在《解放日报》上发表《后悔与前瞻》，陈说“整风”以来的体会。总结自己有三个原因导致走错路：一是“还拖着小资产阶级的尾巴，不愿意割掉，还爱惜知识分子的心情，不愿意抛弃”。二是“读了一些所谓古典的名著，不知不觉的成了上层阶级的文学的俘虏”。三是不懂北方方言。所以，他后悔莫及，并表示要“脱胎换骨”。同日刊登的何其芳《改造自己，改造艺术》一文说：“整风

① 周立波：《生活、思想和形式》，《解放日报》1942年6月12日。

② 张如心：《彻底粉碎王实味的托派理论及其反党活动——在中央研究院斗争会上的发言》，《解放日报》1942年6月17日。

③ 艾青：《现实不容歪曲》，《解放日报》1942年6月24日。

④ 周扬：《王实味的文艺观与我们的文艺观》，《解放日报》1942年7月28日。

以后，才猛然惊醒，才知道自己原来象那种外国神话里的半人半马的怪物，一半是无产阶级，还有一半甚至一多半是小资产阶级。才知道一个共产主义者，只是读过些书本，缺乏生产斗争知识与阶级斗争知识，是很羞耻的事情。才知道自己急需改造。”

现在看来周立波、何其芳等所言是否由衷，已经并不重要，重要的是，我们从这一时期《解放日报》围绕王实味的文章和报道中看到了媒体在参与历史事件中的力量。就传媒与公众的关系而言，二者明显处于信息占有不对等的状态，在这种情况下，传媒显然具有形成社会舆论暗示的条件和优势，大众媒体强调的议题与公众所重视的议题显然成正比。也就是说，大众媒体通过自己的各种强调方式来进行问题重要性的设置。尤其是当这种设置在一个阶段密集地进行时，公众则自然会在接受这种“设置”时于无意之中感受着媒体在传递信息之外对信息重要性的评价。这种感受不断累积，直至潜移默化中使公众关注的问题在一定程度上逐渐与媒体趋于一致，这就是传媒社会暗示的力量。尤其是当媒体以压倒一切的权威姿态出现时，这种力量甚至无须奖赏也无须惩罚便实现了对人们行为方式和价值观念的无形控制。当然，作为一种社会控制途径，媒体舆论主要有两种形成机制：一是由社会公众自发形成，这种自发形成的舆论是社会成员的自我组织和自我调节，体现为社会系统的自在控制，其优点在于控制成本较低，社会成员认同度高。局限性在于控制范围较小，控制方式简单，受偶然性影响，控制预见性差。二是由社会组织体系有意识、有目的地通过大众传媒广为宣传而形成，这种自觉形成的舆论是社会成员对社会运行的自觉把握和导向，体现为社会系统的自为控制。与社会自在控制相比，自为控制的突出特点在于它有明确的主体、客体和明确的目的，体现了社会成员对社会运行主动权的把握。但是，当作为控制的重要工具和载体的传媒在一定的情况下发生偏移时，传媒的舆论控制功能也将带来严重的后果。如果说，对王实味的批判前期还主要只是针对观点的批驳，那么，发展到后期则是将王实味归入“托派”，一旦传播中加上特定的“标签”，传播的效果便会增强，而事实上此后对王实味批判的性质发生了根本性的转折，直至最终酿成中国新文学历史上一桩不能被遗忘的悲剧。[①] 这绝不单单是个人

① 1947 年，在战争转移的途中王实味被处决。这一年他 41 岁。1991 年获平反。

命运的悲剧，从上述批判文章所涉及的作者来看，几乎牵涉了当时延安所有具有代表性的作家。不能说他们的观点不是出于真诚，但是，在这些文章所营造的氛围之中，又有多少更加真诚的观点被遮蔽了呢？菲舍尔·科勒克认为："社会制度限制自由更主要的是通过以下途径：期待、希望和欢迎某一类创作，排斥、鄙视另一类创作。"① 媒体的"把关人"作用是把双刃剑，它既可以在选择中建构一种理论与规范，也可以在过滤之中发生严重的偏移甚至造成"沉默的螺旋"效应。从这个角度来说，《解放日报》贯穿于延安文学发展史中的文艺理论与批评带给我们的启发和教训同样值得深思。

六　纪实文学：作为历史现场记录的新闻文学文本

报纸作为大众传媒的最大的特征就在于其强大的时效性、现实性和较大的信息容量，同时也决定了报纸媒体文本的现实性。处于战争环境中的延安的报纸，这一点表现得更为突出。如果说"华北之大，已经容不下一张平静的课桌"，② 那么，中国之大，何处又是作家们潜心创作长篇文学作品的所在？同时，如果从受众的角度来讲，硝烟战火中，事态瞬息万变，对国家前途命运的思考，对战况的关注，对自身生存的担忧都决定了人们前所未有地关注那些最真实地反映现实和生活的作品。因此，报纸文体与文学文本在战争背景下的交融的纪实文学的繁荣就成为媒体、受众以及主流意识形态共同的要求。以群在分析抗战文艺活动时认为："抗战发动以来，社会现实的演变供给了作家们以异常丰富的材料，然而那变动却太急剧、太迅速，竟使作家们没有余裕去综合和概括那复杂丰富的材料。而且作家生活的繁忙（他们除了写作外，大都还要担负许多实际的救亡工作），和出版条件的恶劣（部分出版业停顿，纸张缺乏，发行困难）也

① ［美］菲舍尔·科勒克：《文学社会学》，载张英进、于沛《现当代西方文艺社会学探索》，海峡文艺出版社1987年版，第38页。

② "中国现在的一切作家，都是在烽火之旁写作，他们的读者也是在烽火之旁的。用怎样简单明了而有力的文学形式来反映并批判现实，是每个作家应当考虑而且也有人考虑了的事情。"（周立波：《谈谈报告文学》，载《周立波选集》卷六，湖南人民出版社1983年版，第48页。）

限制了作家写较长的作品。适应着这些客观条件，作家们不能不采取短小轻捷的形式——速写、报告、通讯之类，以把握剧变的现实的断片。自1937年到1940年，报告文学成为许多作家的首选文体，特别是1938年前后，一切的文艺刊物都以最大的地位（十分之七八）发表报告文学。读者以最大的热忱期待着每一篇新的报告文学的刊布。既成的作家（不论小说家或诗人或散文家或评论家），十分之八九都写过几篇报告。在这样的情形之下，报告文学就成为中国文学的主流了。而且那些并非专业文艺的青年，几年来却成为报告文学的主力。”①

当年《新民报》的主笔赵超构访问延安时发现，在延安的文坛上“报告、速写一类的作品却相当丰富，过去写小说的作家，现在多在这方面写作。这些报告文学的内容，都是歌颂边区人民各方面的英雄人物或者褒扬边区建设事迹的”。② 作家雷加回忆道：“三十到四十年代的抗日战争和解放战争中，在前线上同子弹同样多的是通讯特写，它代替了军事文学。”③ 事实上，这种简明纪实的作品也成为作家们自觉的创作实践，延安时期《文艺突击》《大众文艺》《谷雨》《文艺战线》《八路军军政杂志》等刊物和《解放日报》发表的作品中，报告文学占了其中很大的比重。报告文学是兼有文学与新闻两种文体优秀基因，普遍运用于大众传媒的文体形式，它一方面站在大众传媒的最前沿充分展现出作为新闻文体对现实的快速反应能力，尤其能够密切关注、敏捷记录激变的历史时期中不断涌现的新人物、新事件、新变化，满足受众了解社会热点的需求；另一方面又兼取吸收文学创作的艺术审美特征，并且以文学的叙述、描写笔调和情感抒发方式，从情感层面唤起受众的共鸣。新闻文学的文体形式历史悠久，封建社会里的笔记文学已是传播与文学互动的雏形之一。19世纪末，报告文学的诞生便是大众传播与文学互动加速的发端，而传媒对尚处于新兴阶段的这种文学体裁认识的局限性，以及当时社会震荡相对的突发性、报告文学创作者的非普及性，致使互动震波比起延安文学在广泛性、彻底性和迅猛性上，均嫌不足。可以说，革命战争促动了纪实文学，使这种文体成为延安文学的重要组成部分。报告文学作为延安文学中重要的一支，长期的研究过程中尚未引起重视。但我坚信但凡较详细地浏览过

① 以群：《抗战以来的报告文学》，《中苏文化》1941年7月25日。

② 赵超构：《延安一月》，上海书店出版社1992年版，第103页。

③ 雷加：《延安作家·序》，程远主编，陕西人民出版社1992年版，第2页。

《解放日报》的研究者，都不会不对其报告文学留下深刻的印象，并激起浓厚的研究兴趣。如果将其放置到其产生的历史现场中，越发会体现出其价值。

延安时期的纪实文学是以《红军长征记》的征文拉开序幕的。1937年5月10日，中央军委主席毛泽东、总司令朱德签署颁发《军委关于征集红军历史材料的通知》："今年'八一'是中国红军诞生的十周年。为着纪念这个有特殊意义的红军诞辰，特决定大规模的编辑十年来全国的红军战史。"① "中国文艺协会"承担了编选任务，经过3个月的紧张工作，共选出110篇共38万字的作品。这一运动的直接成果是产生了徐梦秋主编的《二万五千里》，肖锋（肖忠渭）、童小朋、陈伯钧、任云南、张子意等人写的长征日记和当时发表在《新中华报》上的雨田的《彭团长炮攻大来圩》②、尊心的《渡金沙江》③、铁命的《南渡乌江》④、天明的《草鞋》⑤、洪水的《先缴炮后打胜仗》⑥ 与《耳环》⑦ 等表现长征中重要的战斗片断、历尽艰难困苦的红军故事、通讯报告。此次征文不仅是一次成功的集体写作的尝试，也出色地达到了其宣传红军、宣传根据地、宣传抗日的目的。拿锄头和枪杆子的手拿起笔头，并且发挥了枪头所没有达到的作用，这无疑对这些作者来讲是一次鼓舞。《长征记》征稿"到了十月底，收到的稿子有二百篇以上，以字数计，约五十余万言。写稿者有三分之一是素来从事文化工作的，其余是'桓桓武夫'和从'红角'的墙报上学会写字作文的战士"。⑧ 1936年春，上海《字林西报》评价《红军长征记》时所说的："红军经过了半个中国的远征，这是一部伟大诗史，然而只有这部书被写出后，它才有价值。"⑨

纪实文学首先是延安时期特殊的革命战争环境的产物。1938年，周扬曾提出："散见在各报章刊物上的尽是战时随笔前线通讯，报告文学，

① 《军委关于征集红军历史材料的通知》，《新中华报》1937年5月10日。
② 雨田：《彭团长炮攻大来圩》，《新中华报》1937年3月3日。
③ 尊心：《渡金沙江》，《新中华报》1937年3月16日。
④ 铁命：《南渡乌江》，《新中华报》1937年3月26日。
⑤ 天明：《草鞋》，《新中华报》1937年4月6日。
⑥ 洪水：《先缴炮后打胜仗》，《新中华报》1937年3月23日。
⑦ 洪水：《耳环》，《新中华报》1937年4月9日。
⑧ 艾克恩：《理想·信念·意志的力量》，《文艺报》1989年11月18日。
⑨ 转引自何季民《解谜〈红军长征记〉》，《中华读书报》2005年11月16日。

墙头小说，街头剧，等等。这些作品都是急就章，没有经过多少艺术上的斟酌和推敲，都具有一种宣传鼓动的性质。它们能够很迅速地反映抗战救亡运动中的每个事件，而且极有效地把民族革命的精神和思想穿插在读者大众的脑中……这类作品的形式为目前文学的潮流所趋，为抗战环境之所需要，为抗战文学的正当发展的方向。”[①] 黄钢在《延安文艺丛书·报告文学卷》前言中分析了延安时期的革命战争背景后说：“延安时期的报告文学是在这血与火之中诞生。毛泽东同志1939年向文艺工作者指出：‘我们需要战斗的作品。’[②] 而最能够迅速、直接地反映伟大抗日斗争的文学形式，首先就是报告文学。斗争的形势需要报告文学，报告文学适应了革命斗争的需要。这是延安时期报告文学蓬勃发展的重要原因。”[③] 毛泽东为召开延安文艺座谈会，曾于1942年4月下旬，邀请“鲁艺”的几个党员教师到他的驻地谈话。在谈话中毛泽东指出：“写当前的斗争也可以写得很好。《解放日报》上最近有一篇黄钢的作品，叫《雨》，写得很好，就是写当前的抗日战争的。”[④] 1938年11月，“鲁艺”文学系代理主任沙汀、教师何其芳带领学员跟随贺龙到前线实习，归来后，沙汀创作了报告文学作品《我所见之H将军》[⑤]，陈荒煤写了《陈赓将军印象记》《刘伯承将军会见记》，黄钢根据他随陈赓任旅长的358旅在晋中作战的经历，写出了报告文学《我看见了八路军》《树林里——陈赓的兵团是怎样作战的之一》和《雨——陈赓的兵团是怎样作战的之二》，表现了八路军对日作战的艰辛和困难，所向披靡的战斗意志以及官兵一致、同甘共苦的优良作风。受到毛泽东表扬的《雨》，记述了在连绵不绝的阴雨中陈赓旅与敌人进行的一场战斗，但作者并未正面描写激烈的战斗场面，而是把笔墨集中于旅长、开小差的旅政治部饲养员和地主贾芸生等人物身上。通过描写在战斗进行过程中，几位人物的表现和转化，突出表现了八路军的强大精神凝聚力和感召力。而在此前的1937年9月，曾创作了《彭德怀速写》

---

① 周扬：《抗战时期的文学》，《自由中国》创刊号，1938年4月1日。

② 萧三在1939年5月间曾给毛泽东一份自己的诗本（手抄本），毛泽东看后写信给萧三，说：“大作看了，感觉在战斗，现在需要战斗的作品，现在的生活也全部是战斗，盼望你更多作些。”（中共中央文献研究室编：《毛泽东年谱（1893—1949）》中卷，人民出版社、中央文献出版社1993年版，第128页。）

③ 《延安文艺丛书·报告文学卷·前言》，湖南人民出版社1984年版，第1页。

④ 何其芳：《毛泽东之歌》，《何其芳文集》第3卷，人民文学出版社1983年版，第52页。

⑤ 又名《随军散记》，新中国成立后改名《记贺龙》。

的丁玲和吴奚如一起率西北战地服务团一行30余人，徒步到山西抗日前线采访和宣传抗日，半年内写下了20余篇速写。1942年5月10日，八路军总政治部发出《总政治部关于为供给〈解放日报〉稿件的指示》："在部队中建立通讯工作，组织同志写稿"，稿件的内容"主要应为我军的英勇战斗，在战斗中我指战员的英雄事迹，部队中各种有意义之活动等通讯"。①

延安文艺座谈会之后的1943年11月8日，《解放日报》发表了中共中央宣传部《关于执行党的文艺政策的决定》对报告文学作为宣传工作的中心更是从政权的高度予以重视：

> "在目前时期，由于根据地的战争环境和农村环境，文艺工作各部分中以戏剧工作与新闻通讯工作为最有发展的必要与可能，其他部门的工作虽不能放弃和忽视，但一般地应以这两项工作为中心。"要求"新闻通讯工作者及一般文学工作者的主要精力，都应当放在培养工农通讯员，帮助鼓励工农与工农干部练习写作，使成为一种群众运动。"②

新的文艺方向对延安作家创作的影响在创作方面的表现就是向纪实文学的转向。张闻天在"鲁艺"成立纪念特刊上写道："认识大时代，描写大时代，在大时代中生活奋斗，站在大时代的前卫为大时代服务——这就是现在文艺家的使命。"③ 丁玲可谓其中典型的代表。经历了"整风"之后的丁玲更加自觉地以《讲话》为行动准则，深入最基层去了解熟悉群众，同时努力用老百姓所喜爱的手法，去描写和表现新的人物，创作了《田保霖》。这部作品和欧阳山的《活在新社会里》一起受到毛泽东的大力表扬。毛泽东在给丁玲和欧阳山的信中写道："快要天亮了，你们的文章引得我在洗澡后睡觉前一口气读完，我替中国人民庆祝，替你们两位的

① 《总政治部关于为供给〈解放日报〉稿件的指示》，1912年5月10日，中国社会科学院新闻研究所编：《中国共产党新闻工作文件汇编》上卷（1921—1949），新华出版社1987年版，第130页。

② 中共中央宣传部：《关于执行党的文艺政策的决定》，《解放日报》1943年11月8日第一版。

③ 曲士培：《抗日战争时期解放区高等教育》，北京大学出版社2005年版，第67页。

新写作作风庆祝！”[①] 此后，丁玲又创作了《袁广发》《民间艺人李卜》等纪实文学作品。表现政治化的现实内容以及极具宣传鼓动性的传播效果，使得报告文学能够最直接、真实地反映具有历史性的重大现实事件和重要的人物，实现着文体作为历史文本、历史文献的价值。

也许从一篇或几篇作品中我们很难分析出究竟是哪些因素决定了媒体对文学的选择与取舍，但当我们对媒体所传播的作品进行整体考察时，尤其是针对某一时期某一具体媒体及其历史语境进行考察时，我们则能够很清晰地就其立场和标准得出结论。值得关注的是延安时期引起关注的纪实文学作品，比较集中地刊登在《解放日报》上，包括丁玲的《田保霖》、刘白羽的《同志》、黄钢的《我看见了八路军》、欧阳山的《活在新社会》《人山人海》、廖承志的《遥献》、穆青的《雁翎队》、雷加的《请求》、严辰的《战斗的一天》、魏巍的《晋察冀，英雄多》等著名作品。《解放·日报》的媒体特质不仅为纪实文学提供了重要的媒体平台，而且也使新闻文体与文学文体在特殊的时空背景下相汇融合，共同成就了延安文学中这一种不可忽视的文学样式。与以虚构见长的小说体裁相比，通讯和报告文学均属于纪实性文本。若对《解放日报》的纪实性文本加以分析，可以发现这类体裁的作品往往介于新闻文体与文学文体之间，甚至某种程度上还偏重于新闻文体的纪实性而忽视文学文体的艺术审美性。许多篇目是以通讯的面目见诸报端的。尽管后来通常被研究界认定为报告文学或纪实文学，但实际上这些作品在处理人物事件和作者个人意识之间的关系方面，和文学写作又有很多不同。常采用第一人称的写法，“我”既是叙述者又是亲历者、目击者，这些作品往往以事件和场景的现场感、细节的真实再现而见长。简言之，作者的个人意识在这里不再独立于作品所报告的人物事件之外，而是融入其中，而且不仅仅是作为一种烘云托月的情绪底色而出现，而是往往成为其中的一员，与主人公共同经历，情感交融。事实证明，也只有这么做，才能使当时以至后来的作者在作为新闻性概念的通讯文学和作为文学艺术唯一源泉的社会现实生活之间找到稳妥的立足点。就这个意义而言，《解放日报》刊载的纪实文学作品可以视为《讲话》以后文学创作的重要实绩。报纸充分张扬了报告文学的这种文体特性，成功地将之转化为一种真正具有大众化意义的文学样式。大众化在这

① 毛泽东：《致丁玲、欧阳山的信》，《毛泽东书信选集》，人民出版社1983年版，第233页。

里不仅指描述的对象是人民大众，表现大众的思想和情感，为大众容易理解，更为重要的是大众可以被组织起来成为报告文学的写作主体，以革命历史亲历者的身份参与到有关革命历史话语的叙述中，这样，文学原本作为个体化活动就被成功置换为一种群体写作的活动。从报告文学写作的作者群体来看，首先有身先士卒的将领们，例如："战斗在苏皖的新四军领导人陈毅、杨成武、韩先楚等同志，不仅鼓励作家写通讯报告，而且自己在戎马倥偬中执笔写下了出色的报告文学作品。"[①] 同时也有丁玲、何其芳、萧三、周立波、柳青、吴伯箫、欧阳山、刘白羽等知名作家。"当时，好像作家和记者无所区分，作家奔赴前线比记者还认真，后来许多著名诗人作家，好多是由当年记者锻炼出来的。"[②] 还有来自印刷厂、部队和乡村的普通劳动者。他们的创作活动的深层意义远远超出了文学创作的范畴而成为一种政治宣传鼓动活动，也超出了传统的对传播者的界定而成为历史亲历者的共同记忆。正如埃德加·斯诺所言："从最实际的意义来讲，这些故事却是中国革命青年们所创造、所写下的。"从这些活的历史记录中，"读者可以约略窥知使他们成为不可征服的那种精神，那种力量，那种欲望，那种热情——凡是这些，断不是一个作家所能创造出来的。那些是人类历史本身的丰富而灿烂的精华"[③]。

陈思和曾指出，30 年代到 40 年代的战争形成了新的文化规范：战争文化规范，它的特点是："实用理性与狂热的非理性的奇特结合，民族主义情绪的高度发扬，对外来文化的本能排斥，以及因战争的胜利而陶醉于军事生活、把战时军队生活方式视作最完美的理想境界等等。"战争文化的"明确的目的性和功利性"以及"二分法思维"对当代文学有着深刻的影响。[④] 的确，在今天看来，由于报纸本身的时效性和大众化受众的要求，以及战争所造成的血与火的写作环境，《解放日报》的纪实文学作品普遍存在强调宣传功能的同时缺乏较高艺术水准的问题。实际上在纪实文学和小说的新闻性影响的背后，是整个大众传播机制和文学乃至文化的关

① 黄钢：《延安文艺丛书·报告文学卷·前言》，湖南人民出版社 1992 年版，第 2 页。

② 雷加：《延安作家序》，程远主编，陕西人民出版社 1992 年版，第 2 页。

③ ［美］埃德加·斯诺：《〈西行漫记〉一九三八年中译本作者序》，转引自黄钢《延安文艺丛书·报告文学卷·前言》，湖南人民出版社 1987 年版，第 6 页。

④ 陈思和：《文学观念中的战争文化心理——当代文学与文学论纲之一》，载《鸡鸣风雨》，学林出版社 1996 年版，第 9 页。

系，是政治文化对文学叙事的成功的运用。从文学的制度机制而言，其突出的表征是权力机制以及媒体对这种文学形式的褒扬与肯定，如党的领袖毛泽东亲自写信给丁玲等，盛赞其纪实文学作品，进一步促成了这一形式的滥觞；就文化关系而言，充分满足了广大工农兵的接受需要和接受特点，成为压倒一切的文化价值自身实现的方式选择。从媒体传播角度来看，当媒体传播以新闻的方式向文学渗透时，文学的主体性及其本身的审美价值、语言体系、文本形式等在媒体特定的话语氛围中，在大众传媒为实现其目标对文学资源进行重新编码中渐渐被消解了。这种情形及其中所蕴含的有关作品主题、审美、文本形式等追求，在相当程度上影响和规约了新中国成立至少30年的小说文体的总体风貌。如《巍巍昆仑》《保卫延安》等一系列革命战争题材的作品，都不可避免地打上纪实文学写作中的新闻性的烙印。这种战争时期广泛适用的文学新闻化的现象在某种程度上遮蔽了一味地以宣传为目标所导致的文学性的丧失和文学的文体意识的淡化，使文学话语大有在媒体上和政治话语合流的趋势。大众传播媒体作品中刻板印象的形成机制以及大众媒体的特征，也成为促使这些作品形成刻板印象的原因。其问题在于突出群体共性特征，便于人们认识各种社会范畴，来突出各种群体的典型特征，刻画各种社会成员，因此，主动强化了刻板的群体特征，但是媒介在利用刻板印象塑造形象和传播时，容易忽略该群体中其他成员的特点，而使得刻画的形象存在单一和简单化的问题。分析那些在同一媒体平台上与纪实文学相映相伴的新闻，包括党的文件，会很自然地从中看到“互文性”的现象，这也进一步显示了文学作为延安时期社会政治、生活的一个重要组成部分，作为党的宣传部门的一部分的事实，也进一步使我们明确了当时文学存在的社会空间定位。至此，新闻报纸为了增强自身的魅力去争取读者，扩大影响和达到目的，除了加大报道新近发生的事实的主要功能外，逐步增添了文学色彩的作品、知识性文章，甚至仅仅使读者消遣一下的娱乐性、趣味性东西。一方面，基于这个前提，国际上不少优秀的新闻记者同时又是杰出的作家，如美国的马克·吐温、杰克·伦敦、斯诺，捷克的基希和苏联的波列伏依等。另一方面，不少作家也是积极、热情的报刊撰稿人。这些记者型作家，或作家型记者，正是往返于大众传媒领域和文学园地的两栖人。

第五章　媒介形态的融合与拓展：重构民间性与大众化文学传播

——从“朗诵诗”“街头诗”到新秧歌剧

延安时期的客观现实环境，使得作家迫切地希望拿起轻型的文学武器投身伟大的民族革命战争。出版印刷的困难，长篇巨制的不易产生，也促使文艺工作者必须选择简短通俗的，能够敏捷地反映现实斗争，为人民大众所喜闻乐见的文艺形式，选择那些最接近于大众的传播形式来为抗日战争服务。于是，传播媒介的概念在这里已不可能只局限于当时的报纸、广播、杂志等现代传媒形态，从人类传播诞生始，所有的可资运用的媒介在特殊的乃至极端的战争条件下都成为文学传播的媒介。媒介形态的融合和拓展构成了延安文学传播史上一个不可忽视的重要特征。而由此形成的朗诵诗、街头诗、秧歌剧运动也足以构成现代文学史上的重要篇章。

诗歌构成了延安文学重要的一翼。除了大众传播媒介外，口头传播是自诗歌诞生以来从未舍弃过的最有效的传播方式之一。延安的朗诵诗之所以引起强烈的反响这是因为其扩大了诗的影响，推动了诗歌大众化，同时也突破了诗歌内容和形式上的局限性，使其成为各个阶层所共同认可和接受的文学形式，从而实现了诗歌在传播形式和传播效果上的回归。考察延安时期的朗诵诗运动、街头诗运动，不仅从中看到诗歌的原始传播形式在革命战争背景下所产生的巨大力量，而且看到延安诗人在新诗歌发展中将“五四”白话诗歌传统和民间形式融合所塑造的新的诗歌精神，也为今天诗歌的传播提供启示。

新秧歌剧运动最大程度地体现了毛泽东《在延安文艺座谈会上的讲话》之后知识分子的民间化走向以及重构文学大众化的文化姿态。民间艺术形式与抗战、革命主题的高度契合，新的话语言说方式与地域文化形态的对接交融，广场演出的大众狂欢传播效应，构成了延安新秧歌的鲜明特征，它不仅为当时的戏剧发展提供了示范和借鉴，同样也为当下我们所关注的振兴民族戏剧的课题提供了重要的启示。

文学的历史是与人类传播的历史相伴相随密切关联的。媒介是文学传播活动赖以进行的方式方法与工具手段。人类传播所经历的由口头传播到纸质媒体传播再到电子传媒传播的历史演变的每一个阶段，都意味着文学形式的改新与转折。由神话传说到小说，由田野歌谣到诗歌，由民间歌舞到话本再到戏剧。可以说，每一次的媒介发展变革，都意味着随之而来的文学由外而内的变革。英加登曾指出口头文学和书面文学“这种作品是一个纯粹的语音学构成。但是，一旦它以手抄本以及后来的印刷形式记录下来，从而主要是供阅读而不是听的，这种纯粹的语音学性质就改变了。印刷品（被印刷的本书）不属于文学的艺术作品本身的要素（如尼古拉·哈特曼［Nicolai Hortmom］曾认为它是一个新层次），而仅仅构成它的物理基础。但是印刷的版式的确在阅读中起着一种限定作用，所以语词声音和印刷的语词建立起密切联系，尽管它们并不联合构成一个统一体。印刷符号不是在它们个别的物理形式中被把握，而是像语词声音一样作为观念的标志而被把握的，它们在这种形式中同语词声音联系在一起。这对文学艺术作品的整体性造成一定的损害，但是另一方面，它比纯粹口头流传更忠实地保持了作品的同一性”①。如果说文本存在方式的转变对于作品整体“造成一定损害”似乎太过极端，但是，文本存在方式与传播方式的改变，对于作品本身所带来的改变则是毫无疑问的。19 世纪末 20 世纪以来，中国大众传媒业的建立和发展给文学带来了革命性的发展。从此，现代报刊成为文学传播的重要舞台。然而，当一种趋势成为主流时往往会掩盖另一种乃至许多种可能，媒介传播也是如此。当作家及出版家津津乐道于新传媒为文学带来的新空间时，那些原始的但曾经始终伴随文学在广袤的民间大地繁衍生息的传播形式似乎完全被现代传媒的光芒所遮蔽。历史的确是复杂的充满着多种可能甚至轮回，当战火燃遍北中国大地时，当满怀建立现代民族国家的理想的人们汇聚陕北，急迫地需要现代传媒向他

① ［波兰］罗曼·英加登：《对文学的艺术作品的认识》，中国文联出版公司1988 年版，第13 页。

所依靠的工农兵大众传播他们的理念，发出抗战的呼吁时，他们所能依托的媒体却是非常有限的。自制的马兰草纸显然不足以构建足够的报纸传媒体系①，用缴获的吉普车发动机改造的广播电台的发射动力②又如何承载大众抗战的呐喊和誓言。客观现实要求文学与斗争形势相适应，运用各种手段迅速而有效地作出反应，作家本身失去了从容写作的环境和心情，迫切地希望拿起轻型的文学武器投身伟大的民族革命战争，战争环境中出版印刷的困难，长篇巨制的不易产生，这些情况都促使文艺工作者必须选择简短通俗的，能够敏捷地反映现实斗争，为人民大众所喜闻乐见的文艺形式，选择那些最接近于大众的传播形式来为抗日战争服务。“解放区文学艺术的形式发生了巨大的变化，文艺重新从封建贵族的沙龙、客厅回到了广场，从资产阶级个人主义的阅读回到了广场上人民大众的狂欢，从印刷文化转向了口头文化，从长篇小说转变为朗诵诗和秧歌剧。”③ 于是，传播媒介的概念在这里已不可能只局限于当时的报纸、广播、杂志等现代传媒形态，从人类传播诞生始所有的可资运用的媒介在特殊的乃至极端的战争条件下都成为文学传播的媒介。媒介形态的融合和拓展构成了延安文学传播史上一个不可忽视的重要特征。而由此形成的朗诵诗、街头诗、秧歌剧运动也足以构成现代文学史上的重要篇章。

费正清在他的《剑桥中华民国史》中这样评价：

> 紧接延安讲话之后，几乎没有出版什么值得注意的小说，这与秧歌剧和民间歌谣的盛行形成了强烈的对比。假如这种现象可以认为是毛泽东意图的准确反映，那么，延安讲话所开辟的新的道路，似乎将会引导中国现代文学摆脱书面程式的束缚，而与广大接受者重新建立一种直接的“视听”联系。这种极端的措施，也许是毛对30年代早

---

① 马兰草造纸：抗战初期，边区印刷用纸全靠外地输入。随着印刷业的发展，加之国民党的封锁，印刷用纸成了边区各印刷厂的最大困难。延安自然科学院华俊寿等研制成功了用马兰草造纸，才解决了边区用纸的困难。中央印刷厂派王元一参加了造纸研制工作。谢觉哉曾为中央印刷厂题词：“马兰纸虽粗，印出马列篇。清凉万佛洞，印刷很安全。”（据延安新闻纪念馆，展板介绍。）

② 1940年3月，周恩来从莫斯科返回延安，带回来一部广播发射机。党中央决定筹建广播电台，并成立了以周恩来为主任的广播委员会，领导广播电台的筹建工作。军委三局九分队承担建台工作。台址选在延安西川的王皮湾村的墩儿山下。于1940年12月30日开始播音，延安新华广播电台诞生。

③ 旷新年：《人民文学：未完成的历史建构》，《文艺理论与批评》2005年第6期。

期左派关于汉语大众化和拉丁化一系列争论的回答。汉字作为唯一不朽的文学媒介（甚至在崇尚古典的旧中国，口头传说以后也改写成文字），一直是神圣不可侵犯的。在这样的一种文化中，毛泽东主义的这一趋向，的确会构成一场第二次文学革命。[①]

一　文学在传播中回归与升华：朗诵诗运动与街头诗运动

诗歌是最早的文学类型，是文学家族的长子。在世界各国文学史上，开辟鸿蒙的总是原始歌谣。作为人类最早创造的一种文学形式，诗是人类心灵的乐章，是情感的火焰，是思想的光芒，是人类灵性与智慧、生活与梦想的结晶，也是人类文明进程的重要标志。在其几千年的发展史上，不仅留下了数不胜数的名家名作，成为文学宝库中熠熠生辉的珍品，而且也成为文化传承和传播的载体。诗歌诞生于人类口头传播，原初的诗歌是以诗乐共生状态传播的，文人对于民歌的参与才使诗歌从口头存在转化为案头存在。“口语是人类传播所用的第一个媒介，口语传播时代也就成为人类传播历史上的第一个发展阶段。这个阶段大致是从人类摆脱‘与狼共舞’的状态而组成社会开始，一直到文字的出现。”[②] 追根溯源，诗歌的产生远远早于文字和人类传播最早的物质载体的产生。与民间生活血脉相连的文学形式首推诗歌。《诗经》自不待言，就是在今天，当现代传媒冲击到地球的每个角落时，在中国西部的黄土高原，民间歌谣仍然是构成民间生活的重要部分。虽然那些歌谣甚至找不到其作者，或许这些创作也没有被视为诗作登上今天的大众传媒的殿堂，但那些来自民间对生活最真切的歌谣具备了诗歌理论中所有的特征或苛刻的元素，以精练、形象、具有鲜明节奏韵律的语言，以特有的声情韵律，以强烈的抒情性，通过比喻、夸张、拟人、化物、象征等一系列手段，反映着最真实最丰富的现实生活，抒发着真切复杂的人类情感。这一切似乎都在说明，诗歌的传播是最

---

① ［美］费正清、费维恺：《剑桥中华民国史（1912—1949）》，中国社会科学出版社 1994 年版，第 482 页。

② 李彬：《传播学引论》，新华出版社 2003 年版，第 2 页。

自由的。除了大众传播媒介外，口头传播是自诗歌诞生以来从未舍弃过的最有效的传播方式之一。基于此，我们来考察延安时期的朗诵诗运动、街头诗运动，不仅从中看到诗歌的原始传播形式在革命战争背景下所产生的巨大力量，看到延安诗人在新诗歌发展中将“五四”白话诗歌传统和民间形式融合所塑造的新的诗歌精神，也为今天诗歌的传播提供启示。

诗歌是抗战时期文学创作普遍采用的形式。如上文所述，抗战初期文人们纷纷以通讯报道反映战争现实，在他们看来诗歌的力量则在于鼓舞奋起战斗，诗歌构成了延安文学重要的一翼。遍览延安时期的报刊，可以发现，延安自创办报刊伊始，就经常发表新诗、歌谣、小调等，并逐渐形成抗战诗歌运动。诗人萧三在 1940 年第 1 期延安出版的油印《新诗歌》的刊首语中说：“延安的诗歌运动——街头诗运动，诗歌朗诵运动——开全国之风。”① 孙犁曾说：“墙头小说与街头剧、墙头诗是边区三支文艺轻骑队，是年轻的文艺三姐妹。”② 1938 年街头诗运动日那天，“据林山统计，收集到的诗歌创作有 100 多首，这是诗歌创作的一次大检阅、大变革，是诗歌界的一次革命。第一次街头诗运动浪潮为延安文艺的形成、发展作了奠基礼”③。

（一）朗诵诗：由书面传播走向口头传播

“诗者，吟咏情性也。”④ “诗言志，歌咏言。”⑤ “故哀乐之心感，而歌咏之声发。诵其言谓之诗，咏其声谓之歌。”⑥ 吟咏是诗歌传播的重要途径。吐纳珠玉，色彩斑斓，语言构成了诗的最基本的艺术细胞。而富有节奏感、音乐性与韵律美又是其区别于其他文学形式的最本色的特征。诗歌的最初形式是和音乐舞蹈结合在一起的，这就注定了诗歌是最富音乐性、具有节奏和韵律的语言艺术。“情发于声，声成文谓之音”⑦，和谐的音韵，鲜明的节奏，是诗歌区别于其他文学样式的一个基本特点。诗歌的音乐性，既指内在诗歌音乐性即情绪的律动，高低起伏、长短快慢，又指

---

① 萧三：《出版〈新诗歌〉的几句话》，《新诗歌》1940 年第 1 期。

② 孙犁：《关于墙头小说》，《晋察冀日报》1940 年 9 月 14 日，第 4 版。

③ 贺志强、杨立民：《延安文艺概论》，陕西人民出版社 1992 年版，第 223 页。

④ 严羽：《沧浪诗话校释》，人民出版社 2000 年版第 31 页。

⑤ 《尚书·尧典》，载《先秦两汉文论选》，张少康、卢永编选：人民文学出版社 1996 年版，第 4 页。

⑥ 《汉书·艺文志》，上海古籍出版社 1998 年版，第 148 页。

⑦ 孔颖达：《毛诗正义》，上海古籍出版社 1990 影印本，第 26 页。

外在音乐性即声音的回环（押韵、节奏和声调）。音乐性使得原始、粗犷、强烈的感情转化为有规律的律动，以强化诗的意韵，唤起读者的审美注意。节奏韵律的变化反映出诗人内心情绪的律动，因情选韵，因情变韵。虽然自“五四”白话运动始新诗创作突破了古典诗词的韵律规定，引进西方诗歌分行、自由开放、每行大致相当、变化中有规律的形式，通过加强节奏感和旋律感以达到音乐性的效果，但在诗歌传播过程中始终没有放弃吟咏的传统。

在笔者所接触到的有关延安的回忆录和当事人的访谈中，抗战时期延安的诗歌朗诵是构成老延安们集体记忆的重要组成部分，这足以说明诗歌在当时的传播效果。而延安诗歌的传播除了运用报纸、刊物作为媒介之外，以诗朗诵运动为代表的口语传播使得在一定程度上属于有一定文化的阶层欣赏的诗歌走向了大众，走向更广泛的接受群体。“对人类传播活动来说，最便利、最通用的媒介自然是语言即口语了。口语不仅是最初始的媒介、最重要的媒介，而且也是最基本的媒介。”① 作为一种信息传播的审美化介质、诉诸人类情感的精神产品，诗歌在影响乃至引导受众的情感、思维方面显然有着其他传播介质所不具备的优势，更易于将观念平面化和表象化的具体形象传导给受众。但是，诗歌这种诞生于民间的劳作号子，以民间歌谣的形式代代承续，最讲究吟咏韵律的文学形式，曾几何时，却由于文字传播的出现而渐渐成为掌握文字媒介阶层的专享。然而，在经历了文字传播、印刷传播乃至于电子传播之后，在20世纪三四十年代的陕北高原以口头传播运动的形式出现在其最初产生的民间时，似乎在进行一场轮回似的回归，在经历了“五四”新文学涅槃的延安诗人那里，又显然是在进行另一次升华。

抗战爆发后，为抗战宣传，为抗战服务，如一股奔腾的巨流，汇入了全国抗战文艺大潮之中。朗诵诗运动伴随着抗日救亡声浪的高涨应运而生，并发展成一个全国性的最具有现实性和时代特色的诗歌运动。1937年12月间，延安首先由陕北公学的刘御等发起成立“战歌社”，不久“战歌社”由“边区文化界救亡协会”柯仲平领导，扩展为抗日军政大学、陕北公学及部分机关单位数十人参加的群众性诗歌团体，这是当时延安成立最早的一个诗歌爱好者组织。他们提出了“抗战的、民族的、大

① 李彬：《传播学引论》，新华出版社2003年版，第4页。

众的”诗歌运动方向，促进诗歌创作和普及，并引发关于诗歌大众化问题的探讨。“战歌社”拥有众多诗人，柯仲平积极呐喊并推动诗歌朗诵活动的开展：举行诗歌朗诵会，编辑诗墙报，印发诗传单，提倡街头诗，形成了延安抗战诗歌运动的发端。[①] 同年 8 月，以“鲁艺”文学院学员为主又成立了业余诗歌团体“路社”，由天蓝、康濯负责，何其芳等指导，社员曾发展到一百余人，其工作涉及诗歌创作、研究、教学、普及等方面。抗大文艺社的文学青年也积极创作朗诵诗，举办诗墙报和诗朗诵活动。而丁玲等领导的“西北战地服务团”，则组织了诗歌朗诵队，深入前线，以诗歌来鼓舞战士的抗战的情绪。1938 年，延安诗歌界曾就朗诵诗的创作问题展开过讨论。1939 年 1 月，光未然率领抗战演剧第三队由晋西抗日游击区奔赴延安，同年 3 月，他在延安创作了《黄河大合唱》。继此之后，又出现了《生产大合唱》《八路军大合唱》《打倒汪精卫》（大合唱）等，这些歌词，都曾以朗诵诗的形式，在解放区产生过很大影响，由此而对朗诵诗的创作，起到了推动和提高的作用。

朗诵诗运动的重要倡导者柯仲平 1938 年 1 月 25 日在《新中华报》上专门撰文《关于诗的朗诵问题》，认为：“朗诵是在讲话和歌唱之间的、最富于旋律运动的一种声音艺术……什么是诗歌的朗诵？简单来说，就是用朗诵这种声音艺术和将诗歌本身的内容、律动，适度的——就是不要过火，也不要减色地传达给听众。朗诵艺术家和演剧艺术家的地位与职责是相同的。”[②] 的确，诗朗诵是诗人向受众面对面地直接呈现作品的过程，没有了其他媒体的间隔，那些没有文化的受众在接受中不需要具备辨识文字符号的基本能力，“朗诵诗通过朗诵者的声音和表演，直接诉诸听众的视觉与听觉，把战斗的现实的内容和民族感情直接传导给人民大众，无论在数量和质量上，都是过去所无法比拟的。‘用活的语言，作民族解放的歌唱’的朗诵诗的创作和诗歌朗诵活动的开展，使得诗歌走出文艺沙龙，直接呈现在广大群众面前，这在中国诗歌史上还是第一次。诗歌朗诵开辟的‘大众诗歌’道路得到了诗人们的普遍的认同，具有了主流诗潮的历史地位。诗歌朗诵运动还在诗歌听觉化方面迈出了强化诗歌听觉艺术特征的第一步，并将诗歌听觉化作为实现大众化的一条基本路线”[③]。

---

① 虽然由于社员流动性大，活动时有间断，但在当时“战歌社”仍发挥了先驱作用。

② 柯仲平：《关于诗的朗诵问题》，《新中华报》1938 年 1 月 25 日。

③ 黄安榕、陈松溪编选：《蒲风选集》，海峡文艺出版社 1985 年版，第 750 页。

朗诵诗运动是中国新诗走近民众所迈出的最坚实最值得骄傲的一大步，其倡导者柯仲平归纳道："富于朗诵性的诗歌当具以下三个条件：一，内容是真实的，最能感动大众，有高度教育意义的；二，使用的语言是大众化的——一面容易使大众接受，一面却又能提高大众文化的语言；三，有富于律动的组织。"[①] 而"柯老"[②] 的诗朗诵和他的民众剧团一起也每每出现在老延安的回忆之中。这里是关于一次诗歌朗诵会和一首诗的佳话：

> 那天晚上七点开始，许多爱好诗歌的工人来了，少数中央负责同志来了，毛泽东同志也来了。大家表演节目，最后一个是柯仲平同志，朗诵他的长诗《边区自卫军》，因为满天星斗，夜深沉了，他加快朗诵了一部分，停了下来，问："毛主席，时间太晚了，不要朗诵了吧?"毛泽东同志回过头去，看看会场上听众仍是挤得满满的，聚精会神在听，便问："你的诗还有多少?"柯仲平同志举起手里的稿纸，答道："还有一大半哩，朗诵完了就太晚了。"毛泽东兴致勃勃地要他朗诵完。听完朗诵已是下半夜了。毛泽东同志走到台边，亲切地握着柯仲平同志的手，称赞他的长诗歌颂了工人和农民，称赞他在长诗里运用了民歌体，称赞他对诗歌大众化的方向所做的努力，还把他的诗稿带回去看。
>
> 几天后，毛泽东同志把诗送了回来了，个别地方还做了修改，要他赶快发表这首诗。不久，《解放》周刊便发表了《边区自卫军》。《解放》是中共中央机关报，很少发表文艺作品的，更没有发表过长篇叙事诗。[③]

这的确是一个非常动人的场面。率真的朗诵者、聚精会神的听众、饶有兴趣而又充满敏锐的政治价值判断力的党的领袖，传者、受众以及传播制度的控制者，在一个夜晚因为一个诗朗诵会而欢聚在一起了，这样的场面在诗歌史上也是值得书写一笔的，更何况以传播政令、政论为主的中共中央机关报为一首长诗留下了宝贵的空间。延安的朗诵诗之所以引起强烈

① 柯仲平：《关于诗的朗诵问题》，《新中华报》1938 年 1 月 25 日。

② 当时延安的人们尊称柯仲平为"柯老"。

③ 周而复：《指着北斗星前进》，载周而复《怀念集》，人民文学出版社 1983 年版，第 260 页。

的反响这是因为其扩大了诗的影响，推动了诗歌大众化，同时也突破了诗歌内容和形式上的局限性，使其成为各个阶层所共同认可和接受的文学形式，从而实现了诗歌在传播形式和传播效果上的回归。

（二）街头诗：由小众走向大众诗歌起源于民间

起源于与自然最接近的底层民众，诗歌在口头传播中代代传承，甚至在没有文字的情况下也可不断繁衍，诸如《诗经》《乐府》《格萨尔王》的传说、《嘎达梅林》等皆是如此。可以说，诗歌的源头在大众，诗歌的生命也在大众。然而，传播媒介的变革在为诗歌带来革命性的转折的同时，也在一定程度上阻隔了诗歌与大众的密不可分的血脉联系。文字媒介一方面为诗歌的传播提供了物质性载体，另一方面又使其在很大程度上成为识字群体的专享。从而使诗歌失去原始状态的大众接受者而走向庙堂，走向精英群体。从这个意义上讲，延安时期的朗诵诗和街头诗所体现出来的价值绝不仅仅是作为宣传的一种工具手段。更重要的是在这里诗歌实现了回归，回到大众中并经由文人的加工创作得以升华。

联合发起“街头诗运动”的边区文协战歌社、西北战地服务团战地社在《街头诗歌运动宣言》中如是说：

> 目前来提倡街头诗（墙头诗）运动，是环境的迫切要求……有名氏，无名氏的诗人啊，不要让乡村的一堵墙，路傍上的一片岩石，白白的空着，也不要让群众心上的空气呆板沉寂，写吧。抗战的，民族的，大众的！唱吧。抗战的，民族的，大众的！我们要在争取抗战胜利的这大时代中，从全中国各地展开伟大的抗战诗歌运动——而街头诗运动，我们认为，就是使诗歌服务抗战，创造新大众诗歌的一条大道。①

延安街头诗是一次有目的、有宗旨、有组织发起的诗歌大众化运动。这场诗歌运动肇始于延安，扩展于各抗日民主根据地及至全国；兴起于街头墙头，辐射于报纸刊物及诗集出版。“如所周知，街头诗这种诗体有一个具体的产生日期，那就是一九三八年八月七日。”②“本来在去年八月七

---

① 边区文协战歌社、西北战地服务团战地社：《街头诗歌运动宣言》，《新中华报》1938 年 8 月 10 日第 4 版。

② 周进祥：《街头诗在晋察冀》，《新文学史料》1983 年第 1 期。

日，延安由战歌社、战地社发起了街头诗运动——从此中国的街头诗这种通俗的小型的诗才算正式走上了诗坛，渐渐被人注意而普遍地流行开了。"[①]"在许多群众集会上，都散发着红红绿绿的诗传单，在对敌人展开的政治攻势中，也有用诗传单形式制成的宣传品。"街头诗的作者，也不限于诗人，"例如冀中某些地区，已经有群众自己创作的街头诗出现"[②]形成了比较广泛的诗歌运动。

街头诗运动最值得关注的是其所运用的传播媒体。街头诗在解放区兴起，稍晚于朗诵诗。但因为它直接诉之于群众视觉，其影响面和宣传效果都超过了朗诵诗。街头诗也称传单诗、墙头诗、岩头诗等，顾名思义，这些诗歌写出来后，或在街头、岩石上张贴，或印成传单散发，"街头诗（墙头诗），就是要把诗歌贴到街头上，写在墙头上，给大众看，给大众读，引起大众对诗歌的爱好，使大家也来写诗。这不仅是要利用诗歌作战斗的武器，同时也是要在不断的实践中，来求得诗歌从学校里，课堂上，文人的会议席上，少数的知识分子中解放出来，使它真正的大众化，成为大众的诗歌"[③]。"'街头诗运动'在晋察冀和晋冀豫的区域里颇为流行。较大村庄的墙壁上都用端正的字体缮写着。略识字的农民、士兵都能看懂。念着顺口，容易记忆，且便于小学儿童朗读和传播。"[④]

当诗歌走向街头墙头时，传统的诗歌创作主体和传播主体边界随之突破。创作主体和传播主体的界限就此打破，大众从被动的参与者变成了创作者和传播者，文学真正的大众化的交融景象出现了。街头诗的根须扎进了人民的土壤，人民是接受街头诗的对象，同时也是街头诗的作者。"街头诗的形式，并不是哪一个诗人能够创造的，它是人民集体的创作。"[⑤]田间 1939 年在《现在的街头诗运动》一文中介绍说："街头诗是在剧社、文救会、妇救会、民众教育馆、宣传队、学校、部队、甚至农会各方面展开了"，与此同时，其他解放区的街头诗运动也相继出现热潮效应。值得注意的是这一诗歌热潮，不是诗人或文人圈子里的热潮，而是真正的大众

① 史轮：《我的几个诗歌问题的见解》，《边区文化》1939 年第 2 期。

② 魏巍：《〈晋察冀诗抄序〉》，《晋察冀诗抄》，中国青年出版社 1959 年版。

③ 史轮：《关于街头诗》，《抗敌报》1938 年 10 月 26 日。

④ 李伯钊：《敌后文艺运动概况》，《中国文化》1941 年第 3 卷，第 2、3 合刊，抗战四周年纪念专号。

⑤ 田间：《给战斗者》，中国青年出版社 2000 年版，第 209 页。

的诗歌的热潮。正如延安街头诗运动日的重要一员林山所言："我们提倡街头诗（墙头诗），就是要把诗歌贴到街头上，写到街头上，给大众看，给大众读，引起大众对诗歌的爱好，使大众也来写诗，这样，由不断的实践中就可以使诗歌大众化——成为大众的诗歌。"①

当诗歌走向街头时，诗歌就再也不是可资浅唱低吟的风花雪月的故事了。文人的街头诗创作也充满了现实的战斗性。林山在《关于街头诗运动》中强调："我们认为目前一切应该服务于抗战，诗歌当然也一样。而要达到这目的，就得利用一切可以利用的形式，街头诗就是诗歌的新形式之一种。"②"从广义上来说，它仍属于政治抒情诗。除了具有一般诗的特点外，短小、精悍、有力、快速、及时更是它的长处。"③ 这一新的诗歌形式是现实战斗生活中的产物，饱满炽烈的感情，简洁明快的语言，真诚淳朴的风格是其具有的共同特点。田间 1939 年在《现在的街头诗运动》一文中说："街头诗把口号的内容，把许多故事形象化了，诗化了，同时它短小的、精悍的、明快的，像匕首出现在各处，因而出现打倒敌人和动员群众及慰劳战士的明显作用。" 而这一时期比较活跃的街头诗、传单诗作者田间、邵子南、史轮等诗人的创作一改传统对诗的定位，诗作中充满现实的战斗色彩。田间从延安到晋察冀，一直是街头诗运动的积极推动者。他这时期写的《假使我们不去打仗》《保卫战》《投一票》《毛泽东同志》《义勇军》《给饲养员》《我是庄稼汉》《芦花荡》《望延安》等街头诗作都比较简短，却寓意深远，在朴素的诗句里，洋溢着火热的时代气息和强烈的爱憎感情，广泛流传于解放区的大众之中。

在长白山一带的地方，
中国的高粱
正在血里生长。
大风沙里
一个义勇军
骑马走过他的家乡，
他回来：

① 林山：《关于街头诗运动》，《新中华报》1938 年 8 月 10 日。

② 同上。

③ 刘增杰：《中国解放区文学史》，河南大学出版社 1988 年版，第 221 页。

敌人的头，
挂在铁枪上！
——《义勇军》

字里行间充满了一个坚毅的民族在血与火的岁月的坚韧和悲壮。短短的几行诗句勾画出一幅色彩丰富、意境深远的画面，其中蕴含的既是现实战斗中的英雄形象，又是人民心中对胜利的信心与希望。

假使我们不去打仗，
敌人用刺刀
杀死了我们，
还要用手指著我们骨头说：
“看，
这是奴隶！”
——《假使我们不去打仗》

简短、直白而又深刻有力，发人深思：是做忍受屈辱的奴隶被敌人杀死，还是作为一个战斗者在血火中寻求自由和生存？强烈的政治鼓动性和民族英雄主义精神在几句诗中表述得酣畅淋漓。

在这里诗歌以一种特殊的战斗形式配合着斗争，特殊的传播形式直接地发挥着宣传教育鼓动的作用，产生着特殊的效果。街头诗的出现，加大了诗的战斗力，充分发挥出诗歌的艺术效应。诗人与人民对战争的感应是相通的，诗人从现实生活提炼出来的诗，深受群众的喜爱。据田间回忆：“街头诗一出现，确实有很多拿着红缨枪的自卫军，站在墙边读诗。”①

1942 年前后解放区的群众诗歌创作活动普遍展开。艾青为 1942 年 9 月 27 日创刊的《街头诗》而写的《展开街头诗运动——为“街头诗”创刊而写》② 可以说既是之前开展的街头诗运动的总结，又是延安诗人走向大众化的宣言，是在《街头诗歌运动宣言》基础上对诗歌理论的升华。

① 田间：《写在〈给战斗者〉的末页》，田间诗集《给战斗者》，中国青年出版社 1979 年版，第 221 页。

② 艾青：《展开街头诗运动——为“街头诗”创刊而写》，《解放日报》1942 年 9 月 27 日。

摘录如下：

一

劳动者是文化的创造人，革命的目的之一，就是要把文化从特权阶级夺回来，交还给劳动者，使它永远为劳动者所有。

二

把诗送到街头，使诗成为新的社会的每个构成员的日常需要。假如大众不需要诗，诗是没有前途的。

三

诗必须成为大众的精神教育工具，成为革命事业里的宣传与鼓动的武器。

……

五

让老百姓在墙报上看见他们所了解的话，看见他们所知道的事情，让老百姓喜欢诗。

让老百姓从墙报上读到自己的名字。诗原是属于他们的，一切艺术原是从劳动开始而又属于劳动的。

……

六

把诗和政治密切结合起来，把诗贡献给新的主题和题材：团结抗战、保卫边区、军民合作、缴公粮、选举、救济灾民……整顿三风，劳动英雄，模范工人赵占魁……人们在诗里能清楚地感到今天大众生活的脉搏。

……

八

让诗站在街头，站在公营银行和食堂中间。让诗和老百姓发生关系——像银行和食堂同老百姓发生关系一样。

九

自从知识被少数人所占有以后，就像财产一样，被披上了“神秘性”，好像是一个“圣处女”似的不可侵犯。现在是要把这“神秘性”完全揭去的时候了。应该打开书库像打开谷仓一样，让书籍受到阳光，而且被流着工作的汗的粗手拿起来。

……

十一

只有诗面向大众，大众才会面向诗。应该终结那种专门写给少数几个人看的观念了，那种观念，是封建文学者的观念。

在革命意义上说，文学以它所能影响的程度决定它的价值。

在现实生活面前，在支撑着中国革命战争的劳动大众面前，诗人将自己的“特权”受让于最广大的受众，诗歌自觉地从庙堂走向民间，充满了对土地的虔诚和对民众的真诚。我相信这些选择并不是任何一个权威可以完全左右的，即便这一方向是通过“党的文学”的导引实现的，也必须承认，在抗战救国民族图存的这一时期，党的利益和包括知识分子在内的大众的利益是一致的。进一步讲，文学作为独立的主体，在任何时候从其最广大的受众出发不仅符合传播的规律也是文学实现其价值的必然选择。事实上，延安的诗歌运动从诗人到民间，从倡导到普及，从普及到提高，在特定的历史时期实现了其最大的社会价值和艺术价值。

1942 年 10 月 22 日，陕甘宁边区文协、延安诗会、新诗歌会等团体，召开诗歌大众化座谈会。会上强调不仅诗人要创作“大众化的诗”，也要引导和启发人民群众创作“自己的诗”。在专业文艺工作者的倡导和指导下，一批熟悉民风民情的大众诗人的诗作应运而生。农民开始用诗歌形式，歌咏自己的生活，表述着自己的心声，如《东方红》《十绣金匾》《翻身道情》《古树开花》《十二月唱革命》《高楼万丈平地起》《咱们的领袖毛泽东》等一批优秀民歌，就是在这种情况下产生的。与此同时，部队的“枪杆诗”创作也成为一道风景。“枪杆诗”吸收了各种民歌形式，同时又接近快板和顺口溜，便于自由地抒发战士的感情。《运输队》《一个班缴一连的枪》《人民功臣焦五保》《好一个铁腿汉》《我也有功劳》等诗，充满军人战斗生活的豪情，爽真而直白，表现出一种顽强坚毅的性格。其中《打仗要打新一军》，用“砍树要砍根”的生动比喻，表现了人民军队要消灭蒋介石王牌军的决心。部队的诗歌创作随着战争的进程，随着部队在全国的步步前进不断地向更广大的地区传播，在华东、华北、东北等各个战场，这些诗显然既是部队生活重要组成部分，又是胜利挺进的军队胜利号角。1950 年由荒草、景芙编选的《人民战争诗歌选》，共收录有 143 首诗歌，都是出自普通战士之手。

（三）诗歌创作：由欧化走向民间、由诉诸内心情感走向诉诸现实生活

街头诗有着最确定的受众群体。如果说传统意义上的诗歌鉴赏活动主要是在文人阶层展开的话，那么，街头诗却是写给老百姓看的，写给那些没有多少文化甚至不识几个大字也无更多的闲暇品味诗歌的老百姓看的。面对这些受众，诗的形式或技巧似乎变得微不足道了，而如何让他们对诗感兴趣，读得懂，并真正实现诗的价值变得异常现实和重要。胡风曾最早对当时还很年轻的田间给以热情的赞扬，他说，自己不是靠从形式上看田间的创作特色，田间诗歌的形式是从他的诗心和生活的结合上产生出来的，田间“是第一个抛弃了知识分子底灵魂的战争诗人和民众诗人”①。胡风对田间的评价虽然强调诗人的“诗心”和生活的重要价值，实质上也引出了街头诗的创作形式中民谣与新诗、诉诸内心情感与诉诸现实生活的重要辩证关系问题。

钱毅发表在《新华日报》上的《谈谈“墙头诗”》认为：“墙头诗是介于民谣和新诗之间的形式。我们看到的墙头诗，大部分吸取了民谣风格，同时又接近新诗。它比新诗更简洁，好似粗笔画，几笔就能说出一个意思，群众更容易接受。”② 可以说，街头诗运动开展伊始就有着自己的目标和定位，《街头诗歌运动宣言》明确指出要延续民间诗的传统：

> 利用诗歌作战斗的武器，同时也就是要使诗歌走到真正的大众化的道路上去；不但要有知识的人参加抗战的大众诗歌运动，更要引起大众中的“无名氏”，也多多起来参加这运动。新的，强大的内容是随着抗战一道丰富起来了。新的形式，只要我们能适当地利用中国民族的，大众的，及一部分外来的形式，它就能产生——“利用”并不是单纯地模仿、抄袭，或无条件地使用，而是恰如社会主义利用资本主义遗产及各民族形式一样，它含着选择，批判和高度的创造性。因此，我们着重这“利用”。一句适当的标语，它可以指示某一时期的战斗行动，它也算得一首最有力的诗。但是，假使要我们的情绪更

① 胡风：《关于诗和田间的诗》，载《胡风全集》第 2 卷，湖北人民出版社 1999 年版，第 594—602 页。

② 钱毅：《谈谈“墙头诗”》，《新华日报》1946 年 5 月 10 日。

来得丰富，内容更来得具体，而且可以使人容易了解的话，那么，一首抗战大众诗比一句政治标语，在某些地方，就更能发挥效力了。在战斗中，我们该用标语口号的地方就用标语口号，该用大众街头诗歌的地方就用它。我们唱也好，朗诵也好，写也好，我们要使这个运动普遍而深入。[①]

"宣传要富有效力，就必须求助于最传统的、图式化的甚至是简单化的话语形式。"[②] 街头诗把口号的内容，把战斗的故事形象化、诗化，同时又以短小的、精悍的、明快的、匕首般的形式传播出去，这种诗的形式，显然既不同于民间歌谣那样生活化，也不同于新诗的抒情性审美性特征。"诗者，根情，苗言，华声，实义。"[③] "诗者，志之所之也，在心为志，发言为诗，情动于衷而形于言。"[④] 感人心者，莫先乎情。诗歌是一种抒情的文学样式，诗歌是思想情感的产物。外界客观事物折射于诗人主观心灵并触发诗人一系列情感体验，唤起更多纷繁复杂的情感波澜，促使诗人以诗的形式抒发出来。然而，在诗歌形式向民间传统回归，经历过"五四"新诗创作熏陶的诗人致力于向民间传统形式学习的过程中，这种诗歌创作趋向的变化归根结底源自创作的革命的功利性目的和大众化方向的选择。革命开始征用文学的美感功能，情感模式在革命话语之中的巨大意义引起人们的关注："激进的理念和形象要转化为有目的和有影响的实际行动，不仅需要有利的外部结构条件，还需要在一部分领导者和其追随者身上实施大量的情感工作。擅长唤起大众的情感甚至被视为一种相当成功的革命技术。"[⑤] 高长虹在 1942 年 10 月 22 日边区文协等团体召开的诗歌大众化座谈会上的发言曾主张："我们要由创作'大众化的诗'到创作思想感情语言都同于工农兵的大众的诗，以至启发大众诗人创作'大众

---

① 《街头诗歌运动宣言》，《新中华报》1938 年 8 月 10 日。

② ［美］马泰·卡林内斯库：《现代性的五副面孔》，周宪、许钧主编，商务印书馆 2004 年版，第 121 页。

③ 白居易：《与元九书》，载朱金城笺校：《白居易集笺校》卷四五，上海古籍出版社 1988 年版，第 2791 页。

④ 孔颖达疏《诗大序》，《毛诗正义》卷一，《十三经注疏》，中华书局 1979 年版第 272 页。

⑤ 裴宜理：《重访中国革命：以情感的模式》，载《中国学术》2001 年第 4 期。

自己的诗'。"[①] 延安诗人萧三、艾青、鲁黎、李雷、高敏夫、郭小川等都对此问题发表了各自有关诗歌大众化的主张。林默涵认为文艺的大众化就是"从人民的生活出发，就是说要真正反映人民的生活、斗争和要求，要站在人民的思想立场上来表现人民，为人民而斗争。要用人民的语言真实地写出人民的思想与感情，这样才会使人民觉得喜闻乐见"[②]。

如果说延安诗歌运动显著的特点首先是以诗歌为武器，完全、彻底地为抗日战争服务，更多地体现出的是一种社会功利性。那么，这一理解是失于片面，缺乏公允的，也是对诗歌的艺术价值的狭隘理解。虽然，现在我们无法还原街头诗的盛况和它所引起的大众的反响，[③] 但从当时见于报刊的，如《战斗的一九三八》《祭》《起来吧，中国!》《边区自卫军》《给我一枝枪》《朱德同志》《战时儿童保育院》《张伯伦作了慌》《八路军》等动员抗战的诗篇以及为配合各项任务，如宣传游击战术，鼓励开荒生产，纪念革命节日，颂扬人物，悼念烈士，警告顽固派，甚至《延安世界语者协会成立大会宣言》和《边区政府为禁止粮食出口与浪费事布告》等富有鼓动性和战斗性的诗篇中看到诗人们投身生活的激情，充满民族革命的豪情的跃动的心。诗之情源于客观世界。只有将对生活的感悟、时代的感受储于心底，酿于心底，才能迸发出诗之真情。亦如黑格尔所言："抒情诗的主体的首要条件就是把实在的内容完全吸收到它的自我里去，使它变成自己的东西。事实上真正的抒情诗人就生活在他的自我里。"[④] 延安战斗的现实生活是为诗歌创作提供了源头活水，只有当生活打动诗人，激发出其创作的灵感，才能打动读者。"所谓'灵感'，无非是诗人对事物发生新的激动，突然感到的兴奋，瞬即消逝的心灵的闪耀。所谓'灵感'是诗人的主观世界与客观世界最愉快的邂逅。"[⑤] 由客观世界获得灵感，由灵感开始创作，是诗人创作的直接动因。"诗人必须从内

---

① 钟敬之、金紫光：《延安文艺丛书·文艺史料卷》，湖南文艺出版社 1987 年版，第 166 页。

② 林默涵：《略论文艺大众化》，载香港《大众文艺丛刊》1948 年 5 月 1 日第 2 版。

③ 据回忆，在延安朗诵诗和街头诗运动中写下的大批诗作品，其中不乏精品，只因出版条件限制，载入报刊的仅属很小部分，绝大多数发表于临时性的墙报、街头诗、诗传单，或只是拿着手稿口头朗诵一遍，就散失了。这也从另一方面再次证明延安时期文学研究史料工作的紧迫性。

④ ［德］黑格尔：《美学》第 3 卷，朱光潜译，商务印书馆 1981 年版，第 196 页。

⑤ 艾青：《诗论》，人民文学出版社 1980 年版，第 4 页。

心和外表两方面去认识人类生活，把广阔的世界及其纷纭万象吸收到他的自我里去，对它们起同情共鸣，深入体验，使它们深刻化和明朗化。”① 所以，无论是饥者歌其食，还是劳者歌其事，无论是铁马秋风，还是杏花春雨，永远都是与跃动的赤子之心，奔放的自然之情紧紧连在一起。“假如说，革命的理论是从思想上去影响人朝向革命，组织人为革命而行动，那么，革命的文艺创作则是从情感开始到理智去影响人走向革命，组织人为革命而生，为革命而死。”② 这又是何等炽烈的情怀？在它面前，其他的任何所谓情调都会黯然失色。

从形式上看，延安的街头诗一直是作为动员群众、鼓励抗战的宣传武器而存在的，它的地位与戏剧和歌曲一样，主要是在公众聚会的场合用来演出和娱乐的。《延安文艺丛书·文艺史料卷》记载：1938 年 2 月 13 日，“边区文化界救亡协会召开边区文化界反侵略运动大会。会后向群众宣传，有街头歌咏，漫画和墙头诗”③。晋察冀的街头诗诗人钱丹辉回忆说：“毛泽东同志的《为动员一切力量争取抗战胜利而斗争》和《论持久战》的基本观点，是我们宣传工作的指导思想，也是我们街头诗的主旨。当时我们街头诗的主要内容，就是宣传持久抗战，揭露日本帝国主义的侵略暴行，动员群众奋起战斗，保卫中国，保卫华北，保卫家乡，把日本侵略者赶出中国去。”④ “街头诗要作为艺术的一员和大众站在一起战斗，并且使大众获得艺术，也在艺术的呼声中前进！像一切诗底目的应该提高人类向上的意义、斗争的热情一样，街头诗也应该这样：只是它还要很迅速地、很迫切地而且很广泛地在各个斗争的场合里、革命的步伐里显示出这种目的。”⑤ “这些在内容、形式、风格上各具特色的街头诗，完全摒弃了那种写自我、写生活琐事、抒发个人感情的诗风，而以抗战的、民族的、大众的斗争生活和抗战与民族的存亡为根本题材，表现人民的喜乐和愤怒，反映人民所关心的现实，并鼓舞和帮助人民前进。”⑥

---

① ［德］黑格尔：《美学》第 3 卷下册，朱光潜译，商务印书馆 1981 年版，第 54 页。

② 艾青：《我对于目前文艺上几个问题的意见》，《解放日报》1942 年 5 月 15 日。

③ 钟敬之、金紫光：《延安文艺丛书·文艺史料卷》，湖南文艺出版社 1987 年版，第 24 页。

④ 丹辉：《晋察冀诗歌战线的一支轻骑兵——记抗日战争时期的铁流社》，《新文学史料》1981 年第 4 期。

⑤ 田间：《怎样写街头诗》，《晋察冀日报》1941 年 5 月 14 日第 4 版。

⑥ 田间：《田间自述（之三）》，《新文学史料》1984 年第 4 期。

总之，由诉诸内心情感到诉诸现实世界，从以诗人为创作主体到群众性的诗歌创作活动，不仅带来了解放区诗的普及也带来了诗歌作者思想和创作新的变化。叙人民之事，抒大众之情构成作品的基本内容；汲取民歌的形式，即使写自由诗、格律体新诗，也自觉地吸收民间形式和群众的语言。传播主体和接受主体相融合，共同在中国现代诗歌史上书写了值得关注的精彩一页。

（四）跨媒体的推动：由“街头”“墙头”走向“报头”“刊头”

如果说诗歌从原始的诗乐共生状态经由文人的参与，终于找到了物质承载的媒体——从口头走向案头，从而保证了作品的相对稳定性，并使其得以长久保存，为我们今天留下了诗歌发展历史的物质资料。那么，延安街头诗运动中报刊媒体的介入则不单单为我们今天研究这些诗歌提供了宝贵的史料。其重要价值是在当时，是在朗诵诗和街头诗运动中所发挥的推动作用。“为了繁荣诗歌创作，扩大街头诗阵地，‘战地社’除继续出版《战地》外，于1939年2月又创办了《诗建设》。‘铁流社’，于1939年3月，也编辑出版了《诗战线》。1939年街头诗运动风行全边区。《诗建设》为纪念延安‘八·七’街头诗运动日一周年，发起了1000首街头诗创作活动。这时，除诗歌刊物发表街头诗外，各报纸副刊和综合刊物也发表街头诗。大量的街头诗被直接书写、张贴在墙头、岩头上，或者油印成传单散发。”[①] 这些街头诗，后来被搜集起来，陆续出版了《粮食》《战士万岁》《文化的民众》《在晋察冀》《街头》《给自卫军》《力量》等诗集。晋察冀继延安以后，也迅速成了街头诗运动的第二故乡。

《新中华报》《抗敌报》和《解放日报》等党报也多以大规模的形式发表街头诗，如抗战初期的1938年8月10日《新中华报》发表“街头诗选”9首：田间的《假使敌人来进攻边区》、骆方的《我们向你们敬礼》、贺嘉的《岗哨》、余修的《开大会》、敏夫的《边区自卫军》、史轮的《儿歌》、柯仲平的《保护我们的利益》、刘御的《小脚婆姨》和季纯的《给我一枝枪》。

我家三代是雇农，
你家三代是佃农；

① 刘增杰：《中国解放区文学史》，河南大学出版社1988年版，第222页。

你我都在延水边长大，
你也穷来我也穷。

说开荒，我们开过几千几万垧，
论耕种，我们手下出过几千万石粮；
无奈那时粮不在我手上！
地不在你手上！

三年前，地面上刮起了一阵红色的暴风，
刮倒了土豪，
我们家家才分得土地耕种；
从此我有粮在我手中，
你有地在你手中。
你看那土豪何等无理，
他强迫我们交还土地；
就不说他有汉奸的嫌疑吧，
他分明是故意来破坏边区。
请问我们几代人为你家种地，
你家白吃了我们多少石粮食，
到后来才分了你土豪的土地，
这还有什么对不起你呀！?
什么对不起你！?
劝他不要算旧帐的好，
如今应该大家一同去抗日；
他不抗日偏要来讨糊涂债，
我们一定叫他滚出去！滚出去！"

——柯仲平《保护我们的利益》

作者用诗歌分行的形式，并适当地用韵，生动地展示了抗战时期地主与农民在土地上的矛盾以及地主阶级只顾自己的利益而置全面抗战的形势而不顾的状况。《保护我们的利益》显然是站在大众利益的立场的呐喊。或许从艺术上尚显直白、不成熟，正如周扬在《抗战时期的文学》中所分析的："由于战事的影响，出版界陷入了暗淡的状态，不但文艺的，就是一般的书籍的印行都成了非常困难的事体。大型刊物是无法继续出版了，小刊物和小册子是打破出版界沉寂的唯一的东西……短篇小说是中国新文学的最主要的类型，目前所采取的就是比短篇小说更小的形式，散见在各报章刊物上的尽是战时随笔、前线通讯、报告文学、墙头小说、街头剧，等等。这些作品都是急就章，没有经过多少艺术上的斟酌和推敲，都具有一种宣传鼓动的性质。"① 也正因如此，更需要加以提炼与指导。从街头、墙头走向报头，通过报刊媒体阐述创作体会，对大众诗歌创作加以指导成为必然。正如艾青所言："新的诗人将从大众中产生。而我们，我们是一个助产士。在这意义上，我们必须有充分的愉快与敏捷来从事工作。诗的语言、形式、风格，将由大众化运动的实践中，带来了变化与改造。好的东西，将可以预期地被发现。在丰富的现实生活中，在广大的写作青年的努力中，'狂野的、特殊独创而美丽的诗'，（拜伦论柯勒立语）将会产生。"② 诗人们一边热情地投入街头诗创作，一边不断总结创作经验并对运动加以理论分析和升华。萧三 1943 年 4 月 11 日在《解放日报》发表《可喜的转变》一文，在列举文艺活动方面，把"街头诗"与"街头画报""街头音乐""街头朗诵"并列在一起，认为"把艺术从窑洞里搬到街头上来了"是一个可喜的转变。伴随着实践，报刊的报道与研究文章成为直接的推动力量：《新中华报》1938 年 8 月 10 日刊发《街头诗歌运动宣言》，林山 1938 年 8 月 15 日在《新中华报》发表《关于街头诗运动》，骆方 1938 年 4 月 12 日在《战地》第三期发表《诗歌民歌演唱会记》，同期刊发柯仲平的《诗歌民歌演唱会自我批判》以及艾青的《展开街头诗运动——为〈街头诗〉创刊而写》等。《解放日报》1946 年分别在 10 月 2 日，10 月 20 日，12 月 5 日发表街头诗 9 首，都有一个共同的主题。1946 年 12 月 5 日，《解放日报》登出街头诗《看我们这些自卫军》共 9 首。与此同时，一方面，组织座谈对群众创作加以指导，《解放日报》报道了《群众翻身诗歌座谈》③；另一方面，发表文章加以研究指导，如 1946 年 7 月到 11 月间就在组织座谈的同时发表了陈涌的《关于政治诗》《"佃户话"和我们的诗歌创作》，亚凡的《街头诗话》，永安、张七

① 周扬：《抗战时期的文学》，《自由中国》1938 年 4 月 1 日第 1 版。

② 艾青：《展开街头诗运动》，《解放日报》1942 年 9 月 27 日。

③ 《群众翻身诗歌座谈》，《解放日报》1946 年 8 月 19 日。

的《“群众诗画”在市场口》，汶石的《谈开展“群众街头诗画”工作》，钱来苏的《关于杜甫》等文章。同时，报纸开辟的编者与读者栏目以《不必先学写诗》与读者形成互动并有针对性地进行指导。解放区的其他报纸也在开展诗歌运动的同时关注并加以引导，《抗敌报》多次刊登关于街头诗的理论探讨文章。1940 年，街头诗运动两周年时，西战团战地社还油印出版了“诗建设丛刊”之十的《关于街头诗》，提出了街头诗普及与提高的两大任务。茅盾主编的《文艺阵地》和胡风主编的《七月》也登过或介绍过街头诗。通过这些媒体传播，延安的诗歌创作传遍全国并对其产生了重要影响。

二　新秧歌剧运动：从剧场到广场重构民间性与大众化文学传播

衡量传播活动是否成功的界定角度或许很多，但是，无论从何角度出发，传播效果都是传播过程的最终归宿，也是传播学研究的核心，“它几乎可以说是传播学作为一门学科赖以安身立命的根基。如果不是为了取得某种效果，那么传播活动就失去意义；同样，如果不探讨效果问题，那么传播研究便成为无的放矢。这同战争是一个道理。在传播中，分析传者，把握受众，了解媒介，知己知彼，也都是想达到最佳的效果。不为效果而从事传播及传播研究，同不为胜利而进行战争，是一样荒谬，一样不可思议”①。在文学传播活动和文学传播的研究中，效果研究可以说被长期忽视和冷落。批评家往往以文本作为对象，即使是受众研究也主要聚焦于受众的审美接受心理等过程。对接受效果的感性衡量莫过于受众对作品的评价，或者说，作品的永恒性是定格在接受者的记忆内存之中的。

遍览有关延安时期的回忆录，笔者发现，几乎所有的“老延安”，无论是将军或士兵，亦无论是知名作家或“鲁艺”学员，都无一例外地以怀恋的口吻回忆起延安时期的秧歌。而当时的“每个延安人都很自负的谈起秧歌的成功。你要是和他们谈到文艺，他总要问你：‘看见秧歌剧没

① 李彬：《传播学引论》，新华出版社 2003 年版，第 238 页。

有？’仿佛未见秧歌剧就不配谈边区文艺似的”①。可以说，延安秧歌已经构成了那一代人的集体记忆。的确，“民间文学作为象征符号是一种社会记忆形式，它在横向上能巩固占据特定空间的人类共同体的成员认同心理，使他们目标一致地按照既定的模式改造自然和社会；它在纵向上能传承于后代，是民间教育的重要部分，对于新一代人它永远是不依其意志为转移的价值载体并表达着历史积淀下来的价值取向”②。正如《延安文艺丛书·民间文艺卷》的前言所说：“当时的革命文艺运动给人们留下的值得留恋和向往的记忆，是永久难忘的。在这些难以忘却的记忆中，谁也不能摆脱或无视民间文艺的强大魅力，无论是文艺评论家还是文学史家，都不应该忽视这段历史，也不能离开民间文艺而谈革命文艺的发展和产生。”③ 延安时期的秧歌并不仅仅是作为一种民间艺术而存在的。新秧歌剧运动最大程度地体现了毛泽东《在延安文艺座谈会上的讲话》之后知识分子的民间化走向以及重构文学大众化的文化姿态。当他们试图走向民间，走向大众，使文艺真正服务于大众时，就必须在其共同目标和民间形式之间寻找一个结合点，而广泛流传并盛行不衰的陕北秧歌剧恰恰既在形式上具备了民间娱乐、大众喜闻乐见的一切要素，又能在文化传统上暗合民众的潜意识，在叙事架构上承载当时环境下社会普遍关注的热点和主流文化的导向，成为一种民众革命情绪引导和宣导相结合的不可替代的形式。于是，民间艺术的形式与抗战、革命的主题的高度契合，新的话语的言说方式与地域文化形态的拼接交融，构成了延安新秧歌的鲜明特征，也为当时的其他剧种发展提供了示范和借鉴。进一步讲，延安新秧歌剧空前成功的传播效应，也会为当下我们所关注的振兴民族戏剧的课题提供重要启示。

（一）从原始歌舞形态到现实生活的承载体

秧歌是陕北地区最具历史的民间艺术形式。至今，民俗庆典、四季节令时人们都会以扭秧歌的形式表达质朴、热烈的情绪。秧歌已经成为陕北人生活中不可或缺的重要组成部分。原始的陕北秧歌属于一种宗教意义上的歌舞。据《中国民族民间舞蹈集成·陕西卷》载：“陕北秧歌自古以来就是一项祀神的民俗活动，传统秧歌队多属神会组织。边远山区至今还保

① 赵超构：《延安一月》，上海书店出版社 1992 年版，第 104 页。

② 纳日碧力戈：《现代背景下的族群建构》，云南教育出版社 2000 年版，第 234 页。

③ 贾芝：《延安文艺丛书·民间文艺卷》前言，湖南文艺出版社 1988 年版，第 1 页。

留着‘神会秧歌’之称，过去每年闹秧歌之前，先要在神会会长（主持或会首）率领下进行‘谒庙’，祈求神灵保佑、消灾免难、岁岁太平、风调雨顺、五谷丰登。据此可见，陕北秧歌活动是具有功利目的的一种风俗祭礼。过去有不少人自幼就参加秧歌活动，目的就为报答神恩，进行还愿，表示对神的虔诚，这也是形成秧歌活动广泛群众性的一个重要方面。”① 可以说，初到延安的文人对这一土著的艺术形式并未产生过多的关注，一腔投入革命的热情和“五四”以来的启蒙主义的传统，使他们中的许多人以“精英”的姿态面对面前这贫瘠的黄土高原和多数为文盲的民众。② 然而，事实很快就证明，忽视自己作品受众的接受状态的创作，往往是失败的，“任何旨在实现广泛社会变革的信息运动都必须以当地文化和情况为基础”③。更重要的是在严酷的战争生态环境下，作家的创作，早已不是个人的事情，也不仅仅作为少数人的审美欣赏，而是承载着更重大关乎战争动员以及民族国家构建的重任。于是，在经历了王实味《野百合花》、丁玲《三八有感》事件之后，以毛泽东的《在延安文艺座谈会上的讲话》为标志，延安文学开始全面走向民间性和大众化之路。

历史选择了秧歌剧首先是将其作为现实生活的承载体、特殊的战争环境下进行宣传的途径的。由于对文艺的政治意识形态功能的强调，特别是强调它在现实生活中直接的鼓动作用，亦即追求生活和艺术的某种同一关系，这使得延安文艺更看重能够直接介入生活的艺术样式，人们往往将静态的阅读转化为动态的行动参与。这样，秧歌、戏剧、墙头诗，以及纪实的通讯报告文学等文艺样式就成为延安文艺最重要的艺术样式。因此，新秧歌剧的兴起作为延安时期特殊的战争和政治生态环境的产物，便成为发挥直接的战争宣传作用和“党的文艺方向”的必然选择。中共中央宣传部 1943 年做出了《关于执行党的文艺政策的决定》：

> 在目前时期，由于根据地的战争环境与农村环境，文艺工作各部门中以戏剧工作与新闻通讯工作最有发展的必要与可能，其他部门的

---

① 李开方：《中国民族民间舞蹈集成·陕西卷》，中国舞蹈出版社 1995 年版，第 49 页。

② 据统计：“平均起来，全边区识字的人仅占全人数的 1%，小学只有 120 处，社会教育则绝无仅有。”社论《为扫除 3000 文盲而斗争》，《新中华报》1939 年 4 月 19 日。

③ ［美］韦尔伯·施拉姆：《大众传播媒介与社会发展》，金燕宁译，华夏出版社 1990 年版，第 169 页。

工作虽不能放弃或忽视，但一般地应以这两项工作为中心。内容反映人民感情意志，形式易演易懂的话剧与歌剧（这是融戏剧、文学、音乐、跳舞甚至美术于一炉的艺术形式，包括各种新旧形式与地方形式），已经证明是今天动员与教育群众坚持抗战发展生产的有力武器，应该在各地方与部队中普遍发展。①

“就宣传的观点说，延安对于戏剧的需要比其它文艺更为迫切；就普及的观点说，戏剧是直接和群众的感官相通的娱乐，也比其它文艺容易深入民间。”② 海伦·斯诺在论陕北的戏剧时也指出：“对中国共产党来说，戏剧已远远超出了娱乐的范畴，也不仅仅是一种唤醒社会觉悟的宣传工具，戏剧本身已经成为革命事业不可分割的一个组成部分。”“无论何时，政治路线一旦有所变化，舞台戏剧就完全变了过来，适应其需要……我在延安时，正值取消苏维埃之际，一切戏剧的武器都搬了出来，为这一改变进行解释、宣传，赢得了人们的同情。反对国民党、反对蒋介石的话听不见了，任何赞成内战的观点不允许说了。一切都朝着促成统一战线的方面发展。戏剧的主要内容变成促进群众运动，反对日本侵略，唤起民众，要求民主，而没有宣传苏维埃的内容了。”③ 的确，在具有民间化特征的秧歌剧中，创作则常是用正剧的手法处理表现解放区人民的新生活、新人物、新时尚，而传统演出中占主要戏份的民间闹剧成分则被用来调节气氛，使抽象的概念化的宣传内容平添了许多明朗清新的色彩。曹聚仁在《文坛五十年》综论《抗战戏剧与新歌剧》中指出：“真正的新歌剧，倒是从延安那一核心地区播种开花结果的。1943 年延安春间秧歌剧运动所产生出《兄妹开荒》小型歌剧（一种配音乐舞蹈在内的新的戏剧形式），便带来新的风格，它吸引了旧秧歌和秦腔、郿鄠等民间艺术的特长，又适当地采用了话剧的一些特点，例如它也要求情节的密切连贯和戏剧发展气氛的一致；但表演时仍掺用象征手法，而且充分利用歌与舞的效能，用舞蹈动作和歌唱道白来结合表情，这一切的如何配置，则完全视内容的需要来决定。它简洁地歌唱出人民的劳动热情，和生产中的欢乐愉快的情绪。它运用了兄妹之间在劳动时所发生的一些谐趣，加强了戏剧的新鲜活泼的

① 《关于执行党的文艺政策的决定》，《解放日报》1943 年 11 月 8 日。

② 赵超构：《延安一月》，上海书店出版社 1992 年版，第 121 页。

③ ［美］海伦·斯诺：《卓有成效的延安戏剧》，安危译，《延安文艺研究》1989 年第 2 期。

气氛，因此，尽管结构和技术还很简单，但它所反映的当时当地的人民生活是很真实动人的。”①

秧歌剧中最为延安人津津乐道的《兄妹开荒》，其主题是鼓励边区农民提高劳动积极性，加紧生产，赶走日本帝国主义。在戏剧结尾兄妹二人则直接发出号召：

嘿，大家努力来加油，
嘿大家努力来加油！
加紧生产不落后呀，
加紧生产谁也呀，不呀不呀不落后，
咱们生着有两只手，
劳动起来就样样有，
男女老少一起干，
咱们的生活就改善，
边区的人民吃的好来穿也穿的暖，
丰衣足食，
赶走日本鬼子呀，
同过那太平年呀。

同样受欢迎的《十二把镰刀》，其宗旨亦很明确，就是号召解放区民众要热爱政府，男女平等，共同建设新边区。但创作者有意添加了喜剧化的情节，将王二之妻塑造成一个落后分子，嫌王二不收工钱就给八路军打十二把镰刀，又娇气十足不能参加生产，民间普通夫妻调情的喜剧场面让戏剧的演出气氛非常活泼。同时，通过普通夫妇间的矛盾缓解，又将先进教育落后的革命转化过程自然融入其中。几乎所有的秧歌剧都离不开民间戏剧元素和现实生活主题。譬如《一朵红花》《动员起来》《夫妻识字》《栽树》《送公粮》等，都是用民间化的语言、民间化的情节、民间化的风格传达出解放区农民自觉拥护边区，踊跃投身革命运动的激情。可以说，秧歌剧从原始歌舞形式到社会现实生活承载体的转变过程，正是民间

① 曹聚仁：《抗战戏剧与新歌剧》，载《文坛五十年》，东方出版中心2006年版，第358页。

艺术形式的民间性和大众化的革命性重构的开始。“在演剧与现实斗争密切结合的不断实践中，发展了旧的秧歌形式，创造了新的歌剧形式。这在整个文化战线上说，是个伟大的革命，在整个演剧运动上说，也是个伟大的革命。”①

（二）新的“民间”的构建

作为“新秧歌运动”所直接遵循的指导性纲领，毛泽东《在延安文艺座谈会上的讲话》不仅坚定了“为工农兵服务”的方向，而且深刻地阐述和明确了生活与艺术的关系：

> 人民生活中本来存在着文学艺术原料的矿藏，这是自然形态的东西，是粗糙的东西，但也是最生动、最丰富、最基本的东西；在这点上说，它们使一切文学艺术相形见绌，它们是一切文学艺术的取之不尽，用之不竭的唯一的源泉。这是唯一的源泉，因为只能有这样的源泉此外不能有第二个源泉。②

作为指挥一场民族解放战争的领袖，对于艺术的分析绝不仅仅是从艺术的角度，如前文不止一次地强调，在毛泽东这里艺术始终被归入其整体战略体系之中，并作为宣传的武器。“宣传是现代社会最强有力的工具之一。宣传取得现在这样显著的地位是对改变了社会本质的环境变化综合体的回应。原始的小型部落可以通过敲打手鼓和激烈的舞蹈旋律将异质的成员融合成战斗的整体。在纵酒狂欢的物质享受中，年轻人被带到了战争的沸点，男女老少被卷入了部落目标的引力中。在大型社会中，战舞的熔炉已不可能融化个人的随意，必须有一种新的、更加巧妙的工具将成千上万，甚至上百万的人融合成一个具有共同的仇恨、意志与希望的集合体。必须用新的火焰烧光意见分歧的弊病，锻造参战热情的钢板。这种统一社会的新型锤子和铁砧的名字就是宣传。必须用演讲代替钻头，用印刷品代替舞蹈。战舞存在于文学作品中和现代世界的边缘地带，而战争宣传则在世界各国首都和行政区呼吸冒烟。”③ 显然，陕北高原祖祖辈辈传承的秧

① 舒强：《新歌剧表演的初步探索》，新文艺出版社 1953 年版，第 5 页。

② 毛译东：《在延安文艺座谈会上的讲话》《解放日报》1943 年 10 月 19 日。

③ ［美］哈罗德 · D. 拉斯韦尔：《世界大战中的宣传技巧》，张洁、田青译，展江校，中国人民大学出版社 2003 年版，第 176—177 页。

歌，可以作为战争宣传的新的艺术形式的直接源泉而学习和利用，但是，正如陈思和的追问："新秧歌剧其实是知识者根据政治要求，利用民间文艺形式重新创作的，提倡新秧歌，就意味着对旧秧歌的否定和批判，民间文化的原始自在的形态，是得以升华了，还是被否定了呢？"[①] 纵观延安新秧歌运动的整个过程，可以肯定的是，对传统的秧歌剧的改造，从一开始就走了一条既继承又升华的道路。如前所述，传统的秧歌剧所蕴含的主要是民间的风土人情以及因愚昧而产生的对神灵的崇拜和敬畏，在演变过程中逐渐倾向于单纯的民间娱乐甚至充满低俗、热闹、逗趣的成分。这显然与新文艺对新秧歌的要求格格不入。因此，如何在利用传统形式的基础上进行新的改革成为当时必须解决的问题。采用旧形式"必有所删除，既有删除，必有所增益，这结果是新形式的出现，也就是变革"[②]。同时，新的变革更意味着形式和内容的共同转换，意味着主流意识形态的全面介入。毛泽东曾将"老秧歌"与"新秧歌"作了明确地区分："今天我们边区有两种秧歌：一种是老秧歌，反映的是旧政治、旧经济；一种是新秧歌，反映的是新政治、新经济。"[③] 的确，与传统的陕北秧歌相比，无论在人物形象、主题内容还是在表演形式上，新秧歌都体现出新的符合延安新生活、新的大众化的革新与重构。

新秧歌的变革首先表现在剧中新的主人公风貌。传统秧歌中人物多为历史故事、神话传说人物、鬼怪神灵、帝王将相、才子佳人、白脸奸臣、花脸小丑……构成了旧秧歌的人物谱系，年复一年，陈旧重复。而在每个新秧歌里工农兵都成了主角，它充分利用、改造了旧有的秧歌形式，同时吸收了话剧的许多元素。与原始的秧歌形式相比更复杂，更具有创造性，真正形成了一种新的歌舞剧，群众的歌舞剧。以下是亲眼目睹了经过改造的新秧歌舞的吴晓邦至今仍保留的鲜活印象：

> 在秧歌队里，男的头上扎有白色英雄结，腰束红带，显出英武不凡的气派；女的腰间缠着一根长绸带，两手舞着手绢，踏着伴奏的锣

---

① 陈思和：《民间的沉浮：从抗战到文革文学史的一个解释》，载《鸡鸣风雨》，学林出版社 1994 年版，第 36 页。

② 鲁迅：《论"旧形式的采用"》，载《鲁迅全集》第 6 卷，人民文学出版社 1981 年版，第24 页。

③ 毛泽东：《关于陕甘宁边区的文化教育问题》，载《毛泽东文集》第 3 卷，人民出版社 1996 年版，第 109 页。

> 鼓点从起舞，动作细腻而泼辣。男的领队手执大铁锤，女的领队手握大镰刀，分别代表工农。男、女秧歌队员全体出场后，先跑一个圆场，然后男女分开，各自围绕成两个圆圈舞蹈。后来，男女两队汇合起来，女的绕成一个小圈，男的在小圈外面舞蹈。跳了一会儿，然后两队又再分开，接着就有一队装扮成八路军战士穿插进来，这时，秧歌舞队形内有了工农兵，变化就更多了。霎时唢呐吹响了，场子里一片欢腾声，大家都唱起边区大生产的歌曲，一面歌唱，一面表演工农兵大生产。①

由此可见，“工农兵”形象完全取代了旧秧歌中占据主要地位的帝王将相、才子佳人等人物，现实生活中新的人物形象成为主流。艾青在《论秧歌剧的形式》中说：“我们已临到了一个群众的喜剧时代。过去的戏剧把群众当做小丑，悲剧的角色，牺牲品，群众是奴顺的，不会反抗的，没有语言的存在。现在不同了。现在群众在舞台上大笑，大叫大嚷，大声歌唱，扬眉吐气，昂首阔步地走来走去，洋溢着愉快，群众成了一切剧本的主人公。这真叫做‘翻了身’！”② 取材于现实斗争的真人真事的秧歌剧，使农民意识到原来自己的行为也可以入戏，可以像古代英雄豪杰那样被人传唱，从而产生一种前所未有的自豪感，并因此感觉到自己的抗日行为的意义所在，意识到原来开荒种地、交公粮等会对整个民族和国家有如此重要的意义。由看别人到看自己的变化，使得受众形成一种信息接受的接近性，而这种直接把形象诉诸受众视觉和听觉的形式更利于观众在接受形象符号的同时感受到形象本身，也更利于他们自觉地发现身边乃至自身生活中的题材，形成一种戏里戏外的互动效果。

新的主人公风貌必然形成新秧歌的新的内容和主题。1942 年至 1945 年间，解放区的秧歌剧共有 169 篇，涉及生产劳动的秧歌剧，初步统计有 64 篇，占总数的 38%。其中直接涉及开荒的有《开荒》《开荒前后》《兄妹开荒》等。③ 湖南人民出版社 1984 年出版的《延安文艺丛书·秧歌剧卷》中收录了以下 28 部延安新秧歌剧作品：《兄妹开荒》《十二把镰刀》

---

① 吴晓邦：《我爱陕北秧歌舞》，载艾克恩《延安文艺回忆录》，中国社会科学出版社 1992 年版，第 334 页。

② 艾青：《论秧歌剧的形式》，《解放日报》1944 年 6 月 28 日。

③ 张庚：《秧歌剧选》，人民文学出版社 1977 年版，第 36、47 页。

《刘二起家》《张治国》《钟万才起家》《动员起来》《一朵红花》《牛永贵挂彩》《夫妻识字》《减租》《军爱民、民拥军》《打石门》《刘顺清》《栽树》《小放牛》《货郎担》《儿媳妇纺线》《保卫和平》《喂鸡》《回娘家》《送公粮》《红布条》《边境上》《铁锁开了》《红土岗》《模范妯娌》《王德明赶猪》《睁眼瞎子》。[①] 从作品直述式质朴的题目，也会看出其中反映生活的现实性、直接性和广泛性。其中，最著名的《兄妹开荒》，它以受到表彰的劳动英雄马丕恩父女为创作原型，用两兄妹的声音发出了"向劳动英雄们看齐，向劳动英雄们看齐！加紧生产，不分男女，加紧生产不分呀男呀哈男和女"的号召。《一朵红花》赞美积极劳动的妻子，批评好吃懒做的丈夫，"谁像你懒畜生，光吃不拉，我就要送政府把你斗争！"马健翎编剧的《十二把镰刀》、马可编剧的《夫妻识字》等，以活泼的夫妻对唱，生动描述在解放区火热的生活中年轻的夫妻之间教育与被教育进而共同学习、共同生产、共同进步的新型关系，故事围绕开荒、逃难、拜年、竞赛、识字、拥军等主题展开，民间旧有的男女对唱，载歌载舞推进情节的秧歌剧被赋予了新的主题，更加接近人们的生活，反映人们的生活，更加符合艺术传播的接近性规律。不难发现，新秧歌的内容都与当时解放区的生活主题高度关联，成为动员和教育群众坚持抗战、发展生产、实现民主以及拥军爱民的有力武器，成为革命宣传的动态媒介、启蒙教育的符号载体，并随着延安当时的革命运动迅速地发展起来，在艺术与生活的互动中不断走向自身的成熟。新的主人公风貌和新的内容主题也决定了新秧歌剧新的创作形式。周扬在《表现新的群众的时代——看了春节秧歌以后》中说："这些秧歌并不是哪一个人创造的，而是一种完全的集体创作，参加创作的不仅有诗人、作家、戏剧音乐工作者、行政工作者、知识分子、学生，这一回特别值得注意的是工人、农民、士兵、店员也参加了。"[②] 其中《工厂是咱们自己的家》是由化工厂的工人们创造的。乔儿沟秧歌队，老百姓不但参加了演出，而且还编写了新内容。《浪子回头金不换》是根据两位战士的口述记录下来的。湖南人民出版社 1984 年出版的《延安文艺丛书·秧歌剧卷》中收录的 28 部延安新秧歌剧作品，大部分是以集体的形式署名的。据张庚回忆："解放区的群众性文学运动是以工农

① 丁玲：《延安文艺丛书·秧歌剧卷》，湖南人民出版社 1984 年版。

② 周扬：《表现新的群众的时代——看了春节秧歌以后》，《解放日报》1944 年 3 月 21 日。

兵大众为主体进行的。群众不仅是文学运动的创造者，而且也是文学运动的享有者。群众的直接参与文学活动在‘穷人乐’演剧运动中表现得最为明显。从戏剧的运作过程看，戏剧大多数是剧团成员集体创作：我们的工作方式是到一个地方先进行调查访问的工作，看看这里，有些什么工作需要配合，有些什么劳模需要表扬。另外还有一部分人去进行艺术上的调查访问，看这里有什么老艺人，有什么特殊的艺术，并且立刻向他们学习，记录他们所唱的歌，搜集他们所口述的秧歌本子。经过了这样一番调查之后，就连夜赶编一些适合当地情况的新节目在秧歌中间来演出。”[①] 在解放区文艺奖的获奖戏剧中，不管是话剧，还是秧歌剧，绝大部分是按照这一程式创作出来的。在戏剧演出时也大多是“集体演奏、集团歌舞的场面、街头演出的场面”。因此，集体创作、演出的戏剧运作方式可以最大限度地发动群众参与其中，从而推动了解放区文学大众化思潮的涌动。在作品创作中的这种集体讨论、集体创作加上集体演出的过程无疑加入了更多的互动与反馈的成分。这样的形式或许会遮蔽一部分创作主体的个性而更加突出共性，但对于秧歌剧这种注重受众的群体性、参与性的艺术形式而言，其得以广泛传播和接受的原因或许就在于此。新秧歌运动也正是通过生产劳动、政治生活、家庭关系、军民关系等新的民间生活主题和新的人物风貌构建延安文学关于新的“民间”的想象。

有学者认为“解放区的戏剧多属于急就章，艺术上难免粗糙，但就其所反映的人民战争的现实，所描写的新的人物、新的思想境界，则体现着人民文艺的发展方向”[②]。实际上，秧歌剧之所以得到受众普遍认可，在创作中对民间自在形式的升华是其中最重要的原因。新秧歌剧中陕北地方方言和新的生活中的新鲜话语的交融则是一个鲜明的例子。一方面，我们可以看到具有浓厚的地域特色的话语，如《夫妻识字》中夫妻共同学文化，妻子因为丈夫不认字要惩罚他，“要是认不得，我叫你饭也吃不成，觉也睡不成，黑地里跪到大天明，看你用心不用心”。《货郎担》中货郎说道：“咱们是合作社生意，给大家办事的，又是大家组织起来的，还能哄人啦?”陕北方言中“一满子”“解不下”“哄人”等词语在秧歌

---

① 张庚：《回忆延安鲁艺的戏剧活动》，载《中国话剧运动五十年史料集》第 3 辑，中国戏剧出版社 1985 年版，第 11 页。

② 胡可：《关于解放区戏剧史料的收集与研究——〈晋察冀戏剧剧目提要〉序》，载蔡子谔：晋察冀戏剧目提要，中国文史出版社 2001 年版，第 2 页。

剧中随处可见；另一方面，时代的新名词亦俯拾皆是。“减租减息”“破处迷信”“拥军爱民”“学习文化”乃至“民主选举”等构建新生活的重要元素，都随着新秧歌剧的耳熟能详而潜移默化，家喻户晓。令许多传播学者研究探讨的“议程设置”的课题，竟在这民间艺术形式中，载歌载舞地迎刃而解。可以说，“整风”之后的秧歌剧热潮成为延安文学真正走向最直接的受众的一个标志性事件，也是延安文人从所依赖的现代媒体转向大众的民间的原始媒体传播形式的重要转折，随之而来的创作的符号系统和话语模式也发生了相应的转折。如果说在这一时期文学文本创作处于沉寂状态是符合历史事实的，但文人们的艺术活动却从未停滞，其工作所产生的巨大效果也可以在历史上找到鲜明的印迹。文学的民间性决定了从它诞生起就没有明确的媒介形态的限定，因此，秧歌剧的民间性的重构，其意义不仅仅在于在特定的历史时期，应和了政治对文艺的诉求，为了特定的宣传目的而实现的媒介形态的拓展。同时，也为文学发展和研究的大传播观的建立提供了典型案例。当现代大众传媒正在将文学创作这种高度主体性的精神活动变为全体“群众”参与的公共活动已成为不争的事实时，如何把握社会互动对文学生产和文学消费的调节和控制；如何在文学传播中来协调完成文学生产与文学消费之间的合作、调适以及一体化互动过程；如何在大众消费时代构建新的文学的“大众化”；当大众传播的洪流不可阻挡地渗透乃至冲击着文学传播时，文学将做怎样的应对；当文学日益面临边缘化的境地时，被“失语”所困惑的文学家们如何重整没有着落的心态，寻找一个受众明确、目标清晰、能够从精神层面激发创作激情（而不是以市场价值作为标准）的平台。这是当代文学工作者所面临的必须回答的重要课题。

（三）广场演出的大众狂欢传播效应

“有效宣传的诉求对象应该是宽泛的，不能忽视一个国家内部的任何忠诚。R. J. R. S. 里福德（R. J. R. S. Wreford）准确地描述了这一过程，他说一个专业的宣传者‘必须确定哪些公众最有可能是，或者成为他所代表利益的支持者；接着他必须从这些利益中选出最适于迎合这些公众偏好的方面；然后他必须以一种富有吸引力的方式将这些方面呈现出来’。[①]

① 《宣传的善与恶》，载《19世纪及以后》1923年第93期，第514—524页（哈罗德·D. 拉斯韦尔的原注释）。

他恰当地将宣传定义为‘对感兴趣的事实和意见的传播’。”① 延安文学所面对的是一群地地道道祖祖辈辈生活在黄土地上的农民。他们的兴趣爱好在很大程度上决定了其所能获得愉悦的艺术形式和审美取向。整合和建构民间的神话、故事，激发大众的狂欢情绪，让平民百姓在劳作之余获得一种愉悦、一种放松，接受一种潜移默化的教化，这是传统的民间歌舞和戏剧最原始也是最基本的功能。“从西方古代传播的历史发展进程来看，‘剧场’媒介与文学传播的发展有着密切联系。”② 延安时期的新秧歌剧的演出突破了传统的剧场媒介，成为传播者和接受者相融的民间的狂欢。巴赫金曾指出：“狂欢节的世界感受，是有强大的蓬勃的改造力量，具有无法摧毁的生命力。”③ 而以广场狂欢形式出现的延安的新秧歌剧在延安特有的士气高涨的背景之下则显得越发富有巨大的感召力、感染力。1942年9月23日，《解放日报》发表了丁里的《秧歌舞简论》，文中认为秧歌多在冬季农闲时间，作为劳动之余的娱乐，但在陕甘宁边区，扭秧歌已成为参与政治斗争和社会活动的武器，通过其向群众宣传革命道理。“边区迅速出现了大量的秧歌队，据统计，当时有各类秧歌队 949 个，平均每1500 人左右就有一个。新秧歌在陕甘宁边区等 14 个解放区形成蓬蓬勃勃的运动。”④ 周扬指出：“秧歌是一种群众的戏剧，它必须以广场为主，就是说在广场中央演出如同一座圆形的舞台，四面向着观众，演出既简便和观众的接触又是最直接最密切的。”“大秧歌应当是人民的集体舞，人民的大合唱它必须热闹，红火，如老百姓所喜欢的那样。它要表现集体力量，它要在各式各样的形象和色彩当中显出它的美妙的和谐。”⑤ 关注延安或到过延安参观的人都不会忘记那幅秧歌剧《兄妹开荒》在广场演出时的珍贵照片：延安鲁艺宣传队在文化沟的青年体育场演出，操场一面的山坡上密密麻麻挤满了观众，其他三面也围坐着众多的八路军指战员和扎着白羊肚子毛巾、手持红缨枪的自卫军，甚至有人爬到了篮球架上坐着，可谓人山人海。20 世纪 30 年代末舒湮参观延安时，亲眼目睹了上元节时

---

① ［美］哈罗德·D. 拉斯韦尔：《世界大战中的宣传技巧》，张洁、田青译，展江校，中国人民大学出版社 2003 年版，第 164 页。

② 文言：《文学传播学引论》，辽宁人民出版社 2006 年版，第 57 页。

③ 陀思妥耶夫斯基：《诗学问题》，生活·读书·新知三联书店 1988 年版，第 157 页。

④ 中国社会科学院新闻研究所、中国报刊史研究室编：《延安文萃》，北京出版社 1984 年版，第 508 页。

⑤ 周扬：《表现新的群众的时代——看了春节秧歌以后》，《解放日报》1944 年 3 月 21 日。

民众对秧歌的期盼和渴望：

> 那天晚上，延安大街上两旁店铺都在廊檐下扎彩张灯，过了酉刻，索性连门板也掩上，在门口列着几排长凳，留作观灯的坐席。我们从城外回到旅店，正想走出去吃饭，招呼店伙计替我们锁门，谁知他们也都去看热闹了。饭馆灶上封着火，满街全是看灯的人。我们既无处找饭馆果腹，只好也跟随众人后面，忽南忽北，恭候花灯行列的过市。①

的确，秧歌剧的广场演出及其新的叙事形式，在传播上更接近于受众，接近于生活，也就更接近与受众的经验范围，可以说，传播过程中的编码和译码在这里可以达到高度的契合。与小说等其他文学形式相比，秧歌剧的这种特有的传播形式使得它所传播的主题更加浅表化，其主要原因在于这种艺术形式从诞生起就直接面对着受众，正如日本戏剧理论家河竹登志夫所说："在一切艺术中，戏剧具有既是文化的创造物又是生动的社会现象的特性。换言之，戏剧是当时当地社会状况反映的这一强烈的'社会性'，是由这种作为'创造者'的观众所赋予的。"② 秧歌剧的表演直接还原或展示了作者所要表达的受众十分熟悉的现实生活，广场表演过程更加有利于接受者的信息反馈和互动关系的形成，与其他文学形式的欣赏阅读相比，接受者得以从静态的平面的叙事中跳出来而进入多维的叙事空间之中。使得传播中"能指"与"所指"之间因中介而产生的阻障逐渐淡化，直观性使得意识形态信息的传递更加准确具体，最大可能地减少了传播和接受环节中的噪声，意识形态的传播链条不会因为受众的文化程度或识字程度而受到阻碍。同时，因为秧歌剧体现出鲜明的有异于文学文本创作的不同的编码法则和传播机制，文本只构成了其全部从生产到接受过程的一个环节。而且在文本中，常见的如小说中所极力追求的个体意识、异质性表达方式被营造共同的情绪共鸣场以及同质性的表现方式，甚至模式化的故事架构所取代，作品在传播（表演）的过程之中，在受众的参与之中获得最终完成。当广场中央的演员唱到"猪呀，羊呀，送到

① 舒湮：《战斗中的陕北》，载《民国丛书》第5编，第79册，上海书店、文缘出版社1939年影印，附录第27页。

② ［日］河竹登志夫：《戏剧概论》，陈秋峰等译，中国戏剧出版社1983年版，第125页。

哪里去”时，周围的观众就会齐声应和“送给那亲人八路军”。在彼此即兴唱和中，传播的“场”效应辐射、吸引、凝聚着观众，达到了空前的效果。无论是创作还是演出，都最大程度地消弭了雅俗贵贱的文化界限，尽可能地在形式上回归其初始状态，在意义申发上将意识形态的主张灌注其中。而最能产生传播效应的恰恰是前者。笔者有幸多次在陕北进行田野考察，并得以置身闹秧歌的队列之中，感受颇为深刻。秧歌的传播形式真正使艺术回归原初状态，人人得以平等地参与其中，自由地传播与交流信息，并在其中进行个体的申发和艺术性的创造，共同营造一种场的氛围。每个人都可以构成其中的活跃力量。那种传受之间“隔”的状态消失殆尽。因此，当我们研究讨论延安文学的传播问题时，绝不能忽视这种艺术形式所带来的传播空间和形态的拓展，并揭示其中所呈现的文学民间性和大众化的意蕴。正如周扬在经历了延安热闹的春节闹秧歌之后的表述：“这次春节的秧歌成了既为工农兵群众所欣赏而又为他们所参加创造的真正群众的艺术行动。创作者，剧中人和观众三者从来没有像在秧歌中结合得这么密切。这就是秧歌的广大群众性的特点，它的力量就在这里。”①

秧歌剧广场表演中对传者和受众界限的突破，更使其由传统艺术形式的单向度传播转化成为一种民间的人际传播形式。对于接受者来说，空旷的广场，没有了舞台的藩篱，传受双方的时空界限阻隔没有了，文本中符号传意的编码和译码达到了空前的趋同和一致。在欣赏表演中，传者的一个动作、一个眼神都会彼此心领神会，更何况开放的表演空间使接受者自身可以融入或者被“裹挟”进入表演队伍之中，迅速完成传播主体的身份转换。在这里，现代传播学者所孜孜研究的各种传播模式②中复杂的反馈运转、传导机制似乎都失去了意义，传受之间的信息通道似乎亦失去意义。虽然表演者从没有接受过正规的表演训练，更不了解任何表演体系，但是，在观与演的过程中，在对现场不断的信息反馈的体悟中，他们所掌握的传播规律，或云如何使信息打动受众的要领足以使秧歌剧表演造成空前的现场感染的最佳传播效果。“每当演到斗争黄世仁一场戏时，台上台下喊成一片，同声高呼：‘枪毙黄世仁！’在整个解放战争中，无论战斗的前线或土改斗争的农村，《白毛女》和《刘胡兰》都获得很好的艺术效

① 周扬：《表现新的群众的时代——看了春节秧歌以后》，《解放日报》1944 年 3 月 21 日。

② 麦奎尔的《大众传播模式论》中归纳了 48 种传播模式。

果。在农村看完戏许多青年报名参军，各战场的人民解放军都有许多战士把‘为喜儿报仇!’‘为刘胡兰报仇!’的誓言刻在枪托上，铭记在心头。”①

中国民间的传统文化、乡俗民情在以文盲为压倒性多数的乡村，更多地是通过这种形式一代代传承延续下来的。而“新型的秧歌带来狂欢是全民性的。而处在当时极其艰难的生活和斗争环境中的中共政权，在政治上最紧要的任务是建立自己的民族国家的认同基础。新型秧歌剧体现出来的全民性狂欢的欢庆仪式和承担建构中共意识形态的叙事功能确实是其它文艺体裁所难替代的重要门类”②。

戏剧作为一种综合性的艺术种类，其中的歌曲、人物甚至服装、道具都可以成为蕴含意识形态信息的符号，有时这些符号的传播效果甚至超过了节目本身。比如拥军秧歌中的歌曲等已经从原剧中跳脱出来，成为独立的歌曲广为传唱。新秧歌剧的广场演出就成了一个可以从多个维度辐射意识形态信息的传播系统。因此，强调文艺对政治的配合和文艺的教诲效用的文艺家，怎能不十分重视这个样式甚至将它提升到战略高度。秧歌剧获得受众，成功传播的意义正是在于此。这一传统在以后的相当长时期使得其延续并光大，可以说，每一部经典作品的诞生都在不断诠释着大众化的传播形式的现实价值。

（四）从实践到理论：新的升华与拓展

值得重视的是，延安的新秧歌剧运动中，那些受过专门训练的文艺工作者自觉地对旧形式的全方位的改革与再创造，才使这种充满民间娱乐色彩的艺术形式迸发出巨大的能量。不难理解，传统的文艺形式，未经改造的通俗文化形式等很难获得主流文化认可，其生产和传播都受到限制。新秧歌剧运动中，重构民间性和大众化也经历了重要的从实践到理论的整合提升过程。当时，延安的新华书店、华北书店、韬奋书店等相继出版发行了《秧歌集》《新秧歌集》《秧歌剧初级》《秧歌小丛书》《秧歌曲选》《秧歌论文选》等系列图书，同时秧歌艺术评论和秧歌艺术研究工作日趋活跃。延安和陕甘宁边区的报纸杂志中，发表有关新秧歌运动的文章百篇之多，当时著名的评论家艾思奇、周扬、冯牧、安波、艾青、贾芝等都参

---

① 丁玲：《延安文艺丛书·歌剧卷·前言》，湖南人民出版社 1984 年版，第 2 页。

② 黄科安：《戏剧、狂欢与建构中共意识形态的叙事功能》，《齐齐哈尔大学学报》2006 年第 7 期。

与了这一评论潮流，甚至远在重庆的郭沫若也加入了这一行列。

据黎辛回忆：1943 年春节是大生产运动取得初步胜利后的春节，每年例行的拥军优属与拥政爱民活动，那年是结合庆祝英、美废除对华不平等条约的宣传进行。2 月 4 日，天气晴和，延安三万余人在南门外广场举行庆祝大会，出动近百个宣传队与秧歌队，盛况空前。鲁艺的秧歌队有百余人，乐器齐备，有新创作的秧歌剧《兄妹开荒》《刘二起家》与首次排演的民间形式的《旱船》《花鼓》《推车》《四川连响》《挑花篮》《快板》等节目。观众喜闻乐见，大饱眼福。毛泽东、朱德总司令和陈云称赞说："像为人民服务的样子。"艾思奇抓住这个新的"为人民服务的样子"，以《从春节宣传看文艺的新方向》为题于 4 月 25 日在《解放日报》发表社论。社论从春节文艺活动及春节前后发表的文艺作品所表现的群众新生活与群众喜闻乐见的形式，指出"我们的文艺工作者已开始走上毛泽东同志指出的正确的道路"。同日第 4 版刊登了秧歌剧的代表作《兄妹开荒》的剧本和乐谱。[①] 与此同时，《解放日报》刊登了许多延安文艺界知名人士关注秧歌剧的文章，如黄钢的《皆大欢喜——记鲁艺宣传队》，王亚凡的《西北文工团秧歌舞报道》，默涵的《保安处的秧歌》、崇基（艾思奇）的《群众自己的秧歌队》、禾乃英（默涵）的《留政秧歌队》、颜一烟的《工人秧歌》、禾乃英（默涵）的《延安市民的秧歌队》、萧三的《看了〈动员起来〉以后》、默涵的《学习郝家桥秧歌队》、艾青的《汪庭有和他的歌》、丁玲的《民间艺人李卜》、萧三、周立波的《练子嘴英雄拓老汉》、马可、清宇的《刘志仁和南仓社火》、周立波的《秧歌的艺术性》、冯牧的《对秧歌形式的一个看法》，为之推波助澜。

时任中央党校秧歌队副队长的艾青用切身亲身体会写成的《秧歌剧的形式》一文，对如何创作秧歌剧的许多问题都作了论述。[②] 艾思奇在为《解放日报》写的社论《从春节宣传看文艺的新方向》中，认为自从毛泽东在文艺座谈会上讲话后 10 个月来，经过一些反省、讨论和实践尝试的过程，文艺界在思想上和行动上的步调渐渐归于一致。许多脱离实际、脱离群众的小资产阶级自由主义的倾向逐步受到清算，而毛泽东同志所指出

① 黎辛：《毛泽东与〈解放日报〉副刊》，《纵横》1997 年第 11 期。

② 此文深得一直关注延安秧歌发展的毛泽东的赞赏。他看到后马上给胡乔木写信说："此文写得很切实、生动，反映了与具体解决了多年来秧歌剧的情况和问题，除报上发表外，可印成小册，可起教本的作用。"（《毛泽东书信选集》，人民出版社 1983 年版，第 232 页）。

的为工农大众服务的方向，成为众所归趋的道路。这已经为春节宣传中出现的秧歌剧等民间艺术的热潮所证明。延安秧歌运动是延安文艺工作成绩的一次检阅，检阅的结果证明毛主席的文艺方向是完全正确的。其特点是：一是文艺与政治密切结合；二是文艺工作者面向群众；三是贯彻了“在普及基础上的提高，在提高指导下的普及”的方针。其中最大的收获是：文艺工作者“开始努力使文艺从知识分子的小圈子里走向工农兵群众”。因此，“文艺界同志们的下乡工作，是有重大意义的”。[①]《解放日报》一系列文章的讨论和总结，对秧歌剧运动本身加以阐释，提出建议，更主要的是作为中共中央党报，经过改版转化为“完全的党报”之后，在当时他的言论代表的是一种权力机关的认可和倡导。于是，无论对于创作者还是演出者来说，都会从中得到启发和鼓励。

从文学史研究的角度看，对秧歌剧的研究虽然也经历过“冷”与“热”的过程，但关于延安时期以秧歌剧为代表的文艺大众化的实践意义始终得到认可。正如贾芝所言：“当时的革命文艺运动给人们留下的值得留恋和向往的记忆，是永久难忘的。在这些难以忘却的记忆中，谁也不能摆脱或无视民间文艺的强大魅力，无论是文艺评论家还是文学史家，都不应该忽视这段历史，也不能离开民间文艺而谈革命文艺的发展和产生。”[②]在研究中国现代文学的发展进程中，“大众化”始终是作为一个线索贯穿于其发展进程之中的。也许会随着发展进程的波动会出现或隐或现，或明朗或模糊的波动，但最终当以文学的受众为中心的理念形成之时，也是“大众化”成熟之时。可以说，从“五四”新文化运动兴起到 30 年代“文艺大众化”运动的开展及关于“民族形式”问题的论争，直到毛泽东《在延安文艺座谈会上的讲话》的发表，“大众化”作为现代文学思潮嬗变的一条重要脉络才得以实现从话语到实践方面的成功转折，得以从构建“大众化”的具体方法、步骤和历史向度等细节问题展开探讨和实践，而延安新秧歌剧对民间性与大众化的重构无疑是其成熟的标志性成果之一。延安新秧歌剧的出现和成熟，对延安时期其他戏剧形式的发展无疑提供了一种成功的示范效应，这不仅仅是指主流意识形态或权利的认可，更是受众认可信息的成功反馈。因此，在这种变革的基础之上，新的戏剧形式的

---

① 艾思奇：《从春节宣传看文艺的新方向》，《解放日报》1943 年 4 月 25 日社论。

② 贾芝：《延安文艺丛书·民间文艺卷·前言》，湖南文艺出版社 1988 年版，第 2 页。

出现便显得自然而然，水到渠成了。周扬在著名的《表现新的群众的时代》一文中所说：“秧歌剧是以行动迅速和简单为特点的，而这同时也可以是高度艺术性的标记。从秧歌剧，一定能产生出有高度艺术性的作品来的，在千百篇秧歌剧创作之中，总会有好多篇能够得到永久的流传，而在大型民族新歌剧新话剧的建立上它又将是一个重要的基础和重要的推动力。”民族新歌剧《白毛女》的诞生正是成功的例证。

总之，新秧歌剧运动最大程度地体现了毛泽东《在延安文艺座谈会上的讲话》之后知识分子的民间化的走向以及重构文学大众化的文化姿态。民间艺术的形式与抗战、革命的主题的高度契合，新的话语的言说方式与地域文化形态的拼接交融以及广场演出的大众狂欢传播效应，构成了延安新秧歌的鲜明特征，也为当时的戏剧发展提供了示范和借鉴，同时也为当下我们所关注的振兴民族戏剧等课题提供了重要的启示。

第六章　历史的本质与本真

——延安文学传播再思考

延安时期凝聚和浓缩了中国共产党人以延安为战略中心和文化中心的全部理论和实践，具有政治、经济、文化等多重历史内涵。延安文学的传播因其本身的特质通过议程设置等方式而被收编和规范到革命宣传的体系之中，文学的意识形态传播功能获得最大限度的张扬，成为首要的宣传利器。延安文学空前成功的传播效果无疑也使其成为文学传播研究的标本性对象。延安文学传播的标本性研究意义还在于，通过集中对一个时期特定传播生态下的文学传播现象的审视，更有益于我们超越特定的区域和时期获得关于一个时代的启示与反思，也更有益于我们反观近年来的文学传播研究热中的误区，获得方法论的启示。

本研究从文学传播研究视角的确立入手，通过梳理延安文学传播的政治文化生态及媒介生态，探讨其战争文化与革命文化背景；通过期刊与报纸的媒介分析，展示文学第一现场的历史图景；通过对媒介形态的拓展，分析延安文学重构民间性和大众化传播形态的独特实践。无论是对理论的探讨还是对史实的爬梳，根本关注点仍在于使研究眼光通过承载历史第一现场历史的传播媒介，探寻历史的动态过程，通过回归历史的本原，探寻历史事件发生的场域、人物转变的来龙去脉、前因后果，从而“判断‘细节’背后的‘史’的意义与价值，也即‘细节’的‘典型性’”①。因

---

① 钱理群在《1948：天地玄黄》的“代后记”中，谈到该书的“年代史”的文学史结构：“关注‘一个年代’，就更集中，更具有历史的具体性与可操作性，可以把容易为‘大文学史’所忽略（或省略）的历史细节（包括人们的日常生活等原生形态的细节）纳入视野；但研究眼光却要透过‘一个年代’看‘一个时代’，不但要对‘一个年代’的历史事件、人物的来龙去脉、前因后果，了然于胸，善于作时、空上的思维扩展（即主编谢冕先生所说的‘手风琴式的思维与写法’），而且要具有思想的敏感与穿透力，能够看（判断）出‘细节’背后的‘史’的意义与价值，也即‘细节’的‘典型性’。”（钱理群：《1948：天地玄黄》，山东教育出版社1998年版，第323—324页）。

此，对于延安文学传播的研究，我们不仅收获的是“史”的细节与还原，重要的是获得了“史”的意义与启示。

一 从本质到本真：延安文学评价坐标和研究坐标的建立

在本书的写作过程中，始终萦绕于脑际的是如何随着研究的进程逐渐确立延安文学研究的坐标。因为在目前关于延安时期文学的研究中，虽然角度不少，观点颇丰，但研究的整体坐标如何确立仍是研究的“瓶颈”所在。如何从历史本真的角度出发，对其政治文化本体进行深入反思，是笔者近年来反复思考之所在。可以说，经过沉潜于延安文学原始报刊之中，当思路不断穿梭于历史与现代之时，本课题研究的目的以及延安文学研究及其评价坐标也逐渐明朗并强化：延安文学传播的研究目的并不仅仅在于对历史资料的梳理钩沉，对原始报刊和文学传播过程的还原。最终目的在于试图在尽可能接近历史现场的同时，接近这段历史的本真。从而也使本课题进入文学史叙事中关于历史与真实、本质与本真的研究层面。

关于文学史的历史与真实问题，始终是学术界聚焦和争议的重要问题。在延安文学的研究历史中也始终存在同样的问题。无论以怎样的视角进入中国现代文学史，延安文学的存在及其历史地位都是值得进一步探究的课题。或许研究的视角不同，关于这段文学史的价值界定有所不同甚至会出现观点截然相反的结论。但是始终让所有研究者无法否认的是延安在当时历史时期承担起的民族主体与“他者”的想象，承担起超出传统意义上对文学本身功能界定的革命战争的使命。当我们仅以今天的视角去质询当年延安文学的本质时，往往就陷入了一种本质主义的历史观。甚至由于叙事者的历史描述总是与一定的观念形态相关联，立场的不同则得出不同的结论。本书序部分所综述的延安文学研究由初期的革命叙事的延续到近年来关于延安文人、延安文学意识形态化形成的研究及其结论，从表面看似乎方法观点不同，但值得回味的是，从某种意义上都是基于对这段历史的本质的探究。历史无比丰富的细节往往在去粗取精的本质化过程中被忽略，许多值得深究的文学现象在一味探究本质的过程中被遮蔽，甚至延安文学 13 年艰苦卓绝波澜壮阔的历程，简单地被“工农兵方向”的结论所概括，延安知识分子丰富复杂的文学实践和充满真诚和内心挣扎的思想“皈依”过程被“党的文学”的概念所“一言以蔽之”。而新中国成立后，之所以以延安文学的模式建立当代文学的规约，从某种意义上讲也是一味追求其“本质”的必然结果。“本质”的权威性就在于本质的恒定性、静止性，一旦提炼升华则构成放之四海而皆准的规律性。而“本质”的误区又恰恰是抛弃了变动的历史以及学科界限的互跨。“认识历史的方法与渠道，包括理性和感性两种，不可以偏废。但在学术上，往往容易轻视感性的方式。以文学研究为例，一直以来，都比较重视理论与分析，而忽视材料和叙事。思想的力量当然很伟大，追求思想性也很值得提倡；然而，如果学术只重思想深度，忽视对事实尤其是其细节的考察，很可能流于空洞，甚至根本建立在讹误的基础上。”① 赵园在谈到40年代文学研究时，“痛感我们的历史叙述中细节的缺乏，物质生活细节，制度细节，当然更缺少对于细节的意义发现”。她认为，40年代，尤其是“1945年至1949年，是一个流动、混融、原有的某些界限变得不确定的时期。根据地、解放区文学向国统区的浸润，其间文学版图的改写，是在一段时间中发生的。考察‘积渐’，或许更是史学方法。打开已有视野遮蔽的空间，呈现所能发现的全部复杂性，是我们有可能做的工作”②。从这个意义上讲，文学传播研究的过程正是试图呈现历史的复杂性的过程，回归历史本真的过程，也就是“回到原初”，“切入当时解放区群众的生存状态，切入解放区文学（创作与论争）原初的存在，触摸到当时作家的精神深处，逼近研究对象、拥抱研究对象，走出人云亦云、程式化的研究模式，使研究日益接近理论形态”③ 的过程。历史从来就是多元，我们不能以今天的视角去简单概括历史的本质，并在此基础上以今天的“是”去简单抹杀昨日的“非”，以符合今天主流话语的标准去判定当时的作家作品的历史价值。已经过去的历史具有其自在的存在性和合理性，是不以我们当下视角的转移而变化的，任何对背离历史情景的苛责，对历史以及故人都是不

① 李洁非：《“叙事”的学术价值——读〈整风前后〉有感》，《西南民族大学学报》（社会科学版）2006年第7期。

② 赵园、钱理群、洪子诚等：《20世纪40至70年代文学研究：问题与方法（笔谈）》，《中国现代文学研究丛刊》2004年第2期。

③ 刘增杰：《回到原初：解放区文学研究中的一个问题》，《中国现代文学研究丛刊》1999年第4期。

公平的。学术界一旦从追究传统本质主义转向关注历史文本产生的话语情景分析，通过阅读没有被加工整理过的原始报刊资料，敞开这一时间段上文学的原始风貌会使我们重新面对活的历史，也许才是真正打开通往研究延安文学的大门去思考历史留给我们的多方面启示。

对于本质的探究往往会使我们的视域失于偏颇，为了所谓规律性而人为地“去粗取精”，也许就在“去”与“取”之中，许多有价值的历史细节便被我们轻易地抛弃掉了，而我们认为所谓的“精”或许又遮蔽了许多恰恰不容忽视的对于我们解读历史更有价值的方面。“整个二十世纪中国文学的发展都是在书报出版划定的文化空间中生存和发展，除此之外，大概再也找不出可与之相比拟的新的文化空间了。”① “跨文化研究必须考察其本身的可能条件。这种研究作为一种跨语际的行为，其本身便进入了词语、概念、范畴和话语关系的动态历史中，而不是凌驾于其上。”② 传播学视角的价值在于，它首先还原了历史的本真，但同时又不“怠慢”对本质的探求。信息传播的向度和目的性决定了其本质性，对传播生态、传播过程各要素的分析又决定了它对本真的关注。在此基础上我们得以通过历史事件发生的当时便记载历史的报刊，抹去历史的厚厚尘土，逼近真实的历史，揭示历史的本来面目和特别之处。

二　传播视野下延安文学经典与经典定位的历史观

在延安文学研究者那里始终会遇上同一个问题：延安文学的代表性经典作品何在？在本书研究的过程中也不止一次地被追问这一问题。可以说，经典作品的确定是任何时期的文学史研究都不可回避的问题。没有经典文本的支撑，如何确定该时期文学的文学史地位？“毋庸置疑，用现代审美眼光去审视抗战文学，的确能够发现抗战文学存在着艺术经典上的缺

---

① 杨扬：《社会文化结构的改变与作家生存方式的变化——近现代书报出版业对作家及其创作的影响》，载《文学的年轮》，花山文艺出版社 2002 年版，第 248 页。

② 刘禾：《跨语际实践——文学、民族文化与被译介的现代性（中国 1900—1937）》，宋伟杰等译，生活 · 读书 · 新知三联书店 2002 年版，第 27 页。

失和高标准艺术鉴赏欠缺的问题。"① 在20世纪中国文学史中，若仅从文学文本研究的角度来讲延安文学，的确缺乏堪称经典的文本，优秀的文学作品寥寥可数。

然而，文学经典的生成同样也应与其生成的历史过程相关联。文学传播观的引入，使得传播效果成为衡量文学作品的重要尺度之一。延安文学在当时的历史背景下发挥了无以替代的作用，这也是历史事实。可以说从最广大的受众接受的角度讲，延安文学的传播效果超出了任何时代的文学。前所未有地注重文学传播的效果，使解放区的文学产品不可能单纯是作家个人的产物，也不简单是对革命口号的空喊，文学对接受者实际的影响效果成为衡量作品是否成功的重要标准。解放区"普及与提高"方针的提出，对于"中国作风和中国气派"的提倡，以及提出的"知识分子向广大劳动人民学习"的要求等，其目的都在于保证文学作品现实干预的效果。传播对于文学的渗透不仅体现在文学的方向上，还体现在题材、文体以及各个环节上。延安文学是在革命宣传的体系中获得最广大的受众，同时也使意识形态传播获得最大化效果，这为我们理解延安文学提供了新的研究维度。

当本书通过传播的动态分析将延安文学文本重新放置于其发生的历史场景之中时，得出这样的结论就显得自然而然：延安文学的生产，不是纯粹地在生产文学，它有一种更崇高的目标。对于延安知识分子或者作家来说，他们的话语言说和精神生产活动，不仅与延安场域中那种塑造自身言说方式的宏大意志紧密相关，同时也是中国现代知识分子自身社会理想的理性的自在追求。"中国知识分子对新文学的召唤，不是出于内在的美学要求，而是因为文学的变革有益于更广阔的社会与文化问题。"② "'政治文化'与'民间文化'的密切结合，是延安文坛发生重要'转向'的重要因素，但是，它也并不像后来的研究者渲染的那样，相反，它的许多主张与当时大部分作家的人生追求应该说是非常一致的。解放后，很多作家

① 宋嘉扬、靳明全：《壮歌久不作——抗战文学的当代思考》，《文学评论》2007年第2期。

② ［美］安敏成：《现实主义的限制——革命时代的中国小说》，姜涛译，江苏人民出版社2001年版，第27页。

对延安的不乏温馨、美好的回忆，都证明了这一点。”①

与此同时，延安新的革命政权需要自己的经典。“经典的变化可能是由政治形式的变化促成的，但另一方面经典也可以成为一种政治工具。”②正是在这个意义上，权力话语意识到构建经典的重要性。延安文学的经典化追求，融合了新文化与旧文化、城市文化与乡村文化、政治文化与民间文化、西方文化与传统文化。这一文化的构建与形成乃至最终成为新中国文学、文化的规约，始终伴随着一个传播的辐合过程，从民间到官方，从延安到各抗日民主根据地，从乡村到城市，从解放区到国统区，构成了一幅生动鲜活又充满战争的惨烈和英雄主义的悲壮的文化迁徙（征战）路线图。延安文学的传播，既展现出延安文学的经典化追求历程，也将延安文学的主题化入了新中国文学主题的结构之中，融入民众对新的生活、新的社会的情感结构认同之中。因此，延安文学传播的成功绝不单单是政治力量的议程设置的结果，同时也是文化的正面认同与认定、民间接受的契合等诸多元素从文化等各个方面策应政治话语的目的，共同作用的结果。

对于延安文学作品的价值定位，只有放置在其特定的历史进程中才能得出客观的公允的历史结论。孙犁曾评价说：“《冀中一日》不能以美学去衡量，不能选择出多少杰作。其意义并不在此。其意义在于以前不知笔墨为何物，文章为何物的人，今天能够执笔写一、二万字，或千把字的文章了。其意义在于他们能写文章是与能作战，能运用民主原则，获得同时发挥。③”“今天的研究者既不能不顾及历史情况，也不能不顾及后来读者盛衰的变异，而且不能不深究历史的和今日现实的评价差异等原因，特别是像郭沫若的《女神》和田间的《给战斗者》这样的作品，离开了历史感和研究者的现实感，离开二者的兼顾，就无法正确历史地评价。这是史料和史观的融合，缺少任何一方面，都会留下遗憾。客观条件不止于此，

① 王丽丽、程光炜：《中国现代文学的又一次探索——试论四十年代的文学环境》，《海南师范学院学报》2003 年第 2 期。

② ［荷兰］D. 佛克马、E. 蚁布思：《文学研究与文化参与》，北京大学出版社 1996 年版，第 44—45 页。

③ 孙犁：《关于“冀中一日”写作运动》，载《孙犁文集》（四），百花文艺出版社 1983 年版，第 169 页。

还有整个学术界的学术水平等等。”① 因此，对于延安文学研究而言，从任何一个单一视角出发提出其经典化的问题或许都会失之偏颇。延安文学的价值是和中国革命的历史以及新中国的文化进程联系在一起的。

三　议程设置的传播功能与“沉默的螺旋”

在对延安文学传播的媒介分析中不难看出，延安时期的文艺思潮、文艺论争及其推进过程和最终结果，从形式上看表现在传媒之上，在形态上呈现出不断趋同的特征，实际上则是延安文学创作和传播被纳入革命体系之中，呈现出议程设置的宣传功能的必然结果。“现实政治是文学的目的，而文学则是政治力量为实现其目标必须选择的手段之一。”② 正如周扬所说：“自文艺座谈会以后，艺术创作活动上的一个显著特点是它与当前各种革命实际政策的开始结合，这是文艺新方向的重要标志之一。艺术反映政治，在解放区来说，具体地就是反映各种政策在人民中实行的过程与结果。”③ 然而，当文学转换成为政策的附庸和阐释工具时，文学本身的价值意义和审美定位又怎能不被消解。这也自然会引起我们的深思：当文学通过媒体的议程设置发挥出强大的宣传功能时，又遮蔽了些什么？

（一）文学性的遮蔽

“各种政治的、经济的、文化的需求，尤其是包括战争、国内政治斗争和党内斗争在内的政治原因，使20世纪成为一个非文学的世纪。”④ 不可否认，在这样的背景下，文学本身的审美追求不得不退居其次，而在强烈的宣传意识的驱使下，许多文学作品不仅太过情绪化，甚至流于口号，从美学角度而论，其价值当然不尽如人意。詹明信曾说：“第三世界的文本，甚至那些看起来好像是关于个人和利比多趋力的文本，总是以民族语

---

① 陆耀东：《回眸与前瞻——中国现代文学研究的“入场”与“水磨工夫”》，《“中国现当代文学研究的个人体验与学术前瞻”专题研讨》，《中山大学学报》（社会科学版）2006年第4期。

② 洪子诚：《中国当代文学史》，北京大学出版社1999年版，第12页。

③ 周扬：《关于政策与艺术——同志，你走错了路》，《解放日报》1945年6月2日，第4版。

④ 朱晓进：《非文学的世纪：20世纪中国文学与政治文化关系史论》，南京师范大学出版社2004年版，第3页。

言的形式来投射一种政治，关于个人命运的故事包含着第三世界的大众文化和社会受到冲击的寓言。"[①] 文学作为最真实、生动的个体生命体验的诗性反映被突出的集体意识所遮蔽；文学的精神性、审美性、本体性和多元性等诸多层面的多维特质也在战争的二元对立的模式下迅即被划分为敌我双方的简单的对立关系。

同时，文学传播的受众观念也使得延安文学放弃了所谓纯文学性的追求，而在"迁就"受众文化层次的同时遮蔽了自身的追求。这一点与文学传播媒体的受众观紧密关联。延安的报纸无一例外地被作为群众工作的有力武器，"《解放日报》在边区已成为一个组织者。没有《解放日报》，在这样一个人口稀少、地域辽阔、在全中国算是经济文化很落后的地区工作，是很困难的。有一个《解放日报》，就可以组织起整个边区的政治、文化生活"。"我们地委的同志应该把报纸拿在自己手里作为组织一切工作的一个武器，反映政治、军事、经济并且又指导政治、军事、经济的一个武器，组织和教育群众的一个武器。要以很大的精力来注意这个工作，使它一年比一年进步。""我们共产党是以有雄心著名的，在十年之内，我们要使老百姓人人都可以看《边区群众报》，有三分之一的人可以看《解放日报》。"[②] 以报纸为载体的文学自然无法抛开具体的语境而一味"阳春白雪"。事实上，整风以后的文学已完全纳入宣传的体系之中了。丁玲关于延安文学研究的看法，也从另一个角度印证了这一点："研究延安文艺，实际上也就是研究我们党的历史、党的文艺史和党的文艺传统。"[③] 这一看法无疑具有代表性，也具有其客观性。延安文学研究的这一党史化的述史模式，恰恰从另一侧面反映了延安文学文学性的被遮蔽状态。

（二）作家作为创作主体的身份的遮蔽

当文学被视为宣传的武器，报刊成为党的报刊之后，作为创作主体和传播主体的作家身份也随之发生了转变。初到延安的作家，尤其是之前已

① 詹明信：《处于跨国资本主义时代中的第三世界文学》，载《晚期资本主义的文化逻辑（詹明信批评理论文选）》，张旭东编，陈清侨译，生活·读书·新知三联书店1997年版，第523页。

② 毛泽东：《毛泽东文集》第3卷，人民出版社1996年版，第111—115页。

③ 丁玲：《研究延安文艺，继承延安文艺传统（代发刊词）》，《延安文艺研究》1984年（创刊号）。

小有成就的作家，奔赴延安的目的除了共有的对国民党政府的失望、投身抗战救国之中的原因之外，年轻的生命的律动、“五四”启蒙精神的延续、作家在国难当头时刻激奋的情感等因素都使他们比一般人更具有复杂的内心世界，主体意识在这一时期在充满蓬勃之气的延安达到了高潮，同时又自觉地融入其中并自觉不自觉地被消解。1940 年到延安，1942 年 1 月加入中国共产党，后在延安鲁迅艺术学院、华北联合大学文艺学院从事艺术教学和美术创作的王朝闻（1909—2004 年）回忆延安时期时说：“到现在为止，我仍然认为，我们为抗日战争放弃学业，提着脑袋也要到延安，要去解放全中国，把自己的一生跟人民抗日的事业，跟中国的未来解放，跟农民的解放结合起来，我不后悔当年的人生选择。”[①] 大部分的延安文人和王朝闻有相似的经历、相同的感受。在议程设置的氛围之中，小我融入大我之中，作家作为独立的创作主体的身份被革命的宣传者和工作者的身份所取代显得顺理成章。正如李泽厚所言：“在艰苦的革命战争环境下，知识者和文艺家的‘我’溶化在集体战斗中的紧张事业中，没有心思和时间来反省、捕捉、玩赏、体验自己的存在。他（她）们是在严格组织纪律下，在领导和被领导的协同和配合下，进行活动和实现任务的……他们远不是自由的个体，也不只是文艺创作者，而更是部队的秘书、文书、指挥员、战斗员和领导农民斗争的‘老张’‘老李’（干部）。”[②] 而从“昨天文小姐”到“今日武将军”的丁玲的身份转换足以说明这一点。然而，仅到这一步仍不够，按照毛泽东的观点，只有他们走到工农兵之中，向他们学习，为他们服务，融入他们之中，真正成为他们的一员，这种身份转换才得以完成。王瑶的《中国新文学史稿》对此这样描述：“在整风运动之前，解放区文艺的主要问题也正是新文学史上流传下来的两个基本弱点——内容上的小资产阶级的思想情感和形式上的欧化。这样的作品虽然也有，或者曾经发生过一定的进步作用，但却并不能尽到真正为工农兵的任务。”“在整风运动之后，作家们检讨了自己过去思想中和作品中存在的某些偏向……进一步与工农兵结合……而且和过去的‘作客’完全不同，从思想情感上和群众打成一片，成为工农兵行列中的一员。他们自己在工作锻炼中得到改造，同时也帮助了群众文艺活动

① 王海平、张军锋：《回想延安——1942》，江苏文艺出版社 2002 年版，第 100 页。

② 李泽厚：《中国现代思想史论》，东方出版社 1987 年版，第 247—248 页。

的开展。这就使新文学在中国的土地上，深深地扎下了根基，促成了新的人民文艺的成长。”①

（三）“沉默的螺旋”

深入考察延安的生产与传播，我们可以看到“大众化”叙述话语及传播效果背后所包含的时代文化语境的巨大张力。一方面，在统一战线的旗帜下，权力话语对知识分子话语以及孕育它的文化采取积极接纳的态度；另一方面，又认为它们与工农兵大众的价值观念格格不入，通过各种文化机制改造它们，使他们进入与工农大众一致的共同的价值观或共识，建构新的主流文化。也就是说，以知识分子为创作主体的文学必须消弥自身的某些特质，纳入主流话语体系的规范和控制之下，从而成为建构社会文化秩序的一种工具。可以说，在时代话语的议程设置之下，革命战争选择了文学，也选择了文学的话语形态与传播形态。于是，“战争的需要与抗战理论的倡导使工农兵文学迅速在解放区占据了文学的主导地位，并且在对敌斗争、动员群众等各项工作中产生了立竿见影的实效，文学成了革命机器的一个组成部分。工农兵文学扬眉吐气。另类作品相对来说由于曲高和寡，或被视为不合时宜而受到某种程度的冷落、压抑和排斥”。

如南帆在《隐蔽的成规》② 中所说：“圈子之外的另一些文学问题甚至丧失了露面的资格。”③ 在以往许多研究者看来，这种现象的产生主要来自中国共产党在延安的政治权威，或云“党的文学”的确立。而若从传播环境的形成分析，则会看到其复杂的“沉默的螺旋”的形成过程。(The Spiral of Silence)④：人们在表达自己想法和观点的时候，如果看到自己赞同的观点，并且受到广泛欢迎，就会积极参与进来，这类观点越发大胆地发表和扩散；而发觉某一观点无人或很少有人理会（有时会有群起而攻之的遭遇），即使自己赞同它，也会保持沉默。意见一方的沉默造成另一方意见的增势，如此循环往复，便形成一方的声音越来越强大，另

---

① 王瑶：《中国新文学史稿》（下），上海文艺出版社 1982 年版，第 552、555 页。

② 南帆：《隐蔽的成规》，福建教育出版社 1999 年版，第 43 页。

③ 刘增杰：《一个被遮蔽的文学世界——解放区另类作品考察》，《文学评论》2003 年第 6 期。

④ 最早见于［德］伊丽莎白·诺尔·诺依曼（Noelle – Neumann，Elisaberl）1974 年在《传播学刊》上发表论文中，1980 年以德文出版的《沉默的螺旋：舆论——我们的社会皮肤》一书，对这个理论进行了全面的概括。

一方越来越沉默下去的螺旋发展过程。[①] 赵超构曾对此有过一个十分敏锐的观察性说明："在延安，形式上的检查制度是没有，替代它的是作者自动的慎重和同伴的批评。我知道延安人所说'批评'的意义，就是用多数人的意见来控制少数人，在主观上作家似乎不受干涉，可是敢于反抗批评的作家，事实上也不会有。所以，延安人自有理由说他们没有检查制度，而我们也可以说延安有一种批评的空气，时在干涉作家的写作。"[②] 其实，无论是显在的批评，还是隐性的制度作用，在本书所分析的各种媒介形态所形成的延安特有的传播场域之中，"沉默的螺旋"效应成为大众运动之后的一种必然结果，同样也是导致延安文学偏向的重要的传播因素。

四 现代性的变异：从"权宜之计"到"唯一方向"——再论文学与政治

胡乔木曾回忆："座谈会讲话正式发表不久，毛主席跟我讲，郭沫若和茅盾发表意见了，郭说'凡事有经有权'。这话是毛主席直接跟我讲的，他对'有经有权'的说法很欣赏，觉得得到了知音。郭沫若的意思是说文艺本身'有经有权'，当然可以引申一下，讲话本身也是有经常的道理和权宜之计的。"[③] 也就是说，毛泽东实际上也承认《讲话》的原则有其时空环境的限制和特定的政治目的，并非都是普遍真理。这一点我们似乎无须从中外文艺史分析文艺政治论的动机和效果，因为延安文学的生态环境和创作实践已经显示出文艺与政治的非同一性。然而，从延安文艺座谈会之后，延安文学直至新中国成立后三十年中的文学走向又的的确确呈现出泛政治化的趋向。在这一时期的主流文化中，文学或者说革命文学形成了以服务政治为旨归，以当前利益为尺度的狭隘而多变的功利主义，它取消了文学作为意识形态的独立性，将文学等同于政治的工具，文学价

① "沉默的螺旋"理论基于这样一个假设（德国社会学家伊丽莎白·诺尔·诺依曼教授认为）：大多数个人会力图避免由于单独持有某些态度和信念而产生的孤立。因为害怕孤立，他便不太愿意把自己的观点说出来。

② 赵超构：《延安一月》，上海书店1992年版，第137页。

③ 胡乔木：《胡乔木回忆毛泽东》（增订本），人民出版社1994年版，第60页。

值也只能由当时的政治尺度所决定。泛政治化的语境不仅构成了延安文学的言说环境，也使中国现代文学的现代性进程发生了变异甚至断裂。

既然在文学的政治性的提出者那里也认可《讲话》中存在权宜之计的成分，那么，就可以肯定，这种基于战争环境的需要所确定的文艺政策并非文学存在的常态，然而，权宜之计又是怎样演变为新中国文学的唯一方向呢？作为现当代文学历史的见证者，谢冕做了这样的分析，“政治对于文学的要求和期待有一个长期演进的过程。其基本动因，在于中国的特殊国情：在相当长的时间内，文学的意义需要在政治的实际效应中得到确认，‘纯粹的文学’被认为是不存在的或无意义的。文学与政治的‘联姻’可以追索到很远以前。开先是由于国势凌弱，政治的目标是振兴国运，处于弱势的政治期待通过文学达到救助的目的，所谓‘欲新一国之民，不可不先新一国之小说’，就最明确地表达了政治对于文学的热切期待；再后就到了‘革命’对于文学的期待了，‘革命’当初也是处于弱势，文学当然也是顺理成章地成了‘救助’的工具，所谓的‘革命的功利主义’当然也表明需要通过文学或其他艺术形式以达到推进革命意识的目的。文学的地位因政治的推动而愈来愈‘显赫’起来，与此同时，文学也因此受到遮蔽、约束乃至控制，日益失去其自身的意义。这就促使并形成了当代文学与政治的无限纠缠的事实。这也是一种常态，也就是这一学科在中国内地地区生存发展的基本环境。人们进入当代文学这一研究领域，首先要面对的就是这种常态。所有的人都必须具备处理政治与文学关系的能力，而后才能有效地面对文学的事实”①。然而，耐人寻味的是，在这里谢冕也似乎已经将文学的政治性视为文学的常态了。

文学与政治的无限纠葛关系的主要显现点仍是媒体。在本书关于文学传播的研究中，报刊与文学的互动关系最终也归结为政治通过媒体的“把关人”功能对文学的方向性的导引和限定。当传播媒体成为“完全的党报”、党刊之后，则意味着政党政治通过媒体的功能发挥其支配权力、手段、行动和目的等要素的功能。当政党按照自己新中国成立、建立意识形态的目标对文艺提出要求时，必然会对文艺的每一个发展步骤和环节都进行具体支配和控制，提出具体要求，使文艺担负起实现政治目标的工具

① 谢冕：《我们见证历史——从中国当代文学的研究现状和问题意识谈起》，《“中国现当代文学研究的个人体验与学术前瞻”专题研讨》，《中山大学学报》（社会科学版）2006 年第 4 期。

作用。[1] 与此同时，政治话语传播强烈的目的性和大众传播追求效果最大化的目的直接勾连，导致了文学话语形式的大众化，最终结果是由政治领域转换而来生成于20世纪40年代文学领域的大众话语，成为一个对中国现当代文学发展产生深刻影响的文学话语。

问题的关键在于，被党的最高领导人从政治需要出发作为战争时期的“有经有权”的文艺政策，随着全国革命的胜利，环境的变迁并未加以调整，反而随着社会主义文化领导权的逐步确立与强化而被极端化地放大。在1947年7月召开的中华全国文学艺术工作者代表大会上，周扬宣布：“毛主席的《在延安文艺座谈会上的讲话》规定了新中国的文艺的方向，解放区文艺工作者自觉地坚决地实践了这个方向，并以自己的全部经验证明了这个方向的完全正确，深信除此之外再没有第二个方向了，如果有，那就是错误的方向。”[2] 从第一次“文代会”之后，延安文学所代表的文学方向，被确定为当代文学的指导方向，并且制定出文学创作、理论批评、文艺运动的方针政策和展开方式的规范性的纲要和具体实施的细则。至此，基于“有经有权”的解放区文艺运动指导方针完成了超越时空的“唯一方向”的转化。延安文学传播的受众观在受众群体发生转变之后却并没有发生相应的转变。工农兵方向的大众化的叙述模式在某种程度上模糊了接受群体的差异，同时，由于文学本身承担的教化功能，常常依赖于特定的报刊体制进行运作，以参与主流意识形态的建构，因此不可避免地带来某种同质化、标准化、意识形态化的品格。

延安文学传播构成了中外文学历史上一种罕见的、经由报刊与大众文艺活动共同传播的独特的文学现象。延安根据地既是一个战争概念，又是一个政治概念。作为地缘政治空间，封闭性和开放性共存一身。一方面，相对的封闭性使得其传播生态在政治制度、文化环境、经济关系以及人们的日常生产生活等方面都与国统区、沦陷区迥异；另一方面，又体现出其兼容性和开放性，人员的流动、积极欢迎并接纳从其他地区投奔而来的人们……相对的封闭性和开放性既为延安提供了塑造自身话语系统的可能，也赋予了其传播的扩散性与影响性。因此，延安时期凝聚和浓缩了中国共

---

① 石凤珍：《左翼文艺大众化讨论与延安文艺大众化运动》，《文学评论》2007年第3期。

② 周扬：《新的人民的文艺——在全国文学艺术工作者代表大会上关于解放区文艺运动的报告》，载《中国新文艺大系（1949—1966）·理论史料集》，中国文联出版公司1994年版，第93页。

产党人以延安为战略中心和文化中心的全部理论和实践，具有政治经济文化等多重的丰富内涵。为了使政治信息获得组织性的大规模的统一传播，在战争的非常时期，延安淡化甚至摒弃了传播的商业属性，媒介的宣传功能得以凸显。对于文学而言，则通过对文学的过滤与改造的方式从而将文学收编和规范到革命宣传的体系之中。文学的传播功用因为其本身的特质一旦融入宣传的内涵则在战争这样的特殊时期被凸显出来，成为首要的宣传利器。文学的意识形态传播功能获得最大限度的张扬，成为最重要的传播媒介之一。其中，延安文学空前成功的传播效果无疑也使其成为文学传播研究的标本性对象。正如马克·赛尔登《革命中的中国：延安道路》所言："构成'延安道路'那些富有特色的精神和社会经济制度，对于战争与革命的一般理论与实践也是特别的贡献，而且这种贡献是超越战争时代的。"① 延安文学传播的标本性研究意义还在于，通过集中对一个时期特定传播生态下的文学传播现象的审视，更有益于我们超越特定的区域和时期获得关于一个时代的启示与反思，也更有益于我们反观近年来的文学传播研究热中的误区，获得方法论的启示。

① ［美］马克·赛尔登：《革命中的中国：延安道路》，魏晓明、冯崇义译，社会科学文献出版社 2002 年版，第 261—262 页。

附　　录

抗日战争时期陕甘宁边区出版的主要报纸杂志概览

类别	名称	期刊	创停刊时间	编辑出版单位
报纸	新中华报	三日刊	1939. 2. 7—1941. 5. 15	中共中央机关报，前为《红色中华报》
	解放日报	日刊	1941. 5. 16—1947. 3. 27	中共中央机关报，前为《新中华报》
	打日本报		1939. 9. 25	中共陕甘宁边区党委宣传部出版
	边区政报			边区政报编委会
	边区群众报	周刊	1940. 3. 25	大众读物出版社编印
	抗战报			
	救亡报			
	战声报			八路军三五九旅政治部编印
	部队生活报	五日刊		
	关中报	三日刊		
	陇东报	三日刊		
	三边报	五日刊		
	绥德大众报	周刊		
	佳县报			
	新神府			
	靖边报			
	新边报			
	新文字报		1942. 11. 22	
	民先报			
	进步报			

续表

类别	名称	期刊	创停刊时间	编辑出版单位
杂志	解放	周刊	1937. 4. 24—1941. 8. 31	中共中央机关刊物
	共产党人		1939. 10. 4—1941. 8	中共中央党内刊物
	学习导报		1942. 6. 10	中共西北中央局宣传部编印
	团结	月刊	1938. 2. 1	陕甘宁边区党委会编印，团结社出版
	八路军军政杂志	月刊	1939. 1. 15—1942. 3	八路军总政治部编
	前线画报	月刊	1938. 8—1942. 4	八路军总政治部前线画报社
	抗战中的八路军		1942. 7	八路军总政治部宣传部 八路军军政杂志社出版
	中国工人	月刊	1940. 2. 7—1941. 3	中共中央职工运动委员会编
	中国青年	半月刊	1939. 4. 16—1941. 3. 5	全国青年联合会延安办事处主办 延安中国青年社编辑
	中国青年通讯	1939. 4. 16		中国青年社编
	青年战线	周刊	1938. 3	青年战线社编
	学生通讯	月刊	1939. 12	边区学生救国联合会编印
	青年新闻	半月刊	1940. 2	边区学生救国联合会机关刊物
	边区青年			边区青年社编辑出版
	中国妇女	月刊	1939. 6. 1—1941	中国妇女社编辑
	妇女工作通讯	不定期		边区妇女联合会编印
	通讯	旬刊	1938. 8. 30—	边区文协通讯部编印（发行有国外版、国内版、摄影版）
	文艺突击	月刊	1938. 10. 16—1939. 6	边区文协主办 文艺突击社编印
	中国文化	月刊	1940. 2. 15—1941. 8	边区文协主办 中国文化社编印
	大众文艺	月刊	1940. 4. 14—1941. 1	边区文协主办 大众文艺社编印
	大众习作		1940. 8—1941. 9. 15	大众读物社编印
	文艺战线	月刊	1939. 2—1940. 2	周扬主编文艺战线社发行
	抗日民族统一战线指南		1939—	解放出版社
	抗大	月刊	1940. 9. 1—1941. 11	抗大编审会编，抗大政治部出版

续表

类别	名称	期刊	创停刊时间	编辑出版单位
杂志	艺术工作		1939. 11—	鲁迅艺术文学院编审委员会编辑出版
	鲁艺校刊	月刊	1940—	鲁迅艺术文学院校刊编审会编辑出版
	草叶	双月刊	1941. 11—	鲁迅艺术学院草叶社编
	谷雨		1941. 11—	中华全国文协延安分会
	文艺月报	双月刊	1941—	文艺月报会编印 1942 年 1 月舒群主编
	青苗		1942. 10—	绥德文协编辑
	陕北文化	月刊	1941. 3. 10—1941. 5	绥德警备区陕北文化社编印
	陇东文化			陇东文协分会编辑
	鹿州文艺			
	初学者			延安市南区初学者文艺社编
	诗建设	周刊	1938—	诗歌总会编辑 西北战地服务团发行
	诗刊	月刊	1941. 11	诗歌总会编辑
	新诗歌		1931—	延安诗歌社绥德分会编
	战歌		1938—	陕甘宁边区文化界救亡协会编辑
	歌曲			
	民族音乐		1942. 5—	边区音协、边区作曲者协会合编
	前线画报	月刊	1938. 8—1942. 4	八路军总政治部前线画报社编
	锄奸画报		—1941. 6	陕甘宁边区保安处编印
	延安世界语著		1941. 1	
	边区儿童	半月刊	1938. 6. 16—	陕甘宁边区教育厅编辑出版
	新少年		1941. 7. 2—1941. 11	儿童之友社编辑出版
	西北儿童	月刊	1941. 9—	绥德西北儿童社编辑出版
	教育生活		1942—	边区教育厅主办，教育生活社编印
	边区教育通讯	月刊	1945. 11. 1	边区教育通讯编委会编
	边区中等教育资料		1945. 9. 10—	边区中等教育科编
	国防卫生		1939. 11. 20	国防卫生编委会编八路军军医处出版
	药学摘要			八路军总卫生部编印
	西北医刊			陕甘宁晋绥联防军后勤卫生部编印
	通讯战士		1940. 11—	延安通讯学校编印
	敌国汇报	半月刊	1940—	八路军总政治部敌工部日本 问题研究会编印

续表

类别	名称	期刊	创停刊时间	编辑出版单位
杂志	敌伪研究		1941. 5. 20—	敌伪研究社编，日本问题研究会出版
	时事参考资料	不定期	1944. 6. 30—	延安时事资料社编印
	时事论坛	半月刊	1938. 1. 1—	唐人编延安战时论坛社发行
	血流	双月刊	1938. 1. 5—	陕西流血社编，延安人民书店总经售
	文摘		1940. 9. 25—	延安文摘编委会
	解放文摘	不定期	1944. 1—	
	通讯员往来		1944. 11—	解放日报社采访通讯部编印

注：此统计根据延安革命历史纪念馆收藏史料及全国各图书馆馆藏整理。

延安时期代表性报刊发刊词

《文艺战线》：我们的态度

周　扬

《文艺战线》在战争的烽火中诞生了。正如它的名字所表示出的，它是一个战线，整个抗日民族统一战线的一部分，民族自卫战争的意识形态上的一个战斗的分野。

“文艺战线”本身就是一个统一的战线。它是所有站在民族立场上的作家的共同地盘，他们互相来往，互通声气的精神的桥梁。抗战愈持久，全中国人将愈团结。文艺家也不能例外。事实上，战争的飓风已把许多过去因为思想、倾向、修养、甚至所在地域的不同而成为非常疏隔的作家吹拢到一起了，生活和工作联系了他们，共同的目标使他们的思想也渐趋于接近。全国的和地方的文艺界的统一战线的组织已经次第成立。作家开始进入了一个新的关系。作家间的旧的标帜已经完全过时。现在已无所谓“京派”与“海派”之分了，且不论这两个名词本身的不科学，被视为双方根据地的北平与上海是早已先后沦陷在敌人的铁蹄底下，暂时地变成了黑暗落后的地区。革命作家与中间作家之间的界线现在也已成为不必要了，在全民族战争中不容许有中间的地位，而在民族革命斗争的意义上，但凡用自己的笔服役于抗战的作家都有权利被冠以革命的标号。既成作家与新进作家也比以前任何时候都更能够而且需要互相提携了。抗战的实践把他们打成了一片。由于名望和地位所筑成，又被编辑和书店老板所砌高起来的那横亘在他们之间的墙，现在已到了拆去的时候。

凡忠实于中华民族，对文艺事业肯作真挚的努力者，《文艺战线》将对他永远地开放。因此，很明显地，《文艺战线》不是同人杂志。我们不能以少数人狭小的活动为满足，而诚心诚意地恳求全国文艺工作者对我们的合作。假如开头的几期还不能以更多的不同的作家作品来光辉它的篇幅，那也只是由地域、交通、战争等等条件所造成的一个缺陷，我们希望这刊物的继续刊行会把这个缺陷逐渐地弥缝。我们也并非要借许多的名字做幌子来号召，那是不需要的。我们的愿望是：在战争的紧急情况下，集合大家的力量，在文艺的领域内来做一点切切实实于民族有益的工作。

在共同的工作中，我们首先要培植民主主义的风气。这种风气的养成，不但于作家的团结，而且于今后文艺的发展，都有极大的关系。传统的“文人相轻”，文坛上的捧与骂，文艺上的独断、宗派，这些都是曾妨碍了文艺之正当的发展。以后作家间需要建立完全新的关系，彼此养成一种互相尊重、互相切磋的精神。中国新文艺历史还很短，它的成就也不算大，抗战的期间和以后的文艺上的建设，正需要大家长期的协同的努力。

由于立场和修养的各异，对于文艺上的许多问题难免有意见的分歧。对于不同的意见和思想，我们要非常耐烦地、细心地去了解、去分析，不要以专挑对方理论上的罅隙为能事，而应当以别人大堆不正确的意见中发现出极小部分的正确，当作自己的喜悦。以摩拳擦掌来对付不同的意见，是极愚劣的办法。当然，为了真理的究明，论辩是不可免的，必要的；但是论辩的目的应当在绝大多数的场合是匡正，而只在对真正民族叛徒的时候才是打击。

过去文坛上曾经有过许多论战，论战的双方往往并非绝不相容的两极，因而论争也不免于浪费的部分，但是论战者的不惮于在重重的压制下张扬自己的立场，为一时受到迫害的历史的真理辩护，那意义与重要是不能够轻轻抹杀的。我们今天所继续反省和改正的是在论战中所表现的那种仿佛不容人商讨的非民主的态度，与唯有自己正确的那种高慢的宗派观点。这些曾在一部分作家的心目中造成了横暴的幻影，这个幻影的最后一丝都必须消除。宗派主义是在一定的政治条件与工作环境中长成，必须在新的不同的政治条件和工作环境中被清算。杜绝一切宗派思想的复萌，促进作家间的更进一步的团结，以增厚文艺在抗战中的力量，这就是我们首先所要努力的方向。

我们对创作上的主张是以现实主义为依托。说出关于抗战的各方面的真实，这就是我们对于作家的要求。现实的各方面是多种多样的。作者是多种多样的。读者也是多种多样的。不同的作者可以用各自不同的方式去接近和感受现实，用各自的艺术的言语去向不同的读者申述。创作上不需要有定于一尊的公式，这样的公式对于作家反而是一种桎梏。在对创作的见解，作品的取材、表现方法、风格，用语等等方面，作家可以有较大的自由。给与作家的，不是命令和叱咤，而是一般方向的指出与工作上的实际援助，要求于作家的，也不是墨守成法，而是创造性地高度发挥。因此，我们所主张的现实主义侧重在引导作家到抗战的方向去这个意义，它并不拘泥于外表的写实的手法，而同时也可以包含浪漫的描写。对自己民族各方面的冷静与火一般的民族解放的热情，战争中的苦难的经历与最后胜利的信念，现实的真实与英雄主义和诗的成分之结合——这就是表现抗战的现实主义所能有的生动的内容。

抗战以来文艺对现实的关系是消极的批评揭露多于积极的发扬。许多民族英雄的新的典型，无数可歌可泣英勇壮烈的事迹，都还没有在文艺上得到应有的反映。抉摘抗战的前进运动中存在着的丑恶与缺点，虽然有它重要的意义，但是发扬民族的积极精神的作品却更能表现出现实的主导的方面，更能尽激发读者的民族自尊心与自信心的教育的作用。这类作品的可怜的稀少并不能归因于作家对伟大题材的冷淡，而是由于作家的生活的限制性的结果，到今天为止，一部分作家的生活都还没有和战争结合。闭门造车，向壁虚构，又是创作所深忌的。为补救这个弱点，必须在各方面来发动和组织作家到前线去的运动。尤其是年青的作家，更应把自己的位置放在前线上。

对于前线主义的非难似乎是多余的。因为，第一，所谓前线并非是战壕的同义词，作家上前线也并不是放下笔去拿枪，我们的前线包括广大的敌人的后方，我们的根据地和游击区，在那里，作家可以有从事于各种工作（也包含文艺工作）的余裕。第二，战争变化了中国。而变化得最迅激且最巨大的是邻近战争的地区。那里有无数兵士兄弟们为了卫国守土的流血的战斗，有广大民众武装起来保卫家乡的誓死的斗争，有抗日政权的巨人般的出现，而尤其值得在文学上反映的，是敌人的野蛮残暴在中国人民的心灵上所激起的剧烈的变化，他们从落后的、散漫的、屈从的转变到前进的、有组织的、抗争的这个伟大的觉醒的过程。于此可以展示出中国现实的积极面，中华民族力量的储藏量，独立自由幸福的新中国的雏形。这是大有益于坚定读者的胜利信心的。第三，和前线不同，后方，特别是原后方的社会比较地显得停滞和沉闷，凝聚了较多的保守和顽固的要素。作者大都生长于旧社会，对于那些要素了解较深，因而对他们的解剖也格外锋利，往往不自禁地刺到他们的心理的黑暗的底层。这解剖的结果，如果缺乏对于日渐增长的民族抗战力量的透视，是很可能使一个有心的作者不免流于民族的悲观，而于无意中把这不健康的气氛传染给读者的。

因此，我们虽然非常尊重在后方的许多作家的艰苦的努力，但却期盼着更多的作家到前线去，那里有吸取不尽的丰富材料正待艺术家们的发掘。我们愿提供一切愿去前方的作家以种种可能的方便，同时并愿和已在前方工作的作家和有志于文艺者取得密切的关系。我们希望能建立一个全国性的战地文艺通讯网。

除了生活的实践外，对于作家另一个重要的问题就是修养的问题，我们要承认我们大家爱的修养都是不够，要获取表现这个伟大时代的充分的能力，我们有大大的加紧用功的必要。要求作家先获得正确的世界观，然后才去写作，这诚然是不妥的，但是这并不减低作家的正确世界观的获得的重要。作家除了生活的锻炼外，还需要有思想上的锻炼。应当以研读有关抗战的政治方面的书籍，和人类所有的伟大思想家的著作，当作日常生活的一部分，这是对于创作也将给与极大的帮助的。

在文艺修养方面，我们的作家几乎全是受西洋文学的熏陶。一个落后的国家接受先进国家的文化的影响，是非常自然而且必要的；我们过去的错失是在因此而完全漠视了自己民族固有的文化。在文艺大众化，旧形式利用的问题上所碰到的主观的困难就是从对中国旧有文化的那一贯冷淡和不屑去研究的态度而来的。这个态度必须改变。我们要在对世界文化的关心中养成对自己民族文化的特别亲切的关心和爱好，要在自己民族历史文化的基础上去吸取世界文化的精华。国际主义也必须通过民族化的形式来表现。不深通自己民族文化的人，在文化问题上决不会成为真正的国际主义者，因为他不能发扬自己民族的文化来丰富国际文化的内容，他对于国际文化将是一个寄生者，而一无所贡献。

文化大众化，旧形式利用的问题已成了抗战期间文艺上的重要问题。战争不但使文艺更深入了现实，同时也使它和大家更靠拢了。我们不赞成大众化的形式只是为了宣传的那些见解。我们相信从它们里面可以产生出真正艺术的作品，艺术和大众将在抗战中开始进一步的结合。另一方面，我们也不同意于不为大众所理解的作品在今天就没有存在的权利的那种偏激的说法。我们要考虑到中国一般民众的文化水平的低下和新文艺所已达到的技术的高度，这文艺所拥有的知识分子的读者虽在全中国人口中只占着少数，但是他们在社会上和抗战中却起着极大的作用。我们要承认艺术和大众之完全的结合是我们一个长期努力的目标，而不是立刻能够实现的。目前把艺术和大众结合的一个最可靠的办法就是利用旧形式。但是对于旧形式的利用的意义，需要有一个正当的理解。我们一方面要认识旧形式为大众所接近的这个特点，以及它所含有且能发展的艺术的成分，另一方面也要估量它的能被利用的限度，在利用它的时候一刻也不要忘了用批判的态度来审察和考验它，把它加以改造。我们不要使新内容为旧形式所束缚，而要以新内容来发展旧形式，从旧形式中不断地创造新的形式出来。与其将新内容装载在不适宜于表现它的旧形式里，不如把旧形式原有的内容注入新的生命。形式的问题，不能离开内容来处理。努力于文艺的普及，同时也要注意到它的提高。

由于战争环境的限制，和读者迫切的需要抗战十六个月在文艺上所收获的，主要是报告、通信、速写一类较小形式的作品。这些作品以其迅速敏捷，短小精悍，而值得人们的珍视，但我们却也不能因此而以为除了它们以外，就不能而且不应有分量较重一点的作品产生。感谢抗日战争的长期性和广大性，作家在自己所参加了一个时期的战争生活中储蓄了相当丰富的经验之外，暂时地离开战争，或摆脱一下自己在战争中所担负的别的工作，去找一个多少可以从容写作的时间和地点，把已获得的经验用正常的文艺形式艺术地组织起来，并不是完全不可能的事。自然，我们要估计到长期抗战中所要遭遇的更多的物质上的困难许会剥夺文艺作品的印刷刊行的最小限度的可能。而且对于伟大作品的过早催生也将是一种有害的急躁；但是我们却深信文艺在抗战期收获的多寡与迟早实系于主观努力的程度如何，而利用一切可能，组织文艺在抗战期间的更大更多的成果，使我们所成就的达到客观所能允许的极限，是每个文艺工作者应有的职责。将来伟大作品的产生，是与这个成果的多少有不可分离的关系的。

作品落后于现实，理论批评又落后于作品，这种情况在抗战以后尤为明显。后者形成了战时文艺活动的最弱的一环。我们需要有计划有系统地来开始一个理论的运动。不但当前文艺上的许多工作需要周详地去审讨和计议，就是对于新文艺的过去也必须在新的光照下去重新给以评价。而尤其重要的，是对过去文艺理论上的弱点要加以克服。在许多弱点中，特别应当指摘出来的，是文艺理论工作者文化修养的一般的不足，与对中国社会的特别缺乏理解。由前者产生了满足于二三原则或公式之无意思的反复，使原已灰色的理论成为更具灰色的现象；由后者产生了对于现代世界思潮之忙碌的追逐，在接受外来思想的时候，完全不顾中国的民族的和社会的特点，而变成毫无抉择和批判。一个时代的文化思想一面渊源于先行时代的文化，一面伸根于当时特定的历史环境。然而在这两方面，我们却恰恰忽视了。要纠正这个弱点，只有从加深修养开始。修养的问题在今天对于理论家比对于作家更为重要。批评家在修养上应当比一个作家更高。因为批评家不但要能够虚心地向作家学习，同时还要做某种意义上的作家的教师。战时文艺理论批评的工作的建立是十分重要的。它只限于应付当前迫切的问题，而且要考虑到新文艺的较永久的建设。这需要一个长期努力的过程，我们愿意在这个过程中放进自己的一点微小的力量。

上面就是我们的愿望。我们自知，这个愿望是大过于我们的能力所能完成的。但是《文艺战线》不是同人杂志，它一定能够得到大家的支持与援助的这个确信，使我们不以我们的愿望为妄想。

——原载《文艺战线》1939年2月16日创刊号

《文艺突击》：文艺界的精神总动员

——代革新号创刊词

文艺是民族精神的集中表现，也可以说是最高表现。它反映着民族的生活现实，鼓舞着民族的战斗意志。

文艺是民族的生活和战斗的一部分，一个民族中不能不具有着它所应有的文艺活动，一个民族是进步的，或是落后的，是向上，或正在堕落，都在文艺里可以看出它的表征。我们的先哲很早就知道了这一点，他们说："观其礼而知其政，观其乐而知其行。"我们知道要了解一个国家民族的行动，可以从他们的文艺的一种，即音乐中看出来。

我们能从现在中国的文学艺术活动里，看出中国民族战斗力的方向来吗？无疑地是可以的。二十三个月来的抗战，改变了全国的一切，自然也改变了我们的文学艺术。倘若说，在这二十三个月中间，一切腐化堕落，卑怯自私的成份，已经从我们民族生活的内部渐渐清洗出去，而新兴的，向上的，勇健的，能牺牲一切，战胜一切的力量，已经生长起来，那么，这种情形，在文艺界里也有它的反映，专谈风月的余裕已经消逝，诲淫诲盗的骚音不能不停止，"与抗战无关"的理论被人所唾弃，这些东西都和我们民族分开，而成为敌人，汉奸，以至于动摇妥协分子的所有物了。在我们的文艺界里则可以看出一个共通的方向：文艺界愈来愈更与抗战有关，为着共同参加到抗战的工作中间，文艺界在全国的范围里空前广泛地团结起来，文艺界到前方和民众中去组织，文艺大众化的努力，旧形式的利用与新形式的探求，新的作家与新作品的产生，这一切的活动，都向着一个总的目标走去：为抗战，为新中国成立，文艺和抗战，文艺和政治，有着多么密切的关系？在现在已经不是理论的问题，而成了事实的存在了。抗战刺激了创作的活动，促进文艺的发展，劈开了文艺的道路，文艺又表现着抗战中一切辉煌灿烂的伟业，显示出中国民族必胜的力量，帮助着抗战团结的号召！……这是今天文艺界的总的趋向。

也许现在还有例外，能够有这样的文艺人，可以离开我们民族战斗的关心，专做个人消闲自在的太平梦，那我们可以断言，这样的行为一定是很勉强的，抗战的炮声震动到每一个角落，没有一个人会真正不受它的影响。装聋作哑，受到敌人利用还要说自己本来清白，如周作人这样的人，就是一个极端的例子。明明已经陷在污泥里，却还勉强装作一尘不染。现在还有这一类自鸣清高的人吗？如果有，那我们纵不能说他就是周作人的流亚，但在自己的民族被疯狂的野兽侵害的时候，他能够闭上眼睛若无其事的过下去，单就这一点来说，已经就缺少纯正的艺术良心了。

也许现在还有人，对于文艺应走的方向的选择上，还感觉到动摇彷徨，莫所适从。文艺的工作首先要为艺术，还是首先要为抗战？在这问题上人们还有不同的见解、不同的争论。我们可以说，这种动摇，这种争论，都是由于不能把握到艺术的本质，由于只看到问题的一方面而看不见全面的结果。文艺诚然需要艺术性，文艺工作者也必须是为艺术的工作者，然而正因为要保证艺术性，正因为成为真正为艺术的工作者，所以就要使艺术成为真正战斗生活的一部分，文艺工作者就要真正会用他的文艺工作去参加民族的战斗，因为好的文艺要有真实的，现实的内容，它要靠着生活和战斗的滋养料的培植，才能够生长起来。

我们的文艺在今天是不是还有很多缺点，还觉得我们所把握到的东西都很空洞、贫乏，还觉得有浓厚的抽象性，公式主义，脸谱主义，以至于标语口号的毛病？我们要说，有的！而且缺点很多。比起抗战进展的程度来，我们文艺界的进步实在还太慢了。我们已有了许多作品，然而好的很少。我们有许多战斗中的英雄故事，然而没有作家来认真地写，我们深受着敌人的践踏蹂躏，然而较成样子的，用文艺的形式来暴露敌人的残暴的作品，现在还没有（惭愧得很，这一种工作敌国的作家倒替我们做了。如已译成中文的《未死的兵》）。这一切缺点，是如何产生？现在还有人主张，这是因为太注意抗战，太不管艺术的结果。然而事实上恰恰相反，文艺界进步的迟缓，不是因为太不顾艺术，而常是因为我们的工作者太顾虑到自己的艺术，因此不能够充分为抗战而运用自己的艺术，是因为我们的工作者常常为旧的艺术习惯所束缚，因此不能够适应新的改变了的现实生活，抗战的动员，在文艺界里，没有达到应有的和必要的广泛和深刻，是使艺术本身也不能获得很多收获的根源。譬如说，我们需要互相帮助，共同研讨，为着这一点，全国的文艺所需要的联系和团结还不够紧密，虽然我们也有了一般的团结，如文协、音协、美协、剧协之类的组织。我们需要到前线，到民众中去看现实的战斗生活，然而战地文艺工作的动员非常少，而能够深入工作的更少。我们需要向老百姓学习，到民间学习，然而我们的文艺界还有不少人始终徘徊在都市里，做闭门造车的大众化作品。

为抗战文艺的进步，更进一步的动员是非常需要的，在现在全国所号召的国民精神总动员运动里，要把文艺界的国民精神也算在内。

怎样开始文艺界的国民精神总动员？首先，应该更坚定更正确地把文艺工作的目标和方向把握起来。文艺必须服从于抗战，成为抗战力量的一部分，这一个大的原则是不应有疑义的，“国家至上，民族至上；军事第一，胜利第一；意志集中，力量集中”，这是精神总动员的三个共同目标，也应该成为文艺工作者的目标。在文艺界里，可能今天还有许多人不了解这样的大原则，这是文艺界的特殊性使然的。因此，这样的原则，还需要联系到文艺上的基本问题来，展开深刻的讨论，让每一个文艺工作者对于这一点都能够有正确的理解。

单只有一个大目标，自然是不够的，文艺界还应该把自己所应走的具体的道路，更明确的规定起来。直到现在，文艺界对于许多具体问题还没有做过认真的讨论，如旧形式与新形式的问题，大众化的问题，上前线的问题，团结和组织的问题等等，都还在“议论纷纷，莫衷一是”的态度里。对这些问题的解决，需要把过去的一切经验加以总结。二十三个月的抗战中间，文艺工作者在前方和后方工作的，都得到了不少新的经验教训，这些经验教训必须加以搜集整理并根据它来规定文艺工作应走的具体道路。

单只规定了道路还是不够的，重要的是在于切实的实行，而实行必须有推动实行的机构和组织。这就是说，我们需要文艺界更紧密、更认真统一起来，需要有更坚强、更有计划的负责中心，需要有系统地组织起各种前线的工作团体，适当地分配各地民众中的文艺工作人。

这就是动员文艺界的基本任务。这些任务，在以延安为中心的陕甘宁边区曾经很早就加以执行，现在也正在继续执行。在延安，没有人会怀疑文艺服从抗战的大原则；在延安，对于文艺的道路的探求正在积极地有系统地努力着；在延安，前线的文艺工作团已经组织了多起。西北战地服务团、鲁迅实验剧团、文协抗战文艺工作团等等都正在前线工作，还有“抗大”文艺工作团也正在准备出发，民众的文艺工作的组织，除了抗战剧团、烽火剧团，还有以老百姓中的艺术家为骨干，专门发展地方文艺的民众剧团。由于物力人力的困难，延安的文艺工作自然也还有不够的地方，然而它做了很多，而且一切所做的都引起全国文艺界的注目。

在这五月，充满了我们民族的战斗纪念日的五月，抗战第二十三个月和第二期抗战正开始的五月，全国实行国民精神总动员的五月，在延安文艺界也开始进行着新的动员。

就在这五月里，《文艺突击》也以革新的面目重新出现在读者的眼前。它的革新的任务，就在于要配合这新的动员，反映和推动这新的动员。以后，它将不是单纯登载文学作品的刊物，它将是延安、边区以及延安中心所能达到的地区的一切文学艺术工作的镜子。它将要反映这些区域里的文学、戏曲、音乐、美术各方面的文艺活动。要登载这各方面的作品，它要反映文艺界一切新的尝试，以及文艺的理论上和具体道路的探求上所进行的活动。它将要把讨论和批评当作最重要的一个项目，要不断地登载前线和民间文艺工作的各种报告，把经验教训集中起来，以供边区以至于全国文艺工作者的研究参考。

这就是《文艺突击》革新的要点。它愿意以突击的精神参加到文艺工作总动员的活动里来。

——原载《文艺突击》1939 年 5 月 25 日新 1 卷第 1 期

《草叶》：给读者们

时间过得快，《草叶》创刊到现在已经七个月了。最近在整顿三风的运动当中，我们才对这个刊物作了一个检讨，并且从本期起开始我们可能做到的改革。我们愿意在这里把我们对于它的过去的估计和以后的编辑方针告诉能够读到它的同志们。

由于篇幅小，我们创办这个刊物的时候没有什么大的愿望和计划。我们只有一个异常朴素的目的，就是用它来发表鲁艺从事创作的同志们的作品，而且主要的是同学们的作品，好像那些学校的陈列室里的装在玻璃柜里的手工或者图画的成绩展览一样。我们有两条选稿的标准，也是异常朴素的。第一，要使读者能够读下去，就是说要有一定水平的技巧而不是乱七八糟的连语言文字都成问题的作品。第二，要使读者读完后多少能够得到一点东西，就是说要有一定分量的艺术性和革命性结合起来的内容，既反对空洞无物的概念化，公式化，也不赞成对于新的现实采取一种消极的态度。

我们认真地这样做了。按照预定的目的和标准来检查，我们并不很满意。而且更重要的是我们从另外一个更大的目的，更正确的标准来看，发现了它的一个相当严重的缺点，它某种程度地脱离了实际。它不适合于广大的群众的最迫切的需要。它对于战争和革命没有发挥出较多的力量和作用。它没有带着一种开辟道路的精神向前进行，而只是按期地展览了一些作品。因为作者们生活在和平环境里的一个学校里，他们除了从个人的感觉来歌唱革命，从狭小局部的现实来反映这个时代而外，容易从回忆去写我们的旧中国。这样的作品并不是毫无意义的，然而假若大多数或者甚至全部都是这样，这个刊物就自然显得无力而且和广大的群众有些疏远了。而且由于作者们是正在改变着而还没有无产阶级化的知识分子，他们的立场就没有显出应该有的尖锐和鲜明。他们的思想感情就不能和工人、农民的先锋队伍的呼吸和脉搏十分合拍。虽然这是一个难于很快地突破的限制，提出一个最高的标准来做我们努力奔趋的方向还是非常必要的。另外，因为不登载理论批评的缘故，这个刊物又脱离了当前文艺运动当中的斗争。它没有研究实际。它没有对许多问题发言。它没有去帮助那些从事广泛的文艺运动的工作者，尤其是那些离开了鲁艺的课堂而走到各个战场上去的工作者。

因此，我们现在规定着如下的改革计划来尽可能地逐渐地来改革这个刊物。

首先，我们要使它不再限制于一种成绩展览的性质而有意识的去服务于战争和革命。我们希望它所发表的作品能够被那些有一定水平的文化修养的，从工人、农民或者知识分子出身的干部们所接受、欣赏，而且感到读后有一些益处。这种益处或者是一种鼓舞，或者是一些营养，或者至少是一点休息和娱乐。在创作方面，我们愿意多发表一些反映目前的现实，而且是最主要的现实的作品，即从边区和八路军的生活里长出来的果实。作品的形式也要多样一些，不仅限于小说、诗歌、散文，而且希望有报告、通讯、速写、故事、独幕剧等等，同时过去的那点好处我们仍然要保存、巩固而且发展起来，即是反对概念化，公式化，反对对革命采取消极的态度，并要求一定程度的技巧。在理论批评方面，我们希望每期都有一点，而且是那种密切的接触到当前的实际问题，为一般读者和文艺工作者所迫切需要解决的问题的文章。在翻译介绍方面，虽然我们并不决绝发表那种值得我们今天还学习的古典作品，我们要把更多的比重放在那些离我们今天的现实更近一些的作品上面。

其次，我们想通过这个刊物，和那些已经离开了“鲁艺”而分散在各个区域里的文艺工作者发生并保持密切的经常的联系。因为处在各种不同的而且有些还是最尖锐的斗争环境当中，他们比较我们有好得多的汲取创作的主题和题材的条件。我们期待着他们的作品，那种带着火药的气息，或者泥土的气息，总之是新的健康的气息的作品。只要真有好的内容，我们一定要发表。至于技巧上、文字上的缺陷，我们可以替他们作必要的和可能的补救。就是不适于发表的作品我们也要研究它们，从它们中抽出一些共同的问题来，用论文的形式给他们以比较有理论性的意见。另外，我们还等待着他们从实际运动、实际工作、实际写作中所发现的问题。把这些问题提给我们，我们要尽力去研究它，并将研究的结果公开发表。

再其次，虽说我们因为能力有限，愿意从小的范围做起，我们并不打算把这个刊物局限于鲁艺从事文学工作的人的机关杂志。我们同样迫切地期望着各个战线，各个部门中的同志们把他们的作品和问题寄给我们。我们将同样热心地来接受或者研究。

同志们，我们知道在认识和实践中间还有着一个漫长的过程。计划和结果也往往难免有相当大的出入，但我们有着充分的信心和勇气去在我们已经选择好的道路上启程，去征服那些将要出现的困难，去达到那个我们所奔向的目的地。让我们一同前进！

——原载《草叶》1942 年 7 月 1 日第 5 期

《中国文化》：本刊宗旨及信念

一、本刊注重综合的研究。举凡思想学术，典章制度，器物语言，有可以发明中国文化特殊意义者，均在甄采之列。主旨在用力于各种研究中，俾真相愈明，价值愈显，于以构成中国文化认识之体系。在此转变期中，如何可接受他种文化，而孕育新花。如何须培养自种而坚凝正命。研究此种问题，实为吾人应有之祈向与责任。

二、本刊取纯粹研究态度。虽不废辩论，但亦不专主一家。在文化大界域中，如今古汉宋之争，程朱陆王空有台贤之辩，甚至独主西学，排斥中化之说，苟钻研深至，陈义详明，足资启发者，均乐批漏。废除偏私之见，乐闻违异之言，切磋砥砺，以求至善之归。非徒显廓然大公之胸襟，亦实本吾侪综合研究之宗旨。

三、本刊除同人撰稿外，实乐以此学术公器，辟为一般同好者发挥言论之园地，惟见智见仁，要各不同，其言论责任，均属之个人，与本刊无涉。对辨文字，亦可兼容。惟不无标榜之习，尚存山膏之音者，则非本刊宗尚，谨谢不敏。

本刊深信中国固有文化，已足立国数千年，今后新中国成立毓族此文化成分，亦必发生之作用。惟吾国历史悠久，部执多门，典籍沉湮，事理散漫。故抉发此文化精义以应变创新，而指导吾人行为。则正待贤达努力。傥有志同道合之君子，无任企踵以待。

——原载《中国文化》1945 年 9 月 15 日第 1 期

《解放日报·文艺》：编者的话

丁　玲

《文艺》出版到一百期，合订起来已厚厚一本，但当回顾这半年的辛劳时，却只感到一种重荷。因为它曾经占去读者很多的时间，个人是否尽了编者应有的责任：所以除了愿意更听取些责难以外，也想趁这机会，说几句话。

《文艺》占着《解放日报》的八分之一的篇幅在边区出现，是第一次。以前是不可能有。这是因为党报的扩大，需要以各种艺术形式来反映边区以及各抗日根据地的生活的作品。同时，来到延安的作家们也缺少发表文章的地盘（在去年这时只有一个《文艺月报》）。加上边区对文艺生活感到缺乏，他们要求着文艺的学习。而且许多青年的作家，也愿意有那么一个地方能把自己的作品供给大家来征取意见。因此在《解放日报》

一开始，文艺栏即担负着这几层任务：第一，团结边区所有成名作家，第二，尽量培养提拔青年作家，第三，反映边区、各抗日根据地生活及八路军新四军的英勇战斗，第四，提高边区文艺水平。文艺栏始终在此种根据中进行工作。（编者本人对副刊更不顾采取报屁股，消闲，小玩艺，吃甜点心的办法）所以文艺栏，及改版后初期的《文艺》都使人感到不活泼文章较长的缺点。当然其中也的确有种种不易克服的困难。譬如在延安的作家们几乎全是杂志的作家（写长文章的），不常为报纸写作。而短小的报告速写之类又因交通的关系，收不到很多稿子。在有限的篇幅中，不愿使其太单调，不能不登载两篇以上的作品，以致常常一篇小说连载两天或三天。这种不活泼、不能提高读者兴趣的缺点是常常使编者们不安的。于是在极力求其合乎读者的需要上，我们设法改正，并且愿意使《文艺》减少些“持重”的态度，而稍具泼辣之风，在去年 7 月中就号召大家写杂文，征求对社会、对文艺本身加以批判的短作。更尽量登载有关戏剧、美术、音乐方面的作品。把小说所占成分减少很多，一直到现在，关于编辑的方法上都是这样的。不过在编者今天检查过去的工作时，是有其得失的，现在先说所得。

在《文艺》中有三十几个作家是新人，而其中有不少甚具写作的才能，虽说只登载了他们很少的一点文章，然而却能在读者群中取得很好的反映，很多读者在来信时都把这些名字和文章提到：如灼石的《二不浪夫妇》，葛洛的《我的主家》，邢立斌的《回家》，叶克的《猎人的故事》和《科长病了》，温馨的《凤仙花》，平若的《温情》，鸿迅的《厂长追猪去了》等，这些文章虽然还不能说是很完整的作品，但我们可以看见一些作者们从努力的里面所能把握到的技术，他们已经不是茫然的从事写作，而是已经摸索到一点路径，懂得如何去处理题材，以及抓得一些很好的表现手法。这些作品都是在五百万字的来稿中选取出来而经过编者们两度至四度的审阅的。我们希望这些作者们更深沉些，更努力些，更谦虚些。而将来，工作的成果，会使你们升起，充实，骄傲。

其次是所有五百万字的投稿者。虽说因为篇幅的限制，不能把这些作品全刊出，但这里并不缺乏较好的，在我们是割爱的作品。假如没有这样多的来稿，编辑们就不会有现在的从容，给与读者的失望就会更大，而我个人所受的工作的良心的惩罚就将更重。这些作者在他们严肃的努力的写作之下，都是非常有希望成为很好的文艺工作者，和作为《文艺》的柱石。

第三是读者们的热诚拥护。假如没有这些读者们坚持着《文艺》的重要，《文艺》的命运是岌岌可危的。假如没有这些读者们经常来信提意见，我们就无从考验《文艺》到底起了些什么作用，如何改进，使它更合乎广大读者的要求。

最后便是延安所有有成就的作家们的协助。

现在再谈我们的不足。

应该受责备是没有尽最大的可能，征求搜取反映前方生活的速写。以致成为《文艺》的缺憾，这种最为读者所欢迎的稿子，登载得的确太少了。

没有把所提到几个文艺上的问题如“作家与生活”，和关于小资产阶级作家的论争，以及文学上的语言问题等等多方设法展开讨论。延安对于文艺运动的自由讨论向来就不热烈，而《文艺》又负有这种使命。虽有企图，却未达到。尤其是反对主观主义，公式主义，洋八股，“装腔作势借以吓人”的排外与排内地宗派主义的文艺理论与创作的清算，虽说这似乎应该由我们的理论家负主要的责任，然而，作为一个党报的副刊却默默无言是要不得的。

缺点自然还很多，小小的毛病随时都可以发生，只要觉得《文艺》有它存在的价值，编者就该更耐心些、谦虚些，而作者和读者更能多给与些宽容和帮助，那事情就会进行得更顺利，更完满。

最近我大约要离开报馆，工作不久就告一结束，但不管我离开多远，我是不会和《文艺》无关的，也许我会更多的替《文艺》写稿。只要我有空的话，有什么文章和问题须要垂询时，仍可寄给我。我暂住文抗，投寄稿件则请迳寄文艺栏收。

三月十日

——原载《解放日报·文艺》1942 年 3 月 12 日第 101 期

延安时期主要文化单位、团体及相关报刊概览

1. 中国文艺协会

1936 年 11 月 22 日成立，丁玲、成仿吾、贾拓夫、王亦民、徐梦秋等 16 人为干事，组成干事会。下分组织部、联络部、研究部、总务部、出版部、机关志编委会、俱乐部、图书馆等。1937 年 11 月结束。

2. 陕甘宁边区文化界救亡协会

简称“边区文协”。1937 年 11 月 14 日成立，初由艾思奇任主任，柯仲平任副主任，后又由吴玉章任主任，艾思奇、柯仲平，丁玲任副主任。1942 年后，由柯仲平任主任。边区文协是陕甘宁边区文化运动总的领导机关，同时也是一个极其广泛的群众性文化组织。

3. 陕甘宁边区音乐界救亡协会

简称“音协”。1938 年 1 月 9 日成立，为边区文协下属的专业机构，冼星海、吕骥、向隅、时乐濛、马可、麦新等曾担任执委。所开展的工作包括组织延安大合唱团、印刷歌曲册子、召开音乐界纪念会、举行大小晚会等。

4. 陕甘宁边区文艺界抗战联合会

1938 年 9 月 1 日成立。实际上是一个文学方面的专业协会，同“音协”一样，是“边区文协”的分支机构。其宗旨是，在抗战形势下，选拔文学干部，供给文学粮食，建立基础的文艺理论。第一届执委会成员有：丁玲、林山、田间、成仿吾、任白戈、沙汀、周扬、柯仲平、雪苇、刘白羽等。1939 年后更名“中华全国文艺界抗敌协会延安分会”。

5. 陕甘宁边区美术工作者协会

前身为延安美术工作者协会。1939 年 2 月 7 日成立。有会员 40 余人，胡蛮、江丰、力群、钟敬之、华君武等任执委。多次举办画展，创作油印画、招贴画、街头美术墙报等。

6. 中华戏剧界抗敌协会边区分会

简称“边区剧协”。1939 年 2 月 10 日成立。负责协调、领导延安戏剧界，所属有民众剧团、鲁艺戏剧系、烽火剧团、抗大文艺工作团、陕公

剧团、民众娱乐改进会、鲁艺实验剧团、工余剧人协会、旧剧研究会、剧作小组、西北文工团、青年艺术剧院等。设理事会、执委会。1943 年后剧协活动基本结束，边区剧务改由中央文委和西北局文委、宣传部直接领导。

7. 延安文化俱乐部

1940 年 3 月建立，属边区文协领导。萧三任主任，陈明负责日常工作。地址位于延安文化沟，其宗旨是“促进文化活动，提倡文化娱乐，联络感情”。俱乐部大约存在了两年多的时间，举办各种展览和纪念活动，为诸文化团体提供活动场所，成了延安文化活动中心。这里以相对考究、舒适、富于享乐性的环境和知识分子情调，在延安闻名，成为历来朴拙的“革命队伍”中特殊的景观。

8. 战歌社

1937 年 12 月成立。延安最早的诗歌组织，柯仲平任社长。发起过“街头诗歌运动”。1940 年归入“延安新诗歌会”。

9. 抗战文艺工作团

1938 年 5 月成立，属边区文协和八路军总政治部领导。团体名称由毛泽东命名。

10. 路社

1938 年 8 月成立。主要成员来自鲁艺文学系学员，从事以诗歌为主的文学创作和研究活动，成员最多时达百人以上。

11. 边区诗歌总会

1938 年 9 月成立。此前，已有“战歌社”“战地社”等诗歌组织，为更好推动边区诗歌运动，边区文协成立了诗歌总会，将战地社、战歌社和其他诗歌团体统一，并编印机关刊物《诗歌总会》。

12. 山脉文学社

1938 年 10 月成立。成员来自抗大、马列学院、总政、边区政府、后方留守兵团等单位的文学青年。编印《山脉文学》，毛泽东题写刊名。成员最多时达两百余人，是边区较大的群众文艺社团。

13. 文艺小组

约产生于 1938 年。原是边区群众开展文艺活动的自发的组织，遍及延安的工厂、机关、学校、兵营，截至 1940 年，已有约 45 个单位建立了文艺小组 85 个，成员达 660 多人。1941 年，中央文委发出通知，要求

“各机关学校的俱乐部应把文艺小组的组织工作作为自己工作的一部分”，文抗专门成立“文艺小组工作委员会”，对文艺小组的性质、任务、活动以及组织原则、分会组织、总会组织，做了系统而具体的规定。

14. 大众读物社

1940 年 3 月 12 日成立。延安重要的新闻出版机构，社长周文，干部胡采、金照、胡绩伟等 30 余人。先后出版过《边区群众报》《大众画库》《大众文库》、“革命岁月”丛书、《大众习作》等。初属陕甘宁边区中央局领导，后改属西北中央局。

15. 文艺月会

1940 年 10 月 19 日成立。丁玲、舒群、萧军等发起，号称是“以文艺批评与创作来充实延安文艺堡垒的先锋队”，活动方式是经常召集座谈讨论或例会。不设主任或委员会，由临时推举、轮流担任的主席主持每次讨论会。文艺月会出版会刊《文艺月报》，颇具影响。

16. 延安新诗诗歌会

即延安新诗歌会，1940 年 12 月 8 日成立。囊括了以前的战歌社、山脉文学社等几个延安诗社组织，主要负责人萧三，柯仲平、乔木、何其芳、公木、郭小川等任执委。

17. 鲁迅研究会

1941 年 1 月 15 日成立。根据洛甫（张闻天）在边区文协第一次代表大会上的报告中提出的倡议，以及鲁迅逝世四周年纪念大会的《宣言》而组建。由艾思奇、萧军、周文组成干事会，加上周扬、陈伯达、范文澜、丁玲等十人组成编委会，工作内容包括：出版鲁迅研究成果、设“鲁迅文艺奖金”、成立“鲁迅纪念馆”和“鲁迅文化基金”等。

18. 中央研究院文艺研究室

1941 年 8 月成立。中央研究院前身是马列学院，为培养党的理论干部的高级研究机关，直属中央宣传部。张闻天兼任院长，全院共 9 个研究室，文艺研究室系其中之一。文艺研究室的宗旨是：以马列主义基本原则为指导，以研究中国文艺的实际问题为中心，调查研究各方面文艺的历史和现状，总结实践的经验，提出系统的文艺理论，指导今后的文艺实践。欧阳山、艾思奇曾任负责人。内设 5 个小组：鲁迅研究（刘雪苇等）、文艺评论（王实味等）、小说散文（草明等）、戏剧（金紫光等）和诗歌（郭小川等）。

19. 延安诗会

1941 年 12 月 10 日成立。由艾青、萧三发起。较诸新诗歌会，它似更有意办成一个高层次和注重理论性的诗歌团体，但存在时间较短，1942 年冬终结。

20. 小说研究会

1941 年 12 月成立。系文抗延安分会中小说作家的组织，成员限于驻会的小说专业作家，宗旨是研讨小说创作，促进创作提高，增进作家团结。成立后约活动了半年而止。

21. 西北战地服务团

1937 年 8 月 12 日成立。全称十八集团军西北战地服务团，简称“西战团”，系一半军事化以宣传为主的表演艺术团体，从相声、快板、双簧、秧歌舞到大型话剧，一切手段均加利用。

22. 民众娱乐改进会

1938 年 5 月 23 日成立。旨在利用和改进陕北民间艺术，宣传革命。会员中包括马健翎、吕骥、钟敬之、崔嵬、丁里等。此组织在开发民间文化资源，以为革命政治之用方面，颇具影响力。

23. 鲁艺实验剧团

1938 年 8 月 1 日成立。鲁艺实验剧团是与鲁艺戏剧系教学工作相结合的一个艺术实践组织。《讲话》前，此团注重学院派技巧和理念，在延安以上演大戏、洋戏著称，如曹禺的《日出》，果戈理的《婚事》，契诃夫的《求婚》《蠢货》《纪念日》，以及苏联历史剧《带枪的人》等。

24. 西北文艺工作团

1940 年 9 月 1 日成立。直属中共西北中央局领导，前身是陕北公学文艺工作队，1941 年 8 月底，中共中央将陕北公学、中国女子大学、泽东青年干部学校合并，建立延安大学，同时决定陕北公学文艺工作团更名为“西北文艺工作团”。到《讲话》前，该团亦同鲁艺实验剧团一样，以演大戏为主，先后推出过《蜕变》《北京人》《雾重庆》《生活在召唤》《俄罗斯人》等。《讲话》后，转为以演秧歌剧为主。

25. 鹰社

用“鹰”字起名的含义是：（1）陕甘宁边区地形像一只要扑向西安国民党“鹰窟”的雄鹰；（2）年轻的社员们有火一样的热情和铁一样的革命意志，也像一只矫健迅猛的雄鹰。“鹰社”唯一的一期墙报是《蒺藜》以歌颂为主兼容讽刺。用“蒺藜”两字作墙报之名的含义是：蒺藜生长在大路之旁，凡不走正道走邪路的人，蒺藜会毫不客气地刺得它皮破血流。《蒺藜》的作者们，是以笔当“粮”，给人以精神营养；以笔当“鼓”，为抗日战争呐喊助威；以笔当“灯”，照明人们前进的方向（《延安文艺研究》1987 年第 1 期，第 69 页）。

26. 鲁迅艺术文学院

简称“鲁艺”。1938 年 4 月 10 日成立。首届设戏剧、音乐、美术三系，第二届起增设文学系，办学规模逐渐扩大，教工人员增至二三百人之多。1944 年并入延安大学，成为其一个学院。

27. 部队艺术学校

简称“部艺”，成立于 1941 年 4 月 10 日，属八路军后方留守兵团政治部领导，1943 年冬终结，先后培养学员八百余人。

28. 星期文艺学园

成立于 1941 年 6 月 1 日，校长艾青。每周日上课一次，毕业期为两年。课程有中国新文学运动史、世界文学史、诗学、文艺理论。1942 年 6 月 21 日，因“形势紧张，人手渐感缺乏”而停办。

29. 陕甘宁边区艺术干部学校

1942 年 5 月 1 日成立，属陕甘宁边区文协领导，校长柯仲平，副校长张季纯。1943 年 5 月 1 日并入西北文艺工作团。

参考文献

一　主要报刊

《红色中华报》，（1931—1934 年）

《红色中华报》，（1935 年 11 月—1937 年 1 月）

《新中华报》，（1937 年 1 月—1938 年 12 月）

《新中华报》（刷新版），（1939 年 2 月 7 日—1941 年 5 月 15 日）

《解放日报》，（1941 年 5 月 16 日—1947 年 3 月）

《新华日报》，（1938 年 10 月 26 日—1947 年 2 月 28 日）

《抗敌报》，（1937 年 12 月 11 日—1940 年 11 月 5 日）

《晋察冀日报》，（1940 年 11 月 7 日—1948 年 6 月 14 日）

《文艺月报》，（第 1—12 期）

《中国文化》，（第 1 卷创刊号—第 3 卷第 2、3 期）

《解放》周刊，（1937 年 4 月—1941 年 8 月）

《文艺战线》，（1939 年 2 月 16 日—1940 年 2 月 16 日）

《八路军军政杂志》，（1939 年 1 月—1942 年 4 月）

《中国青年》，（1939 年 4 月 16 日—1941 年 3 月）

《中国妇女》，（1939 年 6 月 1 日—1941 年 3 月）

《新文学史料》，（1979—2002 年）

《延安文艺研究》，（1985—1992 年）

《新文学史料》，（1979—2003 年）

《抗战文艺研究》，（1981—1995 年）

二　主要丛书、文集、作品

《毛泽东书信选集》，人民出版社 1983 年版。

丁玲主编：《延安文艺丛书》，湖南文艺出版社 1984 年版。

胡采等编：《中国解放区文学书系》，重庆出版社 1992 年版。

《中国新文学大系列化 937—1949》编辑委员会：《中国新文学大系

1937—1949》第1—2集，上海文艺出版社1990年版。

唐沅、韩之友等编：《中国现代文学期刊目录汇编》，天津人民出版社1988年版。

赵超构：《延安一月》，上海书店1992年版。

三 主要著作、论著

刘增杰主编：《中国解放区文学史》，河南大学出版社1988年版。

王敬主编：《延安〈解放日报〉史》，新华出版社1998年版。

艾克恩：《延安文艺运动纪盛》，文化艺术出版社1987年版。

蓝海：《中国抗战文艺史》，山东文艺出版社1984年版。

洪子诚：《中国当代文学史》，北京大学出版社1999年版。

钱理群等编：《中国现代文学三十年（修订本）》，北京大学出版社1998年版。

雷达、赵学勇、程金城：《中国现当代文学通史》，甘肃人民出版社2006年版。

方汉奇：《报史与报人》，新华出版社1991年版。

杨先材主编：《中国革命史》，中国人民大学出版社1995年版。

李新、陈铁健主编：《中国新民主主义革命史长编》，上海人民出版社1995年版。

新华日报史学会重庆分会：《〈新华日报〉五十年——〈新华日报〉创刊五十年纪念专集》，四川人民出版社1987年版。

韩辛茹：《新华日报史》，中国展望出版社1987年版。

廖永祥：《新华日报史新著》，重庆出版社1998年版。

刘增人：《中国现代文学期刊史论》，新华出版社2005年版。

丁淦林：《中国新闻事业史》，武汉大学出版社1990年版。

吴廷俊：《中国新闻事业史》，华中理工大学出版社1990年版。

方汉奇等主编：《中国新闻事业简史》，中国人民大学出版社1983年版。

方汉奇：《中国新闻史》，北京国际广播学院出版社1988年版。

黄河、张之华编著：《中国人民军队报刊史》，解放军出版社1986年版。

贾植芳、俞元桂主编：《中国现代文学总书目》，福建教育出版社1993年版。

李维汉:《回忆与研究》(上、下),中共党史资料出版社 1986 年版。

李泽厚:《中国近代思想史论》,人民出版社 1979 年版。

李泽厚:《中国现代思想史论》,东方出版社 1987 年版。

黄曼君:《毛泽东文艺思想与中国文艺实践》,华中师大出版社 2002 年版。

陈晓明主编:《现代性与中国当代文学转型》,云南人民出版社 2003 年版。

王培元:《抗战时期的延安鲁艺》,广西师范大学出版社 1999 年版。

朱鸿召:《延安文人》,广东人民出版社 2001 年版。

周雨:《大公报史(1902—1949)》,江苏古籍出版社 1993 年版。

高宁:《烽火年代的呼唤——〈救亡日报〉史话》,重庆出版社 1988 年版。

张国良:《传播学原理》,复旦大学出版社 2003 年版。

曹聚仁:《文坛五十年》,东方出版中心 1997 年版。

程中原:《张闻天传》,当代中国出版社 1993 年版。

程中原:《张闻天与新文学运动》,江苏文艺出版社 1987 年版。

高新民、张树军:《延安整风实录》,浙江人民出版社 2000 年版。

洪子诚:《问题与方法——中国当代文学史研究讲稿》,生活·读书·新知三联书店 2002 年版。

李杨:《抗争宿命之路——"社会主义现实主义"(1942—1976)研究》,时代文艺出版社 1993 年版。

龚育之等:《毛泽东的读书生活》,生活·读书·新知三联书店 1986 年版。

宋金寿主编:《抗战时期的陕甘宁边区》,北京出版社 1995 年版。

王海平、张军锋主编:《回想延安·1942》,江苏文艺出版社 2002 年版。

王晓明主编:《二十世纪中国文学史论》第 1—3 卷,东方出版中心 1997 年版。

王晓明主编:《批评空间的开创:二十世纪中国文学研究》,东方出版中心 1998 年版。

许道明:《中国现代文学批评史新编》,复旦大学出版社 2002 年版。

杨义:《中国现代小说史》第 1—3 卷,人民文学出版社 1998 年版。

杨义：《重绘中国文学地图：杨义学术讲演集》，中国社会科学出版社2003年版。

王剑青、冯健男主编：《晋察冀文艺史》，中国文联出版公司1989年版。

胡乔木：《胡乔木回忆毛泽东》，人民出版社1994年版。

韦君宜：《思痛录》，北京十月文艺出版社1998年版。

刘小枫：《现代性社会理论绪论：现代性与现代中国》，上海三联书店1998年版。

萧公权：《中国政治思想史》，辽宁教育出版社1998年版。

许纪霖、陈达凯：《中国现代化史》，上海三联书店1995年版。

旷新年：《中国20世纪文艺学学术史》，上海文艺出版社2001年版。

陈建华：《“革命”的现代性——中国革命话语考论》，上海古籍出版社2000年版。

范智红：《世变缘常：四十年代小说论》，人民文学出版社2002年版。

中国社会科学院新闻研究所编：《中国共产党新闻工作文件汇编》，新华出版社1980年版。

朱鸿召：《延安文人》，广东人民出版社2001年版。

王培元：《延安鲁艺风云录》，广西师范大学出版社2004年版。

刘炎生：《中国现代文学论争史》，广东人民出版社1999年版。

朱晓进等：《非文学的世纪——20世纪中国文学与政治文化关系史论》，南京师范大学出版社2004年版。

孟繁华：《传媒与文化领导权——当代中国的文化生产与文化认同》，山东教育出版社2003年版。

孔范今：《二十世纪中国文学史》（上、下），山东文艺出版社1997年版。

江超中：《解放区文艺概述》，百花文艺出版社1958年版。

齐礼：《陕甘宁边区实录》，延安解放社1939年版。

许纪霖、陈达凯：《中国现代化史》，上海三联书店1995年版。

倪伟：《“民族”想象与国家统制：1928—1948年南京政府的文艺政策及文学运动》，上海教育出版社2003年版。

唐小兵：《英雄与凡人的时代——解读20世纪》，上海文艺出版社

2001 年版。

陈平原、[日] 山口守编:《大众传媒与现代文学》,新世界出版社 2003 年版。

余虹:《革命·审美·解构——20 世纪中国文学理论的现代性与后现代性》,广西师范大学 2001 年版。

艾晓明:《中国左翼文学思潮探源》,湖南文艺出版社 1991 年版。

许怀中主编:《中国解放区文学史》,海峡文艺出版社 1994 年版。

张鸿才:《延安文艺论稿》,宁夏人民出版社 1999 年版。

苏春生:《中国解放区文学思潮流派论》,中国社会科学出版社 2000 年版。

朱德发:《20 世纪中国文学理性精神》,上海人民出版社 2003 年版。

胡光凡:《周立波评传》,湖南文艺出版社 1986 年版。

黄樾:《延安四怪:王实味、塞克、萧军、冼星海》,中国青年出版社 1998 年版。

李书磊:《1942:走向民间》,山东教育出版社 1998 年版。

朱鸿召:《众说纷纭话延安》,广东人民出版社 2001 年版。

陈晋:《文人毛泽东》,上海人民出版社 1997 年版。

纳日碧力戈:《现代背景下的族群建构》,云南教育出版社 2000 年版。

四　译作、国外汉学家著作

[美] 埃德加·斯诺:《西行漫记》,生活·读书·新知三联书店 1978 年版。

[美] 哈罗德·D. 拉斯韦尔:《世界大战中的宣传技巧》,张洁、田青译,展江校,中国人民大学出版社 2003 年版。

[美] 韦尔伯·施拉姆:《大众传播媒介与社会发展》,金燕宁译,华夏出版社 1990 年版。

[美] 马克·赛尔登:《革命中的中国:延安道路》,魏晓明等译,社会科学文献出版社 2002 年版。

[美] 威尔伯·施拉姆、威廉·波特:《传播学概论》,陈亮等译,新华出版社 1984 年版。

[美] 马歇尔·麦克卢汉:《理解媒介——论人的延伸》,何道宽译,商务印书馆 2000 年版。

［美］赫伯特·马尔库塞：《单向度的人：发达工业社会意识形态研究》，黄勇、薛民译，上海译文出版社 1989 年版。

［美］M. L. 德弗勒、鲍尔·洛基奇：《大众传播学诸论》，新华出版社 1989 年版。

［美］道格拉斯·凯尔纳：《媒体文化》，商务印书馆 2004 年版。

［美］周纵策：《五四运动：现代中国的思想革命》，周子平等译，江苏人民出版社 1996 年版。

［法］莫里斯·布朗肖：《文学空间》，商务印书馆 2003 年版。

［美］本尼迪克特·安德森：《想象的共同体：民族主义的起源与散布》，吴叡人译，上海人民出版社 2003 年版。

［美］杜赞奇：《从民族国家拯救历史：民族主义话语与中国现代史研究》，社会科学文献出版社 2003 年版。

［美］费正清主编：《剑桥中华民国史》（二），章建刚等译，上海人民出版社 1992 年版。

［法］米歇尔·福柯：《知识考古学》，谢强、马月译，生活·读书·新知三联书店 1998 年版。

［德］卡尔·曼海姆：《意识形态和乌托邦》，艾彦译，华夏出版社 2001 年版。

［法］罗布尔·埃斯卡皮：《文学社会学》，浙江文艺出版社 1987 年版。

［苏］列宁：《党的组织和党的出版物》，《列宁选集》第 1 卷，人民出版社 1995 年版。

［德］马克思·韦伯：《学术与政治：韦伯的两篇演说》，生活·读书·新知三联书店 1999 年版。

［法］皮埃尔·布迪厄：《艺术的法则——文学场的生成与结构》，中央编译出版社 2001 年版。

［德］卡尔·施米特：《政治的概念》，刘宗坤等译，上海人民出版社 2004 年版。

［英］安东尼·吉登斯：《民族——国家与暴力》，胡宗泽等译，生活·读书·新知三联书店 1998 年版。

［德］恩斯特·卡西尔：《国家的神话》，范进、杨君游译，华夏出版社 1990 年版。

［德］尤尔根·哈贝马斯：《后民族结构》，曹卫东译，上海人民出版社 2002 年版。

［德］尤尔根·哈贝马斯：《包容他者》，曹卫东译，上海人民出版社 2002 年版。

［德］尤尔根·哈贝马斯：《交往与社会进化》，重庆出版社 1989 年版。

［美］杜赞奇：《从民族国家拯救历史：民族主义话语与中国现代史研究》，王宪明等译，社会科学文献出版社 2003 年版。

［美］费正清：《伟大的中国革命》，刘尊棋译，世界知识出版社 2000 年版。

［美］孙隆基：《历史学家的经线》，广西师范大学出版社 2004 年版。

［日］池田诚：《抗日战争与中国民众——中国的民族主义与民主主义》，杜世伟、梁作新译，求实出版社 1989 年版。

［匈］阿诺德·豪泽尔：《艺术社会学》，（台北）雅典出版社 1988 年版。

［法］皮埃尔·布迪厄、〔美〕华康德：《实践与反思：反思社会学导引》，李猛、李康译，中央编译出版社 1998 年版。

［美］理查德·沃林：《文化批评的观念》，张国清译，商务印书馆 2000 年版。

［法］伊夫·瓦岱：《文学与现代性》，田庆生译，北京大学出版社 2001 年版。

［俄］巴赫金：《文本对话与人文》，白春仁、晓河、周启超、潘月琴译，河北教育出版社 1998 年版。

［美］费正清：《伟大的中国革命（1800—1985）》，刘尊棋译，世界知识出版社 2000 年版。

［美］吉尔伯特·罗兹曼主编：《中国的现代化》，江苏人民出版社 2005 年版。

［美］詹姆斯·R. 汤森、布兰特利·沃马克：《中国政治》，顾速、董云译，江苏人民出版社 2005 年版。

［美］艾恺：《世界范围内的反现代化思潮——论文化守成主义》，贵州人民出版社 1991 年版。

张灏：《幽暗意识与民主传统》，新星出版社 2006 年版。

林毓生：《中国意识的危机——“五四”时期激烈的反传统主义》（增订本），穆善培译，贵州人民出版社 1988 年版。

林毓生：《中国传统的创造性转化》，生活·读书·新知三联书店 1988 年版。

周策纵：《五四运动——现代中国的思想革命》，江苏人民出版社 2005 年版。

夏志清：《中国现代小说史》，刘绍铭译，复旦大学出版社 2005 年版。

夏志清：《新文学的传统》，新星出版社 2005 年版。

［美］安敏成：《现实主义的限制——革命时代的中国小说》，姜涛译，江苏人民出版社 2001 年版。

高利克：《中国现代文学批评发生史（1917—1930）》，张圣生、张林杰、华利荣译，社会科学文献出版社 1997 年版。

李欧梵：《徘徊在现代和后现代之间》，上海三联书店 2000 年版。

李欧梵：《现代性的追求：李欧梵文化评论精选集》，生活·读书·新知三联书店 2000 年版。

李欧梵：《上海摩登——一种新都市文化在中国（1930—1945）》，北京大学出版社 2001 年版。

李欧梵：《中国现代文学与现代性十讲》，复旦大学出版社 2002 年版。

李欧梵：《中国现代作家的浪漫一代》，王志宏译，新星出版社 2005 年版。

李欧梵：《中西文学的徊想》，江苏教育出版社 2005 年版。

王德威：《想象中国的方法：历史、小说、叙事》，生活·读书·新知三联书店 1999 年版。

王德威：《现代中国小说十讲》，复旦大学出版社 2003 年版。

王德威：《被压抑的现代性——晚清小说新论》，宋伟杰译，北京大学出版社 2005 年版。

王德威：《当代小说二十家》，生活·读书·新知三联书店 2006 年版。

唐小兵主编：《再解读：大众文艺与意识形态》，牛津大学出版社 1994 年版。

唐小兵：《英雄与凡人的时代——解读 20 世纪》，上海文艺出版社 2001 年版。

黄子平：《革命·历史·小说》，牛津大学出版社 1996 年版。

黄子平：《“灰阑”中的叙述》，上海文艺出版社 2001 年版。

刘禾：《跨语际实践——文学、民族文化与被译介的现代性（中国 1900—1937）》，生活·读书·新知三联书店 2002 年版。

孟悦：《人、历史、家园：文化批评三调》，人民文学出版社 2006 年版。

陈建华：《“革命”的现代性——中国革命话语考论》，上海古籍出版社 2000 年版。

高华：《红太阳是怎样升起来的——延安整风运动的来龙去脉》，香港中文大学出版社 2000 年版。

后　记

当这部小册子将要呈现在关怀爱护我的导师、同窗、朋友面前时，我始终感觉诚惶诚恐。或许的确应了古人之言：学，然后知不足。当我沉浸于延安文学原始资料所还原的历史氛围之中时；当小心翼翼地打开国家图书馆善本室发黄的马兰纸印制的延安报刊时；当置身中国现代文学馆手捧唐弢先生捐赠的延安刊物时；当奔走于圣地延安及全国各地苦苦搜寻原始资料时……我深深感到学术之路的无限与自身的渺小。

感谢诸位导师和学友，以宽阔包容的胸怀给了我自信和勇气，使我终身受益。感谢我的恩师雷达教授，先生敏锐的学术洞察力、渊博的学识、为人为师的风范给了我无比深刻的影响；感谢赵学勇教授，先生严谨的治学态度和睿智沉潜的境界，给了我深深的启迪；感谢我所供职的西安交通大学人文学院的同事们，从他们身上我得到的不仅仅是学习和科研的支持和动力，更重要的是严谨的学风和学者的清操劲节；感谢中国现代文学馆王治训教授、中国社会科学院白烨教授以及延安中国革命历史纪念馆、国家图书馆各位老师的热情支持和帮助。

感谢新明博士和雨阳同学，你们的关爱和支持使我的耕读生活充满阳光。

本论著的部分章节已先后发表并受到转载和关注，这种肯定也成为本人深入研究的动力。被奉为传播学奠基人之一的美国学者哈罗德·德怀特·拉斯韦尔在其博士论文导言中写道："本书只是一个宏大研究设想的最微不足道的副产品，因为最初的研究计划实在是太宏大了，它本来会使获得博士学位成为一种终身工作。"这也正是我此刻的感受。的确，一部论著的完成并没有带来更多的轻松，比之选题之初的"宏大"设想，比起研究对象的如此丰富多元，自己关于延安文学传播的研究才刚刚起步。我知道，今后的学术探究之路还很长……

杨　琳

2014 年 12 月